小说卷
中国当代著名女作家大系

礼拜六的快行列车

邵 丽 作品

陕西新华出版传媒集团
太白文艺出版社

图书在版编目（CIP）数据

礼拜六的快行列车 / 邵丽著. -- 西安：太白文艺出版社，2017.10（2022.1 重印）
（中国当代著名女作家大系 / 何向阳，张莉主编. 小说卷）
ISBN 978-7-5513-1201-1

Ⅰ.①礼… Ⅱ.①邵… Ⅲ.①中篇小说－小说集－中国－当代②短篇小说－小说集－中国－当代 Ⅳ.①I247.7

中国版本图书馆CIP数据核字(2017)第234171号

礼拜六的快行列车
LIBAI LIU DE KUAIXING LIECHE

作　　者	邵　丽
责任编辑	耿　英　卢虹竹
装帧设计	焚香图文
内文设计	前程设计
出版发行	陕西新华出版传媒集团 太 白 文 艺 出 版 社
经　　销	新华书店
印　　刷	三河市华东印刷有限公司
开　　本	787mm×1092mm　1/16
字　　数	333千字
印　　张	21
插　　页	4
版　　次	2017年10月第1版
印　　次	2022年1月第3次印刷
书　　号	ISBN 978-7-5513-1201-1
定　　价	46.80元

版权所有　翻印必究
如有印装质量问题，可寄出版社印制部调换
联系电话：029-81206800
出版社地址：西安市曲江新区登高路1388号（邮编：710061）
营销中心电话：029-87277748

社会变革中的女性声音

何向阳

进入 21 世纪以来，中国社会发生了巨大变化，作为目睹社会进步的中国作家，未曾缺席于社会变革的记录，而在中国社会前进历程的忠实的录记者中，当代中国女作家已成为一种不容忽视的力量。于新时期蹒跚起步、于新世纪日臻成熟的当代女作家，无论其社会观察的视野，人性探索的深度，还是对人类文化的传承与借鉴，对艺术风格与艺术手法的积淀和历练，就整体风貌而言，都较 20 世纪初、中期女作家写作有极大的进步。文学史将会对这一代，甚或几代女作家的写作成就做出高分值的评估。作为中国改革开放受益者的当代女作家，正以她们敏锐的洞察和细腻的书写，投入中国突飞猛进的现代化进程中，并为后人提供着观照和研究这一时代变化的精神档案。

20 世纪末，我曾以《夏娃备案：1999》为题，对 1999 年的由女作家写作、以女性作为主人公的十二部小说加以梳理。20 世纪、21 世纪的世纪更替之年，中国女作家经由写作提出的一些与自身、与人类相关的问题，给出了寻勘身心发展的道路，其对于性别心理与社会发展的深入思考，不仅丰富了文学的承载量，更提供了人类认知自我的新经验，比如铁凝《永远有多远》传递给我们母性教育的传统乃至本能；王安忆《剃度》展示了特立独行的时代女性的决绝个性；而方方《在我的开始是我的结束》让我们看到的是女性在亲密关系中寻求自我的渴望或是在他者身上印证自我的失败。分歧的，共生的，冲突的，裂变的，未成型的，已板结的，需解冻的，身体的，心灵的，灵魂的，我们从她们的文学中得到的东西根植于一个国度一个时代却终将超越对一个国度一个时代的了解。

哲人曾言,"女性的进步是社会进步的一面镜子",足见女性在社会中的重要地位。文化亦然。女性的文化进步是社会文化进步的投影,其实两者更是深层互动的,女性对于文化、身份、性别、社会的思考,已成为推动整体社会向前运动的力量。

这种力量的成因源于中国女性在20世纪经历的三次解放。1919年,新文化运动,使中国妇女从封建性的三从四德中解放出来。这次的解放,思想解放意义大于经济独立意义,男女平等平权的思想深入人心,于此,如丁玲、冰心、林徽因、萧红等女作家写出了她们年轻时期的代表作。其中,《莎菲女士的日记》《生死场》影响深远。1949年,新中国成立,宪法规定男女平等,中国妇女的地位与作用发生了巨大变化,经济上的独立使其摆脱了对男性的依附,而在各领域取得进步与成就。女作家得益于这一社会风气之先,丁玲、杨沫、茹志鹃等均有佳作推出,中国女作家的写作开始受到国外研究者的重视。1978年,中国实行改革开放,思想上的解放使作家焕发出极大的创造力,女作家作为思想活跃、敏感的一个群体,在思考社会问题的同时,更注重对性别文化的勘探。张洁《爱,是不能忘记的》、宗璞《三生石》等作品代表了这一时期的探索。三次思想文化上的洗礼和社会发展的互动,使得中国文学在1978年之后迎来了迅速发展的黄金时代。

中国自20世纪70年代末改革开放以来,这一时期的文学被称为新时期文学,新时期文学近四十年来,女作家写作发展迅速,可以说,就是从这个新时期开始,中国女作家集体发声,并以其强劲的写作,呈现出时代女性对于社会发展的文化"干预"。巾帼不让须眉,这种独有的文化现象引人瞩目,以致在新世纪成熟壮大,被一些文化研究者们称为她世纪。20世纪80年代,女作家的性别觉醒与文化自觉开始较早,她们在关注外部世界变革的同时,开始关注内心,关注精神。张洁《爱,是不能忘记的》、张抗抗《隐形伴侣》写社会问题,但却是女性立场上对于情感的深度审视与叩问。张辛欣《在同一地平线上》,关注精神上的两性平等与女性自我价值的实现,以及知识分子女性在爱情与自我之间试图寻找到一个两全存在空间的努力。刘索拉《你别无选择》,反思男性文化传统,也对传统女性化写作提出了颠覆性的质疑。刘西鸿《你不可改变我》《花儿为什么这样红,为什么这样红》的女性书写,将"我"与"你"即女性与男性的一系列性别问题提出来,并均做出了来自女性个人的答案——你别无选择！你不可改变我！其勇敢的姿态更是对历史框定的女性顺从与懦弱的文化性格的诘问与反叛。

20世纪八九十年代，叶文玲、池莉、赵玫、范小青、裘山山等佳作频仍，其在多个文体间的跨越更打磨了小说的锋芒；90年代始，林白、陈染、海男等期望通过身体而将视点拉回到性别关注上来。这种写作在历史、个人、身体、社会、情感间跳跃，呈现出女性写作的犹豫和艰难的自我调整。而从20世纪80年代《对一个精神病患者的调查》、90年代《羽蛇》，到21世纪《炼狱之花》《天鹅》，三十年跨度始终坚守女性精神自我深度写作的徐小斌引人瞩目。新一代女作家，注重隐藏在身体性后面的社会文化，不那么尖锐，更倾向温暖、幽默、智性的表达，但她们心底仍然保留着一个完整的女性空间，如徐坤《厨房》、迟子建《世界上所有的夜晚》、潘向黎《白水青菜》、魏微《大老郑的女人》、盛可以《手术》、叶弥《小男人》等，都体现了以女性文化视角介入历史现实的丰富性追求。

新世纪伊始，女作家写作成果斐然，杨绛等老一代作家也有新作推出。张抗抗《把灯光调亮》在坚守其新时期开端之作《北极光》的浪漫主义理想底色的同时，强化了传统知性写作的典雅；叶广芩《梦也何曾到谢桥》《黄金台》为代表的我称之为"后视镜"式的写作，在对传统文化与现代化的可持续性发展的探索方面可谓独树一帜；方方的《水随天去》等探讨经济不平衡发展对于纯真爱情的挤压；蒋韵《心爱的树》《完美的旅行》《行走的年代》试图在对"已逝"岁月的追踪中确立传统价值的独立性；林白《长江为何如此远》和《妇女闲聊录》提供给了我们回溯历史与观察现实的与众不同的角度；孙惠芬《歇马山庄的两个女人》等系列作品将观察点定位于出走与还乡两大母题，使其作品在现实性的叙事之上平添了哲学的意蕴；葛水平《喊山》《地气》承续了中华山川地气中深藏的诗意之美，其利落的行文中苍凉的味道耐人寻味；邵丽《明惠的圣诞》聚焦纷繁复杂的社会环境中日常生活的个人体验与情感微澜；金仁顺《云雀》《桃花》等根植饮食男女，其心思缜密又声色不动的叙事兼具温润与冷凛两种魅力；乔叶《走到开封去》等承续了她个人创作中对"慢"的探求，审视的目光于小事情间不经意扫过，却如探照灯一般揭示出最深处的幽怨和最原始的黑暗；鲁敏的写作恰如"取景器"，隐秘的、细微的、节制的，带有缠绕感甚或是残缺的生活，成就了她小说的"气象与光泽"，《思无邪》《饥饿的怀抱》均写日常生活的不如意处，却在极简主义式的写作中透出干净与温暖；付秀莹《爱情到处流传》《六月半》篇篇出手不凡，以感伤与坚忍并存的从容气度体认着中华美学的精髓，并使诗化小说通过个人的写作向前推进了一步；滕肖澜《美丽的日子》等笔触在沪上弄堂里小人物的日常生活间腾挪有致，有柴米油盐的实在，也有细碎世俗中的温情；阿袁《长门赋》《鱼肠剑》等让我们看到了人性的丰富驳杂，其小说的精神分析与反讽意味承接了现代写作的传统。

以上列举的只是活跃于文坛的当代女作家群体的一小部分。无论是社会发展还是写作环境，当代女作家们都身处一个创造力得以充分发挥的时代。1977年以来，作为中国文学长篇小说最高奖的茅盾文学奖，评出九届，有四十余部长篇小说正式获奖，女作家占八部，所占比例五分之一。1995年以来，作为除长篇小说以外的其他门类文学作品的最高奖鲁迅文学奖，已评六届，共有二百多人获奖，女作家超过四十人次，所占比例五分之一。1980年以来，全国优秀儿童文学奖，评出十届，获奖者中，女作家在小说、童话、幼儿文学（绘本）等均有收获。20世纪70年代始评的全国少数民族文学创作骏马奖，获奖者中多次见到女作家的身影。而由中国当代文学研究会下属的中国女性文学研究会设立的中国女性文学奖，有效推动了女性文学的创作与理论探索。获奖只是专业荣誉，更广泛的社会承认，还包括作家文学作品的读者拥有度、文学作品的文化艺术衍生品以及国外研究与译介，在此不一一列举。总之，女作家无论创作还是思想，都表现出不让须眉的强劲实力，她们通过文学所表达的对于社会人生诸多问题的思考，在整体上已然超越了文学史上她们前辈的书写。

这就是我们今天编选《中国当代著名女作家大系》的原因。当今世界正发生着日新月异的变化，置身于这样一个时代是作家们的幸运，作为中国社会变革的见证者，同时也是人类社会发展的一个重要组成部分的女作家，她们的录记、思考与贡献，我们不能忘记。

2017年10月12日　北京

（何向阳，女，中国作家协会创作研究部主任，研究员。出版诗文集《思远道》《自巴颜喀拉》、理论集《夏娃备案》、专著《人格论》等，获鲁迅文学奖，作品译成英、俄、西班牙文）

目录

1/迷离

11/寂寞的汤丹

34/明惠的圣诞

59/城外的小秋

84/马兰花的等待

109/木兰的城

143/礼拜六的快行列车

153/糖果

270/北地爱情

315/评论　世风世相、女性与家国——评邵丽的小说创作

325/邵丽创作年表

迷离

  安小卉是个生活中多少有点迷离的女人。不是神秘的那种迷，也不是故意踩在人生边上的那种离，而是种天然。用纯粹和纯情都不太合适。反正生活是什么样子就是什么样子，她好像对一切都不着力。
  能让安小卉感兴趣的是那些自然状态中的事物，比如春天来的时候，她常常会立在金子般柔和的阳光下眯起眼睛，柔嫩的树叶还有那些飘浮在空气中无穷无尽的白色的绒毛，都会让她长时间地对它们倾诉。有一只绚丽的蝴蝶飞过来，那会令她万分惊喜。而秋天里高远而白蓝的天空下那些红红黄黄的景致就更不一般。有时她站在一棵树下，她会觉得自己就和这棵树有了息息相关的依托。如果有一片叶子落下来，碰巧打在她的头上或者肩膀上，她的眼泪就会流出来，表情是微微笑着的。她看天，有点感恩似的。田野里开放着的一朵野花，一个奔跑着的小女孩，一条狗，这些都会让她激动。她沉浸在自我里，喃喃地低语。好像她对一片叶子一朵花要比对一个人更容易表达自己，就那样不管不顾地让情感裸露着。
  安小卉的丈夫李铁当初被她感动，很可能就是因为她的这种虚化的性情。她见到一条小河就和小河说话，见到一只飞鸟就同飞鸟打招呼。可是李铁要是和她说话的时候，她就满目的不知所措，仿佛她并不懂得和同类如何进行交流。
  李铁是在他们读大二那一年的一次郊游时向她发起进攻的。他当时想，我不能再等了，同她这样与人隔绝得有点胆怯的女孩交往是需要时间的。他感觉那时已经爱她爱得发了疯，其实那只不过是他当时的感觉罢了。年轻时爱一个人，并不知道自己要的是什么，也不知道对方能让自己爱的是什么，而是哪个人先撞入了，就把急待发泄的情感全部寄托在了撞入者的身上。李铁并没想到他攻陷安小卉会是那样的轻而易举。

那次郊游，安小卉常常一个人落在最后面，她比别的人要办的事情太多，是那些花呀朵呀小虫呀或者是一头埋头吃草的驴子，等等，不停地让她停顿下来。要么她就在许多人驻足某一个地方指点江山的时候不管不顾地走到很远的前面去了。她几乎不在意一直追随在她身边的李铁，她的结着长辫的头和脸一半是因为得了春天阳光的照射，一半是因为内里的激动，毛茸茸的粉嫩着，看上去多少有些不真实的感觉。李铁有一会恍然，仿佛自己面前站的，是从波旁时期的油画里走出的一位天使。反正他顾不得想那么多了，爱就是爱，没有必要仔细地追究。李铁追随在安小卉的身旁，有时候递过去几块饼干，安小卉接过去就吃了，那时她刚好觉得有一点饿。李铁递过去一壶水，安小卉接过去又喝了。安小卉觉得有点热起来，她脱去了裙子外面的外套，李铁就接过来拿在手上。他们之间衔接得非常自然，特别是安小卉，她差不多是把李铁当成了她自身的一部分，完成那些接和递的动作就像是自己多长了一只手。

这些事情极其自然地发生在他们这一对男女之间，也许不完全算是爱情，但绝对算是缘分。安小卉那天在快要和李铁分手的时候终于把眼睛定格在了他的脸上。

李铁抓住了时机。他说，安小卉，我喜欢你！

安小卉定定地看了他好大一会，回答说，好吧。

没有通常的那些女孩面对求爱者的娇羞，甚至少了一点必要的矜持。她扑朔迷离的大眼睛在他身上带点欢喜地一掠而过，然后她转过身走了。

安小卉对李铁的这种态度让他感到他和那些田野里的活物没有什么本质的区别。少年的李铁应该觉得有些失落，并没有遭遇到他内心期望的那种热切。可是李铁并没有那样去想。李铁觉得自己虽然被安小卉同那些动物植物们剪接在一起，但却让他感受到另外一种形式的浪漫。没办法，爱一个人会连她的小缺点都爱。恋爱中的李铁，被这种激情拍打着，想，安小卉只有对待他，才是这样啊！

李铁和安小卉建立了四年的感情，确切地说是李铁带着她走过了四年。在这恋爱的四年里，几乎没有谈情说爱。李铁常常带着她散步，有时也带着她出去吃一顿饭。李铁在和她一起看电影的时候偷偷拉起她的手，窝在自己温湿的手心里。李铁实在按捺不住时亲她一下或者抱她一下，一切都是李铁安排的，李铁要怎么样就怎么样。这开始很让李铁愉悦，有一种成就感。可后来李铁越想越后怕，幸亏是我提前抓住了她，如果是换了一个坏蛋该怎么办呢？这时，安小卉就像是读懂了他眼中的疑虑似的，用另一种不需言述的方式告诉他，他们之间的一切都是提前预备好的，不会有如果。李铁就有了一种感动，那是被自己所感动，他觉得自己有了一种神圣的使命感，一种舍我其谁的责任。

　　安小卉大学毕业满一个年头时嫁给了李铁，当然是李铁提出要娶她。李铁在同她的一次散步将要结束时拉住了她的手，他说，安小卉，我要娶你！

　　安小卉定定地看了他好大一会，说，好吧。

　　仍然是扑朔迷离的大眼睛在李铁身上带点欢喜地一掠而过，那情形和当年他向她求爱的时候几乎没有任何改变。只是这次她还没有转身走开，李铁就抱住了她。

　　面对真正的生活，安小卉可没有了那份敏感。住什么样的房子，两室一厅还是三室一厅；房间里该用什么样的家具，买成品还是自己做；具体怎么布置，保姆睡书房还是睡贮藏间。一切完全是由李铁操持，李铁怎么说，安小卉仍然都只是那一句话：好吧。这还仅仅是开始，在一起生活起来，李铁才知道什么叫操心。小到吃什么饭穿什么衣服，大到什么时候生孩子，生男孩还是生女孩，安小卉好像从来不知道应该担忧什么或者不担忧什么，要什么或者舍弃什么。对所有的一切，好的不好的，她都是微笑着安静地承接，然后说：好吧。日子对于她真的就是小河淌水，没有什么东西改变它，也没有什么人试图去改变它。她从不祈求什么，她就更容易得到满足和安详。

　　安小卉嫁给李铁的第二年生了一个女儿，她觉得这简直是一件意外的惊喜。

　　春天里一只蝴蝶飞过来！

　　秋天一片掉落的树叶！

　　雨后出现一道亮丽的彩虹！

一个攥着拳头声嘶力竭的女儿！

安小卉的女儿很漂亮，她都无法想象还有哪个比这个孩子更好。母爱对她也许有了一点点的触动，生活更多了一些真实的意味。她仰望天空，好像感谢它的赐予。如果说孩子是她生命的一部分，李铁就成了遮挡在她前面的一棵根深蒂固枝繁叶茂的大树。

安小卉毕业后分配到市档案局做文员，李铁觉得这工作对她再合适不过。她工作起来很轻松，没有事情做的时候她就在纸上写下一些她对这个世界的感谢和爱，她不习惯用语言表达的情绪。她在纸上书写得很精彩，连她自己都出乎意料。为了证实自己的判断，她悄悄地把写好的稿子寄了出去。她给自己取了个笔名叫舒放，以至于过了好几个年头，她已经在不小的范围里有了一定的影响，李铁一点都没有觉察。

李铁在他三十八岁那一年升到了他们那个城市的副市长的位置上，在这之前他已经在很多岗位上锤炼过了。先是市委的秘书，而后是市乡镇企业局的局长，后来又到一个区里当了几年区委书记，再后来就是现在，他被提升为这个城市的副市长。丈夫的升迁对安小卉来说，仅仅是档案上的几行字或者一页纸而已，比如："市委任命李铁同志任中共××区党委书记""副市长李铁，18日带领公检法等部门的领导，就群众反映的一些问题召开现场办公会"，等等。如果这些事情不对她的家庭造成影响，李铁的任何一个职务对她都是没有意义的。当然她在不知不觉中是分享了丈夫的成果的，房子越换越大，车子越坐越好，可她只当作是生活的普通给予。

安小卉三十几年的生命里程中没有遭遇过让她刻骨铭心的事。她的父母亲就是领导干部，在她之前他们生的都是男孩，这样在爸妈的眼里她就成了宝贝。安小卉小的时候就比别的孩子都乖，她的哥哥们也把她当宝贝。安小卉是带着保姆嫁给李铁的，她妈妈唯恐唯一的女儿受了别人家的气，就把自己远房亲戚家的女孩和女儿一起"嫁"给了李铁。那个孩子管李铁叫哥哥，管安小卉叫姐姐，安小卉待她如同亲生的妹妹。女孩在他们家里生活了七年，从十五岁到二十二岁，后来是妈妈给她安排了工作又把她嫁掉了。李小卉在家里不操心是有道理的，除了有保姆的照顾外，主要还有李铁的呵护。李铁有一副非常强壮的身板，本身身体素质就好，他又特别地注意养护和锻炼，从来没有感觉过精力不济。这和安小卉形成了强烈的反差，要说安小卉的身体也是没有什么毛病的，就是看上去弱，说话屏声敛气，走路轻轻的好像不是一步步地走而是在飘。李铁天生勤快，又有过剩的精力，保姆负责细碎的家务，需要有对外的应酬事或者男人打点的力气活他就全部承担了。在外面，李铁从普通的秘书开始，一直做到了副市长，家里的一切却都没有改变。安小卉适应了他的照顾，他也早已习惯了安小卉的与世无争。

李铁在电视上看到安小卉和女主持人安闲地交谈，他大吃一惊：这个女人分明是安小卉可主持人却称呼她为舒放。她居然叫舒放！她这些年还写了许多的文章！李铁开始还不以为然，后来就有了一种说不出来的滋味。安小卉对着电视镜头显得很平静，说话依然屏声敛气，但却在她那波澜不惊的表述里，道出了许多深刻的思想，有些甚至是李铁都没感受过的。李铁突然之间就迷惑了，这个在他枕边睡了十几年的女人，好像从来没和他说过这么多话，也从来没有这样说过话。

安小卉和李铁的女儿李安妮十二岁了，女儿在很多方面都更像安小卉，李铁非常疼爱安妮。许多时候他甚至不放心保姆照顾女儿，有时间他就帮助女儿擦鼻涕呀系鞋带呀洗澡呀，照顾她吃饭穿衣的。女儿对爸爸也是非常地依赖。李铁照顾女儿的时候安小卉常常跟在他们身边转悠，她有时也想帮她，可是李铁对她的帮助显然不放心，就连安妮也会嫌弃她弄得不好，安小卉干脆就撒手不管了。她过去在他们忙的时候就独自看一些闲书，或者对着窗子外面发一阵子呆，现在除了看书和发呆她有时还到书房里写写文章。从她在电视上露面后，她已经开始在家里写文章了。李铁给她买了台电脑。

安小卉生活得很安心，她觉得日子没有什么改变，一切都在正常的轨道上运行着。她正常上班，每个月发九百多元的工资；她写文章，有时稿费比工资还要多。她很幸福，她从来没有过什么不满足。

那一天照例是由李铁照顾女儿睡觉，李铁忙完了自己也洗了睡了。安小卉关了电脑没有声息地躺到了李铁的身边，按照惯例李铁会爱抚她一下，有时说几句话，有时各自看一会书。那天他们躺下后李铁并没有抚摸安小卉。李铁说，我觉得你现在离开我，也可以独立生活了！

李铁说了就睡了。安小卉听了李铁的话只是笑笑，看着李铁睡了她也就睡了，睡了一会她却从恍惚状态中猝然惊醒。安小卉不明白李铁说的那句话是什么意思，她看看李铁，可惜李铁已经睡着了。换个其他人，也许会把李铁从被窝里拉起来问个究竟，但安小卉不会这样。我们知道，安小卉是个对生活中琐事不爱思考的女人，但李铁的这句话却引出了她的许多种思考。

而且，追本溯源，这和她在电视上露面后，李铁对她的态度有关。

其实应该说，李铁对她的态度，也没什么大的改变。

那么，李铁在这个时候，说出这样的话来，到底是什么意思呢？

李铁是责怪我不会生活吗？

李铁是嫌弃我不够独立吗？

李铁是自己想要求独立吗？

安小卉在黑暗中想出了一身的汗。安小卉第一次心里不能平静了。

安小卉此后的两天里一直在观察。李铁并没有表现出什么异样的地方，他很沉得住气。是安小卉自己打破了自己的平静，她最近几年曾经听到过不少官场里的事情，他们周围的熟人也发生过许多事情。比如某某的丈夫有了外遇，比如某某领导已经离了婚，又娶了一个年轻的姑娘。安小卉不是听不懂，她只是进不去，她觉得那些事情离她很遥远，甚至和她没有任何关系。李铁会怎么样？他在外面有过或者有了事情吗？安小卉这样一思考她的脸就黄了起来，甚至有点尖。过去她的眼睛总是迷迷蒙蒙的样子，现在却常常定定地望着李铁，这让李铁十分的不舒服。她不对他说什么，就那么望。李铁不是没有发现安小卉有了变化，李铁本来是可以和她谈一谈的，但是李铁毕竟是当了市长的人，在此之前他还当过几年区委书记，他很沉得住气。他想，问题得让它自己暴露。

安小卉开始做家务，她不让保姆弄，自己弄。她哆里哆嗦地做家事，笨手笨脚地给李铁和安妮盛饭添汤。有一次她给李铁盛汤的时候因为紧张弄了他一裤子的汤水，后来又把安妮的勺子碰到了地上。保姆在一边埋头吃自己的饭。李铁想说，你这是何苦呢？可是李铁却没有说，他想，她干就让她干吧！李铁在吃饭的时间去过市委书记的家，也是夫人给他盛的汤。

安小卉从不刻意地打扮自己，始终是那种天然的本色。她当姑娘的时候是梳了一条独辫，生了安妮就在后面轻轻地绾了。安小卉到理发店洗头，小姑娘劝她把头发烫一烫。因为是熟客，小姑娘说，烫了改变一下形象，不然老是一个样子。安小卉烫了头发，半长不长地在肩上披着。安小卉本来是个在自然状态下才能显示个性的女人，烫了头发就有点不伦不类了。李铁看了非常不开心，李铁本来想说她几句，想想她最近的表现，却又把到了嘴边的话咽了回去。他想，烫就烫吧，别的领导干部的女人都懂得修饰，自己的女人却常常像张白纸一样。

安小卉和李铁生活了十几年后，突然发现自己是离不开这个男人的。不但她离不开他，安妮更不能离开他。想一想觉得有点害怕，想一想李铁实在是难得。李铁好，体贴，善良，知道她需要什么，她不说话李铁就能知晓她的意思，要是没有了李铁她就没有了生活。她这一阵子一直想告诉他，她离开他没有办法生活，她根本就不想离开他。可她搞不清楚李铁的想法，她不敢轻易表白，她更不知道该怎样表白。有一天她在他们躺在床上的时候终于说了一句：李铁，我喜欢和你在一起。她的声音很小，像是在耳语。李铁那一会已经差不多睡着了，他常常睡得很快，他当了副市长以后感觉很累，所以他睡得很快。实际上他们一起生活的这许多年，安小卉几乎没有喊过几次他的名字，如果他不是快要睡着了，他是会感动的，他会感动地抱她，或许还会和她做一次爱。他那一会，是真的太疲倦了。他咕哝了一句，睡吧，就径自睡了。

安小卉现在仿佛才意识到，她根本没有学会怎样和爱人在一起生活。她觉得自己是那么笨。

这的确是一个严重的问题。

安小卉瘦起来走路就更像飘，她常常走到李铁的身边李铁都不知道。安小卉的皮肤很白，若是在夏天她简直白得透亮。现在就是夏天，她瘦起来，像张纸片一样，飘飘然在屋子里晃动，弄得李铁心神不宁。李铁也趁她不注意的时候打量她，他不明白自己当初爱的究竟是这个女人的什么？

李铁的秘书小马刚刚结婚，他们现在把新婚的不配合期叫磨合期，有了理论根据似乎有了生气的道理。小马和新媳妇就无所顾忌地吵，有时候还动手，突然有么一天竟然打到办公室里来了。新娘子还像一朵新鲜的花一样娇嫩，关键是她的泼，嘟着小嘴撒娇。对李铁也撒娇，又哭又闹地让市长给她做主。李铁一点都不烦，居然真的被她唬住了，板起面孔训斥小马。刚说了几句，小两口却又笑起来。刚刚还闹得泼猴一般，一会的工夫又都好了。两个人反而给李铁道了歉，出了门就勾肩搭背的。看得李铁眼都直了，李铁想一想，心里突然堵得厉害，要是安小卉也泼起来，能和他吵一架就好了。他陷在这种沉闷的婚姻里有多久了？好像有一辈子了，这一辈子他们俩连一句嘴都没拌过。想一想，这是多么让人垂头丧气的事情啊！人生中有许多东西是不能或缺的，包括暴力。他现在才明白了古人所谓阴阳相生相克的道理，没有粗暴，哪有温柔？没有丑，怎么会有美？

但李铁毕竟是个有责任心的男人，他从来都没有想过要对不起安小卉。尤其是在安小卉面前，他觉得自己更像个父亲。安小卉的眼睛里有了一种沉重的东西，盯他的时候就像石头打在他心上。看得李铁终于沉不住气了，他就想安慰安小卉，但是，他又不知道问题出在哪里。

李铁刻意地对安小卉好起来，睡觉前他准备好了要对她说上几句安慰话。因为话是准备好了的，像是背台词，安小卉惊讶地听了，不说话。一连几天，倒是李铁自己品出了演戏的味道。李铁烦躁起来，自己也觉得自己假模假样的，那一点点的真心就真的没有了。比如他说，小卉，过了这么多年，我才知道真的离不开你，而脸上的表情却是试试探探的样子。安小卉就更加坚定自己的猜想，他爱我的时候从来不这样表白。再比如他说，小卉，你最近太消瘦了，你一定要注意把自己养好啊！他说话的时候不敢看她的眼睛，看着别处，安小卉就觉得他是真的要离开自己了。李铁说，小卉，你凡事都要想开一些，该说出来的事就说出来，你往后一个人还可以写写文章。安小卉听了脸都白了。李铁说，我要是做错了事情你可以骂我。安小卉想，这是开场白，已经开始道歉了！

李铁努力做了几天，像是使用锤子敲打空气，越使劲越闪失得没有着落。李铁想，谁他妈的遇到这么个女人也会疯掉的，爱怎么样就怎么样去吧！

李铁开始拖延回家的时间，过去他一般尽可能不在外面陪人吃饭，现在他常常找人出去吃饭。李铁回家也是埋头吃饭，上床就睡，对待安妮也没有了以前的耐心。安妮招呼他，他就说，你长大了，不要再总是缠着爸爸了。

安小卉在一旁听了，眼神就变成直的了。安小卉想，李铁你是打好了主意的？

李铁想，安小卉我就这样了，我看你到底卖啥药！

安小卉现在盛饭的技术已经很娴熟，安小卉还开始用毛衣针织一件什么东西。她织的时候不知道怎么样让指头灵活，太着力，浑身的力气都加在手上，一针一针地剜，那针下去像是能刺穿一个人，累得满头大汗。她停下来的时候，眼睛就会呆呆地盯着一个地方，但又目中无物，像是鲁迅笔下的人物。李铁看得心惊肉跳。李铁很快就做不到上床就睡了，常常好不容易睡着了却又突然醒来，想尿。他蹑手蹑脚地开灯，生怕弄醒安小卉。灯一亮，才发现安小卉大睁着眼睛看天花板，像死人一样，半天还回不过神来。李铁被她吓得毛骨悚然，险些大叫起来。李铁不知道什么时候学会了抽烟。他像和烟有仇一样，狠狠地抽下去，再大口大口地吐出来，制造了满屋子的烟雾。空气紧张得像要断裂。李铁这回是真的害怕回家了，他只有在单位里才能定定神。可是现在在单位他也有了一个新毛病——老是想尿。一天往洗手间多跑几趟倒还不算什么大事，让他害怕的是他有时颠颠地跑到尿池跟前，家伙已经亮出来了，尿却没有了，紧跟着就出了一身汗。

李铁想，无论如何我不能再忍受了。安妮睡了之后，李铁进到卧室，对坐在床头埋头织毛衣的安小卉说，小卉，我们还是分开的好！

事情终于有结果了。安小卉好像一直在等这句话落地，她的心也就落地了。安小卉没有说话，又继续织了一阵毛衣。良久，她手里的毛衣才像一朵败落的花一样匍匐落地。金属针碰在木地板上，却发出惊天动地的声响。她停了一会就开始流泪，没有声音，大滴大滴的眼泪扑嗒扑嗒往下落。李铁的心揪得紧紧的，他不忍心看下去。他想，让她再哭一会，再有一小会，他必须得抱抱她。可是李铁等了一会，安小卉那边却没有动静了。李铁吓了一跳，他俯过身去看，却分明是睡着了。

一颗悬着的石头落地了，终于可以睡个安稳觉了。

李铁很晚都没有睡着，大概是天将亮的时候才迷糊起来，他是进入了梦乡。他梦到安妮一个人在田野里跑，跑得很快。她跑什么呢，这个女孩？李铁醒了，天已经大亮。安小卉不见了。李铁紧张起来，他害怕看到她绝望的样子。她这会会蜷缩在什么地方？李铁的心都要流出血来了。她会自杀吗？他得赶快找到她，告诉她他还爱她，哪怕是欺骗！

李铁是在阳台上找到安小卉的,她正在悉心地收拾她养的一盆栀子花。那盆花在夜里开了一朵,她的眼睛里流露出孩子一样的惊喜。还有什么比这更灿烂的事情呢?一夜之间她竟然又滋润起来,她的脸上出着微汗,在阳光的照射里每一根汗毛都出落得金灿灿的。头发轻轻地绾在脑后,她居然穿着那条当姑娘时的裙子。李铁出现在她跟前,她一点都不惊讶,她迷离地看他。

李铁说,小卉,我不能和你分开!

安小卉定定地看看他又看看她的花说,好吧。

安小卉的那双大眼睛带点喜悦地在他身上扑朔迷离地一掠而过,而后又盯在自己的花瓣上。

天呀!李铁的眼前闪现出了一连串的几个镜头。他向她求爱、求婚,还有现在的求和,竟然好像是同一个画面的回放。和前两次不一样的是,这次安小卉没有走开,李铁也没有抱住她。两个人就那么站着,让李铁觉得,那时间足足有一千年之久。

发表于《青年文学》2000 年第 10 期

转载于《小说选刊》《新华文摘》

寂寞的汤丹

汤丹和李逸飞头回见面是在市委宣传工作会议上。汤丹参加这个会很偶然。汤丹在单位是做工会工作的，单位没有宣传科，宣传口的事就乱推，一会推给办公室，一会推给人事科。最近一段时间搞机构改革，办公室和人事科都比较忙，干脆又推给了工会。汤丹不是机关工会的头儿，工会没有头儿已经差不多两年了。汤丹只是工会的一个副主任科员，工会主席调走以后只剩下汤丹一个人，因此，大小事都是由汤丹一个人全权代理。事实上一个人的工会也是非常轻闲的，除了应付一下上边时不时召开的会议，年底给大伙倒腾点福利，好像从来没有发生过什么大事。最近汤丹一直担心，机构改革会不会把工会改革掉。

汤丹今天参加这个会确实非常愉快。李逸飞做了一个很漂亮的工作报告，别的人鼓掌汤丹也跟着鼓掌，事实上汤丹有些走神。李逸飞本人修饰得和他的报告一样漂亮，汤丹原来在电视上也是见过部长的，今天坐近了才发现其实部长很有丰采，反倒比电视上更年轻一些。

汤丹尽管走了一会神，但还是深深为部长的口才折服。看着部长那口若悬河的样子，汤丹无端想起"小乔初嫁了，羽扇纶巾"这样的词句来，后来思想就跑得更远。再后来，她就不知道讲的是什么了，只顾着揣测这个男人的方方面面。上午的会议结束时，因为下午要讨论，路远的可以在开会的宾馆吃一顿自助餐。说是每人交十块钱，许多人都走了，后来钱却并没有收，由会议上一并算了。汤丹家住得并不算远，步行十多分钟就能走回去，况且她也不是一个喜欢凑热闹的人，本来想回去吃，却被宣传部的陈君拉住了。

陈君说，走什么走，大家住在一个城里一年却难得见几回面，聊一聊嘛。

陈君是汤丹小学时的同学。汤丹想，反正丈夫到省里开会去了，儿子送日托，就在会上吃吧。哪知他们刚坐下，李逸飞就端了一大盘子饭菜走了过来。李逸飞一边吃一边和周围的同志不失分寸地讲着笑话。这让汤丹渐渐活泼了起来。

陈君说，我给你们说一个脑筋急转弯吧。

李逸飞说，又是冰箱里面放大象吧？

陈君说，不是不是。一个精神病院里选楼长，院长指着一个脸盆问一群病人是什么？一个人说是碗，另一个人说是茶杯，只有一个病人说是脸盆。院长说，这个人可以当一楼的楼长。院长第二回真的拿出了一只茶杯问这又是什么？一个病人说痰盂，另一个说盆子，还有一个说花瓶，后来终于有一个说，你们说得都不对，是茶杯。院长说，好，这个人就是二楼的楼长。

陈君故意喝了一口汤停了一小会，才继续说，你们猜院长第三次拿出了什么？他用手比画了一下，那个细长的擀面条用的东西叫什么？

别的人都还没有来得及回答，汤丹就抢着说，擀面杖嘛！

李逸飞哈哈大笑起来，问汤丹，你叫什么名字？

汤丹认真地说，汤丹呀！

李逸飞神情严肃地说，汤丹同志，三楼的楼长可以让你当了。

大家哄笑汤丹也跟着笑。汤丹一边笑一边想着李逸飞朝她笑的样子，心里不免有几分说不出来的别样感受。

吃完饭，李逸飞提议不休息打一会纸牌。部办公室的秘书就去买了几副牌来。不知为什么大家仍然把汤丹和李逸飞让在一个桌上。汤丹刚吃完饭脸红红的更显得细白粉嫩的样子，她一开始和部长挨着坐还有点拘谨，见部长随意也就放开了。大家输了都往自己脸上贴一张纸条，部长输了汤丹也坚持在他脸上贴。大家都说算了。汤丹说，不行，不行，大家都一样。一边说一边强行在部长脸上贴了一张。大家都笑，部长也笑。后来汤丹的一张牌掉在桌子下面去了，汤丹去拾，李逸飞也去帮忙，两个人的手触在了一起。重新坐好气氛突然低落下来，部长好像没了兴趣，打了几圈就散了。

下午讨论时汤丹全然不知道是什么内容，一直有些走神，总是忍不住去注意李逸飞，有几次两人的目光碰在一起，又都像是不经意的样子躲开了。散会的时候李部长和大家握手道别。李部长给汤丹发了一张名片，名片也给了其他的人，但汤丹总觉得是单给她自己的，别的人是沾了她的光。

汤丹以往收了名片总是扔在办公室的一个抽屉里，但是李逸飞的名片她却放在了随身带着的一个钱夹的夹层里。尽管她并没有别的意思，但打开钱夹看到这张名片时，总会若有所思地看一会。

机构改革的事终于定下来了，汤丹所在单位的行政编制要减去三分之一。事实上一个也减不去，减来减去还是单位的人，只不过由行政变成了事业，由财政拨款变成自筹自支，换汤不换药。大家开始有些急躁，八方神仙各显神通，纷纷找人打招呼写条子，心里有了把握就又不急了。汤丹却有些着急，汤丹的副主任科员也干了三四年了，她年轻又有学历，工作干得也不错。特别是近两年主持工会工作，委领导明里暗里也多次说过要提拔她干实职。但这次改革方案里除了减人还要减掉几个科室。机关工会在机关本来就可以设可以不设，很有可能首先被裁掉，难怪汤丹会急。若砍了工会别说实职，各科室人员本来就难以自保，汤丹想再找一个虚职的位置恐怕也难。汤丹大学毕业差不多十年了，对自己的工作能力她是自信的，她还从来没有因为工作的事让人打过招呼。汤丹的丈夫也是一个小企业的头目，要说是有能力替她周旋些什么事情的。要说两夫妻的感情还是不错的，但中间似乎又总有一些说不清的东西阻隔着。汤丹的个性强，她帮不上丈夫什么，她也不想受到丈夫的帮衬，两个人一贯是分得很清的，所以这些事情她根本没有告诉丈夫。

汤丹去找了委领导，领导正被一些条子电话弄得没有办法，确实没有替汤丹设想。

领导说，有些事情确实很不合理，但机构改革是大趋势，总是要涉及一些人的利益，这不是哪一个人能改变得了的，尽量努力做工作。真的照顾不周全同志们也要体谅，要顾全大局。

汤丹想说，你以前工作上用我的时候怎么不这样说！这真是，改革，改革，反而给领导找了个台阶。

汤丹说，不给我找个合适的地方我就不干了，谁能够把我彻底精减了我就自己搞单干去。我谁的脸色也不看了，省得担心老是被别人涮来涮去的。

领导的脸被她说得一红一白的,汤丹也不管转身就走。领导就有些发愣,汤丹一向说话是有分寸的,今天是咋回事,是不是心里有了准星,有什么人在后面撑着腰?

过了两天,电话就给汤丹的领导打过来了,是市委宣传部部长李逸飞亲自打的。李部长说,汤丹是个很不错的女干部,比较适合搞宣传工作,你们要作为苗子重点培养一下。目前中央正强调加大政治思想工作力度,可以考虑设一个宣传科嘛。机构的问题我可以给有关部门打个招呼。汤丹的领导半天都没有回过神来,事情办到这个分上可见是关系之深了。但是,这件事一直到机构改革结束,汤丹如愿当上宣传科科长,对所有的人都还是一个谜。真实的情况只有汤丹一个人清楚。

汤丹这人有一个毛病,生气的时候就出去花钱,钱花出去气也就消了。以往这个办法是针对丈夫的,她烦心的时候不愿意和人斗嘴,她总是说不屑与人争吵。吵来吵去,你有一万个理又有谁替你评判是非?净是落个自己生气。汤丹那天在领导那里生完气,实在是想不出消解的办法,就在心里骂了一声,妈的,不过了!汤丹拎起包原是准备去购物的,掏钱夹时却看见了李逸飞的那张名片。她当时情绪正是激动,如果是平心静气时,思想得多一点她未必有勇气打那个电话。她借着一时的冲动往李部长办公室拨了一个号,汤丹没有料到李逸飞的态度会那样热情。严格说她在潜意识里也应该是有一点把握的,只不过她对自己把握的事情不是太肯定。汤丹一贯对人对事凭的是感觉,她是个聪明的女人,没有一点感觉上的认知,在事情的萌芽状态她就会将其否决。

李逸飞说,小汤你还没有把我给忘了呀!

汤丹说,哪里会呢,我是怕您太忙不敢打扰。

李逸飞说,忙什么呀忙,工作也不是一半天干得完的。有时间可以到我办公室里玩嘛,大家都是朋友了,有啥事情咱办得了的一定不要客气。

受了鼓舞的汤丹真的去了李逸飞的办公室。李部长亲自给她倒了水,让汤丹有一种见到亲人般的感觉,很自然地就把自己面临的问题说了出来。说到激动处眼睛里汪着一点点泪,更是显得一双美目亮晶晶地发出动人的光泽。李逸飞站起来给她弄了条热毛巾,又给她的杯子换了一次水。把水送到汤丹的面前时，他直视着汤丹含泪的眼睛说，你怎么还像个孩子似的，工作可以慢慢地做嘛。

这个场景让汤丹燃烧起来，好像一个风雪交加的夜里，一脚踏进了生着热腾腾的炉火的家里。家人特意为等待她而准备的热茶，溢着满屋子的清香，使她好想闭上眼睛，享受一下那种妥帖。

此后的一段日子，汤丹无论干什么事情都有些神情恍惚，精神却一直处于一种亢奋状态。汤丹再过一个多月就满二十九岁了，这一段时间却越发地水灵起来，一张脸细白粉嫩的，眼睛又恰似两汪秋水。她深陷在某一种难以自拔的激情里，莫名的兴奋又夹杂着一点隐约的痛苦。这种东西在她的内里并无一丝邪恶的念想。她承认李逸飞是能够让她心仪的那种男人，这里不存在感激的成分，反正至少汤丹不愿意那样想，她觉得那会破坏掉他们之间的一些东西，至于是什么东西连她自己都还说不清楚。她喜欢李逸飞，她仅仅是喜欢，对她这种外表热情内心冷漠的女人，喜欢已经是不得了的事情。她也能感觉到李逸飞也是喜欢她的，也仅仅是有点喜欢。她对他的了解还太少，在那成熟得近乎完美的男人的内里包藏的是怎么一种心态她一点也不知道。不想知道也是不可能的，只是她不肯把他想得过于复杂。读大学时她的心理学老师讲过，每一个女人的内心世界永远都有一个按照自己意愿想象的精神恋人。不管别人信不信这一点，汤丹是信的，她把她想象中的形象与以前的男友做过比较，同后来的丈夫做过比较，他们身上的世俗味都太重了一点。她宁可把李逸飞想象成能与她神交的那种，并非真的要有什么事情发生。

汤丹想过给李逸飞打电话，她之所以没有打是因为她对这一切太过于珍惜，她唯恐她不小心会破坏掉一些什么，同时她也真的不清楚该如何继续进行。她这两日正在读张承志的《心灵史》，哲合忍耶的哲学有两句话，第一句话是"伊斯兰的终点，那是无计无力"；第二句话是"川流不息的天命"。汤丹对宗教一无所知，她不甚明白这两句话所要表述的思想，可这两句话却莫名其妙地不停地在她的思想里回荡，撞得她的心空空地疼。

汤丹走在路上，她会想到李逸飞的车子也许随时会在她的身边驶过，她就格外注意自己走路的姿态，尽可能地走出一点韵致来。汤丹坐在办公室里，也想着会突然接到他的电话，所以她接每一个电话时声音就表现得非常悦耳。

附近办公的同事们听到她接电话都会凝一会神，并不是有意探测她的隐私，其间当然也不能完全排除没有这方面的因素，但是他们真的乐意听到她那甜美的软金属一样的语音。汤丹自己睡觉前也会凝一会神，会有一个敏感的问题在心头划过：他在干什么呢？

汤丹怀揣着一个既甜蜜又有一丝痛苦的秘密。这秘密胀得她轻飘飘的，好像有点虚脱。可是回到家来，她又能格外的平静。她对自己的理智也感到暗暗吃惊。这些天来，对丈夫她却是格外地温柔，包括房事都进行得很愉快。这倒不是她虚伪，目前对这种事情的思维她还是仅仅限定在她和丈夫之间的。她觉得自己和丈夫之间的一切都完好无损，她并没有想过破坏掉什么或者损害谁，她所做的，充其量就像长途跋涉后，把发烫的脚从鞋子里解放出来，享受一下外面自由自在的凉爽空气。

头天晚上，汤丹和丈夫过得非常愉快，早上起床精神越发得好。她先到食街买了早点。卖早点的是个小伙子，嘴巴有点贫，他说，大姐您亲自买点心，我亲自给您包好。只有汤丹一个人笑，别的买点心的人对他的调皮都似乎已经麻木，他们都绷着脸不笑。有几个好像还没有从睡眠里完全清醒过来，也许是他们的日子过得不太顺心。汤丹的日子还是顺心的，汤丹只是突然想到李逸飞每天吃什么样的早点这个问题，但也仅仅是稍微想了一下，就让这个问题迅速划过去了。汤丹买了早点，又做了两个煎蛋，热了奶。两口子脸上红扑扑地出了门。这样的日子尽管有不尽如人意之处，也不会有太多的缺憾。

汤丹到办公室先把卫生打扫一下，她哼着一支自己编的曲子又拖了走廊的地，大冬天的干了一身小汗。汤丹洗了手，刚刚坐消停电话就脆生生地响了起来。当电话那端李逸飞的声音飘过来的时候，汤丹突然不知道该怎么讲话了，她那非常悦耳的声音，一下子跑了调。

她说，是你！

李逸飞大度地笑了。他说，是我呀，我是想问问工作落实得怎么样，还满意吧？

汤丹努力让自己镇定下来。她没等李逸飞再开口，就赶着半真半假地说了几句感谢的话。她不敢停下来，她唯恐再给李逸飞一个说话的机会，他会说出什么不合时宜的话来。或者完全不是这样，她不想真的听到事情的结果——就像刚才李逸飞说的那样，打电话的目的就是为了问问她的工作吗？如果真是那样的话，会让她比失去工作更痛苦万分。

李逸飞说，我打电话就是想问问你的工作，可真没有别的意思。

汤丹偷偷地笑了。汤丹想，他压根就不是这个意思，如果是这个意思，他不会这样反复地解释，而且工作的问题，委主任早都去邀过功了。

汤丹说，我也没有别的意思，就是从心里想感谢感谢你啊！

这样说的时候，她的声音已经自如起来。她把"你"说得很重。

李逸飞说，你呀，说什么感谢不感谢的，你到现在都还把我当外人啊！你要是还把我当外人我可是要生气了。

汤丹被这句话温暖着，温暖得喉咙都有一点哽咽起来。她好一会都说不出话来，她也真的不知道该怎么说，她于是只有沉默着。汤丹一沉默，李逸飞立即就转了话头。

李逸飞说，小汤你可千万不要客气，我帮这一点忙还不是举手之劳，说不定今后我也有需要你帮忙的地方呢。

事实上刚才的那一番话已经把他和她拉得很近，大家心里都有点明白，但是谁都不想主动往前走那么一点点。尤其是李逸飞，更懂得恰到好处地控制自己的情绪，没有百分之百的把握，他是不会撤掉理智的盾牌的。李逸飞的话头一转折，那点情绪突然就散了。然而既然已经到这个分上了，又有点心犹未甘，说出的话仍是试试探探的，却已经没有了初时的自在，他只消再往前走那么一点点，汤丹也许就会不能自持的。但是，他是绝对不会轻易走的！他太过于警觉。是他自己，稍不经意就把自己滑了出去。就恰似一辆出了轨的列车，一旦偏离出去，就再也不能回到原来的轨道上了。而汤丹这样的女人又恰恰太过于自敛，两个人的交谈就变得空洞乏味起来，泛泛地说了一些不着边际的话。好像说出了一点什么又好像什么都没有说。放下电话汤丹突然流了眼泪，表情却分明又是笑着的。这时有人进来，汤丹就说被灰尘眯了眼睛，进来的人看她真的一副笑模样也就信了。

中午下班汤丹有意无意地磨蹭了很大一会才离开办公室。在自己家的楼下碰到一个卖豆腐的，这人吆喝豆腐的声音又尖锐又急促，倒是像生着气喊叫一个人的名字。汤丹觉得有点好笑就买了一块豆腐。以往她是不买的，她有点过于干净，她宁可跑远一点买那些食品店的东西。

汤丹进了家，丈夫小袁已经先回来了。汤丹虽然对自己说着，我并没有做什么对不起人的事，可心里还是有一丝惭愧。她去做饭，做了一半突然又说不舒服就不做了，径自到床上躺下睡了。她觉得她的脑子乱得像一团棉絮，理也理不成个套就干脆不理了。这样过了半天反倒好了。

汤丹一直没有把单位机构改革的事对小袁说。过了两天，有人打电话到家来说工作，汤丹在电话上把工作交代完之后，却看到小袁坐在自己的身后放下报纸在听她说话，就觉得还是把这事跟他说了好。原本也是没有准备的，一下子就说了出来。汤丹说，我前一段到市里开宣传会认识了宣传部的李部长，人家可真是个好人，一面之交，这次机构改革他却帮了大忙，点名要我搞宣传——汤丹有意忽略了打电话的细节。小袁倒是个善解人意的性情中人，但也是个极精明的人。他马上说，这可得好好地谢谢人家。说完就看汤丹的脸，汤丹被他看得心里毛毛的，连忙附和说，我也是这个意思。小袁就说，那我们就到他家里去一趟，表示一下心意？

汤丹说，这样不太好吧，人家是领导，我们怎么好随便到家里去。

小袁说，正是因为人家是领导，又没有什么特殊关系，帮了这么大的忙我们才要表示一下心意，省得人家说我们不知好歹。

小袁说到这分上，汤丹再说不去就没有一点道理了，心里却悔得七荤八素的。两个人又在拿不拿东西的问题上讨论了好一阵子。汤丹说不拿，小袁却坚持说拿，并且要有分量一些。汤丹说不出拒绝的理由只好说买两箱水果，小袁说少了一点。汤丹这时有点恼了，她说再多我就不去了。小袁这才依了她。

第二天小袁就去买了两箱进口水果。整整一天汤丹的心里都像是装着只活兔子，她几次想给李逸飞提前打个电话，却怎么也想不好该怎么解释。到后来她就想，听天由命吧！她还侥幸地想，也许李逸飞不在家，介绍得含糊一点，先把丈夫这头了结了，回头再向李逸飞解释。

那天晚上汤丹穿了一件颜色很暗的外套，小袁劝她换一换她坚决不换。小袁自己开了车，先前只知道李部长家住在市委常委家属院，可到了院子里才知道无处可问。小袁在前面打电话问朋友，汤丹坐在后座上拼命地控制着不让自己的身体发出颤抖。她几次想提出来回去，可看到小袁那孜孜不倦的样子，又不好开口。她好像是第一次这样，从小到大她都不是个羞于出头露面的人。

开院门的是一个小丫头，汤丹的心里怦怦地跳，她以为她会问得很多，但小姑娘只是多看了他们两眼就把他们放进去了。院子里栽了许多好看的树，汤丹一棵都没有认出是什么。客厅只有女主人一个人在吃饭，女人虽然有一点胖，可仍然看得出是个美人坯子。恰恰是因为胖，一张脸绷得紧紧的皮肤极好。部长夫人是个十分贤良的女人，热情地让他们坐下。汤丹的心定了一点，磕磕绊绊地说明了来意。汤丹的丈夫倒是个社交高手，三五句话就把部长夫人说得开开心心的。他说，过去我们就听说部长的夫人又漂亮又有气质，虽然没有见过您，光见李部长那么优秀就知道您肯定错不了。这过来一看才知道名不虚传。你们夫妻俩在市里可是被大家视为楷模啊！

夫人开心地说，我这个教书匠哪里可以和他比得起。话说得十分谦虚，骨子里却透着几分得意。

汤丹则诧异地望着小袁，真会说话啊，他什么时候见到过部长呢？有那么一瞬间她突然觉得就连丈夫也陌生起来。她的丈夫却浑然不觉，还在自顾自地搭讪。

没有两下子，教师哪里是谁都能当得起的？特别是夫人有这样的身份还不放弃这份劳累的职业，让人敬佩。

他这句话算是说到部长夫人的心里去了。这夫人师范院校毕业，人的确是要强，是省市连续多年的一级模范教师。夫人的情绪马上飞扬起来。

夫人说，他当他的部长，我教我的书。什么身份地位的，也只是行业不同罢了，其实他当部长的还不一定有我这个当老师的心里踏实呢。

两个人聊得越来越起劲，汤丹心里有事，哪里听得进去，坐了几分钟就要告辞。夫人刚刚挑起了谈兴连忙起身阻拦着说，既然先前是熟人，来了就还是见一见他吧。说着就真的给部长打了电话，汤丹想阻拦都来不及。部长那边说马上就回，汤丹人坐着不能动心却恨不得跳到门外面去迎一迎。她哪里经过这样的事情，心里是一丁点的底子也没有，好像自己是有过天大的见不得人的事情，急于找一个同谋，她似乎觉得李逸飞已经是她的同谋了。李逸飞那么着急地赶着回来，汤丹惊归惊，心里还是有一丝温暖的。

说是十分钟，果然不到十分钟就回来了。汤丹自觉尴尬得不得了，李逸飞却表现得没有任何不妥，就是对汤丹也比往日客气得多。小袁夸他的夫人他也跟着夸自己的夫人，既平朴又不失身份地与他们谈笑，真是做得滴水不漏。那种世故，汤丹在一边看得心里是热了凉凉了又热。但终归是放了心，却又有了一种隐隐的失落。李逸飞同小袁谈得很融洽，谈到汤丹的工作问题，小袁替汤丹说了不少感谢的话，好像汤丹自己是个哑巴，哪里还有往日的伶俐，真是丢人丢到家了。李夫人却非常喜欢，一个劲地夸赞汤丹年轻稳重。她说，我就是看不惯现在的一些年轻女干部，一个个那张扬的样子。一边说一边用眼睛扫李逸飞。李逸飞并不去看汤丹，但也顺着说了一些小汤工作干得不错的官话。告别的时候汤丹明显地感觉到了李逸飞对她刻意的冷淡，当然，另外两个人是看不出什么的，不过是汤丹自己心里有鬼罢了。汤丹那时不敢看大家的眼睛，死盯着右首边的一棵样子很小却是很老的盆景树，这次她看清楚了，是棵白蜡。汤丹的父亲也养树，她多少懂得一点。当时她脑子没有转过圈来，过了很长一段时间以后，汤丹回忆起那天的情景，才想起树修剪得很好。汤丹想，其实李逸飞是很懂得养盆景的。李逸飞和小袁握手道别，却看都没有看汤丹一眼就关了门。小袁说事情办得好，一副开开心心的样子。汤丹也觉得从头到尾都没有什么不妥，神情却恍惚得要命。

　　回到家里汤丹很想立刻去睡了，可她鞋都没有换却先是打开了电视机，她一个台一个台地跳，跳了两遍又反过来看中央一套。时间大约是21点左右的样子，几个台全是广告。小袁也看了一会，小袁说，你什么时候变得爱看广告了？

　　汤丹也不说话。小袁让她去冲凉汤丹不动，他便自己先去洗了。小袁洗完了出来径自去睡了。汤丹这才关了电视机去洗，她把自己关在洗澡间里反锁了门，想了一想又过去把门打开。这是自己的家，家里就只有她和丈夫两个，即便是上了锁，丈夫要进来还不是照样得打开。

　　汤丹一放开水龙头就开始哭泣，她哭得没有一点声音却任凭自己哭得十分放纵。她是觉得有什么地方不对了，却又不知不对在什么地方。想一想也想不出个什么结果，只是想哭，也许是哭得没有任何道理，但是她感觉这样很痛快，她就拼命地哭着。哭了一会她又觉得这样也不妥，想打住，眼泪却一点不听话了，简直比水龙头流得还凶。她没有一点办法只好把水龙头关掉了，眼泪这才慢慢地止住，眼睛却红得像是害了病，她用冷水敷了一会又涂了一点粉底子，回到卧室小袁却已经睡着了。汤丹听着丈夫细微的鼾声，看他睡得熟透的样子突然又觉得有几分惭愧，心反而静了下来，渐渐地也就睡了。

汤丹第二天很想给李逸飞打个电话，可她又想，要打也应该是李逸飞先打过来。她等了一天，第二天又等了一天，李逸飞仍然没有打过来，于是汤丹便没有再打过去。

汤丹是个外表放得很开内里却过于讲究分寸的女人。

汤丹和小袁结婚之前是谈过恋爱的，对象是她的大学同学。两个人的关系虽然没有发展到死去活来，郎才女貌的一对璧人也是十分招人羡慕的。那时大学里男女关系已经放得很开，恋爱同居的比比皆是，不知道为什么汤丹却一直可笑地坚持着要守身如玉，那男孩也不是个勇往直前的人，几次下来都弄得心灰意冷的，也不敢再提什么非分的要求。也许是她觉得事情并没有十分的把握，她是个干什么事情都强调把握的人。汤丹毕业分配到了当地的机关工作，那男孩却去了深圳，一开始还做汤丹的工作让她辞职过去，后来就不做了，再过了一段时间就提出要分手。汤丹反而有些过意不去，男孩对她还是有情意的，在她身上浪费了这么些年。她明白自己干事情是有点过于理智了，对待感情上的事也是权衡来权衡去的，时间长了还不冷了人家的心？汤丹一点都不恨那个男孩，分了手反而常常想起那人的许多好处。

汤丹现在的丈夫袁胜利是个部队转业干部，他在汤丹之前没有谈过恋爱，小伙子一表人才，浑身透着机灵。他家里穷，十几岁就当了兵，在部队待了十多年，一门心思想着进步。后来考了军校，军校毕业又想着升职，根本没有考虑过婚事。他转业的时候军转办的一个人恰好和汤丹熟悉，这人见小伙子不错就给他俩撮合了一下。两个人认识不到两个月，互相都感觉对方挺合适的就办了婚事。虽然从头到尾都没有找到那种触电般的感觉，婚后的生活还是温馨的。汤丹从心眼里觉得自己可能根本就不是能产生那种感觉的人。

汤丹心神恍惚地过了两日。开始她总是下意识地坐在距电话很近的地方，听到铃声就拿听筒，后来就故意坐得很远了，有电话来她也不接。到了第三日上午，汤丹的心似乎已经安定了，她决定努力把一份拖了几天的机关学习规划写出来。突然有她的电话，汤丹的心跳得差一点从胸口里蹦出去。抱住听筒听了一会却是儿子的老师，儿子的老师打电话来是说最近几天幼儿园里有几个孩子患了黄疸肝炎,家长们都忙着给孩子请假。老师的意思是问汤丹要不要也让孩子请两天假避一避。

汤丹放了电话,突然觉得热,出了一身虚汗。不是老师打来电话她几乎都要把儿子忘记了,她难过得只想找个地方把自己藏起来。对面办公的一个小伙子瞪着眼睛看着她,让她觉得自己的失态。她撑着去给自己倒杯水,昨天的茶叶却还在杯子里泡着,她也懒得倒掉就在里面续了一点。茶叶刚泡进杯子里的时候一片片的嫩芽透着警醒的机灵劲,隔了一夜它们好像全都死了,喝到嘴里就有了股子死尸的味道。好容易定了会神,胃却又无端地疼了起来。

下午汤丹赶着把儿子接了回来,她还特意给他买了许多好吃的东西,儿子却恹恹地打不起精神来。晚饭汤丹做了儿子最喜欢吃的包子,儿子看着包子只是一个劲地发呆。汤丹拉他过来一摸小肚子是胀胀的。小袁说一定是在幼儿园里吃了什么不好消化的东西。这孩子一贯贪吃,出现这样的情况也不是第一次,小袁并不介意,找了半粒肥儿丸给他吃了。汤丹却心疼得要命,把儿子搂在怀里抱了一个晚上。儿子才四岁,这么小的一个孩子,汤丹无法对他说点什么,心里却惶恐得要命。儿子像是要惩罚她似的,到了夜里果然发起烧来。小袁这才跟着急起来,抱着孩子去看了急诊。值班医生说是要等白天上班时间化验一下才能诊断,孩子只是温烧也没有给用药,两口子又抱着孩子回家,麻团一样乱了大半宿。天亮的时候大男人和小男人都睡了一会,汤丹却是眼都没有合一下。好容易熬到了8点医院上班时间,赶快喊醒父子二人往医院赶。汤丹慌了一夜,头发都没有顾得理一理,整个人憔悴得像是一张经了霜的白菜叶子。

化验结果很快就出来了,证实儿子已经得了黄疸肝炎。

汤丹抱着孩子坐在候诊室的椅子上哭得一塌糊涂,完全失了平日的丰采。她并不是个爱流眼泪的女人,她生活的近三十个年头里,流的眼泪加在一起也没有最近一段时间多,包括那时和男朋友分手,她都没有流一滴泪水。汤丹不知道自己的情感为何变得如此脆弱。

医生再三安慰夫妻二人,黄疸肝炎只是甲型肝炎,好治,也不会留下任何后遗症。输几天液,十天半个月的,黄疸一退就好了。汤丹只是觉得对不起孩子,好像孩子生这个病全是自己的错。小袁见不会有什么大的妨碍,就松了一口气。给儿子办了住院手续,安置停当了,汤丹这才顾得上给机关打了一个电话请假。汤丹原本是想让小袁去上班的，企业毕竟和机关不一样，比较忙。但是汤丹实在是太累了，儿子的事又太上心，她唯恐自己犯了迷糊误了什么事，就没有让他走。儿子输上液不大一会就睡着了，小袁也劝她在儿子的床头休息一下，汤丹就真的眯了一会。小袁果然是忙，手机是一个劲地响，有时候是说工作的，有时候汤丹没有听明白在说些什么事情，好像还有一个什么人说要来，小袁坚辞，后来就到外面说去了。

　　汤丹不知道迷糊了多大一会，忽然听到一个女人在窗外说话的声音，开始还以为是护士，仔细听一听又不是，使劲睁开眼睛看了一眼，见是一个时髦的女子在和丈夫说话。两个人的神态有点鬼祟的样子，汤丹就疑心自己没有睡醒。她只印象那女子不漂亮也不难看，年龄却要比自己年轻得多。后来两人就从窗口外面走开了。汤丹想，人家一定要笑话丈夫的，瞧他太太这个样子，实在是太难看了。小袁什么时候回来的，汤丹就不知道了，她这次是真的睡着了。

　　医生说十天半个月就好了，到了第八天，小孩子就像是没事人一样要吃要玩了。汤丹心里欠着儿子，加倍地心疼这个小人儿，医生交代孩子不能吃油腻的，戒了荤又担心营养跟不上。汤丹就把鸡蛋煎了掺了各种蔬菜给孩子包包子，小孩子吃得像头小菜猪一样。汤丹自己却是瘦了一圈，颜色也没有以前红润了。

　　到了一个月头上，儿子是彻底好起来。汤丹不放心，又带着他去复查了一次。汤丹就是拿化验单的时候和从电梯上下来的李逸飞夫妇碰了面。汤丹已完全失了往日的从容，脸涨得通红，说出的话更是语无伦次的。李逸飞夫妇倒是很客气，李逸飞的客气却有了更多尊贵的成分，语气也是居高临下的。李夫人说部长是陪着她看脖子的，脖子昨天不小心扭了。部长夫人还让小汤有空去家里玩。部长突然说，小汤，你丈夫看上去很能干呀！汤丹不知道部长说这话的意思，就更不知道说什么好了，一张脸眼看着由红变白。部长说完这话，却道了再见拥着夫人进了停在门口的轿车里。有那么几秒钟的时间，汤丹觉得关了门的车子，变成了李逸飞，让她熟悉得心酸，又陌生得可怕，虽然伸手可及，但永远又是咫尺天涯。车子旁若无人地向前驶去，把道边的一簇开得正好的白蔷薇花荡得好似汤丹的心一样颤巍巍的。车子走了，汤丹的半颗心也像是被拉走了一般，剩下的半颗还记得去给儿子拿化验单。

儿子病了一场，汤丹的心好像骤然安静了下来，但她的心态却大不如前了。有时候在电视或者报纸上看到一个人的名字，仍然会泛起一种异样的感觉，有一点淡淡的甜，又有一点微微的忧伤，空虚而又幸福。她喜欢他，并且这种喜欢在她以前的男友和现在的丈夫那里都是不曾有过的。但这种喜欢在她的心里只是一种虚空的喜欢，她是一个为人妻母的女人，她喜欢的也是一个做了人家丈夫的男人。她就没有一点作为了。

汤丹是一个聪明的女人，汤丹首先明白她的情感是无望的，她望而却步。但感情这种东西，自古以来就是才下眉头却上心头的，哪里能说了就了？况且汤丹已经是关了前门，开了后门的，也只不过是一个人的时候独自想一想，让她完全撇开曾经过往的一切，她又是那样舍不得。唉！——夜静更深时她常常在心底叹息，平生不知相思，才知相思，便害相思。

过了一段时间，汤丹的单位里分配了一个到省里学习的名额，要求是青年干部。机关的青年干部也不只汤丹一个，她本来是可以去也可以不去的。汤丹对小袁说，儿子病那段时间她的神经出了点问题，一直休息不好，她想出去散散心。汤丹以为小袁这里会有点障碍，他这人精明，什么事情都能够处理得很得体，可干什么事情也都是以不损害自己的利益为前提的。像外出学习这样的事情，没有什么益处，女人出门难免又要增加花费，他一向是不支持的。可即便是不支持，他也会把话说得十分婉转。比如去年春天汤丹的单位组织去昆明，一人补助一千块钱，不去的不给。算下来一个人来回大概需要三千块钱左右。汤丹倒不是舍不得那一千块的经费，主要是想和大家一起玩一回。她对小袁一说，小袁就说，还不如把自己那两千块的路费省下来，找个机会一家人一起去，你自己先去了，回头三口人就没有办法一起去了。汤丹想一想也确实是那个道理，就没再坚持。

这次汤丹却是拿定主意要去，不知道为什么，她想不管丈夫同不同意她都是要去的。

汤丹没有想到，小袁很爽快地支持她。小袁说，你这段时间是过于劳累了，出去散散心也好。

汤丹走的前一个晚上，小袁拿出两千块钱，说是上半年公司发的奖金，让她带着用。汤丹心里有些感动，小袁平时在经济问题上虽然有点小家子气，大事上还是拎得清的。那天晚上两个人过得非常愉快，温存得相互都有点陌生了。

汤丹到了学习班上，条件还算可以，宾馆是公寓式的，三个女人各住一个房间，厨房卫生间是公用的。因为是青年干部培训班，大家年龄都差不多，开始还都有点矜持，一天下来就成了一台戏。大家相互之间是毫不搭界的，谈起话来反而没有一点防备的意思，有时甚至会把自己保留多年的隐私一下子吐露出来。和汤丹同屋的两个女人一个叫汪键，另一个叫金子玉。汪键比汤丹还要大两岁，是个生活上放得开嘴巴更放得开的女人。汪键是结过婚的，只是结了又离了，不过现在仍然和离了婚的丈夫一起过。有一天晚上，三个女人又在屋子里聊天。汪键毫不避讳地说，她至少有过三次婚外情的经历。

她这句话本身就让汤丹抓到了小辫子。汤丹不依不饶地说，那至多呢？

汪键模样很无赖地回答，短暂的撞击是不算的。

金子玉和汤丹同岁，却是个心理年龄尚有几分天真且十分好学的女人，她赶着让汪键谈感受。

汪键说，能有什么感受，还不是天下乌鸦一般黑！

金子玉：第一个和第二个总会有点不一样吧？如果都一样，还换什么换！

汪键：第一次婚姻是上当，他手里有几个小钱，我有点爱个小财，年轻嘛，虚荣心强。结了婚才知道，除了钱他妈的什么都没有了。嫁了他你就成了他的钱财的一部分，一生气他就和我算计我花了他多少多少钱。这个还不算，心眼比钱眼还小，和别的男人说句话他就闹头疼。我看个新闻他都在旁边喊，关了，关了，那哪是咱管的事！

汪键夸张地学着男人说话的样子，汤丹和金子玉笑得都喘不过气来了。

金子玉：后来呢？

汪键：后来我就爱上了第二个男人。现在说起来好笑，那个时候可是爱得死去活来的，觉得他就是普天下最完美的男人了。人是不错，知识面挺宽的，我丈夫不知道的他全知道，我丈夫办不成的事情在他那里统统是小菜一碟，哄女人也有办法，他可以让你幸福得云山雾罩，然后心甘情愿地为他做一切事情。

金子玉：后来呢？

汪键叹了一口气接着说，睡了几宿才知道，和他在一起你就必须为他做一切事情，他可以付出他的智商，你却必须用金钱百分之百地购买他的产品。妈的，哪里是亲兄弟明算账了！和他亲妈都是一分一毫地计较，整个一个自私自利的小男人。汪键又叹了一口气，想开了就那么回事，理想的男人只是在自己的想象里罢了。

汤丹：那怎么还会有后来呢？

汪键：不到黄河心不死，到了黄河不死心呀！其实到了第三次，大家都是心照不宣了，双方都不要那么认真，合作愉快。至于爱不爱的最好提都不要提。嗨，你也别说，这样过得倒挺神仙！

汪键的语气其实是有那么一点沉重的，金子玉却听得一脸的神往，汤丹也是很过瘾的样子。汤丹有自己的生活原则，但对待别人选择的方式她同样是很能够理解的。她读大学的时候就是这样。

汪键有着女侠士一样的性格，汪键有时却不够宽容，并不知道她内心是如何想她身边那些男人的，她的嘴巴却一味地刻薄着，男女之事哪怕是海誓山盟的情缘一经她的口说出来什么都淡了。金子玉受了她的挑拨，思想觉悟也迅速上了一个台阶，也净拣些丈夫的不足来说。这是一个既甜蜜又单纯的女人，和她丈夫是中学同学，没有经过大起大落，生活和爱情都是一帆风顺的，除了自己的丈夫她没有任何情感经历。汤丹既好笑又有点羡慕她们，同时她心里也有一丝小小的庆幸，较之汪键她是安定的，丈夫也还算好；较之金子玉她的生活并不单调。

汤丹躺在洁净又干爽的被子里，心情一点一点地好起来。生活是好的，她周围的事物也是好的，她不爱谁也不恨谁，那一刻，她的心变得异常的纯净。黑夜像只宽宽大大的睡袍，将整个世界都覆载了，她在黑暗的拥裹里重新回复成一个婴孩。

汤丹有了一个新的情人，这个人是她过去根本不认识的。汤丹与他在一个从没有去过地方约会，她的情人对她非常好，他一次次地告诉汤丹他爱她。但是他却要把她送回到她丈夫那里去，奇怪的是汤丹并不觉得伤心。他们三个在一个广场中心相遇，那里有鲜花，有草地，有树，还有许多五色的小鸟。这个广场也是汤丹从没有去过的，像想象里的天堂。汤丹觉得所有的一切都是新鲜的，情人、约会、广场，这些平时读起来就让人浪漫又温暖的东西，使汤丹有点激动。她的情人撇下他们走了，她非常想对丈夫表达点什么。她的丈夫只看了她一眼，突然抬手重重地打了她一巴掌。她的嘴角马上流出血来，耳朵也嗡嗡地听不到任何声音。她丈夫站在她的右首边，在她的左首边有一对男女正在亲热，这么大的声音都没有影响到他们。左前的一个男人则惊愕地盯着她看，汤丹觉得她和这个男人的距离不会超过一米远，他看她的脸像是在看特写。汤丹羞愧极了，脸上几粒淡淡的雀斑还在其次，鼻子下面的一颗粉刺倒是给他看了个清楚。天啊！汤丹捂住脸开始哭泣。

汤丹的哭声像蜜蜂一样嘤嘤嗡嗡地在屋子里盘旋，后来就有人唤了她。汤丹醒来时天已经亮了。穿鞋子的时候她想，一切都是好好的，幸亏只是做了一个梦。

汤丹学习总共才一个月的时间，完全可以坚持到底的。但第二个礼拜日汤丹突然决定回家一次，她有点想儿子。金子玉已经回去两次了，就是她不回去，她丈夫礼拜六也会来看她。汪键主要是社交活动多，正常的上课时间她都要占用，休息日就更不用说了。昨天晚上走了一个，今天一大早又走了一个。汤丹就决定回去了。

火车准确的行驶时间是两个小时二十分钟，汤丹一直看着表。到站之前汤丹没有忘记给丈夫打一个电话。家里和办公室都没有人，手机是关着的。汤丹打了一个车，径直回家去了。

汤丹插钥匙的时候手有点抖，门没有打开。汤丹觉得自己有点好笑，这是自己的家呀，出门还刚刚不到半个月时间。汤丹再开，门仍然没有被打开。汤丹疑心自己把钥匙搞错了，汤丹看了看钥匙并没有错，汤丹再开。这时小袁从里面把门打开了，汤丹松了一口气。汤丹说，我说是咋回事，是你在里边上了小锁吧？她并没有去看小袁的模样和表情，汤丹却很快发现了屋子里的另一个人，当然不是她的儿子，而是一个女人。汤丹觉得在什么地方见过的，她一向对记人的事情比较迟钝，因为她心里想着儿子，就突然想起是儿子生病时在医院里见过的。汤丹很想说点什么，但是她什么都没有说。倒是那个女的穿好了衣服理直气壮地对小袁说，你送我出去好吗？

剩汤丹自己，站在没有关门的家里。想想刚才那个大摇大摆进出的女人，门关与不关还有什么意义吗？汤丹没等小袁送那个女人回来，她回到自己家里连坐都没坐一下就又提上自己的小包出门了。她走到外面，好像又想起了什么似的，就又反身进屋，在床头柜上找到她还没有看完的那本《心灵史》，她把书很细致地放进她的小包里。小袁仍是没有回来，她于是便再一次走了出去。她仍是回学习班上的，她没有什么地方好去。汤丹买了一张火车票，半个小时以后又坐上了返程列车。

　　汤丹坐好了位置，汤丹努力想让自己伤心一点，可她的心却像张白纸一样空着，只是眼睛有一点干，大概是有些疲倦的缘故。汤丹想要是能弄出一点泪水来可能就好了，于是她努力去做了，眼睛却仍然是干的。汤丹不再想这个问题，她让自己去注意看铁道两边的树。杨树的外面是一些枣树，枣树的外面还是枣树。汤丹这才想起来，他们这里是生产枣子的，汤丹的儿子特别爱吃枣。汤丹过去要是坐汽车出来，她总是让车子停下来买一点回去。可是现在汤丹即便是同样能让火车也停下来，也是没有枣子可买的，因为枣子只有小指肚那样大，还是青着的。整个枣树看上去都是绿的，是那种很新鲜的嫩绿，汤丹看了一会眼睛就不再疼了，那样的绿色是养眼的。

　　想到儿子的时候，汤丹的眼睛才有点模糊起来。

　　汤丹一个人在学习班的宿舍里睡了一个下午，天黑下来她才有点清醒。她觉得总要干点什么，她就想起了李逸飞。汤丹拨了李逸飞的手机号，电话立刻就接通了，里面清晰地传出李逸飞的声音：喂，是谁？怎么不说话？喂，电话出了什么问题？

　　汤丹的心跳得越来越欢。他在哪里？他和谁在一起？他正在干什么？她这样做会不会给他带来麻烦？汤丹挂断了手机。

　　李逸飞那边喂了几声也挂掉了。他那天恰好是在省城开会的，汤丹打电话那会他正在想怎么打发整个晚上的寂寞。

　　小袁是事情发生后的第三天赶来的，那一会天已经黑了下来。他敲响门的时候汤丹正一个人在房间翻看那本《心灵史》。这本书许多地方让她对生命产生一种新的困惑，读起来也有一点吃力。但她现在需要的就是这种吃力，有时候一句话她可以读好多遍。"几十万的哲合忍耶的多斯达尼从未怀疑自己的魅力，他们对一个自称是进步了的世界说：你有一种就像对自己血统一样的感情吗？"她不懂宗教，但她为那种完全摈弃物质欲望的信仰而震撼而感动。人的智慧中为什么能产生信仰这样一种东西？人为什么不能没有信仰？

人对某种信仰的追索为什么可以达到如此痴狂的程度？汤丹不知道她自己是不是也是有信仰的，她的信仰又是什么呢？她是一个平和的女人，她一贯的原则是从不去想那些让她费解的事情，她甚至都没有认真想过生命究竟是意味着什么，真的是"川流不息的天命"吗？

汤丹打开房门，小袁那张若无其事又非常心虚的脸让她的头突然剧烈地疼痛起来。另外两个小房间里刚才还有叽叽喳喳的说话声，现在却一下子消失了。幸好她们都不在，否则她真不知道该如何应付。

小袁说，就你一个人吗？

汤丹说，我的房间就我一个人。

小袁说，我可以用一下洗手间吗？

汤丹说，随便。然后朝走廊里的洗手间努了一下嘴。

小袁推开洗手间的门，一个面相俊气的男人从里面走了出来。汤丹和小袁定定地看着他。

汤丹说，你，怎么回事？

男人笑着说，汪键打电话让我陪她去买磁带。

汤丹环顾一下四周，汪键？见鬼，人呢？

男人说，人呢？

小袁看着他们俩笑了一下。

男人说，你们忙，我不奉陪了。说完就出去了。

汤丹说，见鬼！

小袁说，是啊，真见鬼！

汤丹说，你什么意思？

小袁说，嘿，你说什么意思？

汤丹停了大约有半分钟的时间，无声地叹出一口气来。她说，我说什么意思都没有，你走吧，我们之间扯平了。

汤丹没有和丈夫离婚，小袁坚决不肯离。小袁说让他们重新开始，他会对她和儿子负责任。汤丹对他的承诺毫不怀疑，小袁就是这样的人，他说出的话一定能够做到，汤丹也没有认真地想过离婚的事。汤丹只是不再让小袁靠近她，并不是有什么心理或者生理上的障碍，她只是觉得这样对他们双方都要好一点。小袁很配合，汤丹学习结束以后他一直睡在沙发上。

时间过了很久，大约有两个月。那天小袁一大早就出去了，他说要到一个县里谈他们那个企业建立基地的事。小袁现在无论干什么事情都会给她说得很清楚。他还说他的手机是开着的，汤丹有急事可以随时和他联系。

那天汤丹带着儿子去公园玩了一个上午。汤丹有点累，可儿子却玩得很开心。汤丹这一段日子把精力都放在儿子身上了。汤丹让儿子去玩滑梯，她对儿子说男子汉要勇敢一点，儿子很英勇地去了。汤丹坐在旁边的椅子上晒太阳。阳光把她的眼睛弄得酸酸的，有一种想流泪的感觉。她突然地就想明白了一件事情，其实，有一个人让她常常想念着也是一种幸福。

儿子每完成一次滑翔就跑过来报告一回。他大口地喘着气说，妈妈，我又滑了一次！

汤丹说，好样的，像个男子汉。

儿子于是说，我再去滑，妈妈你可千万不要走开。

儿子对她的依恋让她感动。儿子，妈妈怎么会走开呢！这个世界只有我和你最亲。我生育了这个小生命，我就意味着要永远对你负责任。无论在生命的岁月里你是爱我还是恨我，你都没有办法不让我依恋着。

儿子玩累了，他看见一个卖烤羊肉的就要吃，汤丹平时总是嫌那东西脏，今天却给儿子买了一点，汤丹也吃了一点，味道真的很不错。后来儿子又看到一个卖酸辣粉的，仍是要吃，汤丹就又和儿子一起吃了酸辣粉，也是比较好吃的。这让汤丹又明白了一件事情，生活中有许多滋味是她没有尝过的，只是她自己并不知道。

汤丹带儿子玩了一个上午，儿子吃饱了喝足了才肯回去。娘俩回到家就在客厅的地毯上看电视。这时有人敲门，声音断断续续的有点不够坚定的样子，汤丹开了门。汤丹有点意外地说，怎么会是你？

来的人也不在意汤丹的态度，却说，我来看你，请找一个说话的地方。

汤丹这才不好意思地笑了笑，把客人让进了屋子。客人进了屋，眼睛并不往四处看，很认真地和汤丹的儿子打招呼。小家伙有点疲乏，不是太热情，眼睛只顾盯着电视。客人这才回头和汤丹讲话。不说来意，一副正襟危坐的样子，说话也是不落板眼的，模样和性情都是没有变化的。他坐在沙发的一端，汤丹坐在沙发的另一端。沙发不太长，坐三个人就显得不宽裕。沙发那端的旁边是汤丹养的一盆树，严格说是一盆草。一种叫扫帚笤的草本植物，有树的枝干，叶子则细细碎碎地蓬松着。男人说出的语言也是细细碎碎的。

男人说，这都是命，其实我那时是非常……

男人顿了一下。汤丹明白他的意思，他想说的是爱你的。可他的脸很快红了起来，他改口说，我是想对你好的。说话的时候并不看着汤丹，却紧张地盯着她的儿子。

汤丹说，我儿子四岁。

男人说，是的，挺机灵的。

男人说，我刚到那边的时候很苦，每个月挣的钱除了吃饭还不够租房子的。

汤丹说，我知道，要是两个人可能会好一点。

男人说，你不恨我？说完仍然拿眼睛去看汤丹的儿子。

汤丹说，我儿子都四岁了。

男人说，是的，挺漂亮的。

男人一边和汤丹说话，一边用他的手去拂弄那盆草。后来他就干脆不说话而专心地去拂弄那盆草了。汤丹就有点奇怪，自己过去是爱这个人的什么呢？

男人见汤丹定定地看他，他的脸立即又红了起来。他说，对不起汤丹，爱一个人其实挺难的。

汤丹说，其实一点都不难，你只要告诉她你爱她，你就只管放心大胆去爱就是了。

汤丹心里终于想明白了，其实她当初之所以没有把自己交给这个男人，并不是因为太传统，同时也不是自己没有把握，而是这个男人压根就没有不管不顾地爱过她——女人有时候是希望在爱情中遇到风暴的感觉的。

汤丹的儿子听他们二人说了一会觉得无聊，就伏在地毯上睡着了。汤丹把儿子抱起来放到床上去。

汤丹把儿子安置好，只一小会的工夫，来人就变了模样。他变得很激动，他的脸也是涨红的，说话也急促起来。他说，我是专门从深圳回来看你的，我听说了你的事情，我不想你过得不好。汤丹觉得不以为然，汤丹想笑一笑缓和一下气氛，但是眼泪却不合时宜地出来了。汤丹开始还想掩饰，泪水却分明不听话，汤丹就坐在沙发上任它流，脸上也没有任何表情。男人于是就很自然地走过去拥住了她。两个人的呼吸都有点急促起来。汤丹闭上眼睛很丧气地想，你过去不是一直想要我吗？现在你想要就要吧！男人什么也没有干，男人只是抱了她一会就松开了。汤丹松了一口气同时又有点灰心。

男人红着脸说，我没别的意思，就是为了回来看看你。

汤丹愣了一下，猛然想起来好像另外一个人也说过类似的话，苦笑了一下，说，谢谢你！

男人又说，你需要钱吗？

汤丹笑了，汤丹这次真的笑得很坦然。汤丹说，我要钱能干什么呢？我又不做生意。

男人又坐了一会，空气越来越郁闷，汤丹也不再倒水。男人就站起来要走，他走的时候迟疑了一下，因为站得很靠近，汤丹就以为他要抱她一下，男人却没有。男人说，地址没有变，有什么事情一定告诉我。

汤丹关上房门，儿子仍在睡。汤丹感觉脚下轻飘飘的，像踩在棉花上。她靠在门上，把胳膊交叉着放在胸前，重新打量着自己生活了许多年的家。一切依旧，但一切已经远远不是那么回事了。她看到了她和丈夫的结婚照。仔细看看，她觉得他搂着她肩膀的手有点错位，好像掐着她的胳膊似的。这才想起来，他们这张结婚照是两张照片粘贴在一起重新翻拍的。当时因为一张小袁挤眼了，一张她的笑不很自然，摄影师就把两张照片剪了粘贴在一起。汤丹想，也许婚姻就是这样吧，有时候已经摔打成了碎片，也就这么粘巴粘巴，又成为一个整体了。远远看了，还真他妈的像那么回事！

汤丹突然轻松起来，她的忧伤，像那个下楼的男人一样，已经渐行渐远。也许生活永远都是这样，带着明显的不确定性。它有时候像个没完没了跟你撒欢的孩子，兜着圈子和你开玩笑；有时候像个面目狰狞的邻居，龇牙咧嘴地跟你较真；有时候又像个善良的老人，温和地守护着你；有时候它会一拳把你打翻在地然后再把你扶起来，为你拍拍身上的土，跟你和解。

不管是曾经哭过还是笑过，汤丹还是浸润在生活里。

她站到屋子中央，整了整衣服和头发，一阵突然而至的快意强烈地拍打着她，让她有点恍惚。

明天吧，明天给李逸飞打一个电话。她这样想到。

发表于《中国作家》2002 年第 3 期

转载于《小说选刊》

明惠的圣诞

一

明惠是实在咽不下那口窝囊气才去找桃子的。桃子从城里回来已经七天了，明惠在徐二翠连绵不绝的骂声里数这个日子数得好艰难。七天，她每一分钟都计算着桃子会随时推门进来。

明惠每天都仔细地洗脸，找出像样点的衣服穿好。徐二翠若是出去了，她就手忙脚乱地把屋子收拾一下。心里明明是毛烘烘地躁着，却要强迫自己不断找件活计拿在手里。有时是拆一只旧手套，有时是翻看一本《妇女生活》。好像只有手里拿了点东西才让她心里更踏实。桃子来找她从来不敲门。桃子如果不敲门就进来，明惠就得一边做自己的事情一边漫不经心地责怪她。你这个人就是没教养，跟你说一百遍都不行，什么时候学会敲敲门再进来！

明惠在家里等桃子等了七天，她把手里的活计摔得满屋子翻跟斗。徐二翠的骂声越来越凶恶。徐二翠很凶恶地骂猪骂鸡骂狗骂她明惠的时候，明惠一声都不吭，她已经听习惯了，从她大学落榜回来的那一天起徐二翠就不断地这样变着花样骂。徐二翠的骂声中气十足地回荡在她们家那宽大的房间里，在新油漆过的门后不疾不徐地余音缭绕。拉开门，那徐二翠就完全是另外一副嘴脸了。要么是满脸堆笑点头哈腰，要么是面无表情居高临下。有时候徐二翠骂得太不堪，肖正方就会和她对骂。比如徐二翠骂，老娘我省吃俭用啊，我白白供了你十几年啊，我还不如养只鸡养只猪啊！养只鸡还会给我下只蛋，养头猪还能卖些钱。老娘我都累死了，你倒还有脸回来白吃白喝做小姐啊，要是有骨气你就一头扎那坑里死了去！肖正方若是碰巧在家，就用手指着徐二翠的鼻子回骂，你这臭狗屎娘们，你这像是当娘的说的话吗？闺女都这么大了你还不给她个脸，要是有个三差两错的，看我不把你揍得坐次红月子！肖正方一接口徐二翠就不骂了。徐二翠不骂了，肖正方好像士气才刚上来，一脚踢翻一只凳子或者是一个空坛子，看看并没遇到抵抗，才气收丹田，十分沉稳地点支大前门烟，大模二样地出去打牌去了。徐二翠不做饭，倚着门框抹眼泪。肖两万突然从外面忽悠着进来，痴着脸子在院子里喊，妈，妈啊，我饿啊妈！徐二翠急忙站起来给肖两万洗干净手脸。徐二翠说，乖儿子啊，妈这就去给你弄。然后手忙脚乱地去给一家人做饭吃，眼泪却仍然唰啦唰啦地落。

　　明惠那时不恨徐二翠，她觉得实在是她自己伤了娘的心。徐二翠是什么人啊？徐二翠从在村子里当小姑娘就是个人尖子，初中毕业一口气当了二十多年的村妇女主任啊。妇女主任位低权重，生育指标和避孕家什都在她手里握着，生杀大权莫过于此了。徐二翠是为了继续当村干部才嫁给了本村好逸恶劳的二流子肖正方。徐二翠很少流眼泪，徐二翠生了白痴两万不被人同情，反被人指着脊梁骂她是逼人家断子绝孙遭了报应她都没有哭。徐二翠把个女儿明惠养得鼻子是鼻子眼睛是眼睛的，徐二翠让明惠吃最好的粮食穿最好的衣服受最好的教育。徐二翠和肖正方每次生气都底气十足地指着他的鼻子说，等着！等俺明惠考上大学嫁到城里我就跟闺女享福去，我让你们爷们去喝西北风！

　　明惠在乡上念了三年初中。明惠又在县上念了三年高中。明惠在村子里矜持得像个公主。过去村里人因为徐二翠恭敬明惠，现在是因为明惠而对徐二翠恭敬三分了。哪个不知道明惠念完高中是要接着念大学的，念完大学理所当然地要留在城里的。现在明惠回来了，明惠的落榜让村里人集体出了一口恶气。他们嬉笑怒骂的声音陡然增加了好几个调门，含沙射影的语言像带了毒刺的钉子，一根一根地钉在了徐二翠的耳根上。

　　村里人现在开始恭敬黄毛，黄毛从来没有被人恭敬过。黄毛长得丑丑的。黄毛不会过日子，养的孩子个个都吃不饱穿不暖的。黄毛的女儿桃子初中没有毕业就不念了，跟人到省城打工去了。关于桃子的一些传说很让村里人不屑，徐二翠就不止一次地加重了语气对明惠明确强调，我们是正经人家的女孩，我们得靠正经本事吃饭。

明惠从县城里回来了，明惠见了村里人把头一低就过去了，明惠把自己关在家里就再不露面了。

桃子从省城回来了，桃子回来就在村子里四处招摇，桃子见了谁都婶子大娘地喊得蜜甜。

桃子可是模样大变了，脸白了，奶子挺起来了，屁股翘得可以拴住一头公牛，衣服洋气得挂人的眼珠子。啧啧，俺的娘，桃子给全家人都买了新衣服，桃子是挣下大钱了！

桃子回来领着一个城里的小伙子，桃子说是她朋友。

啧啧，哪个会想到黄毛的闺女会出息得这样有本事啊！

徐二翠说，日他亲娘，龟孙黄毛都比俺有本事啊！

徐二翠每天骂人的时候，与时俱进地增加了桃子回来的内容。明惠不出门，明惠什么都知道。

明惠想，我就不相信你桃子还真的成了精，你过去整天巴结着给我背书包提行李我都嫌不耐烦，我就不信你桃子在城里打两天工就敢把我明惠不放在眼里了。

明惠足足等了七天，明惠是实在咽不下那口窝囊气。明惠决定去找桃子出气。

明惠出门的时候天正落着小雨，秋风一下子就把她单薄的夏季衣衫给吹透了。明惠已经在屋子里关了快两个月了，明惠以为天还是夏天。明惠心里是气势的，明惠只是有些冷，明惠因为冷在村街里走得多少有些狼狈。明惠在村街上碰上了不少眼睛，有懒散的人的眼睛，有悠闲的动物的眼睛。明惠决定不和他们或它们中的任何一个打招呼，明惠目不斜视地从他们和它们身边走过。明惠觉得那些盯着她的眼睛没有一只是良善的，那眼睛统统流露着恶毒。他们分明是要看她明惠的笑话，他们分明是要看人尖子徐二翠的笑话。明惠腔子里的气息和皮肤一样透骨地寒着。明惠被徐二翠骂了快两个月了。明惠觉得她一定得出口气了。

明惠没有敲门。明惠一脚就跨入桃子家的院子。桃子家院子里没有人，桃子家堂屋的门是虚掩着的,明惠直接就把门给推开了。

明惠推开门想逃都来不及了,一股火呼啦一下子就从屋子里蹿出来。明惠的脸顿时被火苗子舔得血红。明惠忘了逃跑,竟然就那么傻呆呆地站着。屋子里的桃子正和一个高出她一头的小伙子浓烈地燃烧在一起。桃子背对着门,桃子正专注地在小伙子嘴上一下一下地咬着,分明就像她妈缝完被子用牙咬断线头一样。桃子觉得小伙子的身体突然间松懈了。桃子睁开眼睛,桃子发现小伙子的眼睛是盯着门口的,桃子终于看见了门口站着的明惠。

桃子拢一拢头发,丢开她手头的活计,漫不经心地责备明惠,是你呀,进来怎么都不知道敲门!

明惠被徐二翠骂了两个月都没有流出的泪水,不争气地从胸腔里往外翻涌,忍都忍不住啊。明惠转过身朝外走,桃子就追出来把她拖住了。

桃子说,来家啊明惠。

桃子说,明惠,我就说要带马强去给你看呢。

桃子说,马强这就是我跟你说的我的好朋友明惠,明惠这是我的男朋友马强。

明惠明惠明惠明惠……这明惠是她喊的吗?这明惠她是这样喊的吗?过去她曾经明惠姐明惠姐地喊个不停,现在她倒成了明惠的姐了!但毕竟有个陌生的男人在旁边,明惠把愤怒和委屈暂时压了回去,明惠迅速恢复了她惯常的表情和姿态。明惠说,我路过你家,看到门没关就进来了。

桃子根本没在乎明惠在说什么,桃子张罗着给明惠拿出一些吃的喝的。

明惠不吃,明惠也不去打量桃子的穿着,明惠的眼睛始终盯着院子里的一些别的事物,明惠眼睛的余光却把桃子的周身飞快地透视了个遍。徐二翠没有说错,桃子出息了,桃子的脸白得像细瓷,桃子的眉毛变得细溜溜的,桃子的胸脯挺得很高,桃子乱蓬蓬的黄头发变得又柔顺又光滑,桃子……

桃子身上还有什么不好的呢?

桃子穿了白色的羊毛套衫,烟红的格子呢裙,高腰高跟的黑靴子。明惠的心扑通一声被刺了一下,像中了铅弹般酸沉酸沉的。那是她无数次设计过的装扮。如果考上学校,她首先向徐二翠讨钱,给自己买一套秋装。就是这样的裙子,这样的毛衣,这样的靴子。

明惠是可以比桃子穿得更出彩,更理直气壮的啊!

桃子从里屋翻出许多半旧衣服让明惠看，桃子说，明惠你要是喜欢可以把我的衣服拿一套去穿。明惠摆了手说谢谢桃子。明惠心里说，桃子那时候你穿了多少我的旧衣服，你总是穿我剩下的，而我怎么有可能穿你的？

明惠的目光小心地躲闪着不与桃子交接，明惠却在倏忽之间和那个马强对接了。明惠发现马强的目光非常明亮地盯着她，这目光让明惠立刻想起了王伍。王伍在他们高中的三年里始终用这样的目光盯她，哪怕是在她的背后，她也能感觉到他的眼光一波一波地像飞镖似的打过来。王伍和明惠一道在学校等通知，王伍考上了地区师专，明惠却什么都没有考上。王伍说，明惠，你还可以继续复习，明年你如果考上了，我们还可以在城里会合。

如果！如果？

明惠是咬着牙出的校门。

明惠觉得马强的眼睛比王伍亮多了，明惠想凭什么桃子该拥有这么亮的一双眼睛啊？明惠想，桃子我若是现在在省城干事，若是穿上你这样的衣裳，马强立刻就得跟我走。明惠是从马强的眼睛里得出这样的结论的，明惠被自己的想法吓了一跳，明惠又被自己的想法抚慰得很妥帖。明惠活到十八岁才知道，自己的内心是这样邪恶。

一瞬间，明惠好像走出了暗长的隧道，扑面而来的阳光呼啦啦打在自己的脸上，她眼睁睁地看着桃子像一株被抽了筋的植株，在自己面前一寸一寸地矮下去，心里更是受用了。明惠十分矜持地站起来告辞。明惠看都没看桃子一眼，说，桃子，我是顺路过来看看你，你有时间带马强到我家去玩啊。

明惠说完对着马强抛了一个很明媚的笑脸站起来就走。桃子留都留不住，桃子只好跟着明惠相送。明惠说，回去啊桃子，不要送。明惠小声说，桃子，一定去我家啊，我工作的事情还得和你商量呢。

桃子啥时候得过明惠这样的信任？桃子激动得脸都红红的了。桃子的脸一红，明惠就知道她的话起了什么作用，她知道桃子很快就会去她家的。明惠哪里会有什么工作的事要商量，她不过就是要桃子到她家去。

桃子是第二天去明惠家的，马强没有去。桃子说，好好的，不知道马强为什么昨儿下午一定要走？

桃子心神不定地说，我这两日也就要走。

明惠不露声色地在心里笑了一下，明惠真的和桃子谈起工作的事情。桃子立刻忘了她的疑惑，十分热心地向她介绍起省城。

　　桃子说，活好找，在服装店在饭店干一个月差不多都是五百，在饭店干实惠些。累点，但是管吃住。要是学会了按摩那就挣得多了。桃子诚实地说，她就是在宾馆做按摩的。明惠悉心请教道，挣多少？桃子的目光暧昧地闪烁了一下说，那要看你自己的修行了。

　　桃子把什么都说了，桃子说，明惠你要是愿意出去工作，明天就可跟我走。桃子说，别忘了带身份证啊明惠。

　　明惠走的时候徐二翠哭得一死一活的，徐二翠一边哭一边说，我们这样的人家怎么会让闺女去卖力气？考不上学就不上，妈就在家养你一辈子！

　　徐二翠一边哭一边帮明惠收拾东西。

　　明惠是和桃子一起去的省城，但是明惠很坚决地拒绝了桃子要为她介绍工作的打算。明惠说桃子介绍的工作她都不想做，她想到职业介绍所看看有没有给小孩子聘请家教的。明惠的沉着让桃子很敬佩，到底人家是读过高中的，有主见，不像自己，初来时只会瞎着急，遇到事情就哭。桃子让明惠先到自己租的住处住下，明惠只住了三天。那三天明惠可办了不少事情。桃子去上班后她就开始行动，她先后去了几家大宾馆和洗浴中心。

　　明惠直接请求见经理，经理不论是男的女的，见到明惠眼睛都是亮亮的。明惠才十八岁，明惠的美丽和稚嫩是最时鲜的武器。明惠看懂了那眸子里的亮，明惠的神态一下子就安定了。

　　明惠说，我想做按摩小姐。

　　你过去做过吗？

　　没有。

　　哦。女老板笑了笑，说，只要用心，没什么好学的啊！

　　明惠被女老板试用了。明惠腿勤手勤嘴勤，明惠会干的不会干的都争着干，明惠管谁都叫姐姐，甭管哪个姐姐的话都认真听认真记。明惠对谁都笑眯眯的，明惠和谁又都保持着一定的距离。明惠在半个月后就成了那里最受人喜欢的小姑娘。

　　一个月后明惠被正式录用了。女老板说，基础工资五百，活做多了另有提成。上班时间只许正常服务，至于下班后的事情他们不管，也不承担任何

— 39 —

责任。

明惠又去了一趟桃子那里，拿了她存在那里的已经没有多大用处的衣服。明惠告诉桃子，她到一个人家去带两个学前班的孩子。

明惠走后再没有和桃子联系过。桃子有心去找明惠，可她不知道那两个孩子的家到底在什么地方。

二

圆圆到这家洗浴按摩中心做事还只有三四个月。从不见圆圆多言语，圆圆对谁都是既不热情也不冷淡，可几乎所有被她服务过的客人再来时，却都拿眼睛寻找圆圆。圆圆微微地笑着，眸子里流淌着一股子迷蒙的距离感。正是这距离感，反而拉近了客人与她的距离。圆圆的态度矜持得不像是个做按摩的小姐，圆圆的神态让所有的中年男人看了都觉得心疼，觉得这女孩似乎是不该在这里做事情的。可她应该在什么地方做呢？谁又都想不出一个准确答案。她在这里做事的神情又恰恰是那么妥帖，那么让人受用。圆圆偶尔与客人谈上两句，总是让他们更加刮目相看：这姑娘小小的年纪，有见地又有思想，实在难得。当然，这是他们把圆圆与其他按摩小姐相比较的结果。

圆圆不管客人怎样夸奖她，也不管客人用怎样赞许的目光打量她，一律不动声色地做自己手头的活计，极认真，极周致。别人做五分钟的活她做七分钟，别人用八分的力气她用十分半，客人们如何会不喜欢这样既乖巧又踏实的圆圆啊！

圆圆学了别的姑娘，穿那种把奶子束得很挺的文胸，在冬天里仍然着一件领口开得很低的薄羊毛套衫。圆圆干活的时候，奶子几乎要贴到客人的脸上去。圆圆给人按摩肩膀的时候，奶子就顶住了客人的头。终于有客人耐不住，假装用手挠自己的痒痒，却分明在圆圆的奶子上蹭过去，圆圆没有任何反应。客人再等一会，就直接在那奶子上摸一把，圆圆仍然是没有任何反应。圆圆就好像一个汽车司机，心无旁骛地行走在面前的道路上，仿佛什么事情都没有发生，只管认真地驾驶。

到了晚上就有圆圆的电话，圆圆安详地接了，说是表哥，下了班自然就去见那表哥。

表哥就是下午的客人。见了也不说什么事情，只管带她去一家宾馆吃饭。

饭菜要得很丰盛，再加两个人都吃不完。那人劝圆圆多吃一点，圆圆怕浪费，就慢慢地吃。那人并不怎么吃，只端了一只杯子喝红酒，吃到中间也给圆圆倒一两杯。说，不辣，干红。圆圆也不拒绝，让她喝就一口喝下去。外表看不出心里有无变化，脸蛋却喝得红红的。

圆圆好像是有些醉了，醉得也是那么单纯，惹人爱怜。吃完饭那人就带她去另一家宾馆开了房间。

进了房间圆圆就尽顾着打量里面的摆设了。圆圆觉得这地方真不错，特别是那铺得柔软的席梦思大床。圆圆喝了酒有些困，要是能在那床上睡一觉就好了。那人却让圆圆去洗澡。圆圆在洗浴中心做事，天天都要洗澡，可她还是顺从地去洗了。圆圆洗了一半那人就进去了，圆圆没有反抗。

事情很快就完了。

圆圆觉得一切都平平淡淡的，就连她身下的处女血都没有让她惊讶。圆圆觉得其实《妇女生活》上的好多文章都太夸大其词了，没有什么撕心裂肺的疼，更没有什么叫人痛不欲生的难过。

那人叫了的士送她回去，分手的时候在她手里塞了五张大票。圆圆回到宿舍手都没有洗就睡下了，那一夜她手里就攥着那五张大票，就像攥着自己的命。

有了那次，那人就经常叫了圆圆出去。后来，又有别的人同样带了圆圆出去。

程序基本上全是一样的，圆圆没有觉得这个和那个有什么不一样。结束的时候他们也总是悄悄地塞给她一些钱，好像他们做得声张些就会亵渎了圆圆。无论得到的是三百还是五百，圆圆回去的第一件事情，就是把那钱展得平平的，有时还把昨天的或者前天的放在一起，反复地数上几遍。

圆圆有一阵子很为她的钱犯愁，藏在任何地方都不能放心。放在宿舍怕偷，带在身上怕抢。圆圆只好把钱存在银行里，她没有办法顾及那些银行小姐的表情了。圆圆到底是有心计的女孩，她总是把存折带在身上，假如碰到坏人就丢给他们，反正她设了密码的。再想一想，自己又冷笑起来，像自己这样子的，如果碰不见"坏人"，还有什么活路？

那些客人照常出现在按摩中心。圆圆见了任何一个都与惯常的表情姿态没有什么两样，稳稳地做自己的事，似乎和任何一个都不曾有过瓜葛。圆圆的态度让那些做过"表哥"的家伙们非常满意，至少让他们觉得安全。圆圆的休息时间渐渐被"表哥"们安排得很满。

圆圆已经往家里寄了两次钱，一次一千元。她知道那两千元足足可以让徐二翠重新抬起头做人了。圆圆没事做的时候，会偶尔往家乡的方向望一望，隔了几百公里的路程，圆圆清楚地看到她妈徐二翠又开始居高临下地做她的思想政治工作了。啊！新社会新时代了，生男生女还不是都一样。养个闺女出息了，一样可以享福啊！

圆圆告诉徐二翠她在人家家里教孩子功课，工资高，人家还管吃住。这让徐二翠更加得意起来，我不枉让我家闺女念了那么多年的书啊。

圆圆往家里寄了两次钱就再也不寄了，圆圆也不再朝家乡的方向望。没有事情的时候，她就低着头想自己的打算。圆圆想，我寄得再多我都不会再回去看你徐二翠的脸色了。圆圆想，我是不会再回那个到处都是泥巴的家乡了。

圆圆现在只在乎她的那些钱，她天天都要拿出存折来看上许多遍。圆圆的钱增加得很迅速，圆圆还是觉得慢了些。圆圆不放过每一个人的邀请，哪怕那个人让她很不耐烦，她也许根本不在意自己耐不耐烦。圆圆要钱，为了一百元她都肯出去。她知道哪几个人是吝啬的，她完全可以找借口不和他们出去。可她不愿意让日子闲着，如果闲着，连一百元都没有。

圆圆和那些人出去，差不多都是先去吃饭。完全凭了客人的性子，性子急的吃得草率些，有时候就在小馆子里吃碗面。有的人就不一样了，他们把圆圆带到很讲究的地方，很细致地劝她吃，慢条斯理地说着闲话。这人也许是想培养一点感觉，但圆圆的感觉怎么样都是没有变化的。相反，拖的时间长了她反而着急起来。圆圆不在意吃，填饱肚子就行。她恨不得那些人把她带到一个地方直接就把事情办了，那样她就可以早一点知道她那天得到的是多少了。

圆圆给自己租了一小套房子，在一个破旧的小单元楼上。二十多平方米，没有客厅，但有厨房和卫生间。卧室放了一张大床和一张小木头桌子。圆圆很满意，圆圆觉得有那张床和那间能冲淋浴的小卫生间就足够了。圆圆以每个月一百五十元的价格租下了那套小房子。

圆圆主动提出让客人到她那里去，她含蓄地告诉人家，省时间省开房费的，圆圆的意思很明确。有人明白了她的意思，走的时候就会多放一张大票在她那里。圆圆心里得意起来，想起了自己曾经学过的资本总是追逐利润最大化的课程。把理论和实践在这里结合了，别有一番滋味涌上心头。

圆圆很讨厌自己的月经，每次例假她都烦躁得要死。眼看着到手的钱却不能拿，还要找出许多理由搪塞。晚上一个人睡在小屋子里，身子下面潮湿着，又冷又饿，肚子一阵一阵地疼，她就忍不住心烦意乱起来。她小小的年纪，倒是知道爱惜自己的身子。她有想法，她不想就这么把自己毁掉。

圆圆来例假的时候不愿意见人，可圆圆例假时与老曹做过一次，老曹就是第一次带圆圆出去的那个人。老曹很大方，老曹是国有企业的老板，老曹每一次给圆圆的钱都是最多的。老曹用那双肉乎乎的手握住圆圆的手。圆圆感觉到那里面是一沓子报酬和安慰，还有些体贴。每次圆圆低着眼笑，老曹就把钱贴到圆圆的手心里，却并不松开她的手。老曹说，我真喜欢你啊圆圆！圆圆就抬起头，把笑脸更灿烂地给他。

老曹在圆圆来例假的时候说要见她，圆圆就答应了他。

圆圆与别人做的时候很木然，圆圆与老曹做的时候也很木然，但是圆圆在来例假的时候与老曹做就显得有些委屈。如果老曹说两句体贴的话，她会伤心，也许还会流下眼泪。如果老曹说了体贴话，圆圆流了眼泪，也说不定会有一些别的故事发生。但是，老曹那天并没有对圆圆体贴，老曹因为厂里职工上访告状的事情正烦着。老曹一看到圆圆的伤口，立马就变了脸色。老曹火气很大地说，你这小姑娘不是成心要我倒霉吗你？

圆圆不说话，圆圆的情绪仍旧变得木然起来。老曹火归火，火完了就开始办事。因为有两股火烧着老曹，他那天办事有点像开职代会一样潦草。当然，依然秉承了国有企业的气派，钱一点也没少给。

圆圆送走老曹，觉得下面火辣辣地疼。圆圆顾不得那疼，她洗都没洗就开始数老曹丢下的钱，仍然是一个令人满意的数字。圆圆想，老曹终归是个不错的人啊！

圆圆后来再逢例假时，死活都不肯见人了，倒不是因为老曹的火气，圆圆是真的很爱惜自己的身子。

圆圆没有事时就算她的钱，圆圆计算的结果，她这样积累下去，五年之后就可以在城里买一套很不错的房子了。

圆圆想在城里买房子。圆圆想房子的时候可没有想到她妈徐二翠,更没有想到她爸肖正方和白痴肖两万,圆圆压根就没有想过要把他们接到城里来。圆圆有自己的想法,圆圆想房子的时候总是想到被桃子领回家去的马强。圆圆想,等买了房子就找一个马强那样的丈夫,甚至是比马强都好的丈夫。圆圆想,她不在乎那人是不是有钱,他若是个没有钱的,她就自己找一份踏实的工作养着他。圆圆想,人只要肯下力气,哪会有过不去的日子?圆圆想,她要给那人生两个孩子,她的两个孩子绝不会像她圆圆一样整天挨徐二翠的骂,更不能像白痴肖两万一样一辈子都不能走出自己的村子。圆圆想,我要比徐二翠更有出息,我要把我的孩子生在城里!我要他们做城里人,我圆圆要做城里人的妈!

三

李羊群是雅园的常客。有很长一段时间了,李羊群每个礼拜六的午后都要到雅园非常耐心地洗浴按摩。许多常常来雅园的客人都把自己弄得很匆忙,好像他们耽搁的时间太长久了,世界的末日便会提前来临。实际上他们已经耽搁得很久,只不过他们假装不知道已经过了很久罢了。李羊群从来不着急,李羊群的情绪摆明了就是来此休闲,他来的时候总是显得很疲倦。李羊群和他们显然不一样,像是个文化人。李羊群只是不太爱讲话,他不挑人,赶上哪个就让哪个做,也从来不与这些女孩子们搭讪。他把自己像要大卸八块似的扔在按摩床上,然后把头埋在床头的透气孔里,说,开始吧!就没一点声息了。

李羊群常常来雅园,这里的女孩子他大约是一个都识不得的。

圆圆第一眼看到李羊群就觉得他不是一个好色的男人,她就是这样感觉的。李羊群那天显然是喝过酒,他洗完裹着一条浴巾进按摩间的时候,透过屋顶玻璃射进来的阳光突然间逆着打在他干净的身体上,圆圆的感觉有些模糊起来。这个生得很体面的人脸上是透着丝丝缕缕悲伤的,当然,这悲伤别人是看不出的。圆圆那一刻觉得那悲伤是从她自己的心底里涌出,却写在了这个男人的脸上,圆圆的心里多少有一些被打动的东西。圆圆是第一次招呼了他,她赶在别的女孩之前对他笑了一笑,她站起身重新理了一下已经很整齐的小床，李羊群便很顺从地走来。李羊群躺下了，李羊群说，开始吧！然后一句话都没再同她说。圆圆于是便开始和泥一样地揉搓着手下的人，她觉得这个人是完全听任她摆布的，圆圆就发挥得极好，她的一双肉乎乎的小手均匀流畅地上下翻飞，她是用这种无言的方式安慰一个人的伤悲，也是用自己的伤悲去安慰另外一个人的伤悲。圆圆的小手胖胖的，伸开来手背上全是圆圆的小肉窝窝。圆圆的指肚阔而绵软，客人们享受了它们的安抚没有不喜欢的。客人们说，这姑娘凭了这双手就该是个有福气的呀！李羊群没有夸奖圆圆的手，但是李羊群是彻底放松了让圆圆那双舒适无比的小手揉搓，李羊群觉得自己在这个女孩的手下变成了一个乖觉无比的婴孩。李羊群的脑子里变得空荡荡的了，他的脑子里却又装进了许多意想不到的东西，他活在这个世界上所有的不快，都被这个女孩子一把一把地抓起来，像在河水里漂摆衣服一样拨来荡去。水花溅起来，波浪互相撞击着，一圈一圈地向外扩展，就像李羊群突然间流出来的泪水，而且是越想控制越流淌得汹涌澎湃。李羊群被自己吓了一大跳，他以为圆圆会大呼小叫，他以为至少圆圆会停下手来呼唤同伴过来看他。她们会笑他，她们像参观一个精神病人一样用异样的目光打量他。她们假模假样的，可气又可笑地安慰他。可是李羊群想错了，圆圆什么都没有做，她甚至没有让自己的手有片刻停顿，她就那样用按摩膏和着李羊群的泪水继续着她的工作，她仿佛事先就知道了一切。李羊群无声地伸出自己的大手把那双小手在脸上捂了片刻。

　　那次按摩结束后，李羊群是第一次在按摩间里打量一个女孩。他觉得这个年轻的女孩子脸上有一种成熟镇定得让他惊心动魄的东西。

　　他知道，他遇到了一个和他一样怀有委屈的人。

　　李羊群那一时间是应该让自己觉悟的。

　　李羊群再来按摩间是直接奔了圆圆过去的。圆圆有一种预感，她觉得李羊群肯定会约了她出去，她只是想不出李羊群会用什么方式约她。圆圆的正常按摩做到一半的时候，有人打电话找她。圆圆去接那电话，那时李羊群就睁开眼睛看她。是一个熟人打来的，约了她出去吃饭。圆圆眼前晃着李羊群看她的目光，圆圆就找了个理由推辞了。圆圆回来的时候有点心神不定。李羊群仍然是睁了眼睛看她，圆圆的心里就安适了一些。他和她不说话，但是他和她的心里好似是有了长久的默契似的。李羊群走的时候在圆圆的手里迅速塞了一张字条，毫无疑问是提前写好了的。圆圆觉得她那天的那一着是押对了。

圆圆下班前，洗了澡，特意把自己弄得更精彩些。那些女孩们就起哄，说圆圆你是不是相对象啊？圆圆不理她们，她的脸上溢出一丝不易察觉的睥睨的笑。

圆圆从雅园洗浴中心出来的时候，李羊群的车子已经在门口不远的地方等她了。白色的本田雅阁，很有一些奢华。但圆圆一点都不惊奇。倒是李羊群一瞬间有些奇怪或者失落，在心里快速地闪烁了一下，他再次觉得这姑娘是有些不同凡俗的。

李羊群问了圆圆的名字。圆圆说我叫圆圆。李羊群就告诉她他叫李羊群，李羊群说，你就称呼我李哥行了。

李羊群带圆圆去吃了肯德基，他好像知道圆圆的口味似的，问都没问就要了辣鸡腿汉堡，还要了一大包香辣鸡块，要了可乐，要了薯条和奶玉米。李羊群自己只吃了一只田园堡，然后就停下来看着圆圆吃。圆圆突然有一种丧气的感觉，她预感到等她吃完，这个叫李羊群的男人立马就会送她回去。

圆圆吃了很久，圆圆把李羊群给她叫的所有的东西都吃掉了。圆圆想，她能多吃一点就会挽回一些失望。圆圆终于吃完了，圆圆又坐到了李羊群舒适的车子里。她满心想听到的是我带你去宾馆吧圆圆，可李羊群却说，我带你去喝茶吧圆圆。圆圆是跟了这个叫李羊群的男人第一次走进省城的茶馆。圆圆觉得那里灯光朦胧着，里面的人说话时细声细气的，服务生走路都轻手轻脚的，是一个非常雅致的去处呢。圆圆注意到了，李羊群请她吃饭总共花了不到一百元钱，可李羊群在这里要一杯龙井就花了一张大票。李羊群让圆圆自己点，圆圆尽在茶单子上瞅价钱了。一瓶矿泉水要二十五元，可矿泉水是单子上最便宜的了，她就指了矿泉水。李羊群说，矿泉水没意思，你不习惯喝茶，就要杯玫瑰花茶吧！圆圆手里还拿着单子，就又瞅了一眼价钱，五十元。她心里又有了一股子没有缘由的沮丧。李羊群也不看她的脸，又点了几样茶瓜子点心。

那漂亮的玻璃杯子里放了些许的花和茶，水是续了又续。圆圆想，这什么时候才是个头啊？李羊群慢慢地品着茶，说着一些散碎的话，那声音就像沾在杯子口上,断断续续地像茶叶一样漂浮着。李羊群有一刻说圆圆你的性格有些像我的夫人,包括喜欢吃的东西。圆圆的表情紧了一紧,分明想说什么,但她到底没有打问他夫人的事情。李羊群再说些慢条斯理的、适合聊天的话题,圆圆一句都没有听进去。李羊群仍旧说他的,他把圆圆当作一个成熟女人了,他甚至把圆圆当作一个城市里的知识女孩了。圆圆作为一个听众,那倾听的状态也确实做得非常好,她的两个眼睛自始至终有礼貌地盯着李羊群的眼睛,她在李羊群询问她什么的时候,不失时机地点头或者摇头。她心里却盘算着,走的时候能不能把他们要的一大堆点心打包带回去当作明天的早点啊!

那杯顶级的高原玫瑰被开水浸泡得鲜艳无比,香气诱人。可圆圆已经喝不动了,圆圆把玩着杯子里的花朵,圆圆的心情越来越灰暗,就像那些玫瑰一样,刚被开水浇灌的时候,还泛着鲜艳。几泡下来,已经变成暗灰的茶泥了。圆圆的心里难过得要死,她是没有时间陪这个人这样消磨光阴的呀!

圆圆的确是个懂得礼貌的好女孩,圆圆心里无论有多难过,她的脸上始终没有流露出一点点的不耐烦来。

圆圆是在子夜时分被李羊群送回家去的,她的耐心似乎已经到了极限。这是第一次也将是最后一次,她想。

李羊群没有要求去她那间租来的小屋,圆圆提前已经知道,结局本来就应该是这样的。圆圆没有料到的是,在李羊群送她下车的时候,却在她的手心里塞了一个纸包,同下午塞那张字条时的情形差不多一样,迅速准确,多少有一些慌乱与不安。圆圆是通过那只白皙沁凉的手得到这些信息的。

圆圆紧攥了纸包上楼开了门锁,她打开灯,用后背抵住门,迫不及待地抖开那薄薄的牛皮纸信封。她提着心想,该不会又是一个大失望吧?圆圆看到了崭新崭新的一叠老头票。雅园的女孩子们都把百元的票子叫作老头票。

圆圆闭上眼睛,把那叠老头票一字排开,放在嘴上吻了一下,然后又抛向屋顶。票子纷纷扬扬落下来,圆圆半天都没有睁开眼睛。

李羊群请圆圆吃了肯德基,喝了玫瑰茶,给了她整整十张老头票。但是李羊群从头到尾手都没有拉她一下。

李羊群与别的男人确实是不一样的。

圆圆同李羊群的交道就是从那时开始的，距今大概有两三个月了。李羊群每个礼拜六的下午准时来雅园拯救自己疲倦的身体和灵魂，他已经是圆圆固定的客户了。真是这样的，不单是那些女孩子们，连作派夸张的女经理看到李羊群都会柔了嗓子说，李老板啊，圆圆姑娘可是等着您呢。

圆圆在心里算着，李羊群带她出去已经是第十二次了。李羊群每一次带了圆圆出去照例都是先吃饭，然后去喝茶。圆圆总是在被李羊群送回家的时候得到一个小小的纸包，当然不是总会像第一次那么多，可是比起别的客人，仍然算是不少的。何况，她根本什么都没有做。她只是一个陪伴，一个听众。她只是需要在那么一个固定的时间，固定陪伴一个人，听一个人说一些无关紧要的闲话，或者仅只是陪他坐一坐。

这是一个寂寞的人！这段休息时间分明又是一段寂寞的时间！

圆圆是一个好听众，圆圆是一个好的陪伴者。圆圆一般情况下不发表意见，圆圆只是点头或者摇头，圆圆用面部表情表达她的理解与认同。

那是一段非常特别的日子，圆圆知道了一个叫李羊群的男人的许多事情。这个叫李羊群的男人却几乎对这个叫圆圆的姑娘一无所知。

李羊群者，男性。曾经是某国家机关的公务员，曾经是某市国家机关被正式任命的副局长。李羊群有一个青梅竹马的、很漂亮很出色的夫人。李羊群却因为与另一个女人的一次艳遇把他青梅竹马的、很漂亮很出色的夫人给弄丢了。李羊群当然算是很英俊很出色的男人了，能够与其夫人相媲美。李羊群的前夫人却带着她与李羊群共同生育的儿子，嫁给了另一个非常出色的男人。

李羊群对圆圆说，这个世界太混乱了，太混乱了。然后把头埋在自己的手掌里。那个时候他就像一只脱离了羊群的羔羊，被伤悲和孤独一层层地缠绕着。

圆圆想这个世界并不算太混乱，只是这个叫李羊群的男人有点混乱。

李羊群是辞了公职的。李羊群丢了老婆觉得很没面子，李羊群觉得老婆儿子都丢了还当什么副局长！就像一个丢了羊群的羊还有什么资格当头羊！李羊群现在自己搞了一个文化传播公司，李羊群宁愿自己走羊肠小道也不想同过去的朋友混在一起。李羊群是这样要求自己的：再来一次，一切重新开始！

李羊群是这样说的，可圆圆觉得李羊群仍然生活在他的过去时空里，他甚至像是仍旧与前夫人活在一起。

是啊，丢个老婆也许就像丢件衣服；而被老婆丢掉，就像丢掉了所有的衣服，赤身露体地站在人前！

是圆圆自己觉得过意不去的，圆圆觉得李羊群终归是一个男人，是男人就会有那方面的欲望的。而且，李羊群是一个失去老婆的男人。圆圆很明确地表达了她的意思，她告诉李羊群，她不能老欠着他。

李羊群不老，且相貌英俊，是一个十分优秀的男人。可圆圆总是不能确定她是否有爱上这个男人的意思。圆圆说实在的只是觉得有一些东西是她应该付出的，否则她心里会不踏实。

圆圆说，李哥，我不能老欠着你的情，你什么都可以做的。圆圆说这话的时候，这么一个鲜嫩的女孩家就那样明眸皓齿地与李羊群的目光对接了。是一种坦坦荡荡的直白，没有一丝半点的矫揉或者造作。这真的是一个好女孩呢！李羊群这样想。李羊群如果在这种时刻再拒绝圆圆的意思，那他肯定就不算个男人了。

李羊群送圆圆的时候去了她的小屋。

一切都显得很合适，亦很舒适。李羊群觉得没有任何不自然，李羊群是个懂得体贴人的男人，这让圆圆感觉到了。男人与男人之间是有一些不同之处的。

李羊群的礼拜六除吃饭喝茶之外，又多了一项活动内容。圆圆的礼拜六成了一个特别的日子。连老曹都觉悟到，圆圆在那一天是拒绝见他的。圆圆自己感觉，其实并没有什么特别的地方，只不过她的那一天是相对固定给某一个人的。

李羊群与圆圆的相识叫作赶巧，赶巧遇上了，赶巧觉得合适。

圆圆与李羊群的交道只是出人意料的轻松自然，省了许多不必要的盘桓与周旋，省了她心里的如意或不如意、高兴或不高兴。有许多东西圆圆确实是琢磨不清楚的，她很放松，在这个叫李羊群的男人跟前她放松起来。

礼拜六那一天成了他们共同的休息日。

圆圆生病了，圆圆是个血肉的身子理所当然会生病的。圆圆在某一个周末请了一天假，圆圆患了感冒，更重要的是她来例假了。圆圆想，她没有办法对李羊群解释她的例假，她想到老曹的态度，她决定干脆不见的好。

圆圆同李羊群在每个周末见一次面，是按惯例，并没有什么特殊的约定。他们之间甚至连电话都不曾有，开始是偷偷塞上一张小条子，后来完全凭了眼神。他们在服务与被服务即将结束的时候相互看上一眼，好像在说，你明白吗？明白。我等你？知道了。圆圆下了班，四处看一看，便能寻到白色的雅阁，像一只温顺的绵羊卧在路边。悄悄地踏了落叶走过去，自己开了车门上去。开车的人不说话，坐车的人也就没有声响。然后，车子就向某一个地方驶去。事情一直就是这样，他们没有任何约定，但是谁也不曾想会坏了这个没有约定的约定。

现在是圆圆这边突然出了故障，仍然按习惯延续的李羊群一下子觉得无所适从。他仍旧是去洗浴，仍旧是裹了浴巾进按摩间，圆圆却不见了。重新换了一个女孩给李羊群做规定程序的按摩，仍旧是把他揉得舒适起来。李羊群有些糊涂，后来李羊群就睡着了。

李羊群出了雅园才觉得有些不对。

圆圆姑娘到什么地方去了呢？

圆圆姑娘是谁？

他李羊群的生活里什么时候就有了一个圆圆姑娘啊！

叫圆圆的女孩好似深夜里的田螺姑娘突然从某一个地方跳出来，现在又一下子消失不见了。李羊群想，那么就等下一个周末，见了圆圆问个清楚。李羊群想，好久没有见几个旧友了，也许可以见一见，也许还可以独自去看一次夜场电影或者独自泡一次酒吧。李羊群想了好几种方案，毕竟还有许多可以供他消磨时间的方式方法。但是，李羊群的心里竟然有了一丝慌乱。李羊群开着车子直接去了圆圆那里。

出现这样的结果，倒是圆圆万万不曾料想到的。

圆圆那一刻虚弱不堪地躺着，头发散乱，身上穿了家常的小花布棉袄，床上凌乱地堆了许多女孩家的小物什。这样的圆圆，突然看到李羊群，直羞得恨不能闭上眼睛看不见他。

圆圆说屋子里不干净，赶着让李羊群走。李羊群把桌上地下都看了个遍，他好像是第一次发现这个女孩子生活的简陋。再拿眼睛看那躺在床上的，小小的无助的身子，一阵强烈的爱怜涌上心头——可不就是个孩子吗？

　　李羊群走了，但是李羊群很快又回来了。李羊群不但回来了，而且带回了许多东西，大包小包吃的东西，甚至还从小店叫了一锅鸡汤。李羊群像个兄长，或者更像父亲般地把圆圆从床上拖起来。他说，吃吧！

　　圆圆的身子瑟瑟地抖。

　　李羊群说，吃吧，吃了就什么都好了！

　　圆圆吃了许多东西，又喝了好多汤。李羊群一直看着圆圆，她从头到尾都没有一点要哭的意思。李羊群还从来没有见过这个女孩的眼泪。

　　圆圆不哭，圆圆吃饱了恢复了体力，圆圆的脸色也变得红润润的了。圆圆说，李哥，我身子不干净，你要是不嫌弃你就把我要了。李羊群是结过婚的人，他哪能不知道轻重，就说，那哪成圆圆？李羊群说，圆圆我可不是为了这个。李羊群的脸上竟然露出处子一般的羞涩。那天是圆圆硬要的，圆圆在灯光下脱净了自己的衣服，圆圆说，李哥你是怕我淡了你的运气？圆圆说到这里，李羊群就过不去了。李羊群看到女孩病恹恹的一副娇弱样，也确实比往日添了许多激情。圆圆不哭也不说话，可圆圆的身体紧紧地缠绕着身上的男人。圆圆突然发现，她这才是第一次从心理上与人交和，她所有的感官系统都无比地快乐着。

　　那天李羊群在圆圆那里待到很晚，他走的时候圆圆已经睡着了。圆圆第二天醒来，感觉自己的力气全回来了，昨晚的一切像是一个香甜的梦。圆圆看到桌子上放了几张大票，她拿起又放下了，第一次没再数男人给她的钱，心里却涌满了欢喜。李羊群是个好男人，是个难得的好男人呢。过去认识的所有的男人加在一起，或许都赶不上李羊群的一根小指头！圆圆是这样跟自己说的。

　　圆圆歇了两天就开始上班了，圆圆的情绪显而易见更加愉快了，见到每个人都笑得蜜糖一样甜腻。中间老曹又约了圆圆出去，圆圆刻意地温存了许多，圆圆的身体感觉也好起来。圆圆让老曹觉得，这姑娘是开了窍了。老曹那天给了圆圆比往日都要多的钱。老曹让圆圆觉得，老曹也确实是个不错的人！

　　圆圆送老曹走的时候，听到一个孩子在对面的大街上对什么人喊，笨蛋啊，礼拜六是圣诞节！

圣诞夜那天，李羊群约了圆圆出去。天非常的冷，人行道上积了很厚的雪。到什么地方去呢？圆圆想着这样的天气应该躲在屋子里，钻在被子里。李羊群却把圆圆带到一个叫"直觉"的酒吧里去了。"直觉"那个夜晚是疯掉了，摇滚与尖叫组合得声嘶力竭。圆圆想逃跑，她忍受不了那样的声音与热闹。圆圆突然看到边上坐的一个七十多岁的奶奶都在摇头晃脑。再看一会，发现那老太太的脑袋根本就稳不住，圆圆冲着李羊群乐了。圆圆不喝酒，但是酒吧里的热烈让她觉得口渴得厉害，圆圆把李羊群给她要的一瓶科罗那一口气喝掉了，圆圆发现自己同酒吧里的姑娘们一样渐渐变得兴奋起来。

圣诞节、酒吧，这在圆圆的词库里曾经都是多么洋气的字眼啊，圆圆越来越兴奋。李羊群惊讶地发现，这地方让圆圆变成了一只快乐的母鸽子，咕咕、咕咕不停地说，咯咯、咯咯不停地笑。

李羊群开始喝红酒，就给圆圆要杯红酒。李羊群后来改了洋酒，就给圆圆同样要一杯洋酒。李羊群不停地给服务生点钞票，李羊群根本不清楚自己喝了多少杯。

李羊群和圆圆从酒吧出来的时候已经是子夜时分，气温大概在零下二十度左右，北风像一头巨大的怪兽，一口就把两个人身上的热气吞没了。圆圆不由自主地把身子扑向身边的人，李羊群也极自然地与圆圆拥在一处。他们彼此把对方紧紧地搂了，他们怕着那冷，更怕着那狂欢之后的黑暗与寂静。

李羊群说，我们回家吧！

圆圆说，我们回家啊！

圆圆是那年的圣诞夜住进李羊群家里去的。李羊群的家是他一个人的家，家对他来说意味着一所一百多平方米的睡觉的窝。圆圆觉得她能为李哥治理这个家，圆圆还不到二十岁，可是她自己觉得，她一点不比三十五岁的李羊群更显得幼稚。

圆圆从进去起，就再没有出来做事。

圆圆在李羊群的家里生活得很像一个小主妇，李羊群的家里是雇了钟点工的，一个月要给人家好几百块钱。圆圆说，李哥，反正我在家闲着也是闲着，要不我们把工人给辞了？李羊群说，辞了？干吗呀？我可不是让你来当工人的！圆圆一直琢磨他这话里的意思，不是让我当工人，那是把我当什么人呢？如果没有他这句话，圆圆还没觉得有什么问题。有了他这句话，倒真成了一个问题了。关于这个问题，圆圆想了许多天，想得自己都有些不痛快了，干脆就不想了。

圆圆把李羊群的家打理得井井有条。李羊群除了睡觉别的时间常常不回家。圆圆倒是从来没提过意见，是李羊群自己觉得挺过意不去的。李羊群就改了习惯，过去礼拜六的日子他也是在外面过，现在改了，现在他回自己的家和圆圆在一起过。圆圆在平常的日子就懒散得很，圆圆每到礼拜六就忙起来，把自己重新收拾得妥妥帖帖，等了李羊群接她出去。李羊群常常把圆圆带去原来的地方，吃饭、喝茶、聊天。那个时候，圆圆就有些糊涂，觉得仍旧是从前的日子。李羊群也分明与往日不同，往日在家里见了她并不太讲话，换到外面，就重新喋喋不休起来。不同的是，现在他们消遣完了就一起回家。一起回家的时候，就都感觉得出他们之间还是有了变化的。

圆圆时时会想起那个大风雪的圣诞夜的情形，可是那样的情形再没发生过。

圆圆每日都在家里养着，一日比一日地懒散起来。什么都由工人做，连喂喂金鱼、浇浇花这样的活她都懒得做了。她睡睡觉、看看电视，有时一个人出去逛逛街，有时还出去洗洗桑拿、做做美容。曾经是她伺候人家，现在是人家伺候她。姑娘们赶着嘘寒问暖，巴结着除去她的外套，称赞她又白了漂亮了，称赞她的衣服首饰好看。短短的一年多的时间里，沧海已经变作桑田。圆圆开始穿上价格一件比一件更贵的衣服，本来就生得银盆大脸的饱满，两只肉耳垂厚厚地坠着。任谁家的女人都夸她是个有福气的命。

李羊群每月都会照时在一个抽屉里放些钱。圆圆不能把它们存起来，可那些钱足够她消费了。她花起钱来也不再吝惜，学会了那些在商场里一泡就是半天的女人，买一大堆没有用的东西回来。无聊的时候，就把那些东西翻了又翻，设想一些用场，常常想到一半就丢开了。

这样的日子，也许正是圆圆梦寐以求的。但真过上这样的日子，她心里又空得像一座被废弃的仓库。其实圆圆并不曾遗憾她是不是少挣了多少钱。她要钱的目的又是为了什么呢？

李羊群是个好男人，李羊群从来都不曾承诺圆圆什么。可谁又能说，日子不会这样一直过下去呢？

圆圆想，等上两年，她一定要养一个李羊群的孩子出来。

圆圆从来都不是一个娇气的女孩，可有一阵子她突然觉得有了撒娇的欲望。快到圣诞节了，她要求李羊群带她出去过圣诞夜。圆圆现在也洋气起来了，她渴望刺激，喜欢起节日里甘醇的酒香。

李羊群连想都没想就答应了，因为圆圆几乎没跟他提过什么要求。

李羊群带了圆圆出去，他这次没有带她去"直觉"。他花了六百多元买了两张"小上海"度假村圣诞晚会的票。他想，既然出去了，就应该让人家开开心心地玩个够。

装扮成圣诞老人的门童给了他们两顶红色的尖帽子。圆圆穿了雪白的鸭绒棉袄，配了大红的帽子，一张粉脸红红白白的，像个瓷实的瓷器娃娃。所有的人都忍不住看她。就连李羊群都吃惊地发现，与自己生活了这么久的一个女孩，竟然是美丽得这么陌生。有一刻，当他从旁边看她的时候，仿佛觉得根本就不认识她。

二人找了一个位置坐下，立刻就有小姑娘过来推销她的玫瑰花和礼品。买花吧先生，送太太圣诞节礼物啊！李羊群随手就抽了一枝递给圆圆。圆圆的脸立刻就红了，迟疑了一下才羞涩地把那枝天鹅绒一样深紫色的玫瑰放在胸前。那样的颜色衬了雪白的底子，就越发地娇艳无比。李羊群恍然悟到，圆圆并不是他的太太。可那又有什么关系呢，他们在一起是愉快的。

还会有什么事情比让人愉快更重要呢！

圆圆并不能知道李羊群的心里在想些什么，圆圆见他对着自己发呆，就带了温情地与他的目光对接到一处。不相识的在一边看，就觉得是极好的一对。

真好啊！他们在心里兀自感叹。

李羊群的朋友就是这个时候从外面进来的，总有那么七八个，也许是十来个，圆圆那时哪里敢把心放平了数一数。

那群时髦的男男女女一看到李羊群就喊，哇，这么巧，早知道让老李请客了！

李羊群说我请酒水吧，你们就放开了喝。

那帮人几乎同时把目光打在圆圆身上。他们的目光让圆圆羞怯起来，那是城里人毒辣辣的肆无忌惮的目光。如果你是个心虚的人，仅凭那目光就能把你看矮下去半截。那目光罩着圆圆，圆圆只能把眼睛死死盯在桌子上的那朵花上。

有一装束得极欧化的准洋妞把胳臂支在李羊群的肩上，很随便地说，哥们，介绍一下啊！圆圆的心一下子提了起来，她想这太难为他了。

李羊群也许是想了，也许是没想。李羊群说，她叫圆圆，我的伙伴。圆圆的心总算放下了，她没有上过大学，可她知道伙伴是有多种含义的，可以是生意伙伴，可以是工作伙伴，当然，也可以是性伙伴。

那些人好像立马就把圆圆给忘了，他们在他俩身边坐下来。他们相互打情骂俏，也说一些文化事，有时还夹杂了英语。李羊群给他们每人要了一杯威士忌，男女都一样。他们开始自在地饮自己的杯中物。女孩子戴了很酷的首饰，翘了兰花指擎着杯子。她们也抽烟，样子极为优雅，就那么光明正大地在男人堆里抽。圆圆的那些女伴们也有抽烟的，可她们是在没有客人的时候偷偷地抽，样子放荡而懒散。圆圆放松了一些，她因为不再被他们注意而放松。他们吐出的烟雾像一条河流，但她觉得自己被他们隔在了河的对岸。他们喝酒，圆圆就喝自己那瓶加柠檬的科罗那。女士们是那么优越、放肆而又尊贵。她们有胖有瘦，有高有低，有黑有白。但她们无一例外地充满自信，而自信让她们漂亮和霸道。她们开心恣肆地说笑，她们是在自己的城市里啊！

她圆圆哪里能与他们这个圈子里的人交往？圆圆是圆圆，圆圆永远都成不了她们中的任何一个！

圆圆是有自知之明的，坐一会就说要先走。圆圆说完走就拿眼睛去看李羊群的反应。李羊群这只羊好像回到自己的羊群就把圆圆给忘记了，刚才还精神头十足地盯她的那双眼睛，现在一下子散了。他这样的神态与这帮人在一起才是合辙押韵的。圆圆以为，李羊群不陪她一起走，至少会挽留她。李羊群那时候正忘情地和他们追忆起一桩往事，他仿佛忘记了自己的角色，他本是陪了她出来玩的，但他不想让任何人在这个时候穿插到他们的往事里。他头都没扭就挥了挥手说，那好吧圆圆，你先回吧！

圆圆出了门并不觉得冷，她想起去年的这个日子，自己偷偷笑了一笑。她感觉笑容在脸上有些涩，也许是皮肤有些干燥，紧紧的。

圆圆打了车回家，放了满满一浴盆热水，然后洒了精油和浴盐。她脱光了衣服钻进水里，一边听音乐一边让自己的身体在水里一点一点地滋润。圆圆从水面上看着自己匀称的身体，舒服地叹出一口长气。她原本就是该这样在家里待着的啊！

圆圆洗了一个透水澡，慢慢地在身上涂上浴后霜。她年轻的皮肤紧绷绷地发出瓷的光彩，也许还没必要这样精心养护。可冬天皮肤是会干燥的，做一点特别的护理，会让触摸到的手有一种丝绸般光滑的快感，李羊群就这样称赞过她。她想起了李羊群那双手，那双手在这个圣诞夜也许在她的身体之外游走着，在一大群城里人中间，张扬而又镇定。

圆圆换了睡衣，又到卫生间细心地把头发吹干。她在洗浴中心做的时候，往往是洗了澡倒头就睡，早上却发现掉了很多头发。现在圆圆已经很知道如何保养自己了。

圆圆很快就睡了，她睡得很香甜，一夜连梦都没有做。

圆圆第二天醒来的时候，太阳已经亮晃晃地从没有拉严的窗缝里射进来。因为身边没有人，她有一刻曾经迷惑自己身在何处。李羊群一夜没有回来。

圆圆起来把窗帘全部打开，一屋子亮晃晃的太阳让她顿时觉得心里干净得像一面镜子。太阳很新，日子亦尽如人意。

圆圆先喝了一小瓶依云矿泉水，象征性地做了几节柔体操。钟点工还没来。圆圆没有等，她用冰奶冲了一杯玉米片，在煮蛋器里放了一个蛋，往烘烤机里放了两片面包。面包的香味瞬间覆盖了整个餐厅，圆圆吸了一下鼻子，她太爱这种烤面包的味了。圆圆仔细地给面包涂了黄油和蜂蜜，用四个指头夹了。她吃得非常认真，实际上她是在做营养和健美专家的功课。怎么样才能保持苗条，怎么样又能让营养均衡吸收。圆圆是个好学生，从她移植到城里的那天起，实际上她就逐渐适应了这里的土壤和气候。

圆圆吃了面包喝了奶，才脱了睡衣冲了淋浴，然后坐在化妆镜前给自己化妆。这是她每日的主要工作，哪怕是没有一个观众，哪怕她化了再洗去，她都觉得不能怠工。她今天占用的化妆时间可能比往常多一点，化得格外细致。

圆圆穿了出门的衣服，她突然决定要去逛商场了。

圆圆走的时候，钟点工刘打来电话问中午买什么菜。圆圆说买一只土鸡，炖了做汤面。这是李羊群喜欢吃的饭，圆圆不能肯定李羊群中午会不会回来，但还是准备了的好。也许他会回来。

　　圆圆打车去了鸿虞，那是省城比较高档的品牌店了。已经有很久了，圆圆有事没事常常去转一转，也未必每次都真的买。圆圆其实是个买衣服非常挑剔的人，即便有李羊群付钱，不是十分理想的她都不肯要。而且，她也未必是奔着那些名贵的牌子。圆圆清楚，她太年轻，有一些大牌子并不适合她。

　　圆圆一连试了几个她平常喜欢的牌子。她喜欢有朝气的，喜欢那种重的色调，她还太鲜嫩，只有靠重才能压得住自己的轻。圆圆那天是看上了宝姿的一套西洋红的羊毛格子套裙，她试的时候，突然想起了桃子的那件裙子。她立马脱了下来，说，有些俗气了。店主说，是刚刚上的货啊！圆圆看了一下店主，选了一件纯红色的长裙，说，包起来吧！看见店主笑了，圆圆很老到地用手比了一下说，老八五啊？店主说，我们最低九折！说完在计算器上按出一个数，就开始给她包衣服。圆圆最后用手摸了一下那料子，做结婚礼服也是可以的。

　　圆圆回到家已经差不多 12 点了，李羊群依然没有回来。那女工都习惯了，圆圆洗了手她已经把饭菜摆好。

　　圆圆吃了一碗面，又喝了大半碗鸡汤。正午的阳光强烈地射进来，把满屋子弄得亮晃晃暖烘烘的。女工把屋子打扫得差不多纤尘不染了。这是个很负责任的女工，是个城里人呢！原来是个纱厂的工人，还当过省级劳模。圆圆问过的，说是现在下岗比当劳模挣得还多，工作亦没有从前的累。女工才四十来岁，总是穿着极朴素的衣衫，头发松松地在脑后打个结。她来的时候总是像一张纸那样悄无声息地飘进来，脸色苍白，目中无人，几乎是不带任何情绪的。这样的女工，倒是让圆圆看出许多尊重来。我老了大约就是这个样子的。圆圆想。

　　圆圆吃了饭就进了卧室，女工到底不记得她有没有给自己交代过什么，也许有，也许没有，她真的恍惚了。女工收拾干净，就关了门走了。

　　李羊群是晚间过了十一点后回家来的。他推开圆圆的门，见她穿了大红的衣裙，姿态端庄地躺在床上，脸色艳丽，已经睡得十分安静。

　　李羊群是第二日的早晨才看出异常的，他再去看她的时候，觉得那情形怎么与昨晚没有任何两样？过去摸了，才知道是冰凉的。

李羊群昨晚竟然没有发现，圆圆的枕头旁边是摆着一只空掉的药瓶的。

后来那药瓶就一直摆放在李羊群家里最显眼的地方。

清点遗物的时候，李羊群翻出了一张身份证。圆圆原来是叫肖明惠。

李羊群在一段较长的时间里基本上把肖明惠的历史搞清楚了，现在只剩下一个问题始终纠缠着他，那就是，这个叫肖明惠的姑娘为什么要寻死呢？

发表于《十月》2005 年第 1 期
转载于《小说选刊》《小说月报》
获第四届鲁迅文学奖

城外的小秋

一

小秋初中毕业没考上高中，而且，她拒绝了随爸妈到城里生活。反复做工作无效，妈就生气地骂她，命贱，天生不争气。看着女儿一脸纯净地站在那里，爸说，算了吧，考不上咱不上，不来城里就在乡下待着。爸还有另外的心病，小秋的奶奶坚持一个人住在乡下老屋里，三个儿子谁都不跟，更不要说到城里住了。小秋不来城里，祖孙二人做个伴也算是一种不是选择的选择。

上学后小秋的大名才改成任秋慧，她生在秋天，刚落地奶奶就唤她小秋。一个女孩子，家里人也犯不着为她的名字费神，都跟着唤她小秋。

小秋的爸爸任健成是学医出身，又有点祖传的手艺。任家的几辈人都在乡下做郎中，对跌打损伤头疼脑热什么的，手到病除。他原本是想学到爹的手艺，像爹一样守在家门口靠着祖传一把抓的能耐，让一家人吃穿不愁就行了。他爹却逼着他们兄弟三个念书，那两个弟弟都不争气，读来读去读不出个名堂，爹就罢了手。任健成一直念到中医学院，临毕业时看着在家种地的俩弟弟青黄不接的脸色，才明白了爹说的"土地能养人，也能杀人"的金玉之言。他再也没有回乡下去，而是像一棵连根拔起的树那样栽在了城里。刚开始在别人的诊所当助理，忍辱负重做了五六年，从理论到实践，从技术到性情，渐渐做得从容笃定，宠辱不惊。再加上他有几招家传的手段，许多人的顽疾都被他医好了。最传奇的是，有一次，一个卖冰棍的妇女在大街上中暑，大伙眼看着她倒在地上翻白眼。任健成掏出银针，一针下去，那妇女躺了一会，竟然爬起来又推起车子喊着"一毛钱一根"走了。口口相传，"任一针"的名声渐远，客户积累到差不多的时候，他就在老城区人口密集的地段租了两间门店。到了小秋十七八岁，爹的诊所已经扩大到五六间门面，很像回事了。魏碑体书写的"任一针诊所"五个朱红大字，在城市五颜六色的霓虹灯的余光里，虽然单薄了些，但也蛮有底气。

小秋妈嫁过来就一直在诊所跟着她爸打下手。小秋生下来不足月，像个小猫咪一样大，一天到晚生病，闹死闹活地哭，过了半岁也没长成个大猫。别人家的孩子有啥不妥，抱过来让任大夫掐掐按按，说好就好了。可轮他自个，怎么也治不好女儿的病。医不自治，这话他算是服了。小秋七八个月大时，爷爷得癌症死了，奶奶被接到城里带孙女。小秋每天哭闹不休，奶奶也口口声声不是吃不好就是睡不好，店里生意又忙得不可开交，小秋妈急得七窍生烟。有一次，在饭桌上奶奶又挑肥拣瘦，儿媳妇就说，唉，一个个都是享不了福的命，早知道是这样，何苦把你们圈到城里受苦？第二天早上天不亮奶奶就起来收拾东西，死活要带着小秋回乡下去。

小秋妈赔着笑脸说，娘，你何必跟我计较？我说话头上一句脚上一句没个准头。

奶奶说，这回你的话说得正合适，说到我心上了！

小秋被奶奶带回乡下，正是玉米长缨子的时候。豆丁大的女孩被抱着经过玉米田，听到风吹叶子唰啦唰啦的声音，黑眼睛骨碌碌地转动，看都看不够地看啊，小细胳膊仿佛经不住风吹，舞动得像玉米叶子一样欢快。在城里奶奶不曾见她笑过，到了田地里，被风一吹，竟然风铃一样笑得咯棱咯棱响。

奶奶想，这孩子，命中属土，合该长在田地里。

奶奶笃信中医世家传下来的"要想小儿安，三分饥饿三分寒"的医训，她让小秋吃不饱穿不暖，天天跟着乡下孩子野跑，非等到小人儿拖着鼻涕喊饿，她才让她吃东西。所以乡下的小秋，吃起东西简直像个饥民。奶奶还买了一只奶羊，每天带着小秋和羊在地里跑，饿了就挤碗鲜奶喂她，只把个孙女养得瓷疙瘩一样，什么毛病竟然全都没有了。

小秋在乡下跟奶奶长到七岁，被妈妈强行弄到城里上学，好吃好穿地要把女儿改造成一个城里人。小秋却始终活在这个家庭之外，加上两个弟弟合着伙作弄她，整天眼泪都没有干过。一个月不到，瘦得像根牙签一样。看着女儿每天的不开心，爸拉着她的手问，小秋你怎么了？小秋说，我想回家！爸心里一紧，觉得一股凉气顺着脊背滑了下去。他说，孩儿，这不是你的家吗？话没说完，看见小秋眼里的泪水，爸待在那里，好一阵子心里没缓过劲来。

　　小秋的漂亮不打眼，是那种需要一点一滴地看出来的好，搁在田野里，好比一朵蒲公英花，色泽纯正，朴拙明丽，越看越耐看，有着脱俗的美。到了城里，缩手缩脚的，怎么打量都像个没开的棉桃。好歹住了一个月，眼看着瘦，夜里睡觉总是在噩梦中哭醒。有一天早上送她去上学，到晚上干脆不回来了。爸妈找了半天没个着落，半夜找到乡下去，看见她在奶奶的床上窝着，一脸的心满意足。气急败坏的妈妈拉过来就打，小秋细嫩的屁股在她恨爱有加的巴掌下由白变红，由红变紫。直到打得自己泪流满面，跌坐在地上，小秋还是面不改色心不跳，始终就是一句话，我不回城里了。爸看不下去了，说，由着她吧。妈说，这么小就由着她，大了咋办？爸摸着女儿红肿的屁股，哽咽着说，还由着她。

　　小秋后来就一直在乡下跟奶奶过，书念得有一搭没一搭的。只要身体好好的，任健成也不再要求更多。他在城里待的年头长了，什么样的人和事都经见过，有时倒觉得女儿在乡下，两下里都省心。

　　让他们想不到的是，女儿在不经意间就到了谈婚论嫁的年龄。而且这事该来的时候没来，不该来的时候突然来了，让他们心里像撒了一把麦芒，不光是疼，还有说不出的硌硬。

二

　　小秋在爸妈的忽视里长大了。任健成根据政府的要求，在乡下给娘和闺女盖了新房子。村里的新农村规划刚做出来，他第一个就响应了。随后应者云集，一年工夫，新村像从地里生出的一片蘑菇，齐刷刷、白嫩嫩的。两层的小楼，一户挨着一户，屋子里都接通了自来水。小秋最喜欢的就是房子带卫生间，有抽水马桶，上厕所再不用害怕冬天的寒风和夏天的苍蝇蚊子了。刚开始盖房子的时候，奶奶死活不同意。爸爸做她的工作说，我在政府眼皮子底下做生意，离不开政府的支持，他们让带个头，我不答应能过关吗？奶奶说，他们敢吃了你？儿子赔了笑说，他们吃我我倒不怕，我怕的是他们不吐不咽，让我不死不活。奶奶想不明白，她是被儿子的话吓得不敢吭声了。小秋就知道，打从搬了新屋，奶奶一天也没高兴过，整天唉声叹气的。奶奶也许是想念她的那些鸡。多少年了，院子里总是养着一群精神抖擞的鸡。在奶奶看来，进屋子不抓一把粮食撒给鸡们吃，这个家就不是个真正意义上的家。小秋吃的鸡蛋，都是刚从鸡窝里捡出来的，握在手心里还热乎乎的。新屋没有院子，鸡们没地方住，有一阵子奶奶每天还要奔几里路到老院给鸡们喂食，晚上等鸡上了窝去关圈门。跑了一阵子就跑不动了，毕竟七十多岁的人了。有一天，奶奶愤怒了，一股脑地把鸡都杀了。奶奶杀鸡的样子，让小秋什么时候想起来都浑身哆嗦。老婆婆两手鲜血，像一个杀红了眼的歹徒，追赶着满院子扑棱棱飞跳的鸡，抓住一只立马让它身首异处，好像对它们有着几辈子的深仇大恨似的。一会，整个院子里尸横遍地血流成河。小秋吓得远远地逃开了，那时候她也许还不知道，她喜欢的很多乡下的东西，像那些鸡毛一样，正一点一点地从她的生活里被褪掉。

　　小秋嘴馋，有时会想念奶奶在老屋地锅里蒸的馍馍，面团直接贴在锅沿上炕，每个蒸好的馍馍都有一面金黄的锅焦。她喜欢闻村子里做饭时的味道，秸秆燃烧后升起的袅袅炊烟，缥缥纱纱地荡在房屋和树木的上空。小小的人吸着鼻子望天，常常觉得自己正是童话书里的那个小仙女。

　　小秋养了一条叫大黄的狗，上学放学都跟她形影不离。小秋后来不上学了，大黄就跟着她和奶奶下地。家里还有两亩多地，爸爸早就不让她们种了，奶奶坚持种，主要是因为小秋坚决要种。收了麦子，叔叔们帮助把地整理出来，她们就一粒一粒地点上玉米。地头还会种一小片花生、几棵甜瓜，还有长豆角，几根棍搭个架子，爬得枝枝蔓蔓的，结的豆角比小孩子都高。小秋在她的玉米地里，快乐得像个公主，大黄就是她的仆从。

　　大黄有一个怪毛病，就是从来不在新屋里睡觉，白天在新屋待一天，晚上甭管多晚，祖孙俩关灯睡觉，它就回老屋去，寒冬腊月都留不住。小秋每天起床打开门，狗就会在门口卧着，主仆二人难免亲热一番，像一辈子没见着了一样。可是有一天狗晚上走了，第二天没回来。村里人都说是给城里人偷去下狗肉锅了。想着大黄被凌迟的样子，小秋哭了好一阵子。奶奶从小叔家又抱了一只小黄，说是这狗长不太大，吃狗的人看不上眼。小狗没有在老屋里待过，小秋走哪儿它就跟哪儿，晚上不用担心它寻回老屋去了。

大家都说，等村里人都迁入安居房，老村子就要拆了。奶奶一听到谁说这话就淌眼泪，她舍不得院子里的树。两棵榆树比小孩子的腰都粗，每年三四月里，榆钱开得花团锦簇，用面粉拌了做成榆钱窝窝，蘸了蒜汁吃，舌头都要鲜酥了。她还常常做了让人给小秋的爸妈送到城里去。城里的馆子可做不出那么好的吃食。山墙边的两棵柿子树，结的柿子小碗一样大，一到秋天柿子们挂在枝头，热闹得像一树红灯笼，衬托得满院子喜洋洋的。西窗边上的枣树，结的小枣比蜜都甜，够孙女吃上好几个月。奶奶从娘家嫁过来五十多年了，一直在老院子里住，从一个青枝绿叶的小媳妇熬成了一个百毒不侵的老太婆。奶奶跟小秋说，她最担心的就是老屋拆了小秋爷爷想回来找不到家。小秋笑了，朝奶奶做鬼脸，是吗？除了怕爷爷找不到家，恐怕还怕其他人不高兴吧？奶奶说，这诡谲妮子，看我撕烂你的嘴！

小秋说的那个人，是老倔头郝强。他家地多，几个儿子都出去打工了。本来想让他把地租给别人享清福，可他坚持把儿子们的地都揽过来一个人种，住老屋离自家的地近。干部们劝他从老屋里搬走，儿子们也劝他。老郝强把脖子一拧，一句话就把他们的想法拍死了。他说，除了爹娘，我就跟这老房子亲，它养了我七十多年。等我断气了，你们把我扔出去喂狗都行！老郝强在村头碰见小秋奶奶。小秋奶奶趁着没人悄声劝他说，这气不能赌，我们老胳膊老腿了，死活没啥要紧，可得给儿孙们留条后路，胳膊拧不过大腿！老郝强说，我哪像你，在城里有那么大的家业。我怕啥，大不了去南大院喝稀饭。南大院是指监狱，老郝强这是拿话堵她。小秋奶奶当然知道，老郝强面上对她使性子，其实心里是舍不得她搬走。年轻时两人偷偷地好过，她娘家嫌郝家穷，中意任家的手艺和家道殷实。终身大事怎么能容得她自己做主？小秋奶奶也坚持过，抗争过，终归不起作用。她娘说，爹娘生了你养了你还得顺着你，天底下哪有这样的好事？闹出事来要么你死，要么我死，要么咱俩都死，可是咱家这规矩不能死！等你当了娘这道理你就明白了。

当了娘她果真明白了，三个儿媳妇都是她一手包办的，从头到尾三个儿子没谁敢跟她龇牙咧嘴。

老郝强一辈子都拿眼睛白她。水性，见几个钱就能把心卖了。小秋奶奶也发狠,我想不卖自己的心能有什么办法?你家什么时候上门求过亲?你又有钱让我爹娘卖我吗?再说了,我什么时候说过稀罕你,应下过要嫁给你吗?老郝强更加愤怒,我爹娘是没有背着钱袋子求过亲,你也并没有应下嫁给我,可你说你不稀罕俺你自个都不信,俺家地边上的煮鸡蛋葱油饼不是你偷偷给放的?小秋奶奶一肚子的委屈说不得,她和他赌气,但又觉得确实欠着他的。几十年都这样过来了,老郝强说点什么,她表面上不在意,可心里还是非常作数的。而且恰恰因为心里欠着他,面上就更加矜持。老郝强那边,是得理不让人,倔强已经成了他身体的一部分,是他的壳。两个人的坚持,反而更像两个斗气的孩子。想起来,小秋奶奶就有说不出的羞愧和无奈。

　　老郝强是三庄五村最好的庄稼把式,他种的田哪怕和别人的夹在一起,站在田头一望,高低分寸就出来了。种什么什么好,不但长势旺盛,单看那讲究就知道主人是何等的用心。埂是埂畦是畦,漂亮得像是小姑娘的头发辫,被娘耐心地梳理过了,横竖都是好看。他地种得漂亮,人也长得高大结实,走路腰板挺得倍儿直,脚底下像刮旋风,大姑娘小媳妇见了没有不偷偷瞄两眼的。除了种庄稼,老郝强种瓜果也是一把好手,棉花地里种上一畦甜瓜,麦茬地里点上几棵西瓜。他种的瓜个大心甜,而且还要样,到了收获的季节,他家的土地谁看着都眼馋。小秋奶奶在地里薅草,薅着薅着就摸出两个白里透黄的甜瓜,有时是一个翠绿西瓜,全是挑长得最好的样送。小秋奶奶当姑娘时叫翠儿,翠儿不傻,凭那郝强眼睛里星星一样的光亮,两个人你一眼我一眼的,就知道瓜果是结在哪里了。郝强后来也常常收到东西,有时锄地突然锄出来两个煮鸡蛋,一摸还热乎乎的,有时是麻布包着的一张葱油饼,饼烙得酥香,恨不得有一千层曲曲弯弯的心思。郝强舍不得吃,卷巴卷巴揣在怀里,一定要看上半天,直到看得饼会说话了才肯下口。

　　翠儿嫁了,郝强后来也娶了外村的闺女。日子既没调转方向,也不曾改变目的。在乡村生活中,爱情是不作数的,它只是寻常日子的一张皮,要么是它自己蜕掉,要么是被粗粗拉拉的生活磨掉。不过,磨掉了还能再生,伤着了还会愈合。

　　郝强娶的女人身坯子天生就弱,没少在翠儿家郎中那儿针灸拔罐。任郎中不像个庄稼人模样,身架子不高也不大、团团的,面皮比女人都细嫩。他天生的好脾性,说起话来有板有眼,上知天文地理,下知皇帝老儿的三宫六院。女人在他这儿医病，还能捎带着受教育，所以能多耽搁会就多耽搁会。翠儿看着那些女人的心思，又好气又好笑。有时候她想，要是把他和郝强换个个儿，自己躺在他的病床上是个啥心情？想着想着，自己反倒觉得没了意思。

任郎中在时，郝强见了翠儿就发狠，人去了又发呆。翠儿从小姑娘熬成小老太婆，凭人家怎么样都始终是自尊自爱的表情，目不斜视，竟然还是小姑娘家的尊贵模样。郝强有时实在忍不住犯贱，偷偷往人家地里送瓜果蔬菜，她也不声张，把瓜果收了吃了，见了人仍旧是目不斜视。倒是郝强家的女人，打从一开始就觉出不对，郝强的心思一辈子都没使在她身上，到了却也抓不住个啥把柄。这个心里才是真苦，头晌家里少了点什么，后晌郝强家女人见了小秋奶奶，眼睛变得刀子一样犀利，一眼一眼地好似要把属于她的东西剜回来。小秋奶奶像对待郝强一样，脸上愣是不带任何表情。

先是任郎中不在了。又过去几年，郝强家的女人也不在了。不过小秋发现，自爷爷死后，奶奶再也没拿过郝强爷爷偷偷送到地头的瓜果，也很少跟郝强爷爷说话了，有时候在路上碰见，她也要故意拐个弯绕开。小秋说，奶奶，你怎么那么不待见人家？奶奶说，我跟他有啥要说的？小秋说，为什么没有？人家还见天想着给你送瓜果什么的。奶奶叹了一口气，说他要是想给咱们送瓜果，就让孙子光明正大地送来。你爷爷在的时候，我站在大街上跟他说一天都没啥，吃他多少东西也能还他多少，你爷爷也从来不小我的心。现在你爷爷不在了，我能让人家在后面捣脊梁骨吗？就是人家不说，我也不能让你爷爷在那边不踏实。不管奶奶怎么样说，细心的小秋瞧得出来，奶奶说到郝强爷爷的时候，表情一下子就变得温柔起来，竟然还有一丝小姑娘家的娇羞。

小秋奶奶没有搬到新村的时候，老郝强不肯搬的主意还没那么坚决，后来他看小秋奶奶走了，就彻底断了自己的退路。他之所以留下来，主要是为了给小秋奶奶看。别人搬的时候他走那算是撤退，现在再搬就是逃跑，村子里还有谁会拿他老郝强当个人看？况且住着自己的老门老户，不偷谁不抢谁，谁逼他他就跟谁急。打听打听，谁不知道他老郝强是个敢喝热汤的人！

三

小秋晚上睡不着，就带着小黄到老村子去转转。她喜欢老村街上的味道，还有老村街夜晚的感觉。尽管大部分院子都空了，但是空了的院子里依然能发掘出一大堆人物，能猜到主人家的模样性情。新村就不一样了，水泥地上生不出故事，所有的房子长相都差不多，连栽棵树都是村里统一发的树苗，家家门口收拾得干净整洁，看不出家里人的脾性。小秋是个心里有故事的孩子，但她的想象在新村那里被屏蔽了。

小秋走一会就走到田里去了，玉米叶子沙沙的响声让她身心舒展。晴天会在那里等她，第一次就是在玉米田里被郝晴天搂住的。郝晴天比他爷爷有出息，爷爷恋了人家一辈子，手都没有拉过，他却一下子搂上了人家的腰。

小秋在乡下上学，奶奶不放心，天天提着书包接送。地里活忙时，就把她托付给郝家的孙子郝晴天，打小两个孩子就爱在一块玩。郝晴天跟他爷爷的性情一脉相承，倔脾气上来了，挨打时敢跟爹娘老子还手。可在小秋面前，他旺盛的火气好像被水给浇灭了，连一点烟都不冒，让周围的人觉得不可思议。郝晴天上学接，放学送，说实在也没得到小秋几句好听话。有时候，他在小秋面前说一点出格的话，小秋会很长时间不和他说话。明明是他受委屈，最后还得他小心翼翼地赔不是。晴天的奶奶活着时老背着脸骂孙子，跟爷爷一样没出息，一辈子犯在女人手上，到末了屁都搂不着。

郝晴天可没有奶奶说的那样笨，他轻易地就搂上小秋的腰。后来得寸进尺，又摸了人家的奶子，亲嘴好像是无比自然的事情。小秋可不是个轻浮的孩子，可是一到玉米田里，她的身子就变得柔软无比。她那时是一株植物，任凭晴天的揉捏，好像是不懂得羞怯的。换到别处，她就变了另一个人，端庄得完全让郝晴天摸不着头脑。

小秋和晴天好成那个样子，却从不在语言上有任何表达，常常让郝晴天心里没底。可小秋对郝晴天的好奶奶却是知道的。有一回，郝晴天送小秋一个书包，小秋随手一扔，像是不在意的样子。奶奶还真以为孙女不喜欢，拿它装了鸡蛋，小秋见了，气得眼泪吧嗒地把鸡蛋全倒在地上，倾巢之下当然无一完卵。奶奶打也不是，骂也不是，再有郝晴天送的东西，咋都不敢乱动了。照理孙女在乡下找对象，奶奶是不愿意的，她知道小秋迟早是要回城里去的。可因为郝晴天是郝强的孙子，她就狠不下心肠说她了，仿佛这是还郝家债似的。想到自己的儿子媳妇把孙女交给她了，她又不能坐视不管。常常旁敲侧击地给孙女往这个话题上扯，先说到自己的婚姻。她说，幸亏那个时候我父母看得远，要不哪有咱们这一大家子人今天享的福？小秋笑了说，奶奶，我觉得你这不是享福，这是认命。奶奶说，啥叫福啊？认命就是福。你看看咱这村子里，只要是自己找对象的，八成都过得不好，离的离分的分；只要是父母包办的，包括你爸妈，不都过得好好的？小秋就说，人想干啥就干啥，不想干的事坚决不干，走到哪儿算哪儿不也是认命吗？小秋说话时安静的神情让奶奶心惊。奶奶见她这样说，知道她心里透亮，也就不再打哑谜了，说，你的婚姻事可不是自己能定下的，你看好了的要是你爸妈不同意咋办？小秋仍旧细声细气地说，嫁给谁是我自己的事，得我自个说了算，否则我就不嫁呗。奶奶一瞬间脸憋得由红变白，由白变青。可是僵持了一会，她仿佛看见了五十多年前的自己又托生在孙女身上，可孙女显然是比自己当初有主张。这样的小秋，表面上温顺如水，心却是铁打的，爹娘怕是管不了的。奶奶叹一口气说，唉，小秋啊，现在你们说话，说一句就能算一句话，我们那时候说这样的话，连个屁都不算，不认命又能怎么办。现在的孩子有福气啊！她本来是在开导小秋，说出来的话却像是在羡慕孙女了。

　　小秋和郝晴天上学读的是同一个年级，小秋只读到初中。郝晴天被爸爸逼着勉强把高中念完，他心不在读书上，考不上大学是理所当然的事情。毕了业也不出去打工。小秋不愿意到城里去，郝晴天自然哪里都不去。村里的年轻人都出去闯世界了，他的两个姐姐也都在外面做事。家里就他这么一个儿子，又是那样的脾性，他说不出去，爹娘也只好由着他了。

　　小秋的爸妈见过郝晴天，任健成是正眼都不给人家一个。那次是小秋的爸妈回来看奶奶和小秋，正好郝晴天在。待他走后，小秋的爸妈还有过小小的争议。爸说，一个壮小伙子，书没念好，什么技能也不学。等爹娘老子都走了，一个人吃风喝沫啊？小秋妈却看着喜欢，孩子长得像个小明星一样，高高大大，比自己儿子都展乎。就说，你也不看看你闺女那不争气样，真找个这样的，我看不比城里的孩子差。再者说了，咱这地马上就划到城里去了，要真是成了，倒是咱们的福分。走的时候，小秋妈让婆婆问问郝晴天，说咱家诊所里要人，他愿不愿意去做事。小秋奶奶逮个空闲了。郝晴天说，我得去问问小秋。见了小秋，郝晴天按捺不住自己的高兴，说，你爸妈想让我进城跟着他们做事，你觉得怎么样？小秋一脸无辜地瞧着人家，把人家汗都弄出来了。小秋说，你自己的事你得自己做主，我怎么能决定你呢？郝晴天说，我的事不就是你的事嘛！小秋说，你的事就是你的事，你的事如果是我的，那我的事是谁的？小秋的口气和神情让晴天觉得非常沮丧。他想，我留下来就是为了你，出去也是为了你，不问你问谁啊？可是他没这样说，他觉得跟小秋说这样的话，说了也是白说，她从来都是这样，像是听不懂人情世事。他只是反问她，那是你们家的诊所，你会回去吗？小秋摇摇头，半天才补了一句，我就在乡下陪我奶奶种地。郝晴天说，要是奶奶不在了呢？小秋说，奶奶不在了还有我，还有家！这话说了半天等于是没说，郝晴天一时间着急起来，恨不得砍下一只手来给她，好让她明白自己的心。说真格的，若是能和小秋一起去城里做事情，他是很有些向往的。他现在手中总是没有太多钱，爸妈给的只是个零花钱，要是自己挣了钱，就可以给小秋买许多礼物。城里人谈恋爱都要给对象买个戒指，若是你任秋慧戴了我郝晴天的戒指，总不会再说我的事情是我自己的事情了吧？

小秋不愿意去城里，郝晴天就没有了主张，他回家去把心事说给爷爷听，爷爷一点都不同情自己的孙子。到城里去有什么好，城里人吃的都是有毒的饭菜，在乡下吃的菜都是爷爷亲手种的，绿色植物。你哪儿哪儿都别去，就在乡下跟爷爷学种地，爷爷这一辈子想吃啥吃啥，想什么时候歇就什么时候歇，可不比城里人过得差。爷爷还说，钱再多有啥用，任家挣钱多，老头子六十不到就死屄了，钱一分都带不走。比了他，我可多赚了二十年的命。郝晴天是个傻孩子，不知道爷爷和小秋奶奶的故事，但他觉得爷爷说的有点在理。一般大的孩子出去打工，听说天不亮就得起床，吃的也不好。他在乡下，睡觉不论点，太阳晒到屁股还得再赖一会。吃食爷爷可从来不缺他的嘴，鸡蛋肉从来未断过，瓜果蔬菜都是从地里现摘的，依着小秋的话说，吃到嘴里还有泥土的香气。

到了下午，郝晴天又到小秋的田里去找她。他以为小秋会为进城的事跟他生分，可小秋仿佛早把那事给忘了，坐在田埂上，兀自往手指上缠绕着几根草茎，一脸的快乐和恬静。郝晴天过去，坐在她旁边。晚霞由鲜红变成了紫红，暮霭升了起来。春已经很深了，杨树的叶子已经能发出哗哗的喧响，远处行人的腿脚埋在麦垄里，远远看去像在水上滑行。再远处，能看见城市上空被反射向天空的光线，在暮色里变幻着面孔，看起来忽然有了一点柔情。郝晴天趁势去搂小秋，小秋弯在他的怀里不反抗。他去吻她，她也不躲开。

虽然城里没有去成，郝晴天觉得幸福依然如期而至，因此心里是满满的感动。他把小秋的手握在自己的手里，觉得那手柔软无骨，像从地里长出来的一片叶子，淡蓝色的脉络时隐时现，让他既非常熟悉，又异常陌生。他顿时心生困惑，这样的手，若真是戴上个戒指，还不变得不像小秋了？

四

村里连着开了几次会，让大家支持社会主义新农村建设，虽说并没有强迫搬迁的意思，但大家都知道搬迁已是大势所趋。村主任说，社会主义新农村建设是百年大计，农民都上楼了，离城市近，老村庄的土地腾出来可以建工厂，搞开发。搬进统一规划的新村，卫生条件都改变了，用上了自来水、煤气灶，卫生间里有抽水马桶，过上和城里人一样的日子。按村干部的话说，除了晚上陪自己睡觉的女人没换，该换的都换完了，还有啥想不通的呢？

工作做到最后，呼啦啦都搬完了，就剩下老郝强自己。他成了钉子户，他跟孙子成了这个村子最后的守望者。一个老几辈都在这里熬日子的村庄突然间变得寂静无比。

小秋是个心地善良的孩子，她心疼郝晴天和他爷爷，他们晚上睡觉的时候会不会孤独呢？她晚上带着小黄到村子里转悠，突然就会流出眼泪，剩下郝晴天爷俩她已经很心疼，剩下这些空屋，这些树木，这夜晚的声音，更是寂寥。村庄在月光里，这样地静美着。她小小的年纪都舍不得，奶奶在这里住了一辈子，年轻的记忆全在这个村庄里活着。庄子推平了，记忆也就没有了。再过上几年，老人们都死了，关于庄子的故事，就彻底消失了。

年轻人的伤感，来得快走得也快。小秋睡一个晚上，等太阳重新升起来，她的快乐就又回来了。她喜欢早早地到田地里去，哪怕是冬天被大雪掩埋的土地，她都喜欢那种肃穆庄严的感觉。郝晴天的爷爷说，雪是麦子的被子，雪下得越厚，来年的收成就越好。小秋不听话，她总是偷偷地把雪扒拉开，看看雪窝里的麦子是不是还绿着。雪窝窝里真是暖和啊，正午的时间都能看到从地下往上冒热汽。麦苗们在被窝里眯着眼睛，睡得懒洋洋的。

到了春天，小秋觉得自己的骨头都是痒痒的，田野里的一草一木都让她快乐无比。小秋和奶奶认真地种她们的那块田地，收了麦子就点玉米。什么苗都那样神奇，它们的欢喜让小秋惊讶，芽苗在风中舞动的姿态比最好的舞蹈动作都优美。它们是有知觉的，比人都懂得炫耀。老郝强会让晴天给她们送一些菜苗及茄子、辣椒、黄瓜、豆角、西红柿。爷爷教晴天怎么侍弄这些秧苗，什么时候授粉，什么时候打杈，什么时候浇水施肥。爷爷怎么弄，晴天就教小秋怎么弄。到了秋天，小秋家田里的果子，红黄青绿，酸甜苦辣，把祖孙两个的眼睛都耀花了。奶奶高兴起了，就会回家给小秋做好吃的。除了葱花油饼、韭菜鸡蛋盒子，奶奶最拿手的是茄子面片。先用茄子沾了面，摊在锅底细细地煎黄，西红柿切碎了熬一锅红汤，面片擀得溜薄，和煎好的茄子一起，放在熬好的汤里煮了，起锅时搁一点小磨香油，加一撮荆芥或者石香叶子。小秋敢保证，城里再好的馆子都做不出这样的美味，喝一口，眼泪都鲜出来了。奶奶总是说，饭又做多了。就让小秋给晴天家送一盆子去。老使唤人家孩子的力气，得感谢不是？小秋根本不听她说什么，早就乐颠颠地去了。她乖巧，先盛一碗给爷爷，还卖好，说是奶奶特意给他做的。小秋看着爷爷吃得一脸幸福的样子，心中很是骄傲。郝强爷爷地种得好，奶奶的饭却是村子里做得最好的。小秋等他们吃完，把盆子洗干净拿回家去给奶奶看，好让她知道，人家多稀罕她做的饭。

半山羊村离城里只有二十里路，小秋成长的这些年，城市也在不断地长大，展眼的工夫，站在自家的小楼上都能看见城里人家的灯光了。小秋的爸爸早就说过，省城周围的土地都卖光了，农民都进城做工了，他们的村子迟早也得变成工厂。到那时，大家都不用再种地。小秋听不进爸爸的话，她觉得那还是很遥远的事情，她听不懂关于城市化进程之类的话，她的心思都在奶奶的两亩田地里。

郝强病倒了。他坚持住在老屋里没有人能把他咋样，但种的土地国家要征收他却抗拒不了。他想不通，拿着前年刚刚与政府签订的三十年不变的土地承包合同跟他们据理力争。坚决不要那点卖地的钱，那不是钱的问题，土地是老人一辈一辈传下来的，不能卖。他觉得不管任何时候，卖地都是败家子的作为。他的固执和捍卫土地的热情抵御不了市场法则，周围的人都要钱，钱是他们进入城市的通行证，他们黑黢黢的脸能在城市里用钱漂得跟城里人一样白。老郝强觉得，这些人是活得没有一点尊严了。他带着一些人去上访，先去乡里，再去区里，再去市里。开始一些人跟着他跑，是指望多要一些钱，跑来跑去，这些人便被更多的钱打倒了。等剩下老郝强自己时，他把递过来的卖地合同撕得粉碎，甩在区领导的脸上，坐在政府院子里撒泼。派人给送回去，第二天他仍然是冲过去哭闹。终于把人给惹火了，竟然被警车拉到看守所拘留了十多天。

老郝强病倒了也没人看他，村里人觉得他丢了人。真是老糊涂了，给钱都不要。生产队那会，年年都给他劳模，真不知劳模是怎么当的。小秋奶奶让小秋天天送饭给他吃，变着花样儿做，小秋回来的时候总是一脸的愁容，送什么好像都不稀罕了。

征地拆迁工作组进村的时候，郝晴天带着小秋去找他们讲理。工作组的人说，城市化是国家的大政方针，谁破坏它我们坚决不答应！郝晴天说，我爷爷只是护着自己的土地，没破坏人家的任何东西，犯了什么罪你们抓他？工作组说，他冲击党政机关，不是罪是什么？晴天说，你们门口的牌子上写的是人民政府，人民进人民的政府还算是冲击吗？我看你们这些人还不如国民党，电视上人家台湾老百姓指着国民党的主席破口大骂，主席还点头哈腰地认错呢。工作组的人故意逗他说，这小屁孩，你还想让国民党回来，重吃二遍苦、再受二茬罪啊？晴天说，若是让我们自己说了算，这样的苦罪没谁不喜欢。工作组的人拍了桌子，说，你是不是觉得你爷爷上次太孤独，还想拉他一起去做个伴？晴天才不害怕，他说，是啊，要不是这我还不来找你们呢。他们被警察强行轰了出来。老郝强在门口等着他们，说，我啥都准备好了，他们要是抓你，我就碰死在他们车上！

工作组还没走，打狗队又进村了。据说这里已经划为市区的范围，最近市里狂犬病有复发趋势，市区周围禁止养大狗了。他们来抓狗的时候，小黄站在门口忘情地叫着，它不知道人类的圈套，只是想着尽一个卫兵的忠诚。听到它的叫声，一群打狗队的人和乡干部一起跑了来。一个长着娃娃脸的家伙把套索朝小黄扔去。狗不知是什么，顶头冲了上去。套索越拉越紧。小秋站在门口，用手捂着嘴泣不成声。奶奶过去拉住娃娃脸的衣服求他说，这条狗比一只猫大不了多少，你们抓它干吗呢？娃娃脸不理她，拉着狗只管往外走。晴天和小秋在后面跟着追。那个刚才和晴天吵架的征地干部嬉笑着对晴天说，娃儿，等着让国民党回来吧，你看电视上，国民党主席看见狗比看见他爹都亲。他说话的时候，好像完全没有看到小秋哭得撕心裂肺的样子。

这一件件突如其来的变故，让小秋无法承受，感情上像打了一个一个的死结，怎么都解不开。

大家都觉得老郝强是活不长了，怕是得气死，做他工作的村干部也停下来了，等信儿呢。但是突然有一天，他又起来了，扎把（收拾）好自己，扛了锄头照样上地。土地已经卖了，青苗费也赔偿过了，谁还收拾那地？老郝强却像过去一样，稳稳地收拾起自己的庄稼。让他惊喜的是，除了他，地里竟然还有小秋和她奶奶。她们正在给玉米松土，好像所有发生的事情，那祖孙俩都是不知道的，没有人能琢磨出她们心里想些什么，她们只顾着和土地说话了。慢慢地，一些老人和孩子都到地里来了，尽管地是人家的了，围墙也拉起来，但是庄稼还在，没准厂房盖起来之前，还能收茬玉米呢。村干部们气得蹲在地头抽烟，他们能管住谁？连他们自己的父母孩子也都下地了。

没有人明白老郝强的心。对他来说，有地种是多大的福分啊，人就是长在土地里的，如果看不起土地，伺候不好土地，那就是忘恩负义。这次拘留更让他明白了一个理：老是责骂土地的人往往是最爱土地的人，口口声声说爱惜土地的人，实际上在心里把土地看得一钱不值。人与土地这件事真是说不清道不明，这世道真是变得越来越不可思议了。

五

对小秋来说，灾难是出其不意地到来的，她是在玉米们被推土机推倒的时候出的事。

玉米棒子已经水仁儿了，大伙都请求工厂再等半个月，但是没有人理会他们。后来有明白人悄悄说，正是他们的请求让开发商觉得不能手软，因为玉米收了之后就是种麦，麦子一旦种上，就更下不了手了。所以一场大雨之后，玉米正在可劲生长，来了一帮人和几台推土机，一个上午的工夫，所有的庄稼都被碾平了。豆子花生在老人孩子们的尖叫声里变成了泥土。小秋拉着奶奶刚从玉米地里跑出来，一台推土机朝她们冲过来，她护着奶奶往田埂上走去，脚下一滑，滑到了埂下的水沟里。在奶奶的哭叫声里，小秋像一条鱼那样泡在水里。郝晴天赶紧跑过来拉她，发现她的手冰凉冰凉的，脸色惨白得吓人。

回家之后小秋就开始发烧，低烧，一口气烧了四十多天，好容易把烧退了，却发现她的腿脚好好的，却不会走路了。小秋的爸妈这才意识到问题的严重性，他们带着女儿跑遍了北京上海的大医院，都查不出来什么毛病。任健成无计可施，只好把闺女背回自己的诊所，十八般手艺都使上了，闺女仍一点点起色都没有。小秋妈妈的脸愁得都能拧出水来，这孩子打从生下来就不是个享福的命，不是这儿出事，就是那儿出事。好容易长成个人样，咋又得上这么奇怪的病啊！小秋爸说，可能是冷水激着哪一根神经了，估计一时半会难以康复，慢慢养养看吧。小秋妈牙疼似的说，既然这样，她想去哪儿就让她去吧，在城里就没有笑过，回乡下可能心情还好点。还有那个郝晴天，小秋该不会是想见他吧？小秋爸皱了眉头呵斥她，回乡下就回乡下，你把人家扯进来干吗？

  郝晴天去过城里好几趟，每次去诊所，小秋爸妈都带着小秋到外面看病去了。后来他好容易找到了他们，要求留下来，只要能和小秋在一起他做什么都愿意。小秋爸说，现在不招员，小秋病着，我们哪还有心思开诊所？他说这话是在堵他，想着自己的女儿好好的时候，没跟他说个明白，这时候再扯上他，还不净让人说闲话？郝晴天也见到了小秋，看着小秋一脸的平静，安慰的话一句也说不出来了。就他们两个在房间那会，小秋欠着身子去拿一本书，差一点从床上摔下来，郝晴天借机过去抱住了她。小秋突然问他，你信命吗？晴天糊涂着说，有时候信，有时候不信。小秋说，什么时候信，什么时候不信？晴天说，该信的时候信，不该信的时候不信。小秋说，你知道吗，我出事头天夜里，一直做梦，身子泡在水里，下半身都是木的。晴天说，也可能是你腿不舒服了才做那样的梦。小秋说，不是，我觉得那是我的命，我现在相信命。比如你吧，是在我的命里还是命外，都是有定数的。郝晴天突然说了一句连他自己都惊奇的明白话，如果这时候我信命，我相信命中注定我在你命里。小秋把书本摊在自己腿上，一点一点展平，叹了口气说，人要是能像书里那样生活多好，什么事情都能变回来，再大的烦恼三句五句话就划拉掉了。小秋长这么大也都没有说过这样深刻的话，她说的这些让晴天吃惊，还有点听不懂。

  小秋和奶奶是十点多钟被送回乡下来的，妈妈把她打扮得干干净净，像出远门旅行回来了。刚到村街上，老人和孩子都跑过来看热闹，小秋妈发点心给大家吃。这么俊的姑娘，好好的，怎么说瘫痪就瘫痪了呢？她们说。妈妈苦笑着解释，小秋的腿没事，不能走路是暂时的，养一阵子就好了。她一路走一路这样说着。小秋则像一个局外人,静静地看着远处,一棵树,或者是一个匆匆走过的人。

郝晴天从车子上扶下奶奶,又伸手抱出小秋,做得好像从头到尾都是这家里一口人似的。小秋爸爸本想拦住他,被小秋妈推到一旁去了。生得高大结实的郝晴天,抱着瘦弱了许多的小秋就像抱着一团棉花。他那疼惜的小心翼翼的样子,让小秋妈看得眼睛潮潮的。想起来她跟小秋爸关于这孩子的争执,心里不禁泛出一阵酸楚。

郝晴天从此像上班一样,天天耗在小秋家里。有郝晴天陪着,小秋的情绪慢慢平复了。奶奶做的饭比城里好吃多了,让她的脸颜色也好看了一些。但是小秋不喜欢出去转悠了,她不能走路,虽然郝晴天可以推着她走,可她自己没有了看的热情。

只有到了晚上,她才让晴天推着她到村子外面去。老村庄没有了,老村庄的消失,细想起来是那么的惊心动魄,好像一把刀把人们的生活拦腰裁去了一大截子,就像灾难片上那些突然消失的世界。树都到哪里去了呢?还有小鸟,还有炊烟?小秋的心痛着,田地已经变成一片一片的厂房和高楼大厦,机器轰鸣。她的身心像眼前的世界一样坚硬而冰凉,话都懒得说。被郝晴天抱在怀里,也没有一丝热情。郝晴天滔滔不绝地讲着好笑的事,想让她高兴起来,她似乎都没有回应。小秋回来像变了个人,表情冷静得让他畏惧。他抱着她,忍不住亲她。小秋任由他动作,自个却朝别处看去,神色安详。如是者三,郝晴天的一腔热情慢慢地冷却下来。

这个本来简简单单、大大咧咧的大男孩,过去从来不肯静下心思想事情的人,现在被小秋逼得没有了主张。他只是懂得一味地对小秋好,但这个"好"更多的是被他凭空地想出来的。过去小秋带给他的是快乐和憧憬,现在小秋带给他的是迷茫和看不到结局的焦虑。很多时候,小秋在他眼睛里是两个人:一个是任性的,像沟坎上野生的花草,天然率真,不管不顾地疯长;另一个是理性的,那样内敛,安静到冷漠,而且心思藏得严严的,没人知道她想些什么。晴天不知道,往往不了解的事情,才会小心翼翼,才会害怕损坏一点点。从他爱上小秋的第一天起,他就被一种无法言说的力量所慑服,与其说是爱,不如说是迷恋更准确。对,他迷恋她,就像教徒对宗教的迷狂,盲从的力量更大一点。以至于这一天,当两个人真正地面对这些问题时,他才忽然觉得自己的爱情是如此的苍白。那天他还想把小秋抱到外面去,小秋制止了他,让他坐在她的对面。小秋说,郝晴天,你真的喜欢我吗?

真的喜欢!晴天的脸因为涨红而显得更加神圣。

你喜欢我,可你知道我喜欢什么呢?

我知道!

你知道什么呢?

郝晴天觉得这个问题无法用言语表达清晰,他试图去拉她的手,被她躲开了。

我会知道很多,你让我慢慢想!

小秋不看晴天,她的目光迷离着,我们没有地了,我们种不出玉米了。

郝晴天说,你别怕,没有地我将来会找一份工作养活你!

小秋说,郝晴天,你认为我们俩在一起你就快乐了,而你快乐了我就会快乐。郝晴天,我喜欢和你在一起,可是我现在仍然不快乐。

小秋的话让郝晴天发愁,他的确不知道怎么样才能让小秋快乐。

更多的时候,小秋不说话,被她喜欢着的男孩抱在怀里背在背上,像只睡着的羊。曾经在田地里,她是个疯孩子,晴天的触摸让她不同寻常,她甚至会主动亲吻他,咬他的耳朵,说一些平日里难以想象的傻话。现在无论晴天怎么招惹她,她都没有一丝反应。郝晴天都有些委屈了,他多爱她啊。他忍不住试着抚摸她身体的敏感处,她的面色一如既往地安详着,并没有责备他的意思,但是她的安详衬得晴天多么轻浮。是晴天自己觉得没意思了,两个人再在一起,就只怯怯地待着。奶奶见了,偷偷地抹眼泪,发愁孙女这样了,若再拴不住个晴天,往后的日月可怎么过?

六

小秋越来越虚弱,说话的力气都没有了,整天歪在沙发上看电视,仿佛电视上那些故事正跟她对视着,谁也说服不了谁。郝晴天不来看她,她显得很急躁,来看她,她又没有多少热情。他每天背她到院子里晒太阳,她软软地俯在他的背上,没有气息,心跳都感觉不到。郝晴天有时会突然跳出来一个念头,小秋会不会死?有一次他梦见小秋真死了,在梦里他非常发愁,不知道该把小秋埋在什么地方。过去村子里谁家死了人就埋在自家地里,可他们现在地都没有了。而且他还听人说,没有结婚的闺女家,死了是不能埋坟地里的,随便找个地方葬了,也没个人添坟,过几年坟包平了,这个人就彻底消失了。郝晴天突然想结婚,他决定抽时间去城里找小秋的爸爸说一说,若他们肯让他娶了小秋,小秋死后就可葬在他家的坟地里,那样他每年可以给她添添坟,烧些纸钱。他背着死去的小秋,一直往远离城市的方向走。在涉过一条河的时候,小秋忽然说话了,她说,你把我放下来吧,让河水把我冲走算了,这个世界上哪儿都埋不了我。

奶奶可从未准备小秋死的事情,她自己都七十多岁了,还没有想好什么时候死。奶奶相信忽然哪一天,小秋的腿就会好了,仍然牵她的手去田地里玩耍。她们的菜园子没了,可以去别村的沟坎上采一些野菜,小秋爱吃荠菜饺子,吃饱了,咂着红鲜鲜的嘴撒娇,满口的野菜香呢。奶奶每天变着法子给小秋做饭吃,顿顿都不重样。小秋每天打起精神吃饭,就是为了让奶奶喜欢,仿佛她是为奶奶活着,若是奶奶没有了,她说不准真的就会死了。小秋那天说想吃葱油饼,奶奶就让晴天替她到小卖店里买一些新鲜的葱回来。地卖了,村里人吃菜也得买。开小卖店的人要到距城很远的乡村去收菜,天不亮就得走,拉回来的那些菜也像离开土地的人,总是软塌塌地打不起精神来。老郝强说,这东西哪叫菜!连草都不是,草还是青枝绿叶的。他边吃边骂,很多时候宁可吃榆树上的老叶子。有时候郝晴天从小秋家带饭给他吃,说小秋奶奶亲手做的,他才吃得有滋味一点。大病一场之后,老郝强变得很瘦,土地收走之后整天蹲在家里不出门,饭吃得极少,人一下子变得矮小了许多。

郝晴天去买葱,奶奶去厨房和面了。

郝晴天走的时候小秋在沙发上看电视,安徽台正在上演电视剧《娘》。小秋不爱看那些男人和女人互相算计的电视剧,她看不懂那些计谋,看一会就头疼。小秋喜欢《娘》里面的女人,那样善良。那时候的乡下似乎和现在的不一样。那时的乡下人无论穷富,身上都有一股子生机勃勃的劲头,爱恨情仇都写在脸上。现在的乡下,所有的人都是一种表情,看不出他们是高兴还是郁闷。那时的乡村是兴盛的,哪怕是打仗的日子,家家都在为田地忙碌,为生孩子忙碌,村子里人欢马叫,满当当的。现在村里人越来越少,年轻的都到城里做工去了,留下些老弱病残,一副衰败的模样。纵然是从城里回来的年轻人,也已经改头换面,在城里眉高眼低地生活,咋就一脸的卑琐模样?

小秋厌恶他们,也厌恶这一切。小秋边看电视边想,那么个善良的娘,后来为什么一定要让她的孩子到城里去呢?她不喜欢剧中的端午,连她的死她都看不上,若是端午和新四一直在乡下种地,她就不会变坏去害灵芝,那她还用得着死吗?

郝晴天买了葱回来,惊得尖叫起来。小秋正坐在电视机前哭泣,她用手指着电视里的画面,泣不成声。郝晴天看到了,端午在玉米地里薅草,画面里一坡一望无际的玉米,绿得耀人的眼睛。面对这一坡的绿,小秋哭得很汹涌,腿不能走路这么久,她始终不哭。可是,她今天好像是要把积攒的泪水一下子都控出来。她不说话,只是一个劲地哭。郝晴天过去紧紧地抱住她,把头抵住她的头,说,小秋,我一定让全世界的人都知道我怎么爱你!小秋用手搭住他的脖颈,盯着他的眼睛,她自己的眼睛在泪光里像燃着一团火。

晴天想起了他做的梦。在梦里把小秋冲走的那条河,在他脑海里波光粼粼。

晴天中午一口气吃了六张葱油饼。吃了饭,他把小秋背在背上出了门。

郝晴天走了差不多十里路,路过几条河他都不记得了,他把小秋背到外村人的玉米田里去了。太阳照耀在他们头上,均匀地向土地泼洒着金黄柔软的光泽。玉米们风姿绰约,棒子鼓胀得丰满圆润,头上顶着红缨子在风中亭亭玉立,那一切的一切,多像一群陪嫁丰厚的待字少女啊!风轻微地撩拨一下,她们就笑得沙沙响。在没有玉米的日子里,一年就这样仓皇地过去了,小秋去年的玉米正是这个时节被碾在地里的,今年的这个时节,玉米生生不息地长在别人的田地里。年复一年,守着田地的人就这样播种他们的日子。四季轮回,春种秋收。他们的日子,他们的粮食,他们存活的希望在土地里被深深地掩埋着。小秋把郝晴天的脖子搂得紧紧的,她的眼泪刷刷地流着,脸笑成了一朵花。郝晴天把她放下来,紧紧地把她抱在怀里。她搂着他的脖子说,郝晴天,站在这里,对着这一坡玉米,你要说一百次,你爱我!

七

听着郝晴天的计划,爷爷的脸色渐渐开朗起来。开始他是半躺在床上听的,这是他平生最看不起的姿势,他经常教训孙子的话就是,站要有个站相,坐要有个坐姿。可是最近他自己都觉得撑不住了,光想往床上躺。孙子说到最后,他从床上下来,走到了院子里,说,老天爷,你真是开眼了啊!力气好像突然之间又回到了爷爷身上,他让孙子陪着他,去街上买了两斤卤肉、几个大饼,回头走到半路上,又让孙子去买了一瓶烧酒。祖孙俩吃饱喝足,红光满面,好久都没有吃过这样香的饭了。

第二天,郝强起了个大早,坐着长途车去了大别山区。郝晴天的一个老姑奶奶,郝强的一个老妹子,嫁到了大别山里。她过去多次捎信让他去,他一直没腾出来时间,今天他要专门去拜访她。车子整整走了一天,到了傍晚才到。老妹看见老哥哥,又惊又喜,半天合不拢嘴。她说,你也不想法子打个电话来,真是咱们兄妹该见面,你要是晚来一天,这次咱们就见不到了。她的孙子专门从东莞回来接她,让她去住一段日子。郝强是知道的,老妹的儿子在东莞开了个鞋厂,生意都做到了外国,把一家人基本上都搬去了。老妹年龄大了不想去,只是一年去住三几个月。老妹的孙子程宣,年龄跟晴天差不多大小,却拿着手机,戴着大金表,一副企业家的派头。郝强想着先把自己的事说了再吃饭。老妹嫁得天高地远,好久没有见到娘家人了,哪里有让他说话的工夫?她指挥着孙子孙媳给郝强做了一桌子的好菜,腊肉腊鱼炖烂了,香得几条街的狗都在院子外面转圈子。小米酒黄澄澄的,看着就让人眼馋。

老郝强没有胃口,饭吃到一半,他停住筷子说,我这次是专门来办事的,如果你们明天走,还是先把事说了吧。老妹说,哥啊,什么事这么急?要是不行明天我们也可以不走。郝强说,我是想来租点地种,家里的地都被政府征完了。老妹吃惊地看着他,说,那不是变成市民了吗?多好啊,你这把年纪还种什么地?郝强说,这跟年纪没关系,地我还没种够。程宣这时插上话说,舅爷,您老没仔细算算,种地真是太不划算了,刨去成本,一年也赚不了仨瓜俩枣,根本不够工夫钱!郝强说,要都不种地,你们吃啥?程宣说,话是这样说,可是咱们这里的人,只要一进城,死活都不会回来了。他们都说,在城里要饭也比在家种地强。咱们这里的地都承包给农业合作社种树了。

听他这样说,郝强放下筷子,一张脸因为失望拉得老长。老妹看见哥不高兴,也没心思吃了。她突然想起了什么,给孙子说,你打个电话问问你爹,好像他有个同学在北边农场当场长,前一段你爹回来,他还来找他,要让你爹帮忙找个大户把农场的地租出去，说是农场的人都朝外走了，地都荒着。孙子从腰里把手机拽出来，立马给爹打了电话。他爹在电话里说，一会让农场场长把电话打给他。这边刚把电话挂了，一会工夫电话就打了过来。程宣说，我们想去租点地种。那边问，租多少啊？孙子捂住话筒问郝强，多少？郝强伸出两个指头，说，二百！程宣一惊，问，二百亩？郝强说，二百亩！

第二天老妹没走，她让程宣带着老舅爷去了北边。快走到了郝强才弄明白，所谓北边，就是淮河边上。农场厂部就建在淮河大堤上，像一个土匪的寨子。农场场长见了他们俩，带着他们直接去了地里。他以为程宣是租地的大老板，一个劲地跟他套近乎。先是给程宣说去年那场大水，百年不遇啊！他用手比画着周围，这里全泡在水里，淮河不是淮河了，变成淮洋了，我估摸着跟太平洋个头也差不了多少。程宣说，那是，就是太平洋的水比这里的清。你不知道啊，整个农场全部泡在龙宫里了，场长说，我跑到王家坝管理局去找领导，他们拦着不让进，说温总理正在给河南和安徽的头儿们开会，我就在大坝旁边等着。后来看见总理带着他们一大群人走了出来，又站在大堤上看了半天。当时我就祷告龙王爷，让他安排温总理来俺农场看看，他要是来了，指头缝里漏一点，不就够俺们职工吃半年的！后来我给俺的头儿说起这事，他把我批评了一通，说我祷告错了，像我这农场的级别，归回良玉副总理管。我真是又生自己的气又窝囊得要死，你想想，我哪里认识回良玉啊？郝强听不懂他显摆的是个啥，说，这么好的农场，为啥没人种？场长说，主要是洪水不好伺候，淮河是两头高中间低，水走到咱们这里就走不动了，这里是洪水招待所，它一来没有个十天半月不会走。程宣看看郝强，郝强也不再问什么，只顾自己扒拉着土地看，一会把土放手里搓搓，在鼻子上闻闻，放舌头上尝尝；一会用脚丈量着距离。程宣说，那你让人家租地，不是坑人吗？水一来都冲走了。场长说，不是那回事，咱这土地肥实，都是洪水走后留下的腐殖土，一年抵人家三年的产量，就是说，收一年就不怕三年被水淹。程宣用头点了一下郝强，说，那你给他说明白吧，不是我租地，是他，他是我舅爷。场长看着老头说，是他？这时刚好郝强走了过来，场长说，您老人家租二百亩地？郝强点点头说，二百。场长说，这二百亩地一年的租金，就按两百块一亩，也得四万块啊！郝强把一条布带从腰上解下来，说，这是两万整,算是我的定金吧!

八

郝晴天走进诊所的时候,任健成正在忙碌着,病号一个接一个,忙得他抬不起头。小秋妈也忙里忙外,连跟他说句完整话的工夫都没有。郝晴天像个病号,坐着等了一个多小时。看着那些进进出出的病人,他有点惶惑,城里人没有田地,不下力,为什么还有这么多的腰酸背痛?他们乡下人是因为劳动才会扭伤腰腿,没有闲出病来的。村子里经常病歪歪的人是让人看不起的。而城里人病了,竟然有满嘴的道理,还好意思说是什么富贵病。好像是病来找他们的,而他们是无辜的受害者。

眼看着快到中午了,郝晴天站起来往外走。小秋妈看他欲言又止的样子,知道他有事要跟她说,赶过来送他。站在门口,晴天一会看着不息的车流,一会看看小秋妈的脸,然后说了一句话,让小秋妈一下子待在那里说不出半个字来。他说,妈,我来没什么事,就是中午想请你和爸吃顿饭。他说了诊所旁边一个餐馆的名字,转身去了。小秋妈看着他高大的背影消失在人流里,站在那儿半天回不过神来。她发现自己的泪水流了下来,她就任眼泪汹涌地流着,也不去擦它,直到城市喧嚣的世界在她面前变成一团明晃晃的水汽。

饭店选在离诊所不远的一条僻静的街上,小秋爸妈走到的时候,郝晴天正站在门口等他们。落座之后,郝晴天开门见山,说,爸妈,我要娶小秋,今天就是来给二老商量着怎么办事的。小秋爸沉吟了一下,说,晴天,你的心情我理解。作为小秋的父母,她都这样了,如果找到你这样的好孩子,是我家修了八辈子的阴德。要是在一年前,我们也许会毫不犹豫地答应这门亲事,可是现在不行,我们不会把小秋这样子推给任何人。郝晴天说,小秋二十一岁了,她自己的事情应该自己做主了,爸妈也不能一辈子都管着她。小秋爸说,你说错了孩子,小秋从小到大,我们都没管过她,至少没有管住过她,但现在我们要管,我们不能把她丢给别人管。郝晴天说,爸,你这样说,是把小秋当成包袱了。小秋爸说,小秋不是包袱,她是我的闺女。郝晴天说,反正你这是可怜她,小秋不需要可怜,如果你可怜她,等于让她活着比死都难过。小秋妈说,晴天你不也是可怜我们小秋吗?晴天说,我不是可怜她,我是想让她明白什么是快乐,也要让她明白什么是我们俩的快乐。

这时候服务员开始上菜，郝晴天打开一瓶酒，先给小秋的爸妈斟满。服务员出去后，小秋爸说，晴天，快乐不是想出来的，也不是说出来的，即使是你们知道什么是你们的快乐，可过日子不是玩游戏机，你们能玩一辈子吗？郝晴天说，能。小秋爸说，孩子你好好想想，我觉得你这时候提这事真的不合适。郝晴天拿起酒杯说，爸妈，我先敬您二老了，然后一饮而尽。他把酒杯放下又斟满喝完，连着喝了满满三大杯，然后才说，从我爷爷起，我们家男人都是一根筋性格，想必爸妈知道我说娶小秋是想好了的。小秋爸不知道再说什么了，拿眼睛瞅着小秋妈。小秋妈说，结婚是一辈子的大事，不能靠一时的激动。你们俩将来怎么生活，你考虑过吗？郝晴天说，我们俩商量好了。我已经在淮河边的农场里租了二百亩地，小秋喜欢种玉米，我也开始喜欢了。爷爷和爸爸把他们准备盖房子的钱都给了我们，相信我们会把往后的日子安排妥当。还没听他说完，小秋妈的眼泪又流了出来。她看了看小秋爸，然后从包里拿出一张卡来，说，这个我已经装了很久了，是我为小秋结婚存下的。你拿去吧孩子，或许种地能派上用场。郝晴天把卡拿过来，握在手心里，说，爸妈，我拿着，这是你们二老对小秋的心，我替小秋谢谢二老。我们最需要的还不是钱，而是二老的理解。如果你们二老没什么特别交代的，那今天我们喝了酒，就定个日子给我们办事吧！

郝晴天进城后，奶奶就开始给小秋收拾东西。在打开箱子的时候，翻捡出来一条旧印花围巾。小秋说，奶奶你还放着这么好看的围巾，为什么从来没见你围过啊？奶奶笑了笑说，咋没围过？围过几次。后来老郝强说，看你围着这东西就像看见个狐狸精。唉，因为这是你爷爷给我的定情物，他不待见。不过从他说了以后，我再也没围过。这郝家和任家的关系，还真是越扯越长。小秋说，这么多年了，你也从来没给我讲过你们的事。奶奶说，这怎么讲？没法讲，本来就没什么事，不讲你还多少有点明白，要是讲了你就越发糊涂了。小秋说，等我们农场办好了，就把你们两个老人一起请过去，好好给我们讲讲。奶奶说，要去还是老郝强去吧，我是不去了，我还是去你爸爸那里享几天清福吧。小秋说，你不是喜欢种地吗，怎么现在却要进城了？奶奶的目光闪烁起来，谁给你说我喜欢种地？我可从来就不喜欢种地。小秋不解地瞪着奶奶。奶奶说，你想没想过，那会子我要是不生法子招惹老郝强打起精神种地，老郝强不早就死了？小秋说，奶奶，想不到你还这么伟大，我感动死了。不过我喜欢土地，土地是多奇怪的东西啊！看着种子下去，几个月就能收成那么多的粮食，真跟养一大群孩子差不多。奶奶不理会孙女的感叹，喃喃地说，我这一辈子啊，嫁给你爷爷什么都好，只可惜他活不回来陪我再走一次了。

小秋听得越加糊涂起来，她头回觉得奶奶感情的诡异。她这一生，到底是爱爷爷多一点，还是更爱这个会种田地的老郝强多一点呢？

奶奶停下手里的活，叹了口气接着说，你爷爷活着的时候，常常说一句话，土地能养活人，也能杀死人。可不都叫他说着了！民国三十一年，饿死多少种地的人。三年困难时期，饿死的不也都是种地的？土地绊住人的腿，走不了啊！小秋说，那都是过去的事了，现在种地都是靠机械，不是人力。奶奶说，虽然是机械，可你没仔细想想，哪个地方的土地多，哪个地方就穷得叮当响，哪个地方土地少，哪里的人肯定过得富裕。小秋说，奶奶说的也有道理，不过您也想想，这世上所有的人都可以没有，就是种地的人不能没有，对吧？说着，小秋把围巾拿过来贴在自己脸上。奶奶看着她，又无声地笑了起来，说，要说起来，老郝强一家人的命，还是这买围巾的人救下来的。那时候虽然不让私人开诊所了，但是人有个头疼脑热还是得来找你爷爷，所以咱家没缺过粮食。三年困难时期最艰难的时候，都是我偷偷往他们家送粮食，要没有那些粮食，还真不知道老郝强在哪里做鬼了。我唯一觉得对不起你爷爷的是，到死老郝强也没看起过他，嫌他不会种地。老郝强要面子，给他家送粮食的事又不能给他明说是你爷爷同意送的。小秋说，你为什么不说呢，奶奶？你看咱们原来的老村子，说空就空了，空了就给平了，再过几年它是啥样子都想不起来了。有一天您老人家也会走的，走了就空了，这些事永远都没人知道了。

奶奶把围巾拿过来重新叠好收起来，说，管他哪，空就空着吧，反正这事已经过去这么多年了。这人啊，过日子就得像种地，只管一茬一茬地收了种种了收，丰歉只有老天爷才能看明白。人要是把以后都看得清清楚楚明明白白的，那日子还有啥过头？

小秋喊了声奶奶，就把自己的头拱在奶奶怀里。她摸着奶奶像劈柴一样粗糙的手臂，竟然感觉到她的脉搏比年轻人跳动得还欢实。

发表于《十月》2011年第5期
转载于《小说选刊》《小说月报》
获第十届十月文学奖

马兰花的等待

常成

常成那些天放了学就往长江河里跑。

其实,长江河是个可怜得没法形容的小河,它夹在长江和淮河之间,扭扭捏捏地穿行在大别山北部丘陵地带。它的水只有小腿肚子深,河床却宽阔得没来由。常成喜欢看裸露在水面上光滑圆润的石头,看得长久了他就觉得一漫滩的水泊里站的坐的躺的都是脱光了衣服的女人。常成一个一个地寻找,藏在电脑壳子里面的那些女人们终于都被他湿淋淋地打捞出来。胖的,瘦的,耀眼的,妖艳的,鬼怪精灵的……他甚至找到了陈丹。陈丹是圆白的,陈丹并不似她们那样脱到无耻,她的身旁长着几棵翠绿的水草。水草婀娜地环绕着她,像她惯常穿戴的那些娇俏的小衣裳。

她们都对常成笑,鬼魅如花,速成速朽,阴柔而又诡谲。陈丹也笑,陈丹的笑却距他近了许多,陈丹的笑容像关在暖房里的花朵。虽然他只能隔着玻璃看,毕竟是现世的,活生生的。

常成始终没有找到自己的妈妈,石头是凉的,妈妈是温热的,哪一块石头都和妈妈不一样!

找不到妈妈的常成觉得腔子里有一团火在剧烈地燃烧,穿越喉咙的热气烧得他满嘴都是泡。他的手心烫得能煮熟鸡蛋,双足必须长时间浸泡在寒冷刺骨的河水里,脚被泡得像石头一样冰凉坚硬时,他开始急促地行走。

水是自西向东流的，常成的行走却是无序的。他有时顺着水走，更多的时候是逆着水走。有时是从河的南岸走向河的北岸。他那样横着走的时候，脚步撩起的水花迅速地把水面切出一条横线。有一会他粗暴起来，水流的秩序便大乱了，像是一群惊慌失措的羊群。

脚已经比坚硬的石头更坚硬，硌人的碎石已经让他感觉不到疼痛。有一次，一块异常锋利的石头棱角划破他的脚，殷红的血丝一缕一缕地向东飘散。他冷静地察看着，突然伏下头去追逐着那片殷红狂饮一阵。他不知道从哪里得到这样一种认知，喝自己的血在心中盟誓，便可以实现一个心愿。

常成是有一个心愿的！

马兰花

马兰花是深圳天王大厦的保洁员。马兰花常常一边很认真地做事，一边眯起眼睛掐一掐时间，从 2000 年的 3 月到 2006 的 3 月，她在这里已经做了整整六年。马兰花面无表情地做她该做的事情，面无表情地和认识不认识的人点头说话，面无表情地吃饭，面无表情地捍卫着自己，不迟到不早退也绝不加班加点。马兰花的内心是满意的，从细微的神态到每一种感觉，她都觉得自己已经从一个乡下人做成城里人了。马兰花甚至知道，那些皮毛的东西都是不重要的，重要的是她的内心，她的内心里有了一种沉着，有了一份尊严。她知道，她正是凭了这两样东西赢得了天王大厦的认可，马兰花已经连续五年被评为优秀员工。

马兰花有时会偷偷打量自己，贴在员工光荣榜上的照片让她熟悉而又陌生。眸子里的自信有些飘忽却又是坚定无比的，神情淡然却又蕴含着不屈的向往。六年前的她不是这样的，她那时的神情呆板而固执，敏感而仓皇，一点小小的闪失都让她觉得受到莫大的委屈，陌生客人不经意的一瞥都会让她自惭形秽。她实在想不明白问题出在哪里。有时候，她也想用直视的目光告诉人家她的存在，可当别人对视她的时候，她立马会败得一塌糊涂。那时她才得出结论，是她的目光缺少钢火，还得锤炼。

马兰花来天王之前差不多换了十来份工作，她明确地告诉用人方她不加班，不做夜间工。她为此放弃了好几个条件比天王薪水高得多的工作。介绍给她工作的人怎么都闹不明白，不是为了挣钱吗，这个叫马兰花的女人对这点为何如此坚定？

马兰花那时的心里是蓄了满满的眼泪的，她的心里会跳出一个丰润美白的女人的脸，那张瞬间闪现的脸并不比她漂亮，却比她沉稳一百倍，自信得没有道理。

天王每个月付给马兰花只有八百元。马兰花也许在乎钱，可马兰花看上天王的不是钱，她看上的是天王的霸气、天王的派头和尊贵。更重要的，是天王给了她一个体面的容身这个城市的理由。

马兰花热爱天王，她第一次进来就觉得自己寻找了这么久，就是找天王的。

马兰花对自己每个月八百块钱的分配是铁定的，雷打不动。三百元寄给乡下的儿子，一百元用于女人日常的小零碎，一百元存起来作为备用。剩下三百元才是最重要的，她要用这三百元为自己添置各种她认为是她日后生活必备的东西，这三百元也可以说是她出来做工的全部目的。天王免费提供员工一日三餐，马兰花不必考虑吃饭的问题。

马兰花用第一个月的工资给自己买了一件上衣，第二个月给自己买了一条裤子，第三个月四个月五个月伙起来给自己买了一套深圳女人流行的套裙，第六个月七个月八个月九个月给自己买了一条精致的白金项链，第十个月十一个月十二个月给自己买了一套欧珀莱的化妆品。

马兰花像一个病态的储存宝藏的人，所有买来的东西都被她深埋在包里面。在准备行装的过程中她的意志是坚强的，她甚至不忍心自己翻出来看一看。

马兰花历经两年，终于备足了她所需要的东西。她请了积攒下来的十五天的假期，直接买了去阳城的火车票。

与其说去阳城是见自己的丈夫，倒不如说是为了见那个和丈夫密切关联的女人。两年前马兰花见过那个女人一面，那时她的出现让丈夫惊慌失措，他像老鸡护小雏一样护着她，他怕马兰花会随时从口袋里掏出一把刀伤到她。是的，瞧他把她养得那么好，脸蛋就像刚剥了壳的鸡蛋，手像水葱一样。不要说是一把刀，单凭马兰花粗糙的手都能把她抓得稀烂。马兰花一直疑惑的就是自己当初为什么没有冲过去，不是她的刚强，更不是她的克制，而是丈夫的神情把她彻底击垮了。只有她自己知道，那种溃败的悲哀劈头盖脸地从头顶浇灌到脚底。丈夫是个言语不多的大男人，行事素有主张，不惊不惧。他不想干的事情，用刀逼着都没用；他想干的事情，前面都是刀子也阻止不了他。她从头到尾没有见过他这样的怕，他怕的当然不是他自己，他怕的是被他称作老婆的马兰花会伤害到他心爱的女人。还有比这更痛的痛吗？马兰花和丈夫生活了这么多年，天上下刀子他都没有想过她会不会怕！

马兰花不甘心，马兰花见他们的目的是要找回自己的丈夫。马兰花去的时候她婆婆说，你别怕，你有他的儿子，你守着老祖屋，那样的贱女人只会让男人尝个时鲜，很快就腻了！

那女人却从容得让马兰花不自在起来，女人说话的语气很温和，温和得都有些近乎无耻了。女人说，他是你法律上的丈夫，他也是我事实上的丈夫。我们的丈夫要谁不要谁，我们两个谁说了都不算，只有他自己说了才算。

女人又慢悠悠地说，他要是说愿意和你过，我一句话都不会多说，立马走人。我什么都不要他的，我就要他一句话！

这话是一把软刀子，把"立马走人"埋在听天由命里，会是一种怎样的霸道啊！因为到最后，立马走人的不是她，是马兰花。而且，马兰花相信她说的是真心话，女人的表情是温和柔软的，她的目光却是透着满满的笃定，这样的女人也许是爱男人的，但这样的女人是有男人也活没有男人也照样活的。因为在战场上的有利位置，她和马兰花的这场战争里，她能够意志坚定进退自如。

这更让愤怒伤心的马兰花羞愧难当。两年过去了，马兰花生活在丈夫回心转意的神话里，马兰花更是生活在她和那个女人唯一的一次见面的细节里。细节让马兰花痛心，细节也让马兰花在无数个辗转反侧的长夜里，暗暗地、疯狂地生长。

马兰花从深圳回来了，马兰花和在家时的马兰花已经不一样了。马兰花在上火车之前就已经想好了，一定要约丈夫到茶馆见面，这是她和家乡女人的不同。而且，见他一面不仅仅是为了哭一场诉诉冤屈，马兰花坚决要求丈夫必须带着那个女人，这是她和家乡女人的第二个不同了。

两年了，马兰花的脸已经养出了天王大厦的精细和阔绰。马兰花做工的时候从来都戴着橡胶手套，她的手也变得秀气起来。马兰花为了抚平皱纹每天都强迫自己早睡早起，抹上厚厚的护肤品。她看上去确实年轻了许多，时间和金钱的熔炉，加上仇恨的怒火，已经重新锻造了马兰花。

马兰花没有眼泪，马兰花几乎用了她全部的家当披挂上阵。马兰花出场的时候是真正的一脸盛艳，嘴唇涂得饱满无比。马兰花那时已经学会了化妆，她买那套欧珀莱化妆品的时候看破了整整四本化妆指南。

马兰花所期待的效果，很快反映在她丈夫的脸上。他从害怕转成了惊愕，一个大大的问号贴在他的脸上，那个问号前面的句子是，你在那边做了什么？

马兰花当然能看出来他的疑惑，这些年里她阅人无数。她镇定地说，我还不会像有些人那样下贱。第一不会给人做小老婆，第二不会卖身，我靠我自己的双手吃饭。

那是马兰花那天说得最精彩的一句话。就为了这句话马兰花准备了多少年啊。这句话的玄机是，她把给人做小老婆放在卖身的前面，这刀刃是多么的锋利啊！马兰花说完就去看那个让她日夜揣摩的女人。可是，让马兰花意料不到的是，马兰花只看了她一眼，就突然间觉得辛酸无比了。这好比争夺一块高地，几年来她处心积虑、埋头冲锋，终于冲到了高处，她才发现这是一块无人值守的阵地。物静人寂，一切都没有因为她的到来而改变。女人穿着白色的棉布孕妇衫，小碎花的灯笼裤，米色的平底鞋。女人的肚子微微凸起，那份骄傲膨胀得不动声色，她的双眸明净如水，脸上不带一丝脂粉。她的一脸纯净却是惊心动魄地晃动在马兰花眼前。母亲的素颜可以把全世界的描眉画眼统统踩在脚下。马兰花想，这样的女人，她还需要证明什么给别人看呢？

顷刻之间，马兰花的大脑空白得像一条新领到的抹布。

其实那天马兰花很精彩，马兰花本来就生得不错，马兰花的不错加上她那天的精彩在阳城已经能足以引人关注了，马兰花甚至长时间地吸引了丈夫的眼球。可马兰花突然间丧失了全部斗志，她恨不得甩去身上所有的衣饰，洗净脸上的污浊。她悉心培植了几年的心情，在片刻间被雨打风吹去。

马兰花要了一杯龙井。她翻了半天茶谱，那是绿茶里最贵的一种，一杯一百五十元。她根本不懂茶，却不管不顾地大口吞咽。茶味道太厚，一会的工夫马兰花就把自己灌得头晕眼黑大汗淋漓了。那女人只要了一杯柠檬水，象征性地抿上一小口。她不说话，只静静地看着。仿佛马兰花和她的丈夫在唱一出大戏，而她根本不是戏里的人物，她只是看戏的那一个。

马兰花被一杯茶弄晕了。她不知道他们是怎么分别的，谁送了谁或者谁也没送谁；或者自己笑了或者自己拍了桌子。是的，她该拍桌子，她理直气壮凭什么不拍？一场预谋已久的见面就这样结束了，她于心不甘。她觉得还不能算输，她也曾经是一个母亲，她还有儿子，对于丈夫这是一件利器。那个女人就一定能给他再生个儿子吗？即使是儿子，他也不是长子长孙！

常村

半山羊的人都知道常村是发了大财的。连常村自己都不敢想他一下子有了这么多钱，他的水厂至少值一百多万吧。

常村有经营的天分，懂得做人。他刚出去做工的时候吃了许多苦，他开始当搬运工，后来给人送水，再后来批发水，再后来攒了钱就自己办了个水厂。常村那一路走过来的辛苦，可不像说起来这样顺溜。让他再走一次，他恐怕也没有重走的勇气了。

常村是在漂亮宝贝理发店认识陈丹的。陈丹不是漂亮宝贝的人，她是漂亮宝贝女老板的女儿。陈丹师范学校毕业不愿意去郊区当教师，就一直在家里耗着。陈丹爱笑，什么时候看到陈丹总是看到她的笑脸。让人觉得她的笑一天到晚都停不下来。

常村和陈丹第一次见面正赶上陈丹的妈妈骂陈丹。妈妈骂着，女儿一边笑一边在摆弄自己的头发。妈妈说，混到什么时候才是个头啊？再耗下去嫁不出去让我给你养老啊！

陈丹的笑灿烂在镜子里，她做头发的时候，两只胖胳膊白玉虫子一样地上下蠕动。她时不时慢慢悠悠地和妈妈对一句嘴。她说话的时候，两只玉虫子就停顿下来，好像在倾听，又好像在给陈丹助威似的。常村就觉得好笑，这样的陈丹，要真是嫁不出去，用刀子逼着她妈也不会这样在大庭广众之下骂她。很显然，她这样的骂，有太多炫耀的成分。

客人多的时候，妈妈就让陈丹帮忙给常村洗头。常村不挑剔，洗好洗歹他都照样笑嘻嘻地付钱，不像别的客人那样难伺候。陈妈妈就觉得常村厚道。陈丹不怎么懂得洗头，所以就洗得格外仔细。洗得越仔细，那被洗的人就越难受。可这个客人是常村，因而那难受就另当别论了。当陈丹胖鼓鼓的两只玉虫子擒住常村的头，还没开始动作，已经让常村受用得闭上眼睛了。更重要的还是陈丹的快活,嘴巴一刻不停地问东问西,陈丹最爱听常村讲他小时候的故事。

常村说他的家乡到处是树,每到山洪暴发的时候,水的威力就显灵了,合抱粗的树能拦腰被截断。他们家乡到处是池塘,小孩子跑得快了会刹不住车,一头就冲进水里去了。

陈丹歪着脑袋想半天,实在想象不到小孩子跑起来怎么个刹车法,便忍不住笑了又笑。她妈妈就骂她,笑笑笑,死丫头,我看你也刹不住车了!全店的人都笑起来,不是笑常村,这回是笑陈丹。

常村说,他四岁就死了父亲,母亲一个人带着他靠种田过活。小时候家里穷啊,他十五岁以前没有用洗头膏洗过头发。白天在水里泡一天,晚上脏兮兮地就睡了,长好多虱子,痒起来头皮都恨不得抓破。娘就买"666"粉撒他头上。虱子不咬了,药粉却把人烧得整天昏昏沉沉的。

陈丹没见过"666"粉,也没见过虱子,赶着让常村解释。她妈说,快别说了,你说得我浑身痒痒!又叹口气说,没娘的孩子被虱子咬,没爹的孩子就是到处咬人的虱子了。常老板你出息到今天可真不容易!

陈丹想象不出那是一种什么样的生活,她没过过穷日子,更没尝过被虱子咬得痒痒难禁的滋味。陈丹想起来好像张爱玲说过,生命是一袭华美的袍,上面爬满了虱子。就觉得浑身爬满虱子的生活,除了闹心,也不会太那个。但陈丹还是笑了,陈丹说,我洗你的头,等于在洗一座虱子养殖场,你得请我吃饭才是嘛!

常村忙不迭地回她,我请,我请!

陈丹喜欢听常村讲话。常村讲话声音不高,但中气很足,像一只低音炮。而且常村说话非常冷幽默,不紧不慢的话语里,不时抖一个小包袱,让陈丹禁不住放声大笑。常村说有一次他放学回来,走到家门口,看见叔叔领着村里的女支书在他家门口等他。见了面问他,常村,爷们(也门)共和国在哪里,是不是全国人民都是男爷们啊?常村说,不是都是男爷们,也有女的,但是国家主席和支部书记必须是爷们。陈丹正在给他洗头,笑得把一瓶洗发水脱手扔了出去。有一段时间若是常村没去理发,陈丹就会跑到常村的水厂里去。那个时候,常村就会丢下所有的工作,陪陈丹海阔天空地聊上半天。谁家的牛在山上走失了,一年以后带了小牛犊回来了。谁家的漂亮小伙子因为家里穷,娶了个磨盘一样矮胖的老婆,生的孩子个个都像侏儒。常村还说到自己的老婆,在乡下,带着他们的儿子。

陈丹偶尔也说一说自己,她不想去教书,她小时候的理想是当女外交官,周游世界,无所不能。陈丹一边说一边突然咯咯笑起来,她说,长大了,想嫁人了,想要嫁一个有钱有能耐的丈夫,让他无所不能,要天都能买半个。

常村听了,就拿眼睛定定地看着她,半天都不说话。陈丹说,干吗这么看我啊?要嫁也不会嫁给你这样的!不等常村反应过来,又眉开眼笑地说,常村,你小时候的理想肯定不是做一个水厂的老板吧?

常村憨憨地笑。常村说,其实我读中学的时候是想当一个作家,坐在家里写书,不出门就能养活自己和母亲。常村说了这句话,脸突然羞得像一块大红布,好像对人家说出来当作家这个理想,是个天大的见不得人的事。

陈丹又笑了,陈丹说,你要当作家多好啊。你要是当了作家,我可什么都不管,哭着闹着也要嫁给你。

常村仍然是憨憨地笑,陈丹却不笑了。陈丹用异样的眼光看着常村,我从小就崇拜当作家的人呢,有一次在一本杂志上看见苏童的照片,觉得这样的人才是真正的白马王子。你要是个作家那有多好啊。陈丹那样说的时候,瞳孔突然大了一下,是欣喜,更是遗憾。

这个世界还会有谁这样认真接受他的梦想呢?也许这只是陈丹非常不经意的一句话,然而却说得常村的鼻子一股脑地发酸。他觉得,自己和这个女人很亲,像自己的亲人一样亲,好像很多年以前就认识了。但是他却什么都说不出来,只是任一波高过一波的情感在心中滚滚翻涌。

陈丹最初只是觉得好玩,她不知道好玩是女人最大的陷阱,更不知道从什么时候开始喜欢起了这个高高大大、阔鼻子亮眼睛的男人。这个强壮男人的内心是孤独的,他呵护陈丹,其实他缺失温情的内心更需要被人呵护。她越来越愿意和这个大智若愚的男人在一起。他身上带着朴实笨拙的野性的气息,有一点本真,又有一点孩子气。这致命的两点,足以让有点小浪漫的陈丹沉迷其中不能自拔。尤其是他讲的那些苦难的童年经历,总是把她的心泡得软软的,像盈满了泪水。

那些日子,常村像打摆子一样,一会浑身冷,一会又满身燥热。他吃不下睡不着,一天到晚把自己关在房子里发呆,任何事情都做不下去,见了人也像丢了魂一样。他仍然常常去理发店，见了陈丹笑也不是，不笑也不是，总是挤出一脸的尴尬，然后就木木地坐着。小姐们都取笑他，说他从一个老板，变成了一块木板。可陈丹摸到他的时候，感到他浑身都在颤抖。

常村爱上了一个人，他活到三十岁才体会了爱情。

常村和他的妻子，是一个普通山村的一桩普通的婚姻。常村说，妻子肯嫁给他，是他们常家的福气。妻子是个好女人，不管多穷，都有洗得干干净净的衣服，不管多难，永远都有积极向上的生活态度。常村压根就没有想过爱情这档子事，常村想他的没出过县城的乡下老婆，日日为了生计而活着，更是不会懂得爱情为何物。他们只是在一起过生活，一起劳动，一起吃饭，一起睡觉，一起养育老人和孩子。在一起他不讨厌那个女人，离开了也没有什么好牵挂的。

常村说，要是跟自己的老婆说爱情，怕是会闹出笑话的。我们这样的人，哪配得起说爱情啊！

常村说，妻子是个好人。那时候家里穷啊，当那个女人答应媒人她愿意嫁给我，我娘差一点没有给人家下跪。

常村说，她生得那么好，我真没有想到她肯嫁给我。家里什么都没有，房子下雨漏水，天气好的夜晚，躺在床上都能看见天上的星星。相亲那天，热水瓶都是借的。

陈丹安静地等着常村说完，她摸着他的头，深深地叹了一口气，接着，又叹一口气。她眼睛里汪着泪花说，常村，你受苦的时候，为什么没有我在啊？

常村把自己的两只手举过头顶，按住了陈丹的手，胸腔的共鸣震颤着陈丹的手。陈丹能听到那声音，像被遗弃多年的矿井里发出的浑浊回声。

陈丹叹出的这两口蕴了满当当温情的气息，完成了一场爱情，造就了一个新的常村，也因此促成了一个安在城里的崭新的家。可也正是这两口气，从此淹没了一个乡下女人埋在心底的希冀。

水厂老板有妇之夫常村和理发店女老板的女儿好上了，这确实让女老板始料不及。女老板算是个有本事的女人，她教了一辈子书，退了休不忍心在家里闲着，弄这么一个店，不料想生出这么一段是非来，气得恨不得打自己的脸。在外面丢不起面子，人前装出若无其事的样子来，晚上回去关上门就要死要活地跟女儿闹。女儿像是铁了心，说破了天都不肯回头。

妈妈说，你要是跟了他我就死给你看！

妈妈说，你要跟了他我真会死给你看！

陈丹说，别闹了妈。再闹下去，死的是我不是你！

自己生自己养的，哪能不知道孩子的脾气。小事上温顺乖巧，一旦到了事头上，主意却正得很，想改变她简直比登天还难。没几个回合下来，便由她去了。

真正有问题的倒是铁汉柔肠的常村。常村回到半山羊和妻子谈离婚，话还没说完，妻子已经泪流满面。妻子哭了三天，妻子那时才二十几岁，却在三天里把一张年轻的脸哭成了一块旧抹布。妻子如果跟常村拼命，常村也许会有办法解决这个问题。但妻子什么都不说，只是一个劲地哭，哭。这让本来就愧疚无比的常村，觉得问题远远不是想的那么简单。

常成

常成六岁那年，第一次在父亲常村家里看到男女欢爱的场景。那件事深埋在他的记忆深处，像一堆尖利的石子，时不时地硌着他，让他怎么都忘不掉。

那时常成还不知道家里发生了什么事。妈妈一天到晚流眼泪，奶奶只要看到妈妈哭，就站在院子里狐狸精长狐狸精短地咒骂个不停。后来常成糊里糊涂被送到爸爸的家里。常成走的时候一向不哭的奶奶也流泪了，奶奶说，小乖乖，奶奶舍不得你，可是你爸爸被狐狸精蒙了心，要靠你找回你爸爸了。奶奶说，我的乖你可是个大男人啊，那个狐狸精要是碰你一根指头，你就哭喊，你可千万不能让她欺负你！

常成走一路哭一路。常成不懂得，狐狸精那么厉害，连奶奶和妈妈都拿她没办法，为什么一定要把他送到狐狸精那里去。常成是因为害怕而哭。

狐狸精是个比妈妈还要年轻的女人，狐狸精跟常成说她叫陈丹。陈丹比妈妈爱笑，她喊常成名字的时候，常成目不转睛地看她的脸。他看到她的眉毛眼睛是向下弯的，嘴角是向上弯的。幼小的常成在心里暗暗松了一口气，他觉得狐狸精并不是那么可怕。但常成还是记得奶奶的叮嘱，坚持不让陈丹给他洗脸，不换衣服，不吃不喝。他觉得奶奶肯定不会骗他，陈丹笑得再好看，她也是个狐狸精。

　　因为太害怕，加上一天不吃不喝造成体内缺水，夜里常成就发了烧。一会火热一会冰冷。常成觉得自己快要死了，他咬着牙不让自己喊。奶奶说得没错，狐狸精是施了魔法的，这魔法弄得他满身针扎一样疼痛。他只好把头蒙在被子里哭，呼喊妈妈和奶奶。可是她们听不到，他就要死了，可能没人能来救他了。常成把被子都哭湿了，是他把爸爸哭醒了吗？爸爸背着他朝什么地方走，爸爸是要把他送回家里了吗？常成觉得终于躺在了妈妈的怀抱里，他抱紧妈妈的脖子，他怕爸爸再把他带走。妈妈的怀抱好温暖，妈妈的怀抱很香，常成不知道妈妈怎么会有这么香的怀抱。他在妈妈的怀里很快就睡着了，睡得很安心。醒来时，常成发现自己竟然躺在狐狸精的怀里。常成挣扎、哭闹，但他很累，没力气挣脱开去，他竟然也是有些舍不得那香香软软的怀抱的。他只哭了一小会，很快又睡过去了。常成在医院里睡了好几天，每次醒来都躺在陈丹的怀里。陈丹给他喂冰糖水，给他吃各种各样好吃的东西，还给他讲好多新鲜的故事。常成不再哭闹，他已经习惯了看那弯弯的眼睛。常成把奶奶的话忘了个干净。

　　陈丹带常成看电影，游公园，吃冰激凌。陈丹还给常成买了一大盒子兵器，刀枪剑戟一应俱全，常成夜里睡觉手里都握着一把刀。

　　慢慢地，常成开始在心里喜欢陈丹了。他喜欢闻陈丹那些漂亮衣服上的香味，喜欢看陈丹笑的时候满脸的灿烂，喜欢陈丹摸他的头。陈丹管常成叫小宝贝，管常成的爸爸叫大宝贝。陈丹的嘴巴一天到晚叽叽喳喳说个没完。妈妈可不是这样的，妈妈不爱讲话，而且老是没完没了地掉眼泪。妈妈的眼泪总是把家弄得像个坟场，把常成的心情弄得沉甸甸的不开心。

　　唯一让常成不习惯的就是晚上睡觉，在家里是奶奶搂着他睡，在爸爸家里他们却让他一个人睡在小屋子里，还要各自都关上自己的门，好像野兽一样被关在笼子里。他睡不着，就大睁着眼睛想家。有时候爸爸他们的房间会传来一些奇怪的声音，让常成在寂静的夜里提心吊胆。爸爸在吼，陈丹好像在哭在喊，又像是在笑。常成想起奶奶的话，陈丹是狐狸精。对了，故事里说，狐狸精白天是人，晚上才是狐狸精。夜里的狐狸精，会是什么样子呢？

　　常成终于有一次忍不住了，他手中握了一把剑，无声无息地推开了他们的门。

常成没有看到狐狸精,他看到了他不曾见到过的爸爸和陈丹。两条白色的鱼在床上翻滚,他们奇形怪状的姿势,丑陋得比半山羊村的大黄狗都不如。

常成悄悄退了出来。他没有哭,他溜回到自己床上,却忍不住想吐。半夜里他又发起了高烧,不停地叫喊着含混的话语,但有一句却是清晰无比,也坚定无比。他要回家,他要找妈妈和奶奶。

常成自此再没有见过陈丹。爸爸偶尔回来一次,他总是躲得远远的,他不想看到这个他必须喊爸爸的男人。

少年常成在他十五岁生日那天去放映厅看了一次录像,那些动荡在电视机里的男人和女人的表演,让他终于明白了几年前爸爸和陈丹的行为。常成想哭想喊想对一个人倾诉,那些存储在他记忆深处让他羞愧无比的碎片,突然之间拼接起来,形成一个欲望的黑洞,然后却像一蓬野火那样燃烧起来。

常成前所未有地委屈,常成长到十五岁突然有了诉说的愿望。常成不想回家守着奶奶。奶奶越来越老,奶奶的耳朵有点聋,正常的话都听不明白了。奶奶只会说,作业写完了没得?和人打架没得?饿没得?渴没得?

没得。真的没得。一切都没得。常成真想大声喊出来,常成只想挣脱这一切。

常成放了学不想回家,就独自一个人跑到长江河里扔石头。

长江河里有各种各样的石头,大的小的,胖的瘦的,圆的方的,应有尽有。常成选择了一块刚好同他十五岁的手掌一般大小的红褐色的石块。那方石块一头滚圆一头锋利,握在常成的手心里光滑圆润,犹如从娘胎里带出来的一样让常成受用。常成用这块石头练习投掷,开始是砸向那些大块的像女人身体的石头,后来砸向水草里的小动物,再后来连游动的小鱼也逃不出他的掌心了。

十五岁的常成连睡觉都握着一块石头。上课的时候那块石头就贴着他的身体,慢慢地由凉变暖。

马兰花

马兰花是天王最好的员工,她爱惜天王像爱惜自己的眼睛。真的,同行们都拿马兰花的事情当笑料。她平时不多言,听到客人有指责天王的话,她觉得比指责她的孩子都让她难过。如果有可能,她一定会跟在客人的后面,小声地跟人家解释。那些客人常常拿奇怪的眼光看着她，有一位衣着高贵的女人甚至表情严肃地责问她这么啰唆烦不烦？这让她一天都沮丧得不行，不知道自己到底做错了什么。

马兰花可真是认真，她可以用自己刚洗干净的工作服擦去廊柱上的一处污痕。又不是自己的家，干吗呢？别的女工问她。可谁说天王不是马兰花的家呢？马兰花热爱天王，热爱这个城市，她已经五年没有回过家乡了。

马兰花在天王大厦负责大厅、公共卫生间和电梯间的保洁。马兰花只是一个保洁工，可在她的内心里她是这座大厦的主人。马兰花有时也帮助客人做一点别的什么，但是她拒绝小费。客人扔下的一些不要的报纸和杂志，她会细心地收起来。马兰花高中毕业，是属于把深圳的平均受教育程度拉下来的那种人，可这用来读书看报却是足够了。马兰花喜欢杂志，她每个月都会去报亭买一本《读者》，上面都是教人立志的文章。她不喜欢《妇女生活》，那些炫耀幸福或者卖弄苦难的故事，让她觉得生活要么是充满谎言要么是灰暗无比。曾经有一位女客人丢下几本厚厚的《时尚》杂志，马兰花爱不释手，翻看了无数遍，许多个空闲的时间都是那几本杂志陪她度过的。

马兰花喜欢一切华丽的东西。商务层电梯口的小桌子上每天都放有水果，那些艳丽的青的红的苹果装在一个阔大的水晶盘子里，圆圆满满，是活生生的华美。马兰花每次看见了，内心就有一种快乐到眩晕的感觉。常常有员工利用空闲的时候偷偷吃一个。马兰花从来舍不得吃，看着比吃下去受用多了。那苹果是摆给住宿的客人们吃的，他们每取走一个，就取走一份华丽、一片灿然的好心情。若是那盘子空了，姿色也就褪尽了。马兰花想一想，她的心会有一种失落感。

马兰花早已经从天王的员工宿舍搬出去了，她不惜花一百块钱租了一间地下室的储物间。她每天上下班要走好长一段路回到自己的小屋。小屋有时会让马兰花热泪盈眶，它让马兰花在这个城市有了一种归属感。她用廉价的装饰物把她的小屋装点得七彩斑斓，温馨无比。

马兰花每天下班要换两次衣服，先是脱去工作服换上一套普通的便装，她顾不得和人说话，不肯为任何事浪费一分钟，匆匆地离开。回到她的小屋，她把自己彻底地清洗一遍，大厦的痕迹像她脱掉的衣服那样褪了下去。这时，她就换上了自己最喜欢的衣服。虽然马兰花从来都不富裕，可马兰花总是舍得给自己买她能买得起的最阔气的衣服。

马兰花换了衣服，给自己化一个合适的淡妆，再出来，像是变了一个人。气定神闲地穿过小区，步入她熟悉的城市，随意的目光任性地打量着周遭，那种有根底的感觉，几乎有一点贵族的傲慢、散漫和浪漫。马兰花喜欢这样徐徐地走。已经五年了，她每天都要这样慢慢地走出去，再走回来。这样的走不是学来的，很多人在城市学了一辈子都学不来，这是用心养出来的。马兰花几乎每天都要去一个茶馆，她在那个茶馆里，找一个安静的位置坐下来，熟练地看着茶谱。她任服务小姐站在她的旁边等待她，让她享受微笑和虔诚的服务。最后她只要一杯果汁或者一杯柠檬茶。她让那杯饮料陪她坐上两个小时，神情安然笃定。

那天马兰花要了一杯绿茶，她在缥缈的茶雾里进入冥想。马兰花甚至做起了一场白日梦，她梦到她的脚下开满了鲜花，草地把天空都染绿了。

背景准备好，马兰花和丈夫常村便相逢了。

马兰花今天穿得极为朴素，宝蓝色的短袖 T 恤，白色的休闲长裤，白色的平底旅游鞋。带着些许忧伤的脸上仿佛是不施脂粉的，头发只用一根簪子轻轻地绾了。马兰花是夜间静悄悄绽放的一朵兰花！

常村看她的目光好陌生啊，他怎么都想不出，他曾经和眼前这个女人生活过很多年，常村的眼睛里差不多都生出敬畏来了。

马兰花不要敬畏，她要的是亲，是守护。马兰花的举止是安静的，安静到像在天王做那些细小的事情。她的内心却是尖叫着的，她下了决心要撕破脸同常村闹一回，她要找回属于自己的东西。她想告诉这个令她日思夜想的男人一句话，她喜欢他，她第一次看到他就喜欢上了他，她马兰花是因为喜欢才嫁给他的啊！常村不是说他们俩没有爱情吗？喜欢与爱情，相差有多远呢？

马兰花终归没有喊出她想要说的话，他们的周围游走着太多的人，马兰花看不清楚他们，听不到他们的声音。可他们却看着她，她觉得他们能听得到她说的每一句话。她不敢当着这么多人说出心底的秘密，更何况是关于爱。他们也许会看耍猴一样地围过来，这样太丢脸了。马兰花突然发现丈夫老了，头发稀薄了，脸上生出了皱纹。才几年不见，这种老的速度让她心痛。这个记忆里永远无所畏惧的男人被时光打得破败不堪。他看着马兰花，眼睛里竟然盛满了无助。

马兰花哭了,她发出了令人惊讶的声音,她已经很久不这样说话了。她说,我想和你回家去,我们不能再这么过下去!

常村的声音很小,但他说出的话却很坚定。常村说,我不能和你回家了,我在城里有家,更何况我有陈丹,我们之间有爱情。他说,马兰花,有爱情的人怎么能分离呢?

马兰花说,那我就杀了陈丹!

常村说,你不能杀陈丹,你杀了陈丹我杀了你!

马兰花说,那就大家一起死吧。

马兰花说完真的从包里掏出一把半尺长的水果刀,刀的光芒在阳光下闪亮,把两个人都埋在光照之中。

马兰花的眼睛有一瞬间什么都看不见了,她听到一只小鸟在耳边欢快地叫,睁开眼,却有一个小小的女孩花蝴蝶一样地飘过来。她大约有三岁,一边喊着爸爸,一边趔趄地跑。常村朝她迎过去,常村的脸不知什么时候淌满了泪水。

阳光。

眼泪。

鲜花。

草地。

一个满脸胡须线条生硬的大男人抱住一个肉虫子一样柔软的小女孩。

突然之间,马兰花醒了过来。坐在茶馆里的马兰花常常回想这样一个让她伤心欲绝而又心生感动的梦,她总要想上好久才从梦里猝然惊醒。那其实不是梦,是她不堪回首的往事。

马兰花三年前最后一次见到丈夫常村时突然就明白了一件事情,她要找回的不是一个形同虚设的丈夫,她想要的是属于她的、同陈丹得到的一样的爱情。

马兰花不再恨那个叫常村的男人了,也许她从来就没有恨过。那男人俊气的眼睛里有一片忧郁的云,那种飘忽让她心动。她用了七年的时间打捞那片云,可那片云彩终归是飘向了别处。他们一起过了七年,常村不曾牵过她的手,甚至不曾看过她的眼睛。常村走了,马兰花喜欢他的那份心思永远没有人也不需要有人知道了！

马兰花坐在茶馆里喝茶的时候，偶尔也会有人坐过来和她聊两句。马兰花礼貌地微笑着，眼睛只是盯着那杯茶。一个人来了，又走了。又是一个人。天气啊，时装秀啊，俄罗斯马戏团啊。那些人把她当成一个有钱的女人，还会有人把她当作有闲的女人，但他们中间肯定没有任何一个人想过——这个奇怪的女人是用她全部的收入来维持这杯茶，和这种喝茶的姿态的。从半山羊村走出来的女人马兰花，坐在繁华都市的茶馆里，她想着一个几乎所有的女人都渴望的问题。茶凉了热，热了又凉。而马兰花的情感，却一直恒温着。

马兰花不管别人会怎么说，怎么想，怎么看，她一如既往地喝着每天的这杯茶。她用全部力量期待着，总有那么一天，一个懂她的人会坐过来，看着她的眼睛，或者牵了她的手走到外面的草地上去。那个人说，你马兰花就是我一生要寻找的爱人。

那样的爱可以是一年，可以是一天，可以是一秒钟，但足以让马兰花用生命交换。

常村

常村的孝敬是出了名的。半山羊的女人骂自己儿子时都会说，跟人家常村比一比啊，有人家的百分之一就够了！这百分之一是多少，半山羊的女人大部分不明白，但她们全都明白常村的孝敬有多深。常村的母亲出了门，半山羊的女人见了她就会恭维她，你真是没白煎熬，养出了这么一个有本事又孝敬的儿子。

常村有好多次都想把母亲和儿子接到城里去住。儿子死活不肯，母亲更是不领那个情。常村给母亲造了大屋，买了席梦思床和沙发，买了洗衣机电风扇，买了细米白面，买了洗头膏沐浴液。常村想让母亲过上舒心的日子。常村每个月给母亲五百块钱，加上马兰花每个月寄回的三百元，一个老人和一个孩子，应该够了。但母亲想的却不是这些，母亲觉得她活了一大把年纪，却做了对不起人的事。这个事与儿子有关，与马兰花也有关。她把马兰花寄回的钱一分不少地给她存起来，那是个好女人，也是个可怜的女人，这屋子和屋子里的东西都是她的。让她不明白的是，家里什么都不缺，她为什么不能回家来过日子呢？母亲把儿子送回来的钱也是能省下一个是一个。花开没有百日红，哪一天光景不好了谁又敢保证过啥日子呢！奶奶给孙子的零用钱从来没有超过五块。她想不起来小孩子能花什么钱，他爸爸那会可是连一毛钱都没有！

常成是很听话的孩子，他在学校里功课很好，从来不让奶奶操心。奶奶给常成的五块钱总是乖乖地待在他口袋里。那是爸爸的钱，爸爸现在和他们不是一家人了，他是和那个被半山羊的人说得很污糟的叫陈丹的女人一家，他们有孩子。常成不是他们的孩子，常成恨他们，他们做下的事肮脏不堪，根本经不起嘴说，他们还逼走了妈妈。常成想他高中毕业就去工作，把妈妈找回来，他要用他自己挣的钱养活妈妈和奶奶。

常村并不知道儿子想什么，常村也不想知道。常村对儿子没有过多的苛求，听话，不给他惹事，平平安安地长大。儿子总算是个省心的孩子，长到十六岁了，从来没向他提过任何要求。常村内心是爱着儿子的，常村只是不满意儿子看见他时的眼神和态度。每次看见他回来，他总会像个影子似的躲开，勉强在一起吃饭也像个哑葫芦，连屁都不放一个。这孩子越来越像他妈，什么都闷在心里。这样的人，将来怎么会有出息？

常村不喜欢儿子的性格，常村回家的次数也越来越少了。

只有回到城里的家，常村才会长长地松一口气。他身边的那个女人可以让他松弛，她从不会鸡零狗碎地哭闹，她甚至连婚姻都懒得向他讨要。这个叫陈丹的女人，终归是个单纯的好女人。

陈丹还是那样爱笑，好像从来不懂得发愁。陈丹没生孩子的时候天天变着法子设计常村，把常村弄得像个城市的新贵。有了孩子她就成了孩子的设计师，她给孩子报了无数个学习班，女儿会说英语，会跳舞会唱歌，会弹钢琴弹古筝，而且大字写得也像模像样了。陈丹现在全部的理想就是培养一个全能的女儿，她准备让女儿念完小学就送到国外去，而且自己陪着去。陈丹知道，她的所有的愿望常村都会让她实现。

有时候，陈丹半夜醒来，看见常村还大睁着眼睛。她说，你怎么还没睡啊，有什么事吗？

常村说，没事，你睡吧！

日子这么好，能有什么事呢？陈丹想一会，又安心地睡着了。可常村怎么能没事呢？母亲老了，终归要接到城里养老。儿子也渐渐长大了，总是也要进城来吧。还有至今没有办离婚的妻子,始终是他心里化不开的一块硬结。想起来堵得慌,摸起来隐隐地痛。

有一天晚上常村在梦中把自己哭醒,他梦到儿子常成拉着板车给人家送水,少年的脊梁被沉重的车子压得几近弯曲。常村的眼泪忍不住哗哗地流,他这么些年拼下来,不就是为了孩子不再像他一样拉车吗?怎么孩子还在拉车呢?常村不知道自己怎么总是做这些伤心的梦,他最近越来越爱伤感了。秋天来了,他看到叶落草黄北雁南飞,眼睛总是潮湿着。走在路上,看到收废品的老汉捧着一只馒头贪婪地吃,他的泪水会莫名其妙地滑落。他给一家大公司供了三年水,从来没见过老总。有一天他去续签合同,碰巧老总从里面走出来。猜到底也不过三十来岁,西装革履,意气风发,脸上虽然挂着一成不变的谦虚的微笑,但那种世袭的尊贵却是三百年前就定制好的。这样一张脸,大抵不会为眼前的荣华张狂半分,即便到了穷途末路也不会丧失分毫尊严吧。常村回到家,把自己关进屋子里,他想不出自己有什么好难过的地方,却是为了在别人的镜子里照见自己而结结实实地哭了一场。

做水的这个行业竞争越来越激烈,一天不打拼就会失去一块地盘。常村现在面临着两种选择,要么加盟名牌企业,要么破釜沉舟创新牌子。加盟省心,可只能跟在别人的屁股后面转,利润小而且没有一点自主权。若是创一个新牌子,风险更大。策划、广告、营销这些前期的费用,把他全部的资金投进去都不够。这一个又一个的难题,怎么能让常村睡得着。有时候勉强睡着一会,梦里也总是挤满了心事。

回到半山羊,常村会很悠闲地把手背在身后,一副成功人士的稳妥。而回到城市里,他就会搓着手,每天夹着猪皮公文包进进出出,打躬作揖求爷爷告奶奶。他觉得自己简直就像一个托钵僧在沿街乞讨。他也想让自己脸上堆满谦逊的笑,可他知道,那不是钱能够解决的问题。

张辉煌

半山羊镇初中二年级的学生张辉煌在长江河边遇到了初中三年级的学长常成。

张辉煌出现在长江河边的时候看起来很不景气,甚至有点失魂落魄。张辉煌的举止让常成认定他是想自杀,他的心里有点紧张。去年就有一个初三的学生因为抑郁而开煤气自杀。那学生的爸妈在北京打工，回来哭得一死一活的。

常成是个有同情心的孩子，常成可不想看见张辉煌的爸妈从什么地方回来哭得一死一活的。常成说，嗨，兄弟，有什么想不开啊！可千万别跟自己的命过不去。

常成虽然内心很紧张，但故意把自己弄得很轻松。

张辉煌略带警惕地看了他一眼，说，扯！只是有点烦心，还不至于死吧。

常成已经走近了张辉煌。常成非常真诚地说，兄弟有啥烦心事，能说出来听听吗？

张辉煌说，说啥，烦就是烦呗！

常成无助地把他的石头从兜里掏出来，从左手拍到右手上，又从右手拍到左手上。兄弟，还是说出来看我能不能帮你。

扯！还不是欠了网吧八块钱，这算啥事嘛？妈的，最烦心的就是被猪头老板给扔出来了。

你可别再犯傻，大家都知道那是家黑心店，我劝你还是不要去了。

扯！管他是黑还是红。你说人活着有啥意思？扯！不能上网还真不如死了算屌！

常成摸了摸口袋里的五块钱。常成说，家里没人管你？

扯！我爸妈都在东莞，见他们一次比见阎王都难！他们把我甩给姑姑就不管了。扯！我姑姑一天就给两块钱。扯！我去网吧我姑父揪住就揍我。扯！我将来有了钱第一件事就开个网吧。扯！一气玩他个七七四十九天！

壮实的张辉煌说到愤怒处，突然弯腰搬起一块大石头砸向水中。水面立即绽开了巨大的水花，溅起的水珠弄了两个人一头一脸。

张辉煌抹了一把头上脸上的水说，扯！狗日的，不能上网还真不如死了算屌！

常成把手里的石头扔得老高，然后轻轻地接住。别，兄弟，好死不如赖活着，你要是死了咱兄弟不是无缘在这见面了？

张辉煌这才认真地打量起了常成，他看了看常成的脸说，那哥哥你这时候到这，是不是也有啥烦心事？

常成迟疑了一下才说，我也需要钱。

不能跟你爸妈要吗？

常成用他的巴掌石用力劈断一棵水草，说，我没有爸妈。我只有一个奶奶。

你爸妈是不是死了？你是孤儿吗？

我只有一个奶奶！常成这样说的时候眼前突然现出了妈妈的脸。他已经五年没见到妈妈了，每到逢年过节，他总是想着妈妈会突然回来。妈妈那张温暖的脸，已经变成一些粗糙的细节，像FLASH（动画片）一样在眼前晃来晃去，让他想哭又想吐。

奶奶不给你钱吗？

常成叹了一口气说，我奶奶啊，她只认识五块钱！

常成细高挑，张辉煌矮墩墩的。两个人逆着快要落下去的太阳光，一高一低地坐在河岸上，像一对与爸爸妈妈走散的熊崽。两只熊崽越来越靠得近，说出的话也越来越江湖，大有相见恨晚的样子。

张辉煌的心情渐渐好起来。也许两个不幸的人相遇，会抵消彼此的不幸，正像两个幸福的人相遇会冲淡彼此的幸福一样。

张辉煌说，扯！看起来哥比我过得还灰。

河面一瞬间安静得让人惊慌。常成抬脚跺向一块石头，大石头带起了小石头，扑噜噜跌进河里，像一群顽皮的跳水的孩子。张辉煌说，扯！要不我陪哥到镇上散散心去？

常成点头接受，常成站起来的时候把张辉煌也拉起来。常成说，走！兄弟。

孤独的常成觉得张辉煌的出现，简直是老天爷给自己派过来安慰他的。

两个少年在镇子上转了一圈，常成用他口袋里的五块钱买了两个烧饼夹肉，吃完了又一起去看了一场录像。那天晚上的录像没有女人，但是打得挺过瘾的，一群看起来比他们大不了几岁的好汉，杀人如麻，飞檐走壁，无所不能。让两个少年看得精神大长，忘记了忧愁。

常成回到家，给奶奶谎称在学校补课，这是他第一次对奶奶说谎。他埋头吃完了奶奶留给他的饭菜。奶奶正在看电视，声音开得半个村子都听得到，中央十套一个什么栏目正在讲述一桩抢劫杀人案。

常成时不时地瞄一眼电视。常成想，跟电视剧里那些英雄比起来，这些个罪犯笨得像猪，被捉一百次都活该！

常成和张辉煌第二天又在长江河相遇。他们没有相约，却在同一时间从不同的方向走到一起。

张辉煌说，哥哥，咱俩索性就在这儿结拜了吧，有福同享，有难同当！

常成说，好兄弟，正合我意！

两个人以手代替碗盏，以水代酒，严格依照电视剧里的那一套程式完成了结拜。

常成

常成第一次主动跟奶奶要了五块钱。常成说，学校让买学习资料。常成这是第二次说谎，但他说得比上一次更镇定。奶奶知道，常成的学费书本费是开学一次交清的。学校发的作业本都被孩子们撕下来叠飞机了。常成是副班长，常成从来不撕本子，也不在上面乱涂乱画。常成的书本作业本从头到尾都干干净净规规矩矩，老师常常把常成的作业本拿出来展览，让同学们学习。总之，常成在家是个好孩子，在学校是个好学生，这点奶奶是非常放心的。

常成拿了钱去找张辉煌。之前，张辉煌已经请常成吃过两次烧饼夹肉。两人不声不响地在一个小饭店坐下，张辉煌看到常成从口袋里捻出五块钱，仔细摊开铺在桌子上。他欢喜地说，哥，要不弄点烧酒到河边喝去？

常成用五块钱买了半斤劣质烧酒和几个小菜，一前一后去了长江河。在路上，张辉煌顺便到人家的菜园子里摘了两根黄瓜和几个西红柿。他到的时候，常成已经在河边的一块石头上摆好了酒菜。

他们就着小菜，埋头喝着烧酒。酒瓶在两只油腻的手中递来递去，每传递一次两人的脸就红一成，感情也加深一层。最后，常成一仰脖子，把酒瓶子里的酒全部喝了下去。

空酒瓶划了一个弧线，跌落在长江河里的石头上，发出清脆的爆响。

常成是第一次喝烈酒，常成明亮的眼睛因为喝酒而变得通红。常成拿血红的眼珠子瞪着张辉煌。常成说，我得想办法弄到钱，要不我会死。

张辉煌说，扯他娘的蛋，哥，要不咱去抢吧！

张辉煌舌头已经大了，话说得含含糊糊的。张辉煌说完就睡着了，张着大嘴很狰狞地睡着了。常成没睡。常成心里有点害怕，他知道自己不能醉着回家。他跑到水边，用手搅进喉咙里，吐了个天昏地暗。然后用凉水洗了脸，坐在张辉煌身边看着他睡了大概一节课的样子，才把他推醒。常成说，该下课了，回家去睡吧！他搀扶着张辉煌站起来，晃晃悠悠地回家去了。

常成仍旧每天到长江河边扔石头，可他已经四天没有等到张辉煌了。常成想，这样敢说大话的人，往往都是孬种，喜欢叫的狗不咬人。唉，往后见了就只当作不认识行了。

张辉煌是第五天在河边出现的。张辉煌一看到常成，就从怀里摸出一把半尺长的刀来。张辉煌说，哥，我攒了五天钱才买了这把刀。

常成看了看那把刀，用拇指试了试刀锋，把它塞回张辉煌的怀里，他只是使劲拍了拍张辉煌的肩膀，千言万语都在那里面了。

两个人沿着河堤朝大路的方向走去。

常成和张辉煌顺着大路朝镇子相反的方向走，大约走了两三公里的样子才停下来。两个人始终没说一句话，就那么傻傻地站着。常成的个头疯长，却细拉吧叽像棵豆芽，因为走了太远的路，整个都弯下来了。矮壮的张辉煌，却因为走路变得满面红光神采奕奕。两人都不知道对方心里想的是什么，却自始至终都没有一句话。

天差不多黑下来的时候有一辆空驶的出租车朝镇子的方向开过来。车子快开过去的刹那间，常成果断地打了手势。

出租车在刺耳的刹车声里停下来，司机伸出头说，起步价三块。

常成在前面张辉煌在后面，两人刚刚拉开车门坐下，车子便带着巨大的噪声驶出去。车门无法关闭严紧，带动得风的声音像哨子一样呜呜响起来。

常成想，这的哥开车的时间大概不会超过三个月，在对他们耍酷。张辉煌拍了拍破旧的车垫说，扯！还有这么破的车！

司机看都没看他们一眼，十分无耻地笑着。他经常拉这样的孩子，父母都在城里当孙子，留他们在家当大爷。他说，两位哥委屈一下，车是破了点，可总比站路边舒服嘛！

常成在侧面打量了一下这个家伙，怕也就是二十来岁的样子。

说话间已经跑了一公里多，常成这时对坐在司机座后的张辉煌使了个眼色，常成说，不好，我肚子吃坏了，怕是要拉稀。大哥停下来让我方便一下。

说着真的放出一个臭屁。

那司机把车停住，用手捂着鼻子不耐烦地说，你怎么这么多事啊？你们只能下去一个。对了，你们有没有钱啊？

常成一边假意拉车门一边用腿使劲顶了一下张辉煌。张辉煌刚才看见常成的眼色就已经心中有数了。他从怀里掏出一样东西朝司机说，扯！老子别的没有，有的是钱！根本没等那家伙看清楚什么，刀子已准确地抵住了喉咙。张辉煌的那个动作做得太漂亮了，干净利索，一只手握着刀子，另一只胳膊紧紧地夹住了敌人的脖子。这样的场面比在电视里看的精彩多了。张辉煌终于有了一次实战的机会，他激动得满面通红。

常成扑过去按住了司机的头，常成说，我们要钱！

发生的事情迅捷无比，司机被突然的变故吓得差不多要昏过去，司机说，我没钱，救命啊！

常成用力按住他的头说，别喊，我们只要钱！

司机说，我没有钱，救命啊！司机的声音大了起来，脖子上暴起了青筋，突突地跳着。局面出现了短暂的僵持。张辉煌说，扯！你到底要钱还是要命？他的刀背深深地逼进了脖子上的肉里，但没有划破。司机憋足一口气，猛地挣扎起来，刀子在他的脖子上划破了一层皮，血流了出来。司机看见血，以为他们是要杀死他，更加拼了命地朝外挣去，两个人都按不住。在这个时候，卡在脖子上的刀子突然断了，断掉的刀片从司机脖子上弹起来，打到车的顶棚又落下来，发出铮响。

张辉煌发呆的一瞬间，司机竟然挣扎着拉开了车门。常成反应很快，从口袋里掏出石头猛地朝他头上砸过去。这么大的目标比起砸一条鱼容易一百倍，可是张辉煌和那条鱼搅和在一起，影响了常成的正常发挥。司机的头开了一个洞，血猛地涌出来，但司机还是拼了命往外冲。常成都有些傻了，带着两处这么大的伤，这个司机却竟然能挣脱他们，英勇非凡地冲了出去。

常成几乎是在瞬间就追了过去，如果是在百米赛场，这瞬间将会是一个无法追赶的距离。可那前边奔逃的毕竟是被满头满脸的热血纠缠着的人，他跑得越来越慢。常成一边追一边喊，停住，咱们商量商量。常成跑了不到十米就把他按住了，常成其实也已经没力气了，常成用了最后的力气抱住了司机的后腰。常成用央求的口气说，别跑了，咱们商量商量，你给我钱好吧？

司机哭喊着被常成压在身下，司机说，我没有钱，来人啊，救命啊！

常成把司机的嘴摁在地上。常成说，别喊，你得给我钱！

我没有钱，救命啊！

常成说，你有钱，你得给我钱！我得拿钱去找我妈！再见不到我妈我会死！常成说到死突然就哭起来，他仿佛看到妈妈在前面向他招手。常成的身体里有一团燃烧的火，他就要被那股烈焰烧死。妈妈的怀抱是一潭清水，投到妈妈的怀抱里他身体里的火会顷刻熄灭。

常成的泪滚滚地流下，比身下受伤者的血流得还汹涌。

来人啊，救命啊！

天已经完全黑了，这条山区的乡间公路上连鸟都没有飞过一个，这个司机不屈的喊叫却把常成吓得心惊肉跳。

常成说，你别喊，求你了，给我钱，我只要两百元，一百元也行。我得去见我妈，等我找到我妈回来，我会把钱还给你。

救命啊！

你给我钱！

救命啊！

别喊，咱们商量商量，你只要给我一百块钱！

我没有钱，救命啊！——

常成再次摁紧他的嘴。不许喊，连你都欺负我，你怎么会没钱？常成一边哭，一边用手中的石头朝他的头上砸下去。你怎么会没钱！谁让你没有钱！没有钱我怎么办啊？

常成砸到二十下的时候，张辉煌说，停！张辉煌一直在旁边数着。张辉煌说，扯！别砸了，已经死了，你都砸了二十下了，哥把他的头当成蒜臼了吧。

张辉煌又说，扯，别哭了！赶紧收拾收拾，咱还得赶回去上课哩！

常成抬起头看看张辉煌，又看看身下的司机，突然不哭了。

常成和张辉煌一起把司机翻到了路边的山沟里。他们翻遍了司机的口袋和工具箱，连后备厢都找遍了，除了口袋有一部破手机，真的一分钱都没有找到。

张辉煌这回不扯了。张辉煌说，哥，这个司机没有说谎。

张辉煌说完，脱下自己的外套把车里车外仔细地擦了一遍，又找到那半截刀子，确信没有落下什么，才拉着常成的手朝长江河的方向走去。

张辉煌心里还是有些遗憾，虽然整个过程都像电视里的套路，出手利索不落痕迹。但他精心挑选的刀子，毕竟有些让他失望。

奶奶

一连好几天，常成都没有去长江河。常成放了学就回家安静地做作业。奶奶边看电视，边当着编外评论员。奶奶说，这谁这么缺德啊，把人家出租车司机给砸死了，这人家一家人老的老小的小可怎么过啊！

奶奶说，成子你晚上放学可要小心，杀人犯真狠啊，杀个人跟杀个鸡子一样！

常成看看奶奶，又看看电视，然后又埋头写自己的作业。后来他对着电视发了好一阵子呆，不知道是对奶奶还是对自己喃喃地说，出租车司机怎么会没有钱呢？

马兰花

马兰花仍然端坐在深圳一间茶馆里喝茶，她今天要的是一杯柠檬红茶，虽然是最便宜的一种，但便宜得很得体，绝不会让喝茶的人显得寒酸。

马兰花喝茶的那一刻，目光温柔动人，甚至洋溢着愉快的光彩。怀着期待的女人都会是这样的。上帝在某个地方看着她们，她们的期待会因为虔敬而显得非常庄严。

马兰花有很多时候会恍惚到幸福，她其实已经很满足现在的生活。她尊贵地生活在这样一个城市里，她有一份做得很好的工作，她每天还可以让别人看到她在悠闲地喝茶。

马兰花坐足了两个小时，她喝最后一口茶的时候，把茶包也喝进了嘴里。她用力地咂了一下嘴，然后用细嫩的拇指和食指把茶包捉出来，丢进桌子上的茶洗里。

发表于《人民文学》2007 年第 2 期
转载于《小说月报》

木兰的城

一

　　木兰和王小山这一阵子都是在忙活返乡的事。最近大家都在忙这事。王小山有一天对木兰说，跟我回老家去吧。木兰是个很听话的女孩，木兰想都没想就说好。王小山所在的厂子要停产了，听说是全球金融危机造成的，资金链断裂，老板天天急吼吼地说要跳楼。王小山他们当然听不太懂是什么意思，反正眼看着厂子是要关门走人。厂是大厂，已经裁了几次人，每个月的员工工资仍然是个庞大的数字。上两个月已经拖欠，这个月再拿不到钱怕就要闹事。老板撑不下去了，决定宣布破产，解散员工。

　　王小山在这个城市已经干了六年，要说再找个活也不会太难。这阵子这座城市好像得了传染病，厂子一个跟着一个倒闭。原来一街两行全部是高大气派的工厂门楼，喜气洋洋的像狮子一样张着血盆大口，每天吞吐着行色匆匆的人群，现在这些企业大多数门可罗雀。王小山他们的结局还算不错，有几个同乡待的厂子，老板欠了几个月的工资，干脆关闭联络，弃厂逃跑了。前几年工厂缺工，老板到年终办尾牙，挨个给他们派发红包，打躬作揖，脸上堆着油亮的笑容，为的是留住他们。那时候政府也跟在企业后面起哄，把外来务工人员捧得跟天之骄子似的，还提供各种优厚待遇，目的也是要留住他们。现在工厂倒了老板跑了，政府也跟着变脸，一再催促他们抓紧返乡。对没有拿到工资的工人，政府还拿出资金提供给他们返乡的路费，据说是怕他们结伙闹事。一个像暴发户一样红红火火的城市，突然之间走了这数百万的打工仔，一夜之间变得有些冷清。但是有很多人宁愿闲着也不愿回家，他们在街头漫无目的地溜达，夜晚就坐在马路牙子上喝啤酒抽烟。各种与广东话结合得参差不齐的乡音飘浮在大街小巷，让人听起来有几分凄楚。王小山家里催得紧，他妈一打来电话就骂人。娘肚子里有儿，儿肚子里没娘啊！他出来六年，一年都不肯回去一次，田地没人种都荒了。去年木兰回去给他生了个儿子，王小山只看到儿子的照片，至今还没见过面。他对这事只是觉得很好奇，仿佛是一场意外。儿子、故乡这些概念在他脑子里模糊一团。他其实也还是个大孩子。

王小山和木兰没有打结婚证，木兰才十九岁，不到法定结婚年龄。王小山把木兰领回家去，在村子里摆了十几桌酒席，就算是结婚了。

吃席那天，王三思家的婆婆说，奇怪，怎么没有见娘家来人？

对面王敬启家的婆婆扭头看了半天也说，就是，一个都没有来。

一个都没有来，这并没影响婆婆们吃席的景致，她们风扫残云般地卷走了桌子上所有好吃的东西。吃了席的老婆婆们看出来了，王家媳妇的肚子是鼓的，至少有四五个月了。

王三思家的婆婆一边用指甲剔着牙，一边感慨，这样不声不响就把一个如花似玉的大姑娘领回家来生孩子了，王家这小子在城里这几年也算是混出本事了。

众婆婆应道，从小看大，这小子从小就不是盏省油的灯！

木兰稀里糊涂地就怀上了孩子，等她觉得不舒服时已经三个多月。从医院出来，木兰只是一个劲地哭。

王小山一边挠头一边说，哭有啥用啊？

木兰说，我不要生孩子。

王小山拍拍木兰的头，假装老成地说，别哭了好不好？我也不想让你生孩子啊！

木兰说，都赖你。

王小山说，怎么赖我，我戴了套的。

木兰说，你有时不戴的，你许多时候都不愿戴。

王小山说，算算算！咱俩去吃麦当劳吧。

木兰很饿,但是木兰说,我不吃,我不要生小孩。

王小山说,我也不想要生,医生说不想生就引产算了。

木兰不哭了,睁大眼睛说,我怕,引产疼吗?

王小山又折回去问那年轻的女医生,医生,是生孩子疼,还是引产疼啊?

女医生比他们大不了几岁,不像生过孩子的样子,但是她很肯定地告诉王小山,当然引产疼,引产比生孩子还要疼。她是怕王小山没有感觉,就又比画着告诉他,生孩子像是瓜儿熟了,不管它都要自个落下来;引产的孩子是生长正旺盛的瓜纽,生生扯下来,你想想会不疼?

王小山贼亮着眼睛,如实比画着对木兰复述医生的话。

木兰咧了嘴又要哭,王小山说,好了好了别哭了,我们去吃麦当劳吧,吃完了再想办法。

木兰跟着王小山去吃麦当劳,王小山买多少,木兰就吃多少,吃完了肚子又大许多。出了门木兰接着哭咧咧地说,到底怎么办?

王小山说,你回我老家去吧,生出来不就完了!

木兰在王小山的家乡住了好几个月。她打小在家里干活习惯了,是真的勤快,手冻得胡萝卜一样还到池塘里洗菜,不停地哈着气,脸上却总是笑眯眯的神情。村里人都夸奖她。王三思家的婆婆说,挺着个大肚子还洗菜煮饭,小山妈没养个好儿,倒捡个好媳妇。王敬启家的婆婆就更羡慕了,王敬启是村子里的大学生,大学生娶了个城里姑娘。婆婆说,有什么用,家都不肯回来一次。有一次过年回来,待了半天,什么都嫌脏,说是在厕所拉不出屎,连夜抱着娃娃回城里去了。看人家小山的媳妇,都这月份了,还天天下田帮婆婆。打着灯笼难找!

王小山的妈心里喜欢着,却不表现出来。只悄悄地对自己的男人得意,这孩子肯吃苦,小树一样插哪儿哪儿活,合该是咱们老王家的媳妇。

木兰长得很美,她却不知道自己的美。她不妖冶,不施脂粉,不穿漂亮的衣服。她的美是必须静下来才能看得见的,像一朵小花骨朵,健康的,向上的,不够耀眼,却崭崭新,欢天喜地地生长着,越仔细看越美得干净细致。眉目间含着天生的沉着,羞怯却又无所顾忌地面对,虽然挺着个大肚子,其实还只是个简单的孩童的神情。木兰到了年尾也才十九岁。

月份到了,木兰在乡下的医院里生下一个六斤多的男孩,顺产。公公婆

— 111 —

婆高兴，又要摆酒席，而且一定要请娘家人过来。王小山不回来，说厂子里忙，请不来假。木兰给老家的村子打了一个电话，过了几天来了一个老头。老头长得又黑又干，像埋在锅灶里烘烤过一样。木兰说是她爹。王小山的爸妈一时不知道该怎么招呼。大家都面带惊讶，怎么看都想象不出，这么老而丑的男人，会是木兰她爹。木兰家在深山区，难怪人会说深山出俊鸟。

木兰的爹歇了一夜，好像精神了些，仔细看其实还不算老。木兰说，她爹才四十几岁。

木兰的爹不太爱讲话，眼神很呆板，看哪个地方半天都不动一下。亲家同他客气，他好像故意一味固执着不笑。他的手极大，骨关节突出，放在哪里都很扎眼。如果他站着，就放在屁股两边，如果坐着就摆在腿上，看着瘆人。木兰知道那手的力量，她小时候常常看着妈妈挨打。后来妈妈走了，木兰和两个弟弟经常被这张大巴掌掀出几米开外。

看起来木兰跟他爹并不亲热，但显然也心疼他，再三挽留他多住上几天，每天尽力给他多弄些好吃的。他生得瘦，食量却大得惊人，一顿恨不得吃一锅饭。他被人伺候着，难免有些羞赧，再三说不吃了、不吃了。亲家公再盛一碗，他边说客气话边往嘴里扒拉，亲家母再盛，仍然吃得下去。木兰也觉得他爹吃了好的，面色有点滋润了。

木兰的爹住了三天，一定要走，说是家里养了两头猪，怕被人偷去。家里还有两个上学的儿子，他没有说。木兰给了她爹五百块钱，说有二百是给她两个弟弟的。爹收了，木兰心中又打鼓，也不知道他会不会给他们。

王小山的爹妈惭愧娶媳妇的时候没有送彩礼，便备了许多礼物给他带回去，单是腌过的腊肉就装了满满一箩筐。木兰的爹心里感激着，却站在那里故意装出淡然处之的样子。直到出了院子，看看亲家离远了，才叮嘱木兰，这家人很好，要对得起人家，别学你妈！生了儿子就不要到城里去了，好好过日子。

王小山的家人都不知道木兰的妈妈怎么了，可木兰不说，他们也都不敢打问。后来还是木兰自己忍不住，木兰说，我妈妈跟爹是离婚了的。

婆婆就问她，离婚？你妈还敢离婚？

木兰说，我妈去城里打工许多年了，她受够了苦，不愿意回乡下了。

木兰看到公公婆婆眼睛里有诧异的神情，木兰在许多人眼睛里看到过这种神情，她觉得和这些人讲不明白，所以她不愿意说娘家的事情。

小毛头满月那天，婆婆抱着孙子在院子里晒太阳。公公下田去了，满世界只有婆婆和小毛头说话的声音，离得近了，反而听不清楚。那是一个慵懒的下午，周围有鸟鸣，还有老水牛偶尔叫一声。木兰走过去和婆婆说，我要走。

婆婆露出吃惊的神情，问，走？往哪儿走啊？

木兰说，我要回城。她没说"去"，说是"回"。

婆婆说，你讲什么啊，毛头才这么丁点大，你让他饿死啊？

木兰说，不会的，有阿婆疼他。

婆婆说，狠心的娃，你们也真是舍得！山子会让你走？

木兰说，山子比我还着急哩。

婆婆叹了口气不再说什么了，村子里这样的事情多得数不过来。可是她还是不能轻易地答应木兰。木兰从满月那天起，就一天天地磨叽。婆婆这边可怜孙子，那边又可怜儿子，在心中一万遍骂这当爹当娘的不懂得疼自己的孩子，却又体谅小两口几个月不见面了，肯定急猴猴的。婆婆说，你去去就回来，小孩子不能没有娘。让山子也回来，城里再好总不是他的家。婆婆哭了，木兰也跟着掉眼泪，她心中也是十分舍不得。公公婆婆都是好人，很疼她，而且家里还有个爱哭的小毛头。

二

姚水芹初到深圳做工那年三十二岁。她丈夫不肯放她出来，她丈夫说，贱货，你是想出去招揽野男人！

姚水芹说，你睁眼看看人家出去的都挣了钱回来，过上了好日子。我只想出去挣钱，不让人家低眼看咱们。我每天都在田里做活，做了十几年，口袋里从来没有装过一分钱。

丈夫说，你在屋头做活，要钱干什么？

姚水芹说，要钱造屋，要钱让娃念书。

丈夫说，我看你是想给自己买衣服！你也想染个黄头发，对吧？你是不是想跟二升老婆一样弄得一身骚气回来，像个狐狸精？

姚水芹说，我想把自己弄成狐狸精，钱呢？

姚水芹胆敢这样顶撞他，丈夫气不打一处来。他不给她饭吃，打得她遍体鳞伤。姚水芹说，你只要打不死我，爬我也要爬出去。

姚水芹嫁到山里十二年了，她没有见过外面的天空。她绝食，三天都没有吃东西。最终她出来了，她当然知道，他男人绝不是为了让她看风景，而是为了钱。

姚水芹从乡下来到城市，从此就再没有回去过。用如鱼得水形容她恰如其分。城市就是大海，家就是个小泥塘。她知道她只要游回去，她男人就不会再放她出来。

姚水芹在家政公司做清洁工。她能干，别人一天做一家她能做两家，别人做两家她能做三家，一个月能挣七八百块钱。姚水芹活几十年都没有见过这么多的钱。她很节俭，去了吃穿用住，还能省下三四百块。她给自己买了新衣服，但她没有染黄头发。她把挣的钱寄回去让孩子们念书，她把更多的钱攒起来准备将来造屋。姚水芹是一个良善的家庭妇女，她出来做工的目的，并不是为了她自己。

从乡下出来的姚水芹常常感慨，城里真好啊！今天把钱花掉，明天只要肯掏力气，总能有办法再挣回来。乡下种一季庄稼，还不知道能不能有所收获。在乡下不是为风发愁就是为雨发愁，为空气的冷和热发愁，为土壤和虫子发愁。这些他们一样都决定不了的事情，每一样都能决定他们的收成。城里人什么都不用愁，他们早上像一张弓那样被拉开，被气吹着似的东奔西走；晚上虽然累得筋疲力尽，只要吃饱喝足，软塌塌地在床上睡一夜，第二天仍然精神饱满。姚水芹很快爱上城市生活，城市吃的是她从没吃过的好饭，穿的是她从没有穿过的鲜亮衣服。若是城里再有一个属于自己睡觉的地方就更好了，有一阵子她很为住宿的问题苦恼。家政公司不提供住宿，姚水芹和一个女工合租一间地下室，一个月每人分摊两百块钱。

同姚水芹同住的是个扬州女人。扬州女人叫孟金枝，南方人喊出来就是梦金子。梦金子说话很嗲，她一开口，姚水芹的耳朵根子都是痒痒的，听的时间长一点，牙根子也跟着痒痒。姚水芹不知道，梦金子说话的样子，会让男人听了心都痒痒起来。梦金子说不上漂亮，矮胖，可走起路来花枝乱颤。她的皮肤很白，一堆诱人的白，而且是瓷白，连女人看了都忍不住想摸一把。梦金子已经二十七岁了，她扎两个小辫，打很重的腮红，看上去还蛮像个小姑娘。

　　姚水芹好性格，她喜欢梦金子，也有点崇拜梦金子。她觉得梦金子对城市太熟悉了，肯定见过大世面。而且梦金子对她的亲热，让她在四面一抹黑的城市里有了依靠。梦金子软软地喊声姐姐，姚水芹就会忙不迭地把屋子里的活计全都做了，有时连梦金子脱下的内衣裤都给洗了。梦金子的内衣可真漂亮，那些小衣服花样百出，柔软舒适，摸上去滑手，姚水芹把眼都看花了。她自己的胸罩内裤都是些低劣的地摊货，一水洗下来，都成布片了。

　　梦金子跟姚水芹说她还没有结婚，这姚水芹看得出来，只是不好意思打问。梦金子噘噘嘴，像是有些幽怨又有些害羞地说，老天爷多不公平嘛，我生得又不是不好，为什么没有男人肯给我买房娶了我呢？

　　她把买屋说成买房，姚水芹一下子就听进心里去了。

　　姚水芹说就是啊，这么娇的梦金子，为什么没有人给买房娶回去呢？然后叹口气又说，娶有什么好，我都被人娶过生三个娃娃了。

　　梦金子说，啊？三个？唉，宁愿自己过，我也不让乡下男人娶，我要在城里买房。

　　姚水芹说，城里？买房？

　　姚水芹看着嫁不掉的梦金子，有点心疼她，突然之间也有点心疼自己，若是自己也没有生过娃，在城里走一遭之后，会回乡下和粗野的丈夫生三个娃娃吗？这样一想，姚水芹有点后怕，也很有一点遗憾。但这里面的很多东西她又说不清道不明，像一堆乱麻窝在心口。她想跟梦金子说说这些，可每当她说起家、孩子、丈夫，梦金子都打哈欠，让她觉得屁股后面像拖拉机拖斗似的拖着这些破事，真是很让人扫兴。她想，我为什么不早一点到城里做工呢？那样娃娃就生在城里了，兴许也能住上属于自己的屋了，那她们一家人都管"屋"叫"房"，多伸展啊！她渐渐明白了，不是梦金子在城里过了这么多年还害怕乡下，就她姚水芹在乡下生活这许多年，才刚刚踏入城市的边，更害怕乡下了。

　　姚水芹努力把自己也弄得像个城里人，好像这样才更有底气在这里待下去。她把自己关在卫生间一遍遍地搓洗，买来廉价的润肤露不停地涂抹。姚水芹发现自己的皮肤其实不比梦金子的差，因为长期在乡间行走和劳动，她体态结实匀称。她现在吃得好，很健康，她的小麦色的皮肤闪着丝绸一样油润的光泽。

　　姚水芹在心里喜欢梦金子带给她的那种小女人的娇媚，喜欢她说话的样子，喜欢她穿衣服的精细。唯一让她不习惯的，就是梦金子常常带男朋友回来过夜，还常常带不同的男朋友回来过夜。这让她羞惭，也让她新奇。更让她不习惯的，是他们在深夜里吱哇乱叫，像遇到了野鬼那样耸人听闻，让她非常恐怖。第一次她被叫醒，吓出了一身冷汗，猛地坐了起来。她拍着墙问，金子，金子，没事吧？那边叫喊停了下来，是梦金子软绵绵的声音，没事没事！你睡吧芹姐！她刚刚想睡去，那边又叫起来，吵得姚水芹不能入睡，第二天做活的时候腿脚都会发软。她想不明白，女人和男人在一起怎么会喊得那么瘆人，既然如此痛苦还做那事干什么呢？她和她的男人结婚十多年了，他们都是在深夜里像偷鸡摸狗一样做那事，做完了谁都不理谁。即使说话，也是讨论些柴米油盐和农耕琐事，话题绝不会与"那事"有关。他上去下来，像锄完一亩地，或者挖了半天红薯；她肚子鼓起瘪下，像倒腾了一次粮仓。

　　姚水芹不明白梦金子为什么喜欢做这种事，这在乡下顶让人看不起。她也讨厌这种事，像讨厌她的男人。有一次，姚水芹问梦金子，那些人会对你好吗？

　　梦金子说，当然好！

　　姚水芹说，是啊，要是他们对你不好，你多吃亏啊？他们为什么不娶你呢？

　　梦金子笑得脂粉翻飞，说，谁吃亏啊？大家都高兴嘛！娶他们倒是想娶，可娶不起我，他们买不起房。

　　姚水芹迟疑了一下说，那，他们给你什么东西啊？她差点说出"钱"来。

　　梦金子杏眼圆睁，眉毛倒竖。她说，我又不卖自己！

三

　　木兰生了儿子无牵挂地走了。小毛头的妈妈变成了一只奶嘴。木兰走了快一年，电话都没打几个，像是没生孩子这回事一样。婆婆无法骂木兰，只有拿自己的儿子出气。王小山一接到电话，就被母亲痛骂，你们哪像当爹当娘的？就是个老鸹也知道衔点食回来给孩子喂喂吧？

　　生了儿子的木兰，好像一朵花彻底盛开了，比过去更水灵了。以前是耐看，需要细细地品；现在是诱人，会剜人的眼睛。王小山的哥们就警告他当心，这城里的林子阔大，小女子心会变野，可别让跑了。王小山就自信地笑，他想起家乡的一句老话，鲫鱼片儿，跑不远儿。

木兰生了孩子就不能在厂子里做了，站在机台前时间久了常常腰疼，这在她做姑娘的时候是没有过的。她的小姐妹潇潇觉得她够漂亮，就给她介绍了一份推销空调的活。潇潇说，你别只看基本工资很低，卖出去空调有提成。若是卖出去一台中央空调，就能挣到一年吃的。

木兰不信。木兰说，我要是卖不出去呢？

潇潇说，你这脸蛋就白长了！世上没有卖不出去的空调，只有卖不出去空调的人。那就看你的造化了！

潇潇此言不虚，她从厂子里出来一年多，就挣了好几万了。她告诉木兰，做两年挣够了首付，就在郊区买房子。她还告诉木兰说，要做这一行，得有几身行头，还得每天细细地化妆。

木兰很疑惑，她天天站在流水线上，每天都穿一样的工装，也从来不化妆。为什么改卖空调了，就得这么麻烦呢？

潇潇笑得腰弯了几弯，然后说，木兰啊没见过你这么傻的。你想过没有，为啥做空调的挣不过卖空调的？

木兰想了想，虽然没想明白，但觉得潇潇说的是这么回事。

木兰跟王小山要新衣服，王小山只给了很少一点钱。他没钱，但他会说话。他说，木兰你穿什么都一样，衣服好不好都比她们好看。你要跟她们穿一样，怎么显示你好看啊？木兰得了夸奖，比得了衣服还开心。

木兰没有好行头，就遭小姐妹鄙夷。但木兰就是木兰，往那一站就是个风景；木兰也不化妆，王小山不让她化。不化妆的木兰也是水灵灵的，像刚从树上摘下来的鲜桃一样，红艳的、饱满的。

木兰改行卖空调，每天回家都给王小山带回新闻。她告诉王小山，那些小姐妹为了卖出去空调会有许多办法，送礼给人家，请吃饭，还让男人那个。

王小山停住吃喝，说，你怎么知道她们让人那个？你跟她们一起了？

木兰没感觉到王小山态度的变化，说，她们在一起天天交流，什么都说，潇潇都打过两次胎了。

王小山双手抓住木兰的肩膀说，你说这个干吗？你也会让人家那个吗？

木兰甩开王小山的手，眼泪都出来了。她恼怒地说，你弄疼我了！

王小山又过去抓她，你会吗？

木兰噘着嘴说，我要会还跟你说这个？

王小山放开木兰，去亲她胳膊上被抓红的印子，一股酒气喷出来，熏得木兰又恶心又快活。有这个孩子脾气的男人守在身边她很满足。她在城里，城里还有他满嘴酒气的男人，这就足够了。她的幸福很具体，她也没多少奢望。

潇潇说得很对，没有卖不出去的空调，只有卖不出去空调的人。木兰不让人家"那个"，人家也不让她的空调"这个"。有一天她差一点就做成了一笔大生意，她去一个宾馆推销空调，那里正在兴建几栋大楼，工地的头目指着一座楼说，木兰，你让我高兴了，我就买你的中央空调。木兰的脸色激动得红艳艳的，她使劲地点头，说，我让你高兴！我肯定让你高兴！那时她自己很高兴，木兰的高兴把那头儿惹得也很高兴。他的眼睛都亮了，不由分说把木兰抵在办公桌上说，我喜欢你这个小女孩，认你做干女儿吧。木兰被他抵得透不过气来，死死地闭了眼睛，一副任人宰割的样子。木兰心中害怕到了极点，那头儿块头太大，若是他真的要怎么她，她是没有力量抵抗的。头儿用肥胖的身体抵了她一会，拍了拍她木头一样僵硬的脸蛋说，我从来不强迫女人，我喜欢自觉自愿的。我的楼盖起来还要一段时间，你什么时候想好了就告诉我。

木兰像做错什么事一样逃出宾馆，她没敢把卖中央空调的事情告诉王小山。木兰始终没有卖出去空调，她在公司的业绩是最差的。公司从上到下都另眼看她，木兰感觉到了寒气。

要过年了，姐妹们都买了很漂亮的衣服。潇潇的一个客户还送了一个仿狐皮大衣给她。潇潇画了黑眼圈，涂了加长的睫毛膏，穿上大衣就更像一只美丽的狐狸了。

木兰很羡慕，回家把潇潇的装扮说给王小山听。王小山很鄙夷地骂潇潇是个贱人。骂完了，王小山说，木兰，我今天带你去吃麦当劳。

这次木兰没有高兴起来。马上要过年了，过年就是过钱啊！

四

姚水芹在深圳没有熟人，没有朋友，她想找个说话的人都没有。徐地云是公司里最年轻的男人，比姚水芹小五岁，但他是老员工了，公司让他和姚水芹搭班。徐地云是个善良忠厚的人，他很耐心地教导姚水芹。他们去一户人家做清洁时，徐地云诚心地说，你做活要懂得用巧劲，要让人觉得你是一个干净勤快的人。

姚水芹点点头说，谢谢你啊！

徐地云说，你要会说话。要学会跟业主交流，好话能当钱用。要让他们信任你。

姚水芹又点点头说，谢谢你啊！

徐地云说，这很重要，雇主信任了你就不会再挑剔，你会做得很轻松。

姚水芹还是点点头说，谢谢你啊！

他们进了业主家，徐地云却发现姚水芹其实非常会做事，她活干得又轻快又利索。她话不多，却说得很是地方。他们俩搭伴做活，做得人家很满意，雇主那天额外给他们十元钱和一箱快要到期的牛奶，两个人都很高兴。

徐地云和姚水芹为对方的诚恳增加了默契，他们之间的距离一下子拉近了许多。

徐地云总是穿得很得体，他说话的时候不卑不亢，做人也从来不卑不亢。他从不强调什么，但是他让人觉得他做清洁工是很体面的职业，至少不比别人低贱。姚水芹很敬重他，也学着徐地云的样子做，她很快就做得很好了。徐地云在他们吃东西的时候说，姐你得买几件像样的衣服穿，把自己弄整齐，这样别人就会从外表上尊重你。徐地云这样说，很有点为自己得意，对这个刚刚进入城市的乡下女人，他有点居高临下的意思。

姚水芹是安徽人，吃大米长大，也算是南方人了。她生得骨肉均匀，在屋子里养一段日子，竟然变成一个很秀美的妇人。她穿了新买的衣服，看起来就很有点别样意思了。徐地云从此不再教导她，看她的眼神竟然有了些敬意。

姚水芹有一天跟徐地云诉苦，告诉他梦金子的事情，她说她想搬出来一个人住，可是房租太贵，她付不起。徐地云不知道该怎么帮助她，想了一会说，我本来是和哥哥一起住的，哥哥有事回老家去了，我那里空着一间屋。

姚水芹说，我不和男人合租。

徐地云说，我可以先借你住一段时间，不要你钱，等你找到合伙人再搬走。

姚水芹说，那不行，传出去像什么话啊？

传出去？谁传出去？徐地云吃惊地说，现在城里都是这样子。再说了，谁知道你是谁啊？像我们这些人，连自己都不知道自己是谁。自己看得起自己，也是硬撑的。比如说我们俩有谁病死了，抬出去就烧了，连死个狗都比我们排场。

姚水芹没再说什么，要说也是，她在城里生活半年多了，认识她的人不会超过五个，能喊出她名字来的更少。一个月省下两百块钱也是个大数目，况且徐地云在姚水芹的眼里是个好人。

姚水芹就这样搬到徐地云那里去住了，他们两个都是有涵养的人，相敬如宾。徐地云不多事，若是他下钟早了，就抓紧把自己洗干净，待姚水芹回来，他就会说，姐你洗吧，我出去遛个弯。这样慷慨的徐地云让初来乍到的姚水芹心中装满了感激却又忐忑不安，她尽管是一个没有见过世面的乡下女人，但是她凭着朴素的人生常理懂得这天下没有白吃的宴席。徐地云对她越好，她心里越虚。她希望早一天找到房子搬出去。

姚水芹因为人家不要钱，就包揽了全部家务。她勤快，肯做又会做事，一套小出租屋在她的手下弄得很有一点家的感觉了。姚水芹会做饭，米饭经她的手烧了，出奇得香。徐地云是河南人，爱吃面食，姚水芹很快学会做各种面食。姚水芹做了饭就先给徐地云盛上，然后自己躲在厨房里吃。徐地云也不让她，只顾把头埋在桌子上呼呼噜噜地吃。徐地云没有结过婚，没有享受过女人的照顾，他吃了姚水芹做的饭，心中对这个女人有了一种特殊的感觉。

有一天，一个曾经被姚水芹服务过的老板来公司找她，想让她到他的家里去做钟点工，管吃饭。家里没有老人和小孩，一天做三顿饭，打扫卫生。公司问姚水芹是否愿意？

姚水芹问，做一个月多少钱？

经理说一个月六百，管吃饭。

姚水芹说她要八百。其实她心里也没有多大把握，若是人家坚持，她也就答应了。她还是愿意固定在一个人家去做，等客人叫钟得满城跑，很辛苦，有时候活多忙不过来，有时候一天都没有事情做。更重要的是，一天有吃三顿饭的地方，是一个大诱惑。姚水芹若是不答应，公司会派别的工人去，还有几个年龄合适的女工在等着。那老板却只看上了姚水芹，他一定要她，而且八百他也认了。姚水芹就跟那人到他家里去上班了。

老板姓刘，是做玩具生意的。刘老板的儿子出国念书去了，家里只有他夫妻两个。他四十多岁，样子看着干净利索。他生意上的事情大部分是夫人在经营，刘老板很悠闲，上午睡睡懒觉，下午召集一帮人打麻将，昏天黑地地打。原来姚水芹以为只做老板夫妻两人的饭，谁知道来了每天要做一大群人的饭，而且得等他们吃完收拾干净才能回去。说是钟点工，其实跟一个全工没多大区别。既来之则安之，姚水芹做事情的时候总是不急不躁，她的言语不多，但非常有眼色，她尽心尽力地照顾大家，茶水饭食打点得亦十分周到。姚水芹读过初中，看得懂书。老板爱吃包子，他常常让姚水芹到包子铺里去买，姚水芹省下一点买包子的钱买来一本食谱，研究怎么做包子。姚水芹聪慧，她很快掌握了做包子的技能，大家都说她做的包子比包子铺里的好吃。姚水芹得了夸奖，更加上心，继续研究怎么做菜，她把鸡鱼蛋肉、各种青菜洗得干干净净地码好，老板说吃什么她很快就能照着书本做出来。老板的朋友都喜欢姚水芹，他们唤她姚姐，他们说，刘老板哪是雇钟点工，简直是雇到了一个漂亮女厨子，这待遇跟人家卡扎菲也差不了多少。刘老板听他们夸奖姚水芹就像夸自己一样开心，他说，是我亲自挑选的，我第一眼看到姚姐就觉得她顺眼。

刘夫人交代姚水芹，早晨来上班先要开窗透气，不管刘老板起没起床都要把所有窗子打开。刘夫人还骂道，一群猪，又是抽烟又是喝酒的，这家简直就是个猪圈。刘夫人不满刘老板的作为，说到他的时候总是眉头拧得很紧。刘夫人嘴上凶巴一点，但心底很和善。她让姚水芹用手给她洗她的高档衣服，可穿可不穿的，她就送给姚水芹，还把半旧的胸罩都送给了姚水芹。她比姚水芹略微瘦一点点，她穿松的衣服姚水芹穿上刚刚好。刘夫人说，都是好的，姚姐你别嫌弃。嫌弃？这话让姚水芹心里暖烘烘的，她点着头在心里感激着，觉得这一生遇到这家人真是天大的福分。她在电视上看到过这种款式的内衣，一件要好几百，她以前摸都没有摸过。只有人家嫌弃她的份，她怎么会嫌弃别人呢？

姚水芹穿了刘夫人送给她的衣服就更像样了，她很自重，她在刘家也靠勤劳得到应有的尊重,她的举止在不知不觉间也有了些尊贵的味道。有一次,姚水芹到老板的卧室开窗透气的时候,被他从后面抱住了。姚水芹不是不想反抗,是她还没有反应过来,已经被刘老板扒光了衣服。她很尴尬,她自己都没有这样在大白天看过自己的身体,她的丈夫同她生活了十多年也没有这样看过她。姚水芹手脚都不知道放在什么地方,她差不多要哭了,但是她没有挣扎。看都看到了,再挣扎有什么用。

此后,姚水芹这样被刘老板抱的事情又发生过好多次,事情总是这样,一有了开头就停不下来。

刘老板喜欢亲姚水芹的嘴,喜欢亲吻她的两只饱满的奶子,他用不同的方式进入她的身体。他穿上衣服的时候是一个威仪的老板,他赤裸了身体就变成了一只粗野的动物。他说的话让姚水芹既好奇又害羞。他说,你真是个好女人,你的身子很紧,你比我老婆让我舒服一百倍,你比许多猪女人都更让我舒服。

姚水芹想说一点城里人的话,但她不知道城里人在这个时候该说什么。她说,你不怕你老婆知道了生气吗?

刘老板说,她生气?那有什么用!然后终止了这个话题。

刘老板会舔着她的耳朵一遍一遍地问她,小心肝,我让你快活吗?姚水芹不想扫他的兴,就硬着头皮回答,快活。姚水芹有时真的也就快活了,这个男人不是只图他自己痛快,他触摸她身体的深深浅浅,他关心她的感受,他很温柔地亲吻她的嘴和额头。姚水芹有一天忍不住呻吟了,开始还是叹气一样低微,后来就变成吟唱了。在自己的歌声里,她明白了梦金子叫喊的原因。刘老板很得意,他说,一个有力量的男人只满足自己不是本事,能让女人满意了才是纯爷们。刘老板说,我喜欢你姚水芹,我要你是因为我喜欢你,喜欢才会和你做爱。姚水芹不知道她是不是喜欢刘老板,但是她觉得他不让人讨厌,他至少比自己乡下的丈夫好。姚水芹离开家乡后才知道,她和丈夫生活许多年,生了三个孩子,对他没有一点点的感情。

现在,她这是做爱,不是为了生孩子,不是为了只让男人发泄,这对姚水芹是一种全新的感受。如果不来到城里,这辈子不是白活了吗?她这样跟自己说。

刘老板悄悄地给姚水芹塞过两次钱,一次五百。他让她去买衣服,他说,我知道你不是那种拿钱能买的女人,但我不能亏待你。他说,我家还有一小套旧房子,我回头让人收拾了给你住。

走在回去的路上,姚水芹才认真地想着他那套房子,心跳得越来越快了。

五

木兰从出来做工就和王小山在一间工厂,这是一家纺织厂,女工多男工少。王小山在车间做维修,算是技术活。王小山做技术活不是最重要的,重要的是王小山长得好,是个大帅哥。

王小山几乎不像一个乡下人,长得高大英武,却一点不显粗糙。木兰看见王小山的时候他已经在城市生活了四年。要说他们这一代人,身上的胎记好像不是太明显,即使在农村,他们也是看着电视长大的,迷恋上网和游戏,接受的也是开放式教育。他们出来的时候才十六七岁,生活习性并没有定型。他们从一个地方迁徙到另一个地方,一切都是自然而然的,并没有太大阻碍。饮食改变了,服饰改变了,头脑就有了翻天覆地的变化。他们的口袋里除了缺少钱,比城里的孩子都活得更自由自在,他们没有学习的压力,没有父母管制,没有事业心责任感,放肆任性,吃饱了今天不管明天。他们一拨一拨地来到城市,如鱼得水,简直就是城市旺盛的寄生物。也正是他们这个阶层的人,才给城市带来活力,却也带着极大的对城市的侵略和扩张。

女工们是纺织厂的星星,王小山就是她们的月亮。星星们很热烈地环绕着月亮,如众星捧月般给他买吃的,给他洗衣服,为他做各种让他高兴的事情。她们把王小山捧得像个明星,王小山长得不比那些小明星们差,再加上姑娘们的日夜追捧,他原本拘谨的形态渐渐放浪起来,竟然有了一些城市流氓的潇洒。穿白衬衣和牛仔裤,头发弄得很乱,眼睛明亮得让人心跳。他曾经是极不认真的,喜欢勾三搭四。按他自己的话说这是行善,不想伤害了她们当中的哪一个。比如,他早晨跟崔岩一起吃了早点,晚上就答应了秀秀去看电影。他和莺莺拉手被李珊看见了,他就会瞅个空子拍拍李珊的脑袋安慰一下。女孩子们众口一词说王小山的坏,但又无一例外地喜欢这种坏。虽然她们的厂子与其他厂子挤挤挨挨在一起,但仍然像一座孤岛。她们的生活太单调了,她们渴望用王小山们的坏来调剂日子的简单,对他的行为不但不恼怒,而且还有些纵容的意味。这好像是她们这样的企业惯常的模式:她们调戏王小山们,也喜欢被王小山们调戏。这一切都是不着痕迹的,浮面的,假模假式的,没人拿这事当真。她们大多数文化不高,不够漂亮,也许没有太大的野心。她们靠力气吃饭,在厂子里做几年,积攒一些钱,还是为了嫁一个可心点的男人。王小山这类人并不是她们的首选,她们很势利,虽然王小山是她们心仪的对象,但她们中的大多数会认为王小山不够有钱。她们认钱不认人。其实,大多数人都是认钱不认人的。

王小山是一条鱼,在女工们中间恣肆地游弋了五年,他让她们仰视着,让她们用各种手腕讨好着。那时候木兰从一个小山村赶来,无意加入她们的阵容。木兰什么都不会,她没有钱,不会给王小山买吃的、买电影票,不会搭讪谄媚。即使有钱,她还不太懂这些,她没有太多的欲望。她傻乎乎地躲在姐妹们的背后,看见王小山就羞羞地喊一声哥哥。木兰水汪汪的大眼睛和长长的真睫毛击倒了王小山,听着木兰那一声哥哥,他把魂魄都丢了。

王小山找到他的哥们,让他们先把这傻妞带出去耍一耍,试试她到底是个什么样的角儿。游戏开始了,木兰还完全蒙在鼓里。王小山的哥们赵智、胡文学去找木兰,说,木兰,带你去逛公园。

木兰说,公园我去过了。

那带你去看电影,请你喝饮料。

木兰说,电影我要和姐姐们一起去看。

那带你去唱歌好吧?

木兰说,我妈妈说唱歌跳舞不是啥好地方,不能去。

王小山在女孩子堆里混久了,知道什么样的女孩是好女孩。王小山说,木兰你会洗衣服吗?木兰的眼睛亮了,这是她最拿手的,在乡下她每天都得给父亲和弟弟洗衣服。到了城里,她一下子变成了一只断线的风筝,没有人需要她了,王小山的这个要求,简直让她感动,也让她欣喜。木兰给王小山洗衣服,洗得认真精细,洁净得像新的一样。

王小山说,木兰你洗的衣服又软又香,我得奖励你。然后王小山请木兰吃麦当劳。那是木兰第一次吃麦当劳,也是后来王小山哄木兰的一个最佳手段。

然后王小山又请木兰看电影,他非常诚恳地说,木兰你为我洗衣服,我很久都没有穿过这么干净的衣服了。我感谢你,请你看电影好吧?

木兰说，不行啊。

王小山说，木兰你看我把票都买好了，你不去要浪费我十块钱。

王小山把电影票在木兰的眼前哗哗地晃着，算了木兰，你不去就算了，我不能勉强你，你不去也算我请你看过了，我这就把票撕掉算了。

木兰一下子着急起来，她冲过去抢了王小山手中的票。木兰说，我和你去，哥哥，我们不能浪费十块钱的，十块钱能买两只炸鸡腿呢。

王小山带木兰去看了电影，还给木兰买了两只炸鸡腿和一大杯可乐。木兰吃了鸡腿喝了可乐，前所未有的开心。木兰从此就常常和王小山看电影了，王小山每次看电影都给她买鸡腿和可乐。木兰觉得王小山是这个城市里最好的人，是她的亲人。她的亲爹爹都没有这样疼她。

王小山带木兰看完电影就带她去逛公园，王小山在树丛的暗影里亲吻木兰的嘴，触摸她的身体。木兰沉醉在电影一般的故事里，她在王小山的怀抱里战栗，这是一种奇妙的感觉。她的记忆之中，没有人这样抚慰过她。

临了，木兰拉住王小山的衣襟说，哥哥你可得对我好，你亲了我是要和我结婚的。

王小山说，木兰我爱你。王小山说木兰我爱你的时候，表情严肃庄重，他是一个王子，木兰就是他的灰姑娘。

崔岩和秀秀找到木兰，她们说，王小山从来不会只爱一个女孩，木兰你会后悔的。莺莺和王楠也找到木兰，她们都心疼这个单纯的孩子。她们说，你知道王小山吗？他是个烂人，他晚上追到你，清晨就会把你抛弃。

木兰不信，木兰没有让她们说下去。木兰说，王小山说他爱我，我也爱王小山。木兰进入城市逐渐会说话了，爱情让她变得很大胆。

潇潇是跟木兰一块出来的。潇潇说，王小山什么都好，就是太穷。木兰吃惊地看着她，刚要开口，潇潇用一个手势有力地制止了她。潇潇说，木兰你要想好，你这样年轻漂亮，你有可能嫁一个城里人的。就算他们不娶你，也会把你养起来。他们会给你买房子，买汽车，买许多漂亮衣服，到时候你就可以待在屋子里什么都不做了。

木兰说，他们不娶我，怎么叫对我好呢？我宁愿找一个对我不好，可是会娶我的人。

木兰怕王小山生气，她没有把潇潇的话告诉他。王小山不知道潇潇的话，还一如既往地自信。王小山像变了一个人，他觉得遭遇了木兰就遭遇了爱情。木兰还没有长大，从山村来到城市，她是孤单的。王小山宽厚的肩膀环绕了她，王小山成了她城市的家。

木兰和王小山生长的地方相隔很远，他们不是一个省份，他们因为向往城市而走到一起，城市让他们遇合，城市是她们的媒人。木兰很幸福，她刚刚进入城市，对新生活的要求太低太低了，不用下田做农活，不用煮饭喂猪，她就觉得很解放了。城市是这样干净明亮，它给了木兰太多的惊喜，有新衣服，有麦当劳，有公园，有电影院，有车水马龙。城市是神话中的城堡，王小山是木兰的王子，王小山疼她。木兰从乡村来到城市，睡梦里都是笑的。

王小山后来才知道木兰妈妈的事情。她妈妈走的时候木兰八岁，最小的弟弟才两岁。

王小山问木兰，你恨你妈妈吗？

木兰说，我为什么要恨她呢？

王小山吃惊地说，她毕竟抛弃了你们吧？

木兰没说话，她想起了妈妈在乡下吃的许多苦，那时候虽然她还小，但已经懂事了。妈妈要种田，要煮饭，要养猪，还要挨打。她没有吃过一餐好饭，没有穿过一件像样的衣服。她除了想妈妈，从来没恨过她。

王小山说，我还没见过当妈的心这么狠！

木兰说，我妈心真狠吗？她不出来打工，我怎么能念到高中？木兰把她念到高中，作为很骄傲的一个历史事件，她每一次说到妈妈或别的重大事情的时候，都要说到她念过高中。木兰说，我妈不到城里做工，我也没机会到城里来，我不到城里来怎么认识你王小山？我为什么要恨我妈呢？

王小山说，你没想过你爸的感受和可怜，一个男人带着几个孩子过活。我想等上几年你妈会回去的。

木兰说，我妈说她只要能有口饭吃，在城里要饭她都不会回去了！

王小山说，说得轻巧，你妈老了谁养活她啊？

木兰说，她自己养活自己比谁都牢靠。乡下养着一大群儿女，过得连头猪都不如的女人不多的是！

木兰是高中毕业，她至少有吵嘴的文化。她在与王小山吵架的时候就变得比平时格外有力量。

木兰是在她爹的咒骂和巴掌下长大的。在爹的嘴巴里妈妈是个婊子，抛夫别子，是个畜生都不如的女人。木兰恨不起来她妈妈。妈妈蹚出了一条路，这让木兰看到了未来的希望，也让木兰有一个梦想，过上几年，她会让弟弟们也来城里。她常常想给弟弟打电话，告诉他们一些城市的新鲜事物，但是她怎么说都不能表现真实的状态。城市太大了，太妖娆繁复了，城市有太多她想都想不到的新奇，城市又给了她想象不到的自由。她不用再处处被爹爹骂着打着，不用日复一日穿着旧衣服，做着永远做不到头的屋里田地里的活计。木兰在城市里挣的钱很少，但她在乡下长到十几岁，花过的钱加在一起，还没有现在一个月多。木兰太爱这个叫作城市的地方了。

木兰刚睡在王小山旁边时常常做噩梦，她梦到她仍然在乡下，他爹把她关起来，逼她嫁给一个她不认识的丑男人。她一次次地被自己的哭泣弄醒，发现躺在王小山的身边，喜极而泣。若是在乡下，木兰能给自己找一个丈夫吗？这样赤裸着身体睡在一个男人身边，她爹会打断她的腿。王小山虽然没有太多的钱，不能给她买小姐妹那样昂贵的衣服，但是他健康英俊，他们身下有干爽的被子。他能带她吃麦当劳，去电影院，最重要的是他让她在城市有了家的安定。木兰喜欢城市，她紧紧地抓住手心里拥有的一点快乐，做梦都怕这快乐像烟雾一样消散。

城市是一个魔盒，给了木兰想都想不到的幸福。

木兰一厢情愿地认为，她和王小山相爱让许多小姐妹嫉恨。潇潇有钱，潇潇身边总是有新的男人。潇潇自己知道，这些男人的确不爱她，他们给她买许多漂亮衣服，他们也像换衣服一样把她毫不手软地换掉。潇潇因为懂得这些男人不爱她，她因而也不爱这些男人。他们的头发都掉没有了，他们的肚皮鼓得像气球一样膨胀，潇潇怎么会爱上他们，她只爱他们口袋里的钱。木兰的姐妹有结婚的，甚至有嫁给城里人的，但她们找的男人不是不够年轻，就是不够好看。他们都没有木兰的王小山英俊。王小山牵着木兰走在大街上，一对鲜活漂亮的生命，总是会有人羡慕地打量他们，这让木兰很骄傲。

木兰因此很听王小山的话，王小山说，木兰收拾东西跟我回乡下去。木兰想都没有想就说好。

木兰那些日子每天都在采买，木兰说，王小山，我们怎么有这么多东西要买啊？

王小山说，我们剩的钱不多了，你买完我们就什么都没了。

木兰说，我们可以再挣。

王小山说，你以为我们是在城里啊，回乡下去可没得挣了。

木兰发起愁来，她给儿子买了新衣服，买了玩具。给自己买了润肤露，买了袜子和内裤，她甚至连卫生巾都买了。王小山的家能吃饱饭，可是缺少的东西还是太多。木兰总在担心，他们会有许多需要的乡下买不到的东西。现在木兰清醒了，他们回到乡下，钱是没地方挣的，但也没有地方花。木兰想不明白，她来城市的时候两手空空，现在怎么多了这么多东西，以及对于东西的渴望和依赖。

六

姚水芹最关心的是她的房子问题，若是刘老板能借给她房子，她的心病就解决了。她现在每天做完活计都要回到徐地云那里去。她每天回去已经吃完饭，她常常带些老板家里吃不完的饭菜回来，有时也会在剩饭剩菜里面藏点好吃的，有时在包里塞上几个新做的包子。她把这些东西带给徐地云，够他一天吃的。

徐地云每天都等着姚水芹回来，等得内心焦躁。有时候回去晚了，他会对她发脾气，问她怎么回来得这么晚？姚水芹就赔着小心安抚他，手忙脚乱地给他热饭菜。徐地云不吃，他继续发他的脾气，说，你知道深圳是个什么地方吗？外地盲流巨多，治安又不好，你回来这么晚出了事咋办？

姚水芹笑笑，想，我口袋里从来不会超过一百块钱，已经是三个孩子的妈了，我没有钱，没有年轻的身子，能出什么事？但她的心中仍然感动，这个萍水相逢的男人是在关心着她。他不要她的钱，他是真心地关心她。除了他，姚水芹还真的不曾得到过这样的关心。她的父母把她嫁出去就不管了，她的丈夫只关心他的猪，从来没问过她吃了没有，只会问猪吃了没有。她每天做完田里的活，要给一家人煮饭，还要给猪煮饭。猪吃得晚了就会杀它一样嚎叫。她的丈夫心疼猪，猪一叫，他就骂人。稍慢一点他就打人，他把一大块劈柴朝姚水芹甩过来，他说，你这个猪女人，你要死啊。你把我的猪饿瘦了，我过年就吃你的肉！

姚水芹闷的时间长了，就会唠唠叨叨把一些陈年旧事说出来，像是说给徐地云,又像是自言自语。她每次说完,都会看见徐地云的眼睛水汪汪的。姚水芹就安慰他,乡下的女人都这样,有什么可伤心的呢。

　　姚水芹每天做完工,洗干净躺在床上,身体恣肆放任,她觉得自己前所未有地幸福,对于她来说,穿好吃好,享受到自由就是最大的幸福了。她是个没有欲望的女人,乡下艰苦的岁月早把她的欲望磨灭了。她不是不喜欢她的老板,她知道他们之间的距离太遥远了,喜欢不喜欢都是没有用的。她从来也不想从老板那里得到什么,那个体面的男人看得起她,给她怜惜和抚慰已经足够了,她不认为刘老板欠她什么。

　　姚水芹称呼徐地云弟。她说,弟,年龄不小了,你为什么还不讨老婆啊?

　　徐地云说,穷,娶不起呗。徐地云的语气平淡,像是开玩笑。

　　姚水芹说,弟生得这样周正,怕是挑花了眼。

　　徐地云说,是真的穷,我出生几个月妈就病死了,我不知道她长什么样。我爹是个瞎子,爹带着我们兄弟四个过,老大老二娶了,老三都还没娶。

　　姚水芹知道徐地云他们家的情况,兄弟四个攒钱先给老大娶亲,然后依次往下排,到徐地云这里还没着落。他们兄弟四个只有徐地云一个人读完高中,他心高想考大学,可是连续两次都没如愿,于是就追随哥哥们来到城里。

　　徐地云那天突然说,我要找老婆,也要找个姐这样的。

　　姚水芹骂他傻,姚水芹说,你这个傻瓜,俺都老了,男人该娶不娶真的会变傻。

　　徐地云得了姚水芹的骂,像是蛮高兴的一件事,脸都是红的。

　　姚水芹那一阵子天天念叨的都是老板的房子,可老板说了那次之后就再不提起,她有些失望,但是替人家想想,一定是有难处的。毕竟那是一套房子,不是一双鞋。姚水芹不好意思问刘老板,她把她的疑惑说给徐地云听,她说,我老板说了要借我房子住,为什么又老不落实呢?

　　徐地云突然之间脸色就变了,面色涨得通红,他说,你老板为什么要给你房子住?你做工他付你薪水,你说,他为什么还要借你房子住?

　　姚水芹觉得诧异,徐地云从来都不是管闲事的人,她老板借不借她房子关他什么事呢?但是姚水芹因为和老板有了那种关系,心里发虚,倒像是对不起徐地云。

　　姚水芹说,老板是个好心人。

徐地云说，城里哪有好心人？你一定要提防着，他借你房子还不知道安的什么心！

徐地云有天晚上很晚才回来，他去喝酒了。他回来的时候姚水芹已经睡熟了，他没有回自己的屋，直接爬到姚水芹的床上去了。

姚水芹白天累了一天，睡得很沉。她在梦里回到山里的老家去了，她的丈夫变成了另外一个人，穿着体面的衣裳，脸洗得很干净。他没有打她，他没有像过去一样强暴她，他亲她嘴，摸她的奶子，他说，姐姐，我想你想了很久了。

姚水芹被一种新奇的温柔覆盖着，她的身体像花一样开放了，前所未有地幸福。但是她的膀胱被尿液涨得发慌，又大莽撞的挤压让她疼痛，她突然就推开他坐了起来。

姚水芹坐在黑暗中足有一分钟才弄清楚她身在何处，弄清楚了身边这个男人是谁。她用力把他推下床去，然后她就哭起来。姚水芹说，徐地云，这城里连你都不是好人吗？

徐地云喝得太多了，坐在地上起不来。徐地云说，你以为你是个好人吗？连你这个婊子都看不起乡下人！你老板为什么要给你房子住，你以为我看不透吗？徐地云骂完，又倒地睡着了，他躺在姚水芹的床下，呼噜打得山响，吹出的酒臭气能熏死一头肥猪。

姚水芹不哭了，她穿好衣服抱着床单在小客厅里坐了一夜，再不敢睡了。她刚才又哭又喊，却没有太多的眼泪。她奇怪自己心里并没有太多的忧伤，甚至愤怒大部分都是装出来的。徐地云骂的对不对？她这样算不算婊子呢？想到这才真正有点伤心，但是很轻微。她虽然进城不久，却分明不知不觉向另外一种生活妥协了。

刘老板对姚水芹很不错，虽然不能有直接的表达，但是时时事事都有一点刻意的小体贴，比如关照她多喝水，让她吃新鲜水果，没有客人的时候让她一起坐在餐桌上吃饭，为她夹菜。

刘老板说，你还年轻，要学会爱惜自己。有什么事情就告诉我，我一定帮你。

话到嘴边了，姚水芹想想，房子的事不能提。

刘老板总是在白天要她，他也只能在白天要她。这让她有种新奇的感觉，她身体不放纵，但是心中并不抵制，与她乡下的丈夫比起来，他让她觉得愉悦。姚水芹从刘老板那里开始知道了"做爱、高潮、叫床"这些词。知道了怎样打开自己，让身体慢慢感受。她是一个正常的女人，她还年轻，城市生活让她丰富也让她孤独。她知道这是不光彩的事，她现在做了，却并不觉得十分羞耻。但是从徐地云喝醉骂她那次起，她就一直在想一个问题，她算不算一个婊子？

从那天起姚水芹都不再和徐地云说一句话，而徐地云却像什么事情都没有发生过，仿佛他根本不记得那一晚上的事情。

姚水芹每天都早早把小屋的门插上，她把自己的行李都收拾好了，一找到房子就走。

她去了孟金枝那里，可是孟金枝已经走了，连工作都辞了。

姚水芹的心在傍晚的晖光里忽然变得恓惶无助，她将身子倚在她和孟金枝住过的房门上，哀哀地想，孟金枝是找到给她买房的男人了吗？

孟金枝是个算得上年轻的女人，她没有嫁过人，她有本钱。姚水芹什么都没有，永远都不会有人给她买房。

姚水芹再也不想看到徐地云，她现在觉得他很脏，他是一个乡下人，他的那些体面都是装出来的。徐地云平时爱哼哼两句豫剧，姚水芹很喜欢听，觉得他是有情趣的。现在听到他喉咙里发出任何声响，她都觉得很厌恶。她早上早早走，晚上在外面转悠很久才回去。可她暂时没有地方可去，她已经看了几处房，有三百的、四百的，是她每个月一大半的收入，她实在舍不得。

姚水芹一天天地腻烦着，却一天天地忍挨下去。她每天都对自己说，明天一定走，明天却仍然住下来。她每天夜里躺在床上都禁不住悲哀地想，穷人总是缺少志气的。

日子尴尬地过着，徐地云那天是喝多了酒，若是他能说上一句道歉的话，她也许会好受一点，徐地云却什么都不说。姚水芹就暗暗骂自己没囊气，你就是丈夫骂的猪女人啊，难道碰不到徐地云就得睡路上吗？明天一定得找地方，四百就四百吧！

这座城市四面都是海，白天再怎么热，太阳落了风就凉爽起来。姚水芹不喜欢徐地云，可她喜欢这里的夜晚，她在道边的市民公园一坐，一两个小时就过去了。她是自由的，不用操心地里的庄稼，不必伺候圈里的猪，远远地逃开了丈夫的打骂。她很穷，租不起一间属于她一个人的屋，但是她白天受人尊重地劳动，她吃得很好，她穿的是在乡村见都没有见过的漂亮洁净的衣服，她做一天活就能挣一天的钱。到了晚上，所有的时间都是她自己的了，她自己也是她自己的了。她一个人坐在路边的公园里听风，鸟儿夜间的呢喃显得很遥远，过往的行人与她通通都是不相干的。这个城市是孤单的，谁都倚靠不住，她却仍然愿意在这里待下去。有时在她的不远处，会有一对恋人在亲昵。他们这就是爱情吗？她没有经历过爱情，在这个城市的夜晚她陡然想到了这样一个词——爱情。姚水芹的心中突然泛起一股从未有过的辛酸。过上了好日子，她的心竟然娇嫩起来！

　　姚水芹准备和徐地云商量，在她没找到房子之前，房租两个人平摊，这样或许她会好受一点。姚水芹想好了还没有说，她那天下班却在自己的小床上意外地发现一个皮包，式样洋气的皮包让她的心狂跳起来。她在女人街里见到过这种包，要好几百元。她曾经想过，将来攒足了钱就给自己买一个，她一直用着在地摊上十元钱买的棉布手袋，不用看就是个做家政的大嫂。若是背了这包，或许就像个城里的女人了。

　　包肯定是徐地云买的。可是，天啊，他不道歉，却买这么昂贵的包给她？

　　姚水芹坐在床上想了很久，她决定把包还回去。姚水芹把包挂在徐地云的门把手上，她想好了，这不明不白的东西她不能要。可是包第二天又回到她的床上。第三天她再挂回去，仍然是又固执地回来。

　　这包是长了腿的。

　　姚水芹想，你徐地云哪怕说一句道歉的话，我就原谅你。她任那包在桌子上放了两天，她非常恼怒，恨不得拿剪刀剪碎它。可到了第三天，心中反而发了横，我明天干脆就背上，只当是赔偿，要不当作是捡来的，决不给他徐地云一句原谅的话。

　　姚水芹把她的几样小东西真的就装进了包里，把包背在身上试试，一下子年轻了许多，她心中其实已经有一点原谅徐地云的意思了。

　　城市，钱，衣服，皮包……

　　姚水芹的心里热辣辣的，她有点感恩上天给她的这些小小的幸福。

　　姚水芹的小灵通就是那个时刻响起来的。小灵通是做家政的必备工具，作为进公司的条件，他们以此接受派遣。这是姚水芹进入城市后给自己购置的最贵重的家当。姚水芹现在有固定的老板,她的小灵通很少有响声。而且,除了工作,还从没有人给她打过。

姚水芹接了那电话足足愣了两分钟才开口说话,她就只说了一个字,好!

姚水芹挂了电话立马像被蛇咬了一口,使劲地把小灵通甩了出去。电话是一个男人打来的,问姚水芹是不是徐地云的亲属,说徐地云在派出所,让她速带一千元去领人。

七

木兰在跟王小山回乡下之前,告诉王小山想去看妈妈。王小山觉得应该,他说要陪她去,他至今还没见过木兰的妈妈。木兰拒绝了,木兰说她想一个人和妈妈说说话。王小山给了她一百块钱,让她买点水果。木兰很惶惑地在街口等公交车,妈妈住的地方她只去过几趟,也不知道搬没搬家。她留的有她的小灵通号码,可一次都没打过。木兰在人前背后都护着这个她叫作妈妈的女人,其实她心中对她很陌生。

木兰发呆的时候,有一辆黑得锃亮的轿车突然在她前面停下来了。车上的人朝她这边连连招手。木兰觉得是自己碍了人家的路,赶紧往边上让了让。车子上的人却下来了,并且喊出了木兰的名字。木兰往周围看了,她的脸像个熟透的桃子一样涨得艳红起来,她想不出她在城里会有熟人,更想不出会有坐轿车的熟人。可那人是真的冲她木兰过来了,很熟悉地叫着她的名字。

我说早晨眼皮老跳,出门就看见这么漂亮的木兰。这是要坐车去哪儿啊?

木兰定睛去看那人,一下子就想起来是建筑队的头儿。木兰的记忆中那是个很肥胖的人,现在他好像瘦了许多,原本很丑的样子,现在看上去蛮帅的。木兰在城里时间久了,多少也知道一点门道。这城里人想瘦就瘦,想胖就胖,想让自己变个样子很快就能实现。

木兰羞红着脸说,我要去看一个亲戚。她脱口把看妈妈说成看亲戚,她不想让人知道她有个妈妈在这里做工。

头儿笑着说,你看亲戚害什么羞啊!走,坐我的车,送你过去。

木兰急忙挥动双手,语无伦次地说,我自己会坐车去的,我知道我妈妈家的路。

头儿笑得更和蔼了,他说,我这会碰巧没什么事,木兰小姐就给我一个面子让我送送你。今天是赶巧，木兰不想让我买你的空调了？

木兰的心中欢快地跳了起来，她做了这许久，始终都还没有卖出去一台空调，若是他能买一台该多好。她的眼睛霎时充满了期待，忘记她已经收拾好东西要回乡下去了。

头儿像是看透了她的心思，走过来用手亲切地揽了她的肩膀。木兰还没有反应过来，已经坐到人家的车子里去了。

接下来的事情木兰一直都是糊里糊涂的，那头儿怎么就给她买了一个大果篮，还有一堆东西，怕几百元都不止。后来车子把她送到了妈妈家旁边的路口，木兰下了车，竟然连谢谢都忘记了。头儿给了她一张名片，说有需要帮忙的就找他。车子一溜烟远去了。田东临，经理，工程师。他是个工程师，木兰拿名片的手被自己弄得汗津津的。

门是锁着的，木兰本想回去了，或者回头再来。可是手中的东西让她犯愁，她不想让王小山知道这些事。她拨了妈妈的小灵通，等接通后，很不高兴地问她在什么地方。那边听到是木兰，倒是很激动的样子，她说你等我，很快就回。木兰等了大约一个小时，妈妈急匆匆地回来了，鼻尖上都是汗。见了面就埋怨木兰，你这孩子，来之前怎么不打个电话？知道你来我今天就不出去做事了。

妈妈开了门，先是给木兰倒水，接着把屋子里所有吃的东西都拿出来给她。把木兰拿来的东西也一样样打开让她拣着吃。她像一个停不下来的陀螺一样团团转，突然赶着要去超市买菜去，说要给木兰做饺子。

木兰阻拦了她，她说，我来时没有准备在这里吃饭，小山会着急的，我一定要回去。

木兰对妈妈说话的时候变得格外沉着，她不笑，镇静地看着这个女人。从木兰来深圳第一次找她就这样，好像她是妈妈，这个慌乱的女人才是女儿。她不愿意在这里吃饭，这里不是妈妈一个人的家，有一个男人和她生活在一起。若是她在他这里吃饭，就算是承认了他。这个问题她不愿意面对。

木兰坐了一会，娘俩也找不来什么合适的话题。妈妈说，木兰你看着是有什么事吧？木兰愣了一下，说，我可能要和王小山一起回乡下去了。木兰很奇怪自己为什么用了可能，行李不都收拾好了吗？

木兰把妈妈说愣住了，她说，回乡下？木兰，你要回乡下？

木兰点点头。

妈妈说，回去多久？

木兰摇了摇头，她不知道。

妈妈叹口气说，你可要想好了，回去就不太容易出来了。

木兰说，我知道。木兰说这话的时候突然发现自己心中一点底都没有，她知道什么呢？她什么都不知道，回去以后会怎么样，能不能在王小山的家生活下去她根本都没想过。

木兰站起来坚决要走，说是怕王小山等她，又说有很多东西还没有收拾好。

妈妈也没有执意留她，她知道木兰已经是人家的人了。跟她生活在一起的王小山是谁，他长什么样，会不会欺负木兰，这些在娘嘴边的话她很想问问，但是又咽了回去。她觉得自己毕竟欠了孩子很多，对她的婚姻她似乎没有资格过问。

妈妈给了木兰五百块钱，这是个不大的数目，可是她坚持要给木兰，一定要木兰收下。这时木兰才感觉到妈妈这个字眼是如此具体，木兰从妈妈塞钱给她的手上感觉到温度，妈妈像是发热的机器。木兰知道，妈妈其实非常爱她的孩子。木兰觉得妈妈穿得也比在家好看多了，干净大方，很有尊严的样子。其实她心中非常喜欢妈妈，她和乡下那些女人不同，从来都有自己的主张。木兰长得像妈妈，但是她缺少妈妈身上的坚定，也许年龄大起来她也会像妈妈这样。她想。

木兰走出小街，已经差不多中午了。她没有饿意，而且她也不着急回王小山那里去。木兰的口袋里有妈妈给的五百块钱，加上王小山给的就有六百元了，她该去干点什么。城市的确是个好地方，城里有个妈妈就会更好一点。

木兰看到了田老板，她先看到田老板，然后才看到他停在不远处的车子。木兰本来该称呼他田老板。可是她什么都没有称呼，她笑了，露出一口整齐的牙齿。她说，你不是走了吗？

田东临也笑了，他笑起来一脸的诚实。他玩笑一样地对她说，我要是走了，木兰怎么办？

虽然是玩笑话，但田老板说话的神情就像是木兰久违的亲人。

田老板的随意让木兰有一种异样的温情，像刚才在妈妈家里一样，她心中是渴望着撒娇放纵的，但是却固执着不肯流露半点热情。现在倒觉得想对这个陌生的男人软弱一下，仿佛他是她救命的稻草，她的眼圈突然红了。

木兰那天是和田老板一起吃的午饭，龙虾、石斑鱼，还有木瓜燕窝什么的。木兰吃完了却不知道什么味，她第一次吃这样奇怪的食物，感觉并没有鸡腿和汉堡的味道好。田老板开了一瓶红酒，红酒倒在高脚杯里执在手上，木兰觉得很诡谲，像是电影里的感觉。田老板让木兰喝一点，木兰不肯。田老板说，不喝也好，这么小的孩子不应该喝酒。田老板又说，木兰你知道我喜欢你什么地方吗？你和那些乡下来的女孩子不一样，你不化妆，不穿奇怪的衣服，木兰你是个很干净的女孩子。

田老板说"喜欢"的时候，木兰的心跳了一下，声音大得她都能听到。

田老板说，木兰你几岁？

木兰老实地说，二十。

田老板说，你还是个孩子，我女儿和你一样大。她去国外念书都要带着妈妈，你这么小，却已经出来做事情了。

木兰的眼泪憋在眼眶里，她拼命往嘴里塞着食物，好像是饿了二十年了。田老板爱惜地取下了她手中的筷子，他说，快不要吃了，这样吃会生病的。不要伤心木兰，往后你要不嫌弃，我田东临就是你的亲人。木兰越加伤心，她若是也有田老板这样一个父亲她会幸福疯的。她木兰是穷人家的孩子，穷人家的孩子是不能被温暖的。

木兰那天很晚才回家去，她带回了好几件新衣服。她把价签都撕了，告诉王小山是妈妈买给她的。木兰后来又去了好几次妈妈那里，每一次都带点小礼物回来，有一天她的手上还戴上了一只小戒指，亮晶晶的。

王小山说，是钻石吗？

木兰说，是假的。

王小山原谅了木兰的妈妈，到底是一个母亲，到底是母女情深。

那一阵子，木兰总是懒懒的，对王小山的亲热也不再积极响应。有一天她干脆说她不舒服，不让王小山动她。王小山有点不高兴，丧气地转过身去睡。木兰却又扳他过来，她让他要她。她那天突然变得很亢奋，竟然前所未有地喊叫起来，她央求王小山再用力，她发疯一样地搂抱他，她那么有力量，恨不能把王小山的骨头勒碎。王小山被她弄得筋疲力尽，木兰却依然不肯放过他。她干脆自己趴到他身上去，一遍一遍地给王小山说，我爱你，我要你。

王小山笑着骂道，都成魔女了，你在哪儿学的啊？

木兰关了灯，在黑暗里说，你不是让我学电影里吗！

八

他派出所凭什么说姚水芹是徐地云的亲属？走在路上，姚水芹恨不得咬掉自己的舌头，我怎么这么蠢，我凭什么就答应了，我怎的就说好了呢？

姚水芹快气哭了，她恼怒无比。本来她想折转回去，但心里的善良止住了她。她不知道徐地云到底出了什么事，如果不是很麻烦，肯定不会将自己与他牵扯到一起。这个城市对于他们是太陌生了，他们在这里四面漆黑。这个明亮却是令人心生恐惧的夜晚，对他们来说依然漆黑。他没有什么亲人，他们几乎不认识什么人。

他出了事能找谁呢？若是她姚水芹出了事情，除了徐地云她又能找谁呢？

他们进入城市，在一个陌生的地方遭遇。虽然他们没有任何关系，姚水芹甚至恨这个人，可她这时却不能不管他。

姚水芹在床下的鞋盒子里取出一千元钱。这钱让她觉得心里非常忐忑，她独自尴尬了半天。这是刘老板给她的钱。用一个男人的钱去救另一个男人，他们俩谁知道了都不会把她姚水芹当人看。

姚水芹把徐地云从派出所领回来，恶心得一夜没有睡着。这个男人遇到的不是别的事情，他是嫖娼，嫖娼！

那个警察最多二十四五岁的样子，他的训斥让她羞愧难当。他说，你也不好好管管你男人，现在干这事的就是你们这些不三不四的民工，有几个臭钱不好好过日子，尽填坑了！告诉你，这是第一次，再发现就是五千！他用手在姚水芹的脸上用力地点了一下，五千，一分都不能少！

姚水芹在城市遭遇的第一次屈辱，是他徐地云带给她的。

快天亮的时候她才在惊悸中睡去，她想，明天是一定得走了，住桥洞都不能和这个人待在一起了。接下来的一整天，姚水芹都是神情恍惚着，她一边工作一边想着她的一千块钱。若是晚上徐地云不主动还给她，她就开口向他要，必须马上要他还。

姚水芹的打算落空了，徐地云那天一夜都没有回。姚水芹心惊肉跳地等待着，早上看了他的家什都很整齐地摆放在那里。徐地云是一个很有条理很干净的乡下人。那些东西不止一千块钱，他还不至于为那一千块钱逃跑。

　　姚水芹等了三天，徐地云是在第四天的晚上被轿车送回来的，他的腿上还打着石膏。送他回来的男人和女人从车子上搬下来许多吃的喝的，还有把小屋撑得满满的鲜花。那个体面的城里女人拉着姚水芹的手说了一大堆感谢话。什么救人啦，善良啦，恩人啦，农民工风采啦。姚水芹被这满屋子东西和没头没尾的话弄得头晕目眩。她看着徐地云回来了，唯一的想法就是睡觉。她几天都没有睡好了，她现在就是想睡。她觉得她越来越看不透徐地云，徐地云这样的人让她困乏无力，怎么一夜之间就从嫖娼犯变成了人家的恩人？

　　姚水芹淡淡地说，我们只是同租一间屋。说完就砰地关上了屋门。

　　等她出来的时候，人已经都走了。徐地云的床头摆了一大沓一百元的钞票，姚水芹一辈子都没有见过那么多的钱。可她反而不好意思开口讨要她的一千元钱了。看着他那个样子，姚水芹没再提走的事，她开始照顾徐地云，帮他洗漱换衣服，给他做饭。

　　第二天起来，她才知道徐地云现在成了救人的英雄，满城的人都在谈论农民工跳水救小女孩的事，每天都有人来小屋看望他，说一大堆赞扬的话。那时候姚水芹还是躲进自己的屋子里，她什么都不想听，什么都不想看到。她只是觉得，徐地云不管是不是英雄，他的腿摔断了，他不能动弹，他需要照顾。她也觉得一切都摆平了，她欠他的终于有了还报。她有的是力气，她可以照顾一个摔断腿的人，她这是用劳动来换栖身的地方，心安理得。那只被扔在床下并被踩了几脚的皮包又被捡起来，她擦干净了上面的尘土。

　　姚水芹下了工就尽心尽力地照顾她的雇主，现在她认为徐地云是他的第二个雇主。做饭、洗衣服、洗头洗脸洗脚，她不觉得他是一个男人了，他成为她的服务对象。

　　有一天，姚水芹刚刚睡去，听见徐地云在她的门口哭了，一个大男人，哭起来像一头笨牛。他一直反反复复地说，姐，你打我吧，我不是个人。我那天酒醒后恨不能砍断自己的手。姐，我不是个人，我还在门缝里偷看过你洗澡，我没有见过女人的身子，我那些日子是疯了。可是你住进来的日子是我从没有过的快乐的日子，我活这么大年纪都没有和女人一起生活过。姐是个正经女人，我却对姐做下这样下流的事。我不算个人，姐骂得没有错，我就是个畜生啊……

姚水芹再也不让刘老板碰她了，她千方百计躲避着他。有一天刘老板又从后面抱她的时候，她把他推开了。她说，刘老板，过去的就过去了，往后我得干干净净地做人做事。

刘老板很诧异，问，你说的什么啊？

姚水芹打断他，我说的是你要尊重我，你不答应我就辞工。

刘老板说，姚姐，你是为房子的事吧？

姚水芹说，曾经是的，现在不是了。

刘老板叹了一口气，说，你是个好女人。刘老板尽管喜欢她，但是这个外表软弱内心强硬的女人让他不敢轻举妄动。刘老板说，我一个月再给你加一百元薪水，没有其他意思。

姚水芹想都没想，说，可以。

徐地云的小屋白天是空荡的，他们都出去做活了，现在晚上也是空荡的，姚水芹总是到很晚才回来。徐地云等她，不管多晚都在路口等，见了面却又都不说话，姚水芹仍然不肯和他多说。徐地云这样等了一阵子不等了，他去喝酒了。徐地云每天带回满屋子的酒气，他喝酒和不喝酒绝对不像一个人。喝完酒就是个流氓，赤裸着膀子去冲凉，撒尿的时候门都不关，说起话来脏字不离口。姚水芹不怕这个，她冷冷地看着他，任他胡作非为，既不招他惹他，又不声不响地干自己的事情，像没看见这个人一样。

有一天晚上，姚水芹已经睡下了。徐地云又喝醉了回来，在洗手间吐了半天就没动静了。姚水芹怕他出问题，爬起来看看，发现他趴在马桶上睡着了。那一刻，姚水芹的心剧烈地疼起来，她想起了他的好，同时也为他担忧，其实她这些天心一直都在揪着。他这样喝酒胡闹，挣的钱糟蹋完都不够。他的身体会垮掉，他的工作也会丢掉。再这样下去，他真的会堕落成坏人。

姚水芹明白，她其实完全没有必要替这样一个不相干的人担心，但是她管不了自己。曾经，徐地云是一个多么干净整齐的男人，大家都尊重他。他那样耐心地指导姚水芹做活，他借房子给她住，为她一个单身在外的女人担心，怕她晚上下班太晚遭遇危险……他对她好，她长这么大都没有人对她这么好过。他是因为她姚水芹才变成这样吗？我姚水芹怎么可以不负责任地一

— 139 —

走了之?

姚水芹因为长期受着这样的煎熬,几乎从来没有睡好过。那天中午做完了活,就在刘老板家的客厅里犯了一会迷糊。老板和老板娘都出去应酬了,一般情况下他们不会回来。她觉得热,就把衣服的扣子全部解开,只穿个小背心和裙子躺在沙发上。刘老板是什么时候回来的她根本不知道。他抱住了她。姚水芹抵挡了一会,就任他去了,那时她心里一片空白。

老板娘就是这时进了屋子,她打开门,丝毫没有犹豫,抓起一个花瓶就砸过来。花瓶把姚水芹的头上砸出一个大血包,落地之后粉碎了。

恶骂声骤然而至,像暴风骤雨。

看姚水芹没有告饶,老板娘又抓起一个水晶烟缸。幸亏她的胳膊及时被老板抱住,厚实的水晶烟缸在姚水芹的脚下落地,竟然没有碎。若是砸在头上,后果可想而知。

刘老板说,姚姐你快跑啊!

姚水芹说,我不跑,我为什么要跑?

老板娘气不打一处来,挣扎着再次去找东西,又被老板抱住。

刘老板说,你快跑啊,你要干吗啊你?

姚水芹说,把工钱给我结了,你们还欠我工钱。

老板和老板娘看着这个不卑不亢的女人一下子呆住了。老板娘知道碰上了不好惹的茬,再闹下去也不会有什么好结果,就骂骂咧咧地上楼了。刘老板拿出一沓钱放在桌子上,不知所措地看着姚水芹。

姚水芹说,我只要属于自己的。她拿起钱数了九百,把剩下的又扔在桌子上。

姚水芹没有自己出去租房子,她打消了出去的念头。她是自己爬到徐地云的床上去的。徐地云仍然沉醉不醒。姚水芹把徐地云的头搂在怀里,她亲吻他,泪水鼻涕都流在他的脸上。她从来都不曾那样亲过一个人,哪怕是自己的孩子。她一个劲地跟他说话,知道他并没有在听。她说,我们在一起过吧,我们命该在一起过。

姚水芹打电话给乡下的丈夫,她明确无误地告诉他要离婚。

丈夫说,你是不是给狗日的睡了?

姚水芹说,我过去是跟狗日的睡,现在是跟人睡。

丈夫说，日你祖宗八代，看我拿刀劈了你！

姚水芹说，劈了只要给我留张嘴，就要说跟你离婚！

从那之后，姚水芹就不再寄钱回去了。她让人捎话说，如果离婚，她保证每个月寄四百元。后来听她的女儿木兰说，丈夫还到深圳找过她。深圳这么大，他连方向都找不到，哪里找得到老婆。后来在木兰的劝说下，姚水芹的丈夫最终同意离婚了，他需要那四百元钱。

现在，姚水芹和徐地云生活得像一对体面人。他们白天做工，晚上牵了手出去散步。有休息日他们就去爬山，姚水芹走不动了，徐地云就搀扶着她，他有的是力气，他疼爱这个叫姚水芹的女人。他们像两条流浪的鱼，在这个城市里遭遇。他们生活得很幸福，尤其是姚水芹，她觉得到了城市之后，才知道什么是幸福。

九

木兰几乎是在王小山眨眼的工夫就消失不见了，过了许久许久王小山都还糊糊涂涂。警察一遍一遍地询问王小山，说说你们的基本情况。你强迫她了吗？

王小山说，没有，她答应和我回乡下。王小山说，她主动要求跟我在一起，也从来没有表现过她不想跟我在一起。王小山说，她跟我生了儿子，她从来没跟别的男人有过交往。王小山还说，我和木兰很相爱。

警察说，嗨，你走吧！她肯定不会跑。这爱情挺瓷实的嘛！

一直到过年，木兰也没有回来。王小山把脑袋都想疼了，仍然想不明白，这么听话的木兰，怎么突然之间就没有了呢？木兰走了许久，王小山才想起看看她为回乡下买的那堆东西。他在里面翻出一张字条：我走了，你别找我，找也找不到。我爱你，我也可能一辈子都会想你，但我不能和你在一起了。毛头你们带着吧，他长大了若是读书不灵光，他想出来打工就让他出来，千万不要拦着他。你别恨我，我的人生才刚刚开始，我不能和你再回乡下过一辈子。

春节前后，王小山的妈妈一直打电话让儿子回去，木兰没了也得回来嘛，你还有儿子，总得回来过日子吧。王小山被妈妈说烦了，对着电话大发雷霆，都是你们多事，要不是非逼着我们回乡下，木兰会没有了吗？

妈妈说，你到底是肚子里真没娘啊！

王小山到底没有回乡下去，他不在工厂做了，他靠收破烂为生，这样他就可以边干活边走遍整个城市。他用他和木兰攒下的钱买了一辆大三轮，在郊区租了一个农民的小院，慢慢把生意做得逐渐大起来。王小山给他的小院挂上了牌子：再生资源回收公司。他打印了许多小广告，每一张广告里，都夹带着寻人启事。他在广告中承诺，若是有人帮助他找到木兰，他就把自己的公司奖励给他。

王小山的妈妈仍然不断地给儿子打电话，她说，政策好了，也不收钱了，每年还给种粮补贴。你爹做不动了，毛头也大了，地也荒了，回来吧儿！

王小山哽咽了一下，说，妈，没有木兰我能回去吗？

寻找木兰成为王小山留在城里的理由。

发表于《十月》2009 年第 6 期

转载于《小说选刊》《小说月报》

礼拜六的快行列车

下午 2 点 32 分,火车准点到站。二十四五岁的小女乘务员打开车门跳下来,红衣黑裙,很有几分姿态地立在车门的右侧,那种精神劲让我喜欢。上下车的人很多,我排在最后一个,漠然地打量着那些张皇失措或者匆匆忙忙的面孔。小乘务员隔着几个人看到我,友好地露出细碎的牙齿对我一笑。我知道她笑里的含意,小丫头鬼得很。我长期在这趟车上跑,和软席车厢的人混得都很熟悉。我喜欢乘坐这趟列车,特快,北京和武汉对开,早上 8 点从武汉出发,晚上 8 点就抵达北京,反之亦然。这趟车虽然没有卧铺,但有一节软席车厢,舒适、经济,更重要的是快。快当然最重要,现代人干什么都强调快,包括乘火车,包括幽会。

我每半个月一次,或者准确地说每个月的第二个礼拜六下午——嗯,对,这个日子必须准确,这对我们双方都很重要,因为我们要为这个日子做出精心的准备并且专门腾出地方———我从这个名叫郑州的大站上车,到北京和一个人幽会。

千万不要因为"幽会"这两个字,马上就想象我不是个好女人。我可是个地地道道的淑女,从小就听话,自爱、自重,门门功课考第一,也没有早恋倾向。重点小学、重点中学、重点大学,一直念到博士,令我爸妈骄傲了许多年。直到涉过了二十八岁警戒线,我妈的骄傲才变成发愁。

大学毕业之前我真的没有时间交男朋友。读博士的时候,我的思想有点松动,同时也觉得应该找一个男朋友了,但好男人却不知道都跑到什么地方去了。直到博士论文答辩时我才认识了他，他目前在北京一家大型网络公司做工程师。我们俩虽不至于一见倾心，但彼此还算满意。不过，他说年轻的时候因为读书，错过了很多大好的时光，如今想好好放松放松，享受一下生活，还不想过早地走进"城"里去。我想想也是这个道理，既然这么多年都耽误过去了，再耽误几年又有何妨？其实什么也耽误不了，只不过耽误了那一张纸。那张纸对于两个都有着自由主义倾向的大龄男女来说，又能说明什么？我们能这样相互理解，确实是一种缘。既然有了缘，我们岂能有缘无分？要说也是顺其自然，食色乃人之大欲，更何况是两个成熟的大龄男女，这是圣人都免不了的事情。于是，无须经过任何行为包装和语言交涉，我们就开始了这种半明半暗、很坦然又多少有点隐讳的幽会生涯。更多的时候是我去，因为我在郑州，因为我是一个接近三十仍未嫁出去的女人。

软座车厢里一般情况下都比较松散，但是在东西和人归置好之前总是有一些嘈杂混乱，有几个人还在大声地和车厢外的送行者告别。站在站台上的一个年轻女子敲了敲窗子，大概是女儿，她可能只是想和父亲再打个招呼。里面的一个老干部模样的老头却使劲地操着生硬的河南话发问：

还有啥事吗？还有啥事吗？还有啥事吗？问的声音一声比一声大。车厢里的人都善意地笑起来。外面站着的女儿也跟着大家笑起来，她摇了摇手，眼睛打量着整个车厢，好像是在跟大家告别。在分离的站台上，总能不期然地发现真情的流露。

靠近车门座位上的一个小女孩，两只手紧紧地贴在封闭的窗玻璃上。外面的一个男孩正在做着同样的动作，四只手隔着玻璃贴在一起。两个人的神情很淘气，好像在做过家家的游戏，没有一点离别的伤感。

汽笛发出一声尖锐的刺响，火车像是被人逼着很有几分不情愿地驶离车站。但是这个巨大的家伙一瞬间便抛开了刚刚拥抱过它的地方，急不可耐地挣脱永远阴云四合的站台，撒着欢子奔跑在明晃晃的原野上，没心没肺地把这个城市远远地甩在身后。我一直闹不清，那种有节奏的呱咚呱咚的声响到底是来自车体的相互碰撞还是车轮与钢轨的摩擦。我似乎没有耐心去弄明白，但这种声音让我很踏实。

我松了一口气，但更像是叹了一口气。

窗外的景色急剧展开，即便是千篇一律的总是挂满塑料袋子的道边树和大平原，也是一种开阔的景致。但我的注意力总是集中不到一个具体地方，我看着窗外，实际上仍是在自己的思想里滞留。我觉得我和他的这种日子被一种混浊的、模糊不清的气息笼罩着，很像我办公大楼后面晨雾里的那条护城河，总也看不清它的面目。对这条河我真的格外注意过，想看清楚她到底是什么模样，河里的水是清还是浑。但我试了两次，一次也没有达到目的。一次是去早了，雾气还没有散。另一次是去晚了，雾已经升起来了。我把我们两个人目前的状况和这条河联系起来，完全是因为我脑海里充塞了太多知识的缘故。几乎在我脑海里出现的所有事物，我都急着给它定性，包括婚姻，包括婚姻外的同居。但即使定了性，我仍然闹不明白应该怎样处置目前的这种状况，这也许同样是我太有知识的缘故。过去讲女子无才便是德，后来又说知识越多越反动，可能就是这个意思吧。

尽管这些闹不明白的东西常常在寂静的夜里撞击着我发疼的心肺，实际上我们的幽会进行得很正常，并没有因为我有太多的思想而打搅过它。反而我认为在这种雾气弥漫前景不甚明了的状态中穿梭，倒是一种摸着石头过河的政治智慧。

他在好几个阶段都曾经说过，他真的很爱我。他说的时候态度很真诚，我听得也很认真。但是听了以后我总是约束不了自己的思想，马上就急着给它定性。如果是真的爱，好像无须说这些。但是不说这些，怎么看明白是真的爱？他话的意思似乎也有些暧昧，说这话到底是为了坚定我的信心还是坚定他自己？我的父亲，一个体形瘦长的地质工程师，从来没有说过他爱我。我的母亲，一个漂亮的子弟学校的校长，也从来没有说过她爱我。我却能实实在在地感受到他们对我的爱，并且我知道只要我需要，他们什么都可以给我，包括生命。我因此觉得，爱是无须申明的，更没有必要重复。我和他之间的爱如果属实，我也知道有着鲜明的时代特征，现在毕竟是一个讲究包装和装潢的时代。于是我又理解（实际上是原谅）了他。

坦白地说，我们之间相处得还算不错，但也总是被一种莫名其妙的东西阻隔着。如果对他定性，他属于那种非常有自我认知和主见的男人，不容易被别人所左右，所以他能给我的安全预期是显而易见的。对自己定性，我非常明白我是适宜做装点的那种，美丽而内敛，自尊而又善解人意，能支撑起门面。

在我所期望的安全背后，肯定还有一些更为实质性的东西。比如在他的衬衣领口上有洗不净的口红的印痕（我从不涂口红），再比如在他的单身宿舍的洗脸池上有一根长发（我始终留短发）。但我什么也不会说，我时刻牢记着我的身份，同时也记着他的。我知道在一个博士和另一个博士之间，绝对应该避免面红耳赤的争辩，更不能在一些细节问题上鸡零狗碎，弄得大家都不愉快。我不会撒娇，但也不会使横。我来了，我达到了我来的目的，这才是全局。相对于全局而言，一些局部的、矫情的、没有被证实或者即使被证实、但也是细枝末节的东西，都无关轻重，完全可以忽略不计。

一般来说，女人的情感过于含蓄文雅，就像一个人常年吃海鲜或者过于精细的食物，以至于各个方面都被细致化。秀气，优美，但缺乏浓烈，缺少烟火味。这种女人只能远远地观望欣赏，赢得赞誉，但却走不进男人的生活中去，更走不进男人的生命里去。这也是我对自己的定性。我这样的女人，虽然不失厚道，但却过于执着，过于明白细枝末节。一旦我明白了自己，在挑剔别人的时候，总是觉得欠了人家点什么，所以又往往回过头指责自己，反省自己，有很强的自制能力。因而我虽不容易被人接受，也不至于被人讨嫌。

以上这些东西都是我在火车行进中一小节一小节地顺理成章出来的，不与人面对的时候，我就能充分享受思想的快感。实际上在我思想的时候，时间和空间都在急剧地发生着变化。也就是说，我的思想已经从郑州延长到邯郸或者石家庄。火车走了又停，停了又走，这些地名对我没有任何意义，我之所以说它，只是把它作为一个参照物。不过也不能说一点意义没有，在通常情况下，车一过保定，我总要设计一下我们见面时的场景和几句开场白，尽量制造一些小情趣，力求出新意，总和上次不一样。

大约就在我准备给思想来一次小结的时候，从前面小站上上来两个人，中断了我的思路。这两个人一下子就吸引了我的注意力，他们坐在我斜对面的座位上，一男一女。女人一上来就闭紧眼睛，侧过身子伏在靠背上背对着男人。男人跟在她身后，从一落座就开始喋喋不休。一个把头扎在那里自顾自地装睡，看样子打算把这姿势一直保持到底。一个自顾自地说，口气和表情都很坚定，大有不把女的说服誓不罢休的姿态。说的人不辨南北西东急于要解决什么问题。睡的人假模假式却不知受的是什么样的委屈。他们俩刚好居于午后的阳光照射到的位置，光度不强烈但很浓厚，好像台上的追光灯，因而，也就有几分演戏的味道。

我距他们约两米，这是一个非常利于观察的距离。请你不要指责我不道德，而且我也不是一个窥阴癖，喜欢别人的隐私是人类的通病。在观察人上我不亚于FBI（美国联邦调查局），只消不几眼我就判断出了这两个人的关系。这也是当下一对流行的组合，男的约莫有四十多岁，多少有几个钱（不会太多），老婆到了用化妆品也抵御不了岁月的年龄（也不会太老）。女的最多二十出头，正是充满物欲和满脑子幻想的年纪。

男的说了半天，见女的仍没有改变姿势的意思，声音陡然提高了许多，那样子很像一个单口相声演员，或是一个力不从心的三流导演，正在全力调动演员的情绪。他的语言系统显然和我的不一样，尽管我付出很大的努力，仍然听不懂他说的只言片语。他说得逐渐生动起来，两只手也充分发挥了作用，时而张开、时而紧紧地握在一起，时而用一只手掌在另一只手心上猛击一下，弄出骇人的声音来。

那女孩慢慢动了一下，不过只是换了一下姿势，仍然没有张开眼睛的意思。

也许她知道，还应该有好多好听话在后头，光凭着急和催促还不行，必须要有承诺，还要有誓言。我猜想那个男人一定会说，我会真诚地对你，我可以为你付出一切，哪怕是生命！

还会说，你知道，我已经离不开你了，失去你我会痛不欲生。

这时火车又驶离了一个车站。着红色上衣、黑色短裙的乘务员过来送水，她敲了两下桌子我才回过神来。尽管她不会察觉到我的注意力集中在什么地方，我还是飞红了脸。

我拧了一下自己的胳膊，暗暗在心里骂了自己一声缺德。这本是我的男朋友在催促我上床前对我说的话，这样粗俗的男人怎么说得出来？这话应该是在花前月下，把手按在胸口上说的，它绝不是在火车上并且由这样的男人口中说出来的。

女孩仍是合着眼睛，紧闭着执拗的嘴。她太年轻，年轻得连生气都像在和谁打一个赌。她的五官看起来还算周正，仔细看甚至很有点特点。我一直在想她像某个电影演员。对，像瞿颖，只是有那么一点，也许不比瞿颖差呢。

她衣着很时尚，但质地不敢细看。头发修剪得也很流行，只是看起来不柔顺，显然缺乏护理，乱蓬蓬的，使我在观察她的时候总是忍不住想伸出手去替她理一理。我好像有这方面的强迫症，见到资质比较好的女人，衣着或者发式与她们的自身条件不太吻合，我总是在心里三下两下把她们扒光，然后按照我给她们重新设计的标准，认真地替她们装扮一下。如果是一个天资不错、有几分可爱的女人，我还会为她安排一个与之相匹配的新身份。现在我就开始给眼前这个女孩进行一次设计。她是个正在念书的大学生，喜欢文学，还懂得欣赏西方音乐。她一定要再高傲一点，但也不能太轻浮。她穿上了一套要么很整洁要么很雅致的服装。她漂亮，她有气质，她有个性，她还有教养。她的举止大方又得体。她可以出现在外企豪华的办公大楼里，可以站在T形台上，可以在卫星电视演播室里引导一群观众做健身，她可以……火车在有节奏的颠簸中震颤了一下，像是被谁打了一拳，恶作剧般地把车厢里的人向着一个方向甩了一下，然后又若无其事地继续前行。我一下回过神来，禁不住哑然失笑。也许她现在就很不错，即便她什么都有，又能怎么样呢？我倒是穿戴高雅、举止得体，然而还不是和她一样，名牌皮包的夹层里放着安全套，从一个城市游向另一个城市？

男人的声音温和起来，他肯定朗诵到了誓言那部分。

女孩终于睁开了眼睛。她静静地盯住男人的嘴，迷离在男人语言的枪林弹雨之中。她醒得让我有些失望，脸上完全失去了睡时的那种个性，尽管依然称得上漂亮，但看起来却空泛得多了，没有那种质的美感。

我会常常带你出去旅游，下一次我们去南方，你没有见过海豚吧？那才叫可爱呢。皮肤像绸缎一样闪闪发亮，能听懂人说话，会玩很多花样，还会撒娇，像个顽皮的娃娃。

我继续用自己的想象为他配音，我觉得这才符合这个男人的身份。男人一边说一边用手爱怜地抹了抹女孩脑门上的一绺头发。女孩仍然不肯开口，但看上去表情柔和了一点，不再把脊背侧过去。男人顺势取过她手中一直紧紧抓着的一个小包。我猜想那包里装的是一瓶安眠药或者一把锋利的水果刀，也可能是一封写好的遗书。如果我死了，她会在遗书中这样写道，不是我想抛弃这个世界，而是这个世界太让人失望——这是她的语言吗？明明是我自己的——她可能准备自杀，找一个没人的地方，或者投河，或者卧轨……我马上停止了纷乱的想象。其实，很可能包里面什么都没有，因为女孩顺从地松开了手。她任她的手跟在包后面，被男人汗腻腻的手紧紧地握了，脸色却仍旧乌嘟得像要下一场豪雨。男人松了一口气，男人好像说，这就对了，你要乖。男人又用手理了理她的头发。

男人说话的时候，手机不停地响着。这时他的口气就变了，很严厉，很威风，一本正经地下达着指令，语言像钉子一样一粒一粒地射进话筒里，丝毫没有商量的余地。

女孩的眼睛慢慢又闭上了，这一回可能是真的想睡了。窗外的阳光一闪一闪地扑进来，打在她那年轻的脸上。这是二月的一个下午，阳光也显得有些慵懒。

那男人在这场战斗的间隙，扭着头望着窗外，脸色迷茫得像是陡然装进了满腹的心事。

车厢静下来，我有些百无聊赖，插在口袋里的手不停地玩弄着上次见面时他送我的一条时装项链。我不喜欢这些矫饰的东西，也不习惯接受或者馈赠什么礼物。现在他在干什么呢？我拨了一下他的号码，又觉得没什么话可说，便没发射出去。所以他在干什么这个问题，也只在我心头短暂地停留了一下，连个轻微的划痕也没有就溜了出去，就像打在那女孩脸上的阳光一样。我想，两个博士，两个有着独立之精神、自由之思想的知识精英，都不需要彼此为对方承诺什么。像他在干什么这么俗气的问题，对远在千里之外的我有什么实际意义呢？现代人对什么都能看得开，据说美国宇航局已经拨出专款研究宇航员如何在太空做爱。在失重的环境下做爱，天啊，亏他们想得出来！不过这也说明性的问题已经上升为国家科学，而科学是不受道德支配的。现在人们对年轻人生活作风上朝秦暮楚的看法，比对当年我爷爷奶奶一生一世的执着都更有认同感。

我无端地想把我手中的项链送给那女孩。她似乎很想睡，但又始终坚持着不让那男人脱她那双怪里怪气的靴子。男人一次又一次地努力，她一次又一次地坚持。几个回合下来，两个人的鼻尖都渗出汗来。男人停了一会，伏在她耳边很小心地说了一些什么。女孩终于让他把靴子脱了下来。女孩的脚被他端到腿上，很温柔地抚弄着。这让我想起北京的那些夜晚，我的脚伸在男友的腿上，被他揉得舒适无比，充满着爱情想象和张力。在那样的温柔乡里，我就常常想，生活真的真的相当美好啊！

在男人耐心的抚慰里，女孩很快沉入梦乡，睡得很恣意，很放松，好像没有一点心事。

我不知道自己梦着还是醒着。迷迷糊糊里，我好像和男友通了一次电话。他说他爱我，还说因为方方面面的原因，必须经常和别的女人在一起，但他爱我是真的。我想也许是真的吧，我权当是真的。话都说到这个程度了，还能不真吗？只是我还想睡。这时对面那个女孩醒了，男人又开始说话了。男人一边说话，一边很起劲地替她穿靴子。她又不肯了，把两腿蜷缩在怀里。她的眼睛一直盯着车内某一个地方，她还在继续生气呢。男人又开始了无休无止的聒噪，好像把刚才的话又重复了一遍，央求、保证、责备、威胁，像套马索一样掷向女孩。女孩只是无动于衷。男人好像挺生气，猛地站了起来，快速走到车厢的另一头，并且在那里抽了一支烟。烟抽得甚猛，把他整个人都罩在烟雾里。他的西装有点肥大，穿在略显僵硬的身躯上像挂在衣服架子上，仿佛是应急租来的。

推小货车的过来了。售货员是个小伙子，他不似往常那样，一边走一边吆喝，只是拿眼睛扫视着两边。他体形修长，皮肤白皙，眼睛美得有点倦怠，身着红衣黑裤的铁路制服，显得过于秀气了，不太像个男人。

他还没走到我们这里，对面的男人就挥着手招呼他。等售货员推着车子走过来，他却慢腾腾地点燃一支烟，乜斜着眼睛看着小货车，半天都不发话。我都有一点替那小伙子着急。小伙子也真有耐性，始终沉着地立着，并没有表现出任何不耐烦来。

男人用肩膀拱了一下女孩。女孩没动，也没抬头。男人于是要了一包花生米和一瓶可乐。小车上那么多好吃的东西，开心果、牛肉干、果汁……他只要了一包花生米和一瓶可乐。女孩抬起头来，她的脸因为刚刚睡醒，显得很有光彩。我突然冒出一个怪念头，女孩为什么要继续跟这个肌肉松弛的男人坐在一起？她应该属于被生活宠着的那种，至少应该跟这个售货员站在一起，他们两个都是那么健康鲜活。

男人打开可乐和花生米，递到女孩手中。女孩不吃也不喝，眼睛漫无目的地看着四周。她仍旧在生气。

火车又在一个大站停靠，不断有人上车下车，好长一阵子男人不再说话，好像无计可施了，露出一脸的疲惫之态。这样年龄的男人同这样年轻的女孩在一起，别人看了都累。男人吃了一会，好像恢复了力气，转身摸了摸女孩的头，似乎在说，我带你去做一个头发，最时兴的。他又用手摸了摸女孩的上衣，我给你买一件新衣服。然后看了看女孩的靴子，估计是，还有鞋子。

列车前行了很长一段时间，女孩总算开口了。女孩说，谁稀罕！这样的回答从女孩的表情上溢出来，声音果然和人一样年轻。男人的情绪又回来了，有点激动地说，你不生气这就对了，我说的话你要想明白，乖点。女孩说，别肉麻，我爱怎样就怎样！

男人笑了笑，抬头灌了一大口可乐。

好像我与我的男友也有过争执，但我们说的和应的都非常含蓄，机锋全部埋藏在幽默或者调侃里。那种时候，我从不忘记我是个博士，表现得很有姿态，自信、有主动权，而且，绝不赌气。

列车广播开始供应晚餐了。男人站了起来，再次挥手招呼服务员，并很快招来了鱼块、香芋红烧肉、酸辣肚丝汤和两碗米饭。女孩好像饿了，她因为饿而不再固执，吃得很香很投入，食物在她嘴里发出欢快的叫声。饭菜吃到一半，女孩竟然说笑起来。一桌子饭菜在他们言归于好的欣喜里被风扫残云。后来两人开始玩牌，快乐的游戏让女孩的伤心像天上的浮云一样消失了。毕竟年轻，即便有天大的伤心，也是很快可以忘却的。一顿可口的饭菜，便把她不甚舒服的心弄得妥帖起来。她还处于那种禁得起伤痛的年龄，也有可能还不懂得什么是伤痛。也许在一顿饭之前，她正为昨夜失去的贞操而痛不欲生，或者正为今后的前途渺茫而肝肠寸断，但是只要有一顿饱饭，便解决了所有问题。笑容又在她脸上重新开放。不过也说不定，也不能就此证明她是物质的，也许她此刻也在撇着嘴打量着我，想着对面这个孤独的女人是多么寂寞啊！

北京在我颠三倒四的思想中扑入眼帘。火车到站了。

人群像流水一样向出站口涌去，栅栏之外，此刻已经是万家灯火。

我在出站口水银灯刺眼的光照里寻到了男友微笑的面孔。可能因为微笑在他脸上逗留的时间太长了，有点僵硬。但我仍然感动，像我这么冷静的大龄女子，讨别人一个微笑，的确是不容易了。我并不急于下车，我不同于那些进京办事或者观光旅游的匆忙乘客，我总是等到所有的人都走光，落在最

— 151 —

后礼貌周到地和小乘务员告别。况且，我比刚才那个女孩从容得多，我知道我们的故事不会急匆匆地展开，这需要一点时间让我们相互熟悉对方。而且，通常在做一切之前，我们要有一顿丰盛的晚餐。

发表于《雨花》2011年第11期

转载于《小说选刊》

糖果

> 优秀的作家并不会对生活下各种结论，他发现的是生活的质量。
>
> ——R. M. 亚当斯

一

我要在历史和心灵之间进行一次艰难的旅行，因此，对于我写下的这些文字，很难说清楚它是一段经历还是一个故事。其实对于我之外的任何一个人来说，这种区别并没有太大意义——实际上，我们已经进入这样一个时代，所有事情的意义正在被无情地解构。毕竟这既不是一个好时代，也不是一个坏时代。不好不坏也许并不意味着什么，但当它突然捕获一个人并将之纳入自己的逻辑和秩序的时候，则一定要意味着什么——好，或者坏。

某一天，周围的一切依然如故，所有的人都在按照自己固有的方式生活，只有你从生活的链条上突然滑落了，坠入一个你认为永远不会落入的境地。你不知道问题出在哪里。你在想，那些看起来并不那么重要的事情，就像一副牌，你漫不经心地出错了一张，结果，后来的一切都不一样了——所谓命运，无非是这样一种东西：除了死亡的结果是你预知的，其他的一切，在没有发生之前，你都无法知晓，甚至一点先兆和口信都没有，但又必须硬着头皮去经历它。

说实话，在没有经历过足够的挫折和疼痛之前，我这人远远不够通透，尤其是在家庭生活方面，常常敏感地在一些事情上纠结——当我的生活被刀锋般的严峻撕扯得七零八落之后，我想，所谓的幸福，就是这种能够细致地与自己的亲人斤斤计较的能力和资格啊——这总会把先生弄得很恼火。一旦他愤怒起来，我又赶着求他原谅，反而让自己很没面子。好在亲人之间的尊严不那么具有刚性，闹了又好了，在好好闹闹之间，日子倏忽之间就过去了。

在陀思妥耶夫斯基的小说《白痴》里，伊波利特对公爵说，宁肯不幸而心中有数，也比幸福而被蒙在鼓里强。其实这话看怎么理解，说真的，我可真不想像陈琳那样，为了一点鸡毛蒜皮的小事就闹得满城风雨哀鸿遍野。陈琳和老公周健的婚姻曾经是我们这个城市模范婚姻的一个标志。不过，今非昔比，怎么说呢，也许可以用这样一句话来总结：过去他们有多少爱，现在他们就有多少恨。其实，何必呢？就婚姻的本质而言，它无非就是为人生这个孤独之旅找个伴，是用一个孤独解脱另一个孤独。当然，既然是个伴，就难免磕磕碰碰丁零当啷，它比世俗更世俗。如果你执意把它弄成一个蜜糖罐，早晚有一天它会招来蚂蚁，而千里之堤毁于蚁穴。实际上，现在他们的婚姻就像一根被白蚁蛀透的柱子，只需要一点点外力，就会让它轰然倒塌。

是的，相信会有那么大的动静。

有时候，当我一个人独处，把电脑打开，面对着我和她们的故事，我总在想，婚姻之所以出现问题，就在于我们太在乎对方。开始我们寻找对方，总是觉得他是那么独特，他不像我们（也不是完全不一样，有那么一点一样，也有那么一点不一样），也不像别人，就像他自己。我们为了他是他自己而倾心于他，我们把这称为爱。然后我们要求他一直保持这个模样，不要有任何变化，如果有变化，也要变得是我们称心如意的样子，而不能像"其他人"。其实，这难道不是以爱的名义进行的一场绑架和囚禁吗？我们是让对方属于我们还是不属于我们呢？如果一定要属于我们，成为我们的一部分，那他还是伴侣吗？如果根本就还是他自己，也就是说，你还是你，他还是他，怎么证明你确实待在真正的爱情里？

突然在五月被击沉之前，我一直都非常喜欢五月。很多令我欢喜的事情都发生在五月，比如，写一部长篇小说，获得一个全国文学大奖。最重要的是在五月，满地花黄的季节，我生出了一个女孩。这个女孩从出生的那一刻起，就让我的生命有了质地和重量——从产后的虚脱中醒来，我的第一个念头就是，我成为一个母亲了！这个词一蹦到我的脑子里，我的心怦怦地跳了半天。我扭头打量着这个十个月来与我呼吸与共的陌生人，看着她兀自在自己的世界里踢腾抓挠，根本无视我的存在，我禁不住泪流满面。我的女儿！她一天天地成长，终于在这个走马灯般的乱世里找到了自己的亲人。她把头拱在我的怀里，在我身上吃喝拉撒睡，任由口水鼻涕流得我满身都是。我在她蛮横的侵略里心花怒放，总是带着炫耀的心情召唤我的朋友们来看她。我说，看，我的女儿！我、的、女、儿！我不怕他们骂我自恋狂，不能吹嘘自己的小说写多好，但我完全有理由炫耀我的女儿生得好。真的，朋友们看了我的孩子，都由衷地赞叹，这活的确干得漂亮。哈哈哈，我那时得意得很无耻。女儿是我生命中最大的安慰，我平生最好的一部作品。

幺幺出生在五月，我最亲爱的五月，那是傍晚，准确地说是下午5点40分。一院子的树都绿着，叶子像水洗过一样熠熠发光，它们那绿色的喧闹让我的心情既熨帖又高涨。我临产的前一天，靠近院门的紫薇很茂密地开了一树艳红的花朵。孩子出生那一刻，天空突然间绽放出一大片霞光。女儿生下来后，我的公公，一个早年读过私塾的老学究，立即给小人儿起了一个名字：斯晚。他在摇头晃脑地喝了两壶老酒后，觉得这个世界上很难找到一个合适的名字能衬得住他的孙女，于是他蘸着酒水在桌子上描了一个又一个：瑾珠、缪琪……这些名字尽管后来皆因多种原因没有使用，但那个时刻，全家人的情绪的确为这个小女娃娃的诞生而格外亢奋。

不过，不管将来她取什么名字，当时家里人无一例外地喊她毛妮儿——她生下来时大头圆脸，黑眼睛闪闪发光，浓密卷曲的头发足有两寸长，身上也长满了绒毛。幺幺这个称谓则是后来的事了，她上大学的时候是全系年龄最小的一个，他们的队长是四川人，自然呼她为小幺。后来大家就完全忘记了她的大号，连学姐学兄都只认得文学系乖巧漂亮的幺幺了。

我的孩子，她怎么就这么不管不顾地长大了？她过去是那么的小，小得让人疑虑重重。在我们的忽视里，有一天她忽然变成了"我"。一次，她把重音狠狠地落在这个字上跟我说话的时候，我反问她，你？你是谁啊？我就是我！她眼皮都不抬，斩钉截铁地回答我。我直直地看着她的脸，忽然觉得好陌生。她脸上的绒毛已经没有了，眼睛也能在瞬间变化出一大堆互不关联的语言和符号，还画着淡淡的眼线。毛妮儿。我吃力地寻找着下一句话，可是，那些过去脱口而出的语言,像尘埃一样地飘浮在空中,一个都抓不住。

毛妮儿?她哈哈大笑,笑声被哈根达斯融化得黏糊糊的,带着一股甜腻腻的陌生凉气,还毛妮儿呢?

是啊,昨天还黏在手上的毛妮儿,今天已经脱手而出,成了大学生幺么了。上大学不一定意味着她的独立,但也不一定意味着她不独立,那要看是什么事情,在什么时候,当着谁的面。

有时候,我常常在夜深人静的时候独自叹气,我说,毛妮儿要是恋爱了,我们怎么办?这个问题是问我先生,也是自问。它像盘磨一样,已经在我心上反反复复碾压了许久。先生敬川就把我的手拉过去放在他手心里,说,你没算算她多大了,还毛妮儿呢?泪水突然汪在我的眼眶里,心窝里又暖又痛,又惊又喜,像有一只把我从睡梦中挠醒的猫仔拱着我。她多大还不是毛妮儿?我说。

总有那么一天,敬川轻轻地拍着我的手背,她会飞得我们够不到她,那你还能管得了吗?你没想想我们俩谈恋爱那会你才多大?

是啊,我和敬川恋爱的时候还不到二十岁,一眨眼的工夫,二十多年就这样出溜过去了。

二

自从成为专业作家之后,就好似有两个人进入了我的生活,并成为我们家的"影子成员"——金地和苏天明,始终游走在我小说中的人物——是他们克隆了我们的生活,还是我在他们的影响下走上一条陌生的道路,到现在也很难说清楚。

其实,一件事情的发生,总会引发另外一些事情。虽然一生之中的很多事情是杂乱无序的,好像充满了偶然性,但是结果却是必然的,一定的。因此,对于任何值得庆幸的事情,它并不一定是最终的,甚至可以说,它只是不幸之中的万幸罢了。即使一个人的一生注定、并且仅仅享受幸福,那也是他最大的不幸。因此,对于经历过不幸的人来说,只有到了一定年龄,经历过许多变故之后,才能慢慢地释然,过去了的再提起来,说都不想说了,可当时却疼痛得无以复加。

金地的老公苏天明那时才二十八九岁,正是意气风发的年纪,工作干得出色，职务连连提升，身边的红颜渐渐地多起来。红颜祸水这个词，似乎从来不会过时，它像历史的牛皮癣，总是长在除了自己看不见，人人都能看见的地方。对于一个男人来说，好像它是成功最后的也是最丰盛的一道大餐。不过，在自己的妻子金地面前，苏天明从来不讨论这个问题。他不是在回避，是不屑。这样的态度让金地更加矛盾起来，一方面，她觉得男人就应该是这个样子，大大落落，拿得起放得下，什么事情不能黏糊糊的；另一方面，她又觉得苏天明讳莫如深的背后，是一个巨大的空洞，像隔着玻璃的夜色一样鬼魅。在简单得如一张白纸的金地看来，这么多人都在感情上出问题了，为什么他会不出问题呢？这样的问题像达摩克利斯之剑始终悬在金地头上。

不过，金地终归是一个简单的女人，简单到可以把一切一切都简化到是与否、好与坏、黑与白这样的逻辑判断上。一直到现在，金地也觉得丈夫是一个好男人，即使他曾经像一列脱轨的列车那样滑出过她爱情的逻辑轨道之外。就在女儿七岁那年，苏天明是真真正正有过一次外遇。女方是他的大学同学，据后来的说法，他们大学时期曾经有过那么一点意思。事实上，那意思确确实实就是那么一点，两人分手之后，既没有继续扩大，也没有缩小，它只是被不经意地搁置在某个地方——毕业册上、通讯录里、某篇公开发表的文章后面的笔名里。造成那点意思没有继续扩大的主要原因是，毕业后两人没有分配到一个城市。一个在天之南，一个在地之北。放现在，那种距离根本不算什么，可是在当时却几乎等于天地隔绝，别说是见面，就是写封信也要十天半月才能到，打一次长途电话更是难上加难。也许是为稻粱谋，也许还有其他方面的原因——即使没有任何原因，他们没结合也不是太大的遗憾，毕竟那点意思在硬茬茬的生活面前，完全可以忽略不计。先是女同学在当地找了个对象结婚，然后苏天明有了金地。这中间已经相隔了十多年，如果没有更为巧合的机缘，苏天明和女同学的那点意思，将会像一枚落果那样干瘪下去，最终风化为一撮尘土。

可历史就是由巧合组成的，那一年，苏天明到女同学工作的城市去学习，偶然想起去拜访她。说真的，本来已经时过境迁，况且那女同学不管是自然条件还是其他方面，根本没法和金地相提并论，工作婚姻孩子没有一样是顺心的，看起来生活似乎一次都没有待见过她。苏天明去看女同学的时候，碰巧她刚离了一次婚，而且工作也不是很顺，所以就有了哭泣。女人哭泣的样子想来也不是很好看，但哭泣向来具有穿越的力量，一下子就让他们俩劈波斩浪地洄游到了大学时的青春之海里。记忆挑肥拣瘦的回放让这个仓促的见面猛然间晚熟了，"那点意思"被他们刻意地拍醒，像头猛兽一样在仓促的环境里纵情撒欢，好像他们有一百个苦大仇深的理由来对这个世界声讨和报复。其实，据苏天明后来说给金地的情节，那个见面的场景是非常狼狈的，甚至都有些不堪。眼泪鼻涕、不快乐的日子促成的脸部的皱纹，邋遢的衣着，哀怨的控诉，通通装载在一个不足二十平方米的狭小空间里，让人透不过气来。激情翩然而至，她想让他进入她，他也想，但两人努力的结果远比想象和渴望的糟糕得多。二人只得罢手，重新与这个促狭鬼般的世界握手言和，草草结束了这场不成功的游戏，坐在床边喝起茶来。其实，对于他们两个，没有比这更有文化意味的自嘲和解脱了。好在苏天明这些年对茶的体识见长，工具理性掩盖了肾上腺素的短缺——他沏茶功夫娴熟，火候恰到好处。他为她滗了一杯碧透的毛峰，那像茶叶一样上下翻滚的心绪，在氤氲的茶烟里渐渐地沉静了下来。

　　一个阳光灿烂的午后，在宽大舒适的餐桌边，苏天明一边陪夫人金地喝着下午茶，一边缓缓地叙述着另外一场性事之后的茶事，两人不时被那个并不久远的故事逗得相视而笑，丝毫没有显露出尴尬之后的惊险和虚脱。在被泡乏了的语言汤水里，金地让自己的想象空间缩小再缩小，直到可以像一个配饰那样拿在手里把玩。几番恍惚之后的凝视里，苏天明发现金地的脸被后窗拥进来的阳光弄得像刚从油彩缸里捞出来似的，泛着神明般的光彩。那一刻他突然有些惊讶，眼前的女人美得让他陌生，可这个女人却已经真实地陪他生活了十多个年头。

　　即使相濡以沫，谁又能说清楚真的看懂了对方？

　　其实，他们俩都是明白人，而且心里一直都明白，婚姻和家庭对他们来说意味着什么。"团结起来向前看"——那位当代伟大的政治家最具中国特色的政治智慧，已经浸淫到了家庭事务之中。

　　未来会更好，他们相信。

　　他们从来没有把一个问题想到这样极端：没有任何人可以永远绕开不幸。事后，许多细节只能靠一次又一次的想象完成。开始是痛心地追问，后来演变成欲说还休的撒娇，再后来就完全成为一项取乐的游戏了。苏天明的叙述开始像呈堂证供，干巴巴的。后来像事故报告，总有那么点法不责众的自我宽容。再后来，已经像批注，那已经是没有价值判断的别人的故事了。

曾经有很长一段日子，那个女同学一直在纠结一个很简单又极其复杂的问题，就是苏天明是否离婚，是否考虑再次婚姻？苏天明很痛苦，他既不想让简单的金地受伤害，又不想让复杂的女同学失望。苏天明是一个非常善良的男人，他对不相干的人都充满同情和怜悯，更何况是生命中这样两个女人。不过，大部分恶都是善带来的，善良的男人如果脚踏两只船，那才是最致命的。苏天明说，最少再给我十年时间。苏天明的回答充满着政治智慧，却让两个女人的心中霎时聚满了愤恨。女同学说，这也叫回答？十年后我都没有把握我是不是还活着！金地说，你是给了她一个时间还是给了我一个通牒？苏天明逃避了，他远远地躲在时间之内，答案之外。

苏天明的女同学在极短暂的时间里又进入了一次新的婚姻，她悬浮而又疲惫的生活需要一次停靠，而她生活的海洋里也不止苏天明一个码头。但是，这艘双桅船意外的航行，却使苏天明和金地的婚姻生活，泛起一阵久久不能消失的波澜。

三

作为一个作家，我试图为我的叙述找一个主线，可是更多的时候我总是迷失在那种不伦不类的细节里。也许真正的生活和衍生的故事之间，本身就没有边界。世界上没有比写作更不靠谱的事了，我匍匐在情绪的大海里，一会被甩到风口浪尖上，一会又跌落到幽昧不明的低谷。有时候好像找到了一个线头，而且情绪激扬得不可抑制，但真正落到纸上，却是一片碎屑。有时候山重水复疑无路，正在踌躇间，忽然想起某人某事，会写得泪流满面。在某种情况之下，这样的叙述使我看起来好像拥有丰富而多面的人生——其实那是一种假象，我的人生单调得写不满一张纸。真的，每次我填写自己的履历，根本就超不过十行。

女儿幺幺发了几篇小说之后，竟然有朋友评价她的文字水平远远在我之上。其实在读了文学系之后，她很少写作，即使写了一些东西，也不拿出来发表。有时候，我的作品在构思和创作的过程中，都喜欢与她在一起讨论。幺幺不止一次地听我讲述苏天明和金地的故事，但是她觉得这样平铺直叙地讲述，很容易使它陷入一个老套俗气的窠臼之中。怎样才能让这个故事成为一篇像样的小说？幺幺说，如果让她写，她会换一个角度。要么是一个老人的视角，让故事在回忆中尽显沧桑；要么是一个孩子的视角，让故事充满着新鲜的疼痛。

　　后来，她设想把苏天明和金地故事的叙述者变成一个小女孩，因为孩子的眼睛是最真实的。

　　小女孩名叫豆子，在故事发生的时候，只有五六岁的样子。有一天妈妈突然来到幼儿园，要带她到北京去看在那里学习的爸爸。一直到上车，豆子都迷惑地看着妈妈，不知道她为什么这么急不可耐。前几天她告诉妈妈她想爸爸，妈妈还说爸爸很快就回来了，为什么非要现在赶过去看他？她们走了十几个小时，第二天下午才到爸爸学习的学校。爸爸却不在那里，也没人说得清楚他去了哪里。后来，豆子已经记不起她们是怎么找到爸爸的，反正是费了很大周折。爸爸把她们带到学校附近的一个招待所里住下来。豆子一路上睡够了，一落地就欢腾起来。那时是夏天，大约是下午四五点的光景，太阳透过高大的梧桐叶子斑驳地洒落在院子的地上，风略微有了一丝凉意。墙角的出水口边出现了一只大肥猫，豆子追着猫奔跑的时候脑子里突然闪过一个重大的问题，爸爸和她们相见的时候只抱了抱她，而没有抱妈妈。爸爸怎么没抱妈妈呢？过去从来没有发生过这样的事情，这是在外工作的爸爸每次看见她们的一个必经程序。问题只在豆子的小脑袋里停留了一秒钟，就被那只猫带到墙上去了。那只猫顺着一棵粗大的梧桐树跃到了墙上，扭头看着她，两只眼睛里满是警觉和没有来由的挑衅。豆子不会爬树，妈妈也从不允许她爬树。看着那只猫，豆子垂头丧气。豆子叹了一口气，豆子长这么大还是第一次这么沉重地叹气。

　　伤心的豆子回头去找爸爸妈妈。哪知道，她一头撞进去的那个空间，比外面还安静，安静得有点瘆人。看见豆子，爸爸撇下妈妈，要开车带豆子去他学习的学校取东西。可是，爸爸并没有直接去学校，而是带豆子去了一个阿姨家里。被阿姨让进屋之后，爸爸连坐都没坐，站在那里，好像往外掏东西一样，面对着阿姨背课文一样长篇大论地说起来。阿姨面对爸爸的滔滔不绝，显得异常冷静，半天才说一句话。与爸爸温和的语气比起来，豆子感觉她的话语像刀子一样抛向爸爸，嗖嗖地闪着寒光。而对站在爸爸后面的豆子，她几乎视而不见。后来豆子故意咳了一声，宣示自己的存在。那阿姨才将目光向下看了看她，态度不冷不热，像对待一个大人，警觉而疏远。豆子想，她的眼神真像刚才那只猫。豆子的注意力逐渐被一架旧钢琴所吸引。钢琴的盖子没有合上，黑白相间的琴键上面摆着爬满蝌蚪的乐谱。在幼儿园里，豆子知道了什么叫乐谱。豆子小小的心里很是得意，她还知道很多名词，比如：局部；再比如：观察；再比如：周密。琴的上方，爬满水印子的白灰墙上挂着一幅照片，是一个小男孩，表情严肃，一定是这阿姨的儿子了。这么严肃的脸，肯定是为这钢琴准备的。豆子很想去抚弄一下钢琴，豆子那一刻想看到阿姨鼓励的眼神。每当她想有所作为，妈妈总是用这样的眼光看着她。可这阿姨始终没有看她一眼，她跟爸爸正在语言的河流里泅渡，无暇他顾。豆子的目光转到了门口，她觉得是该走的时候了。那时她注意到门口有一只煤炉子，炉子上坐着一只水壶，水泥地上还有不少散碎的炉渣。她们家的炉子是放在厨房孩子够不到的地方，炉渣只能待在簸箕里不能出来，她家里的木地板从来都是可以光着脚丫子耍的。豆子由此得出一个结论，这个阿姨的日子不是太周密。

真不周密。真不像话！豆子恨恨地想。

爸爸牵了豆子的手从阿姨家出来的时候，豆子觉得一下子轻松起来。豆子觉得该对爸爸笑笑，表达她的开心状态。豆子笑了，爸爸没有笑。爸爸凝重的神色让她小小的心里塞满了冰块。豆子问，爸爸，那个阿姨是谁？阿姨就是阿姨，谁都不是！爸爸边说边重重地关上车门，坐在那里半天都没启动车子。豆子也不敢再问，低头抠自己的指头。过了一会，爸爸拧开车上的收音机，用一个指头把豆子的脸托起来，看着她的眼睛说，豆子，这事不要告诉妈妈，你懂吗？豆子被爸爸的严肃吓了一跳，害怕地点了点头。她觉得爸爸很奇怪，这样的"事"是个什么事呢？凭什么不能告诉妈妈？

第二天，当那个阿姨出现在招待所她们房间的时候，豆子礼貌而疏远地跟阿姨打了个招呼。她一边编着爸爸新买给她的娃娃的辫子，一边顺便告诉妈妈，这个阿姨她昨天见过了。豆子说完，假装抱歉地看了看爸爸，她小小的心里竟然有一种复仇后的快乐。

— 161 —

爸爸没有再看她。妈妈说，豆子，你出去玩吧！豆子快快地挪了出去，她站在院子里愣了半天，没有一个人喊她。于是，她就走出去找那只猫。树还在，阳光还在，只是，猫不在了。

爸爸是第二天跟她们走的，一路上他跟妈妈都没有说话。这一次北京之行，豆子对爸爸非常失望，她期待的事情一样也没有实现。豆子对妈妈也非常失望，这样着急带她来北京看爸爸，可是对爸爸笑都没有笑一下，晚上还搂着她睡，把爸爸撇在一个小床上。在北京除了路过的一条旧街，住了一个破烂的招待所，什么好地方都没有玩。北京那次留给豆子的就是阿姨逼仄的家里的一架旧钢琴，还有招待所的那只大肥猫。那个见过两次面的阿姨从此就在他们的生活里消失了。

后来，豆子再想起北京之行，总是有一个挥之不去的念头，如果有机会，她会杀了那只猫——并不只是一个空洞的意念，不是一口怨气。她要彻底杀死它，把它一刀一刀地卸开，像拆碎一个玩具那样。

我喜欢她这样说这个故事，平淡之中沟壑纵横，倾巢之危里有惊无险，只是留下一道隐约的暗伤。

幺幺为她设想的小说起好了名字，叫《路过北京的豆子》，听这个名字，好像说的是一条流浪狗。幺幺有时还会问我，苏天明和金地之间的问题就挂在这里，以不解决的方式解决了吗？我说，如果是真实的生活，肯定就挂在这里，或者说，真实生活里的人们，除了把它挂起来，晾着，没有其他更好的解决办法。然后我反问幺幺，以你们的方式你会怎么处理？

说实话，如果不是你天天给我讲这个，我觉得这就不是值得一说的事！她把耳机挂在耳朵上，哎呀，这算什么事啊？

幺幺那时已经在恋爱，男朋友叫鲁嘉，是一个很不错的小伙子。

她听了半天音乐，见我还在等她，便把耳机摘下来说，如果把它当成个事，不说是矫情，至少算是糊涂。作为一个作家，关注点不应该放在这里。

那放在哪里？我问。

放在该放的地方，哪有那么啰唆！这是一个微不足道的故事，根本没有疼痛，没有悬念，没有撕裂感。她忽然涨红了脸，说，我们会选择闪电式分手，甚至在电话里都解决了，怎么可能有耐心去千里之外找那个女人？

我想说，假如你们已经生了一个或者两个孩子，组成了一个家庭，两边还有几个风烛残年的老人，还……幺幺像看透了我的心思，立即从这个冗长沉闷的故事里解脱出来，嬉皮笑脸地说，我之所以不写作，就是害怕像你这样，整天煞有介事地跟自己过不去。都什么年头了，你不会活得轻松一点？

是啊，他们只要活成自己就可以了，从来不用考虑别人的感受，而且，一切都可以与众不同——说话要有惊人之语，做事要有惊人之举。不管他们干什么或者怎么干，都是因为一个理由：理所当然，而绝不会有别的。既没有信仰也没有禁忌绊着他们，即使父母的脸色他们也瞧都不用瞧，他们拥有自己完整而自我的青春。我记得她考上大学后，我慎重地跟她谈了一次人生观和价值观问题。她问我，你是以妈妈还是作家的名义跟我谈这个？

我大为光火，厉声问道，你什么意思？

我没什么意思，看见我发火她又腻到我身上，笑了。妈妈呀，你凭什么干涉别人的人生啊？那不是你的，是我的。我喜不喜欢、舒不舒服是我自己的事。你管我一时，还能管我一世吗？

我越来越控制不了这个孩子，我觉得她除了嘴涮（方言，话多，好听，幽默风趣），心也比较硬。上大学之后，有时候十天半月也不跟我们联系一次。逢年过节我们提醒她给老人们打个电话，她总是不耐烦地说，为什么一定要赶到节日打？我偏不凑那个热闹！

有时候，她也常常会挖掘我和她爸爸恋爱时的事，比如：你们那个时候多长时间约会一次？平时靠什么方式联络？写信时都说些什么？是不是也会经常假装闹闹分手，然后再和好如初？这样，那样，还有另一样。我如实相告。她说，真没劲，你们那时真是糟蹋了恋爱这个词，你们爱一年也没有我们爱一天丰富，爱一辈子也赶不上我们爱一年。她有时还拿鲁嘉送给她的各种各样的礼物出来炫耀，说，妈妈，我爸爸爱你这二十几年用的情，还没有我们家鲁嘉爱我二十天多。

她对我说的，我不懂；我对她说的，她不愿懂。现在我们与孩子的关系，和我们与父母的关系已经有了本质的不同。他们这一代人，不是因为拥有幸福，而是拥有幸福的方式不同，就使他们变得自高自大得目空一切，好像是他们自己创造了这一切。对来源不明的幸福的沾沾自喜，和对别人同样来源的幸福的轻视，使幸福更像一件家具，失去了它形而上的光泽。

但是，在多次被她抢白之后，我还是忍不住沮丧，晚上躺在床上把这话说给敬川。我直接截取了孩子们的思想拼贴在我的话语里，我说，其实我们恋爱的时候你并没有表达过有多爱我，我们结了婚你也只是关心我而已，我们有爱情吗？即使有，我们也不如孩子们这么会爱。敬川说，你怎么能把他们的时装穿在几十年前的我们身上？他们这一代人，每个人都不是真正的自己了，只不过是很多人投射在他们身上的影子而已，连更换伴侣也赶潮流，就像过家家。我们谈恋爱的时候要是分手了还不得死一次？

四

每当叙述父母故事的时候，我会常常陷入漫无头绪的回忆里。那回忆虽然是为父母而起，但是过程中却往往没有他们。他们是主角，但更像是背景，模糊的，懵懵懂懂的，若有若无的，或者说是可有可无的。他们的身影被那个时代冲洗和稀释得日渐稀薄，然而又非常沉重。他们虽然生活在历史里，但是真正的历史往往与他们擦肩而过。他们没有自己独立的生活，每隔一个月，最多是一个季度，他们就要把自己的生活、工作和思想向组织上汇报一次。除了日常生活，其实连婚姻都不是他们自己的。如果用"革命"这个充满暴力意味的词把父母拉扯在一起，显然是简单和粗暴的。但事情的确如此，是因为革命，他们才走到了一起。那个时候父亲像邻村的那些年轻人一样，被一本泛黄的书本鼓动，中断了学业，逃出家庭的羁绊，"终于找到了组织"。他在昏黄的油灯下经过短暂的培训和宣誓，就开始一知半解地理解并执行革命任务。其实他还不知道，他已经渺茫地走进职业革命者的历史里，政治的追光灯对他的映照越来越清晰了。他警惕而机械地走在城市和乡村之间，口干舌燥地向木讷的人群宣讲着政治圣经，帮助惶恐不安的他们打开大户人家的粮仓，并把从他们过去东家手上抢来的粮食和土地送给他们，告诉他们，这就是"解放"，让他们从物质的意义上来理解革命。结局可想而知，革命成功了，父亲也成功了。

我想，不管打着什么样的旗号，瓜分别人财产的"革命"，即使现在再来一次，也仍然有很多人一呼百应揭竿而起。

父亲认识母亲的时候，她才刚刚走出校门。母亲那时除了年轻和美丽，还有单纯，还有一个几代赤贫的家庭背景。对于革命事业来说，这些条件都是必需的。后来，阴差阳错，不过主要还是对红色事业的追随，让她站在了父亲身后。她像个列兵那样，只要一站在那里，就有了一种职业的忠诚，年轻的身影单薄而坚定。神圣的光芒穿透她纯洁的心灵，让她有了持久的震颤。

对政治过度的敏感，是那个时期革命者的普遍症候，类似于低烧和触电的感觉。其实，这样的感觉燃烧了几十年，一直到我们60后这一代才算逐渐式微。我记得我和先生春节期间关在屋子里看《激情燃烧的岁月》。他热泪盈眶，我也是。那部片子播完，我们用完了好几盒纸巾。女儿说，你们真矫情，这什么破玩意让你们激动成这样！是啊，那个"火红的年代"，他们这一代人怎么能懂得呢？

那时候，虽然父母都正值谈情说爱的年龄，但几乎没人关注这个问题，好像革命者都没有青春期。他们投身革命就是乐于做一块砖头、一颗螺丝钉。个人感情被搁置起来，那些偶然发生的青春骚动对自身的影响几乎可以忽略不计，或者被作为低级趣味被排除掉。在许多个深夜里，他们躺在床上，愤愤地诅咒自己那不争气的身体，那是他们真诚的忏悔。那时正处在破坏和建设的初期，百废待兴，几乎每天都有大事发生。爱情作为奢侈品从大众的生活里被流放了，生活因此而单纯起来——或许是更加复杂。

那时候，如果政治表现是他们的显影剂，那么婚姻就是他们一生的定型剂。一旦沉入到里面，自己几十年的生活就会被反复复制。父母结婚之后，虽然他们仍然都沉浸在工作中，但生活更加白热化了。日子单调而充满激情，一个又一个孩子的到来，使他们艰难地在革命者和为人父母的双重角色之间泅渡。苦难的日子在他们身后次第展开，一次又一次的政治运动冲刷着他们脆弱的神经，让他们在风浪里颠簸。父亲是一个有资格的、也非常有名的"老运动员"（"运动"这个中国特色的政治词汇，在我父亲身上，有时是名词，有时是动词，有时是形容词。是名词的时候父亲运动别人，动词的时候是他被运动，形容词的时候是说他运动的深度和资历）。我的母亲更苦，她往往在父亲受伤以后，再受一次伤。但是，他们的手在坚守和抗争里紧紧牵了起来，革命让他俩成亲，革命又让他俩成为亲人。我相信，在某一时刻，他们的感情超越了革命（原谅我没有使用"爱情"这个词，即使现在跟他们提起这个词，他们也会非常茫然，他们根本不知道，他们曾经有过"爱情"）。母亲更加坚定地站在父亲的身后，有时候是站在他的前面——既作为他的同志，也作为他的妻子。

是的，他们首先成为同志，然后成为夫妻，后来才成为伙伴。对于今后几十年相濡以沫的日子而言，这是至关重要的考验。一个革命者，如果不是被自己打败，总是会认为真理在握，因而更具有生活的韧性。父母就是这样的人，他们从来没抱怨过什么，也没企求过什么，他们认为生活本来就是这个样子。他们无法理解上层忽左忽右的政治风向，更无法理解邻居忽冷忽热的政治脸色。一切都是在革命的名义下进行的。因而，他们觉得眼前的一切都是合理的。这种难得的糊涂，让他们活了下来。

在那些饥馑的年代里，母亲用稚嫩的肩头扛起了这个家。不管有多大的困难，她从来没有把真实的苦难告诉过父亲。灾荒绵延不断，苦难一望无际。但她都咬着牙挺了过来，没有让父亲为生计而担忧。始终起早贪黑的父亲，总是把背影留给我们，就像他一直到死之前做的那样——我从来不知道他在想什么，他也从来没告诉过我们他想什么。后来到他快死的时候，他想告诉我们，可是，已经没有时间讲，我们也没有时间听了。

真的，即使现在我们谈论起他，也会很模糊，只是一个指代和象征。

也许，他们可能是另外一个模样——当我们真正讨论父母的时候，才会发现我们之间会有这么多的盲点，就像逆光里的一条河流，怎么都看不清楚。

如果作为孩子的我们都说不清楚，那么，谁能说得清楚他们呢？

我记得有一段时间，幺幺考上中央音乐学院附小，父母过去照顾她。那一年春天，幺幺患上了过敏性支气管炎，喘得透不过气来。父亲坐在她的床头，有模有样地跟她说，你妈小时候也是这样，一到春秋两季就复发，闹了好几年才治好。我在外间听到父亲的话，一下子惊呆了，真不相信这些话出自他的口。还有一次他喝了酒，对幺幺谈起往事，说他们那时因为工作忙，会把我送到姥姥家住一阵子。有一次他去姥姥家看我，走的时候我拽着他不肯撒手。他一把拽开我扯着他衣襟的手，把我搡坐在地上，头也不回地走了，走了一路自己心疼得哭了一路。

我的天！他还记得我的小时候吗？他是什么时候、用什么方式记住我的？难道我在他心里还曾经占有过那么大的位置吗？

——现在想起父亲说的那些话，我泪流满面。可在当时，我只是震惊了一下。

也许，孩子记忆里的父母，总是孩子想要记住的样子，而父母记忆里的孩子，则往往是他的全部。过去古人说，养儿才知父母恩。也许只有我们有了把自己的孩子慢慢养大的经验，才能懂得父母。父母活着的时候，我们因为不懂他们，让他们成为陌生人，父母死了之后，我们因为懂得，才让他们又重新活了过来。

只不过是，子欲养而亲不待。

可是，父亲除了让我们回忆，他还在哪个意义上是一个父亲呢？

他们这一代人的生活，贫乏得一句话都可以说完，但是又丰富得像一条饱满的河流。可以说他们基本上没过过好日子，也可以说，好日子都让他们过完了。他们没有犹豫和彷徨过，只是习惯于服从和忍耐，但又会用热情填充每一天。他们不会为一段虚无的感情而痛不欲生，更不会为彼此的忠诚而提心吊胆。有时候，他们会静静地坐在一起，半天都不说一句话，不是无话可说，他们每一个细小的动作都是丰富的语言。他们都太了解对方了，因为从他们结婚的那一天起，彼此都活在对方的生命里，虽然是以革命的名义。

我父亲活到七十七岁，无疾而终，对上帝赐予他的死亡方式，我满意。"他没有死于任何疾病，他只是死于死亡本身"。没有比这更纯粹更利索的死了，这也许是他一辈子都喜欢顺从的最好报答了。父亲咽气的时候除我和敬川正在赶回家的路上，别的孩子都在身边。他走时什么也不曾交代，是来不及了还是最后一次听天由命呢？我想，肯定不是来不及，可能他觉得还有一大段无人打扰和干涉的日子在前面等着他，他要认真地想一想，然后再从容地安排吧。

等我们走到的时候，看见他的头朝着我工作的那个方向，这绝对不是一个巧合。我相信在他生命的最后一点空白里，留着他的这个和他一样固执的女儿。我扑过去握住他的手，就像小的时候曾经有过的那样。从懂事的时候起，我再也没拉过他的手。我望着他安详的神态，突然觉得爸这个字眼，只有变得抽象之后才是如此具体，轻飘之后才是如此沉重——重得如一次真正的死亡。

五

幺幺过七岁生日的时候，突然跟我们提出来学钢琴。我们试图劝说她，改学别的什么。因为我知道，孩子学钢琴除了她自己的倾心投入，主要耗费的是大人的心力，我和她爸爸也确实抽不出时间来陪她。但她坚决不听我们的劝告，一定要学钢琴。

为了慎重起见，我找了几个懂音乐的朋友，测测她的音准，看看她的指头。对她各方面的条件，朋友们都没什么说的，胳膊手指都够长，对音乐的感受力也不错。但是说到学钢琴的难处，大家都摇头。你知道有多少孩子学钢琴吗？一个在中央音乐学院当老师的朋友问我们，跟咱们国家的军队人数差不多！你掰着指头数数，全国每年能培养几个钢琴家？真正成功的钢琴家，又能有几个？

我们都沉默着，看着孩子。不管是钢琴家或者什么家，我们总觉得她应该比我们强，她必须比我们强。我们常常用望子成龙把这种自私包裹起来。

我就是要学钢琴！她眼睛直直地瞪着那个朋友。

好吧！——我长出了一口气，终于把这副担子放在她肩上了，并获得了某种优势，因为这是"她的选择"。说好了，可不许反悔。

肯定不！这个从小就倔强的孩子斩钉截铁地说。

可是，以后的实践证明我们都错了。我们都没有那么坚韧，最后还是退却了。尤其是她爸爸，去琴房陪她练过几次琴之后，坚决让她退出了琴童队伍。

若不是亲历过一个学琴孩子的成长，我无论如何也想象不出她们有多辛苦。再重新来一次，怕是给我十倍的勇气我也不肯让孩子再走那条路了。钢琴，钢的琴，锃亮的木壳子里面，几乎全部是钢，孩子要用细细的指头在钢上敲出音乐来，而且每天是七八个小时的练习，就是一架机器也受不了。她瘦小的身子俯在琴键上，弹半个小时，额头上就会沁出细细的汗珠。孩子练琴的琴房是个只有几平方米，像洞穴一样的小屋，只放得下一架钢琴。

那时我就想，在中国，每一个儿童的生长空间，比幺幺所处的这个琴房大多少？都说中国人不会笑，从儿童时期他们就笑不出来了。他们对周围世界还没来得及了解，就一头扎进对他们今后成长至为重要的重重武装包围之中。《汤普森练指法》《拜耳练习曲》《少儿英语》，这些远离我们生活的东西，被我们填鸭似的塞给他们。世界上最尖端的东西，他们都耳熟能详。而生活中必需的东西，他们几乎都没弄明白。我记得有一次，上了初中的幺幺这样问我：堂亲和表亲怎么区别？

我哭笑不得。还有多少孩子不知道，洋葱是长在地下，西红柿是草本植物，骡子是马和驴交配产下的后代，而且还分为驴骡和马骡？

除了弹琴，她的课业负担也是重得不可想象。每天早晨不到7点就得起床，我们通常是在她睡梦中帮她穿好衣服鞋子，系好鞋带。到开始洗脸的时候她才慢慢清醒过来，匆匆扒两口早餐就得往学校跑。

从她开始上学，我就像进入了一条黑暗的隧道，不知道什么时候能见到光明。中午、傍晚，直到深夜，都得一分一秒地计算上音乐和文化课的时间。我们不敢懈怠，每天都战战兢兢，她的成绩稍微有所下降，在家长会上就会被点名（某某某同学，本周学习成绩急剧下降，原来在我们班的排位是第几，现在是第十几，甚至是几十；造成我们班在全校的名次从第二名降到……我们相信你和你的家长，不会给我们的班级抹黑。但是，如果再不加紧努力，就来不及了）。

开完家长会，我的心情非常沉重。走在路上我就想，孩子们的生活才刚刚开始，什么叫来不及了？他们是在跟谁竞赛？好像现在已经临近世界末日，好像他们是失足落水的孩子，如果不抓紧把他们捞上来，就会被河流冲走似的。

这个本该像蝴蝶一样飞翔的孩子，却像一只蜜蜂一样一刻不停地劳作。除了学校，在家里我们也从来没有放松过，我们总觉得她有无数的可能性，我们把生活拖欠我们的，统统压在她身上。她因为是我们的孩子，就得承担我们未竟的梦想。她不能有自己的梦想，我们的梦想就是她的，在她还没成人之前，我们已经替她打造好了。她无异于我们的一个长工。

幺幺每天待在学校的时间有十个小时以上。她很小就懂得了语法、勾股定理、南湖上的红船和每一课课文的中心思想。而且老师告诉他们，这要怎么做，那要怎么做，另外的要怎么做，却从来没有告诉过他们，人要怎么做。除了教给他们禁忌，很少有他们成长所需要的东西，也从未告诉过他们这么一个基本的常识：除了法律明确禁止的，他们什么都可以做，没有任何东西是天经地义非得如此不可的！

纪律！纪律！还是纪律！老师们敲着桌子这么说。

幺幺每晚做完所有的习题，还得再写十几页生字（所有课本上新学的字，不管你会不会读和写，一律称为"生字"）。爸爸一趟一趟地去看他辛劳的孩子，后来实在不忍心，就把幺幺拉起来说，你去睡觉吧，爸爸替你写。

幺幺说，要是被老师发现了怎么办？

我们都怔在那里。这是个问题吗？或者说，我们把它当过问题吗？

也许，并不一定只有在中国这才是个问题，但这个问题如此广泛地被冒犯，却只发生在中国。谁都知道怎么办，家长知道，孩子知道，老师也知道。因为它太普遍，所以不成其为问题了。只有敢于藐视诚信，才是我们成熟、智慧的一部分。其实，在孩子的成长过程中，这样的问题非常非常多，而且我们还必须面对并最终接受它。我们对孩子的"爱"总是那么精致和小心翼翼——新衣服一定要漂亮干净才穿，补钙要美国进口的液体钙，定期查看他们的粪便颜色，房间每天都要通风透气半个小时以上……然而，我们却把腐朽得发黑的思想病毒完完整整地复制给他们。这样做的危害我们并不是不知道，但是，我们更知道，如果不这样做，危害肯定更大。

一个诚实本分的孩子，将四处碰壁，成为一个废物。

从幺幺二年级的下半年开始，我们就打定主意不让她再到学校去了。我尝试在家里带孩子，一边学习文化课，一边学习钢琴。大量的时间是我们一起阅读。到现在我还认为，课外阅读是孩子增长知识最为关键的因素。

她最喜欢的小说是《哈克贝利·费恩历险记》，以至于有些段落她能一边模仿费恩的动作一边完整地背下来：

说实话吧，你真名是什么？是比尔？还是汤姆？还是鲍勃？——还是什么？

……

乔治·彼得斯，大妈。

好吧，你可要记住啊，乔治。别忘了，待会一出门，又对我说你是亚历山大！你可别再穿上那件旧花布裙子到女人跟前去转悠。你装大姑娘可真是够差劲的！不过也许你能哄哄男人。老天保佑你，孩子，拿起线来纫针时，别拿着线不动，一个劲把针往线上凑。你要拿稳了针，把线往针上穿才行。女人总是这么穿针的，而男人总要反过来。以后砸耗子或者别的什么东西时，要跷起脚尖来，手要举过头顶，尽量做出笨手笨脚的样子，别砸中耗子，得差上个六七英尺远。扔东西的时候，胳膊连同肩膀僵硬地甩出去，像是肩膀那有个轴可以转动似的。反正得像个姑娘，不能使手腕和胳膊肘，用胳膊甩到一边去，那就像个男孩子。你还要注意，女孩子往怀里接什么东西时，总是把两膝分开的，她不会像你接住铅块那样，两腿一夹。怎么着？你穿针引线的时候，我就看出你是个男孩子啦！

幺幺平均每天要弹六个小时的琴，她累得受不了，就会趴在钢琴上哭。我被老师安排的功课逼迫着，并不肯心疼她，看见她哭，就做出要合起琴盖的样子吓唬她。我说，你现在知道哭了，当初你是怎么说的（当时我把担子卸给她，不就是为了痛痛快快地说这句话吗）？现在后悔还来得及，咱们不再学了！她马上扑过来用瘦小的身体护住键盘，说，妈妈我错了，我好好弹。说真的，看着她这个样子，我坚强的内心在一点点崩塌，真的希望她说不弹了。我几乎没有勇气再坚持，不知道什么时候可以停下来。许多事情，一旦开始，一旦进入固定的轨道，就不是一个人能左右了的。

若是姥姥和姥爷在，姥爷便会不讲道理地袒护她。老人们什么都不懂，听见乒乒乓乓的声音，就觉得外孙女能把一架琴弹得这么清脆响亮多了不起，还有什么好练的？我那时真的很生气，便大声地驳斥父亲，我们这一茬人已经被荒芜了，什么都没有学过，还不都是因为父母无知？现在我怎么能允许你们再让我的孩子撂荒！父亲吃惊地看着我，半天才回过神来，然后伤心地说，你真是这样想的吗？

我真是这样想的，真的！

我父母亲都是这样的人：随遇而安，没有一点野心，生活把他们放床上他们就睡床上，放地上就睡地上，绝对不争取不抵抗。他们进入晚年后，对孩子更是不抱远大的期望，他们鼓励我们努力，教导我们做正直善良的人，我们有安定的工作和平安的生活他们就已经很满足了。对于孙辈更是得过且过，为此我常常生他们的气。事情完全颠倒过来了，常常是我对他们满心的恨铁不成钢。我原来在机关做行政工作，后来改行做专业作家。妈妈经常发愁，说你整天都不干正事，写什么啊写，哪有那么多要说的事？我父亲的口才非常好，当了几十年的地方主官，从来不用秘书，大小会议讲话都不用讲稿，出口成章。父亲对文字应该是很敏感的，但是我写的小说他看都不看一眼——不过也不尽然。有一次他住在我们家，我去他们的房间找东西，看到我的一本小说集正被他捧在手上，他见我过来像火烫一样地丢开——有老朋友祝贺他，说你女儿很了不起，写了那么多文章，他只哼一声表示不屑。在他的儿女里，他和母亲可能觉得我是最不务正业的一个孩子。"写作"这件事，在他们宏大而空虚的生活词汇里，估计连一个职业都不算，只能算是一桩投机，甚至连手艺活都不如。尤其是我的父亲，他这一辈子没有任何谋生的本领，除了干革命——开会、检查、汇报、政治学习、组织活动，这是他生活的全部，一旦没有了这些，他就完全脱离了"生活"，家只是他的一个壳。

幺幺上初中的时候是寄宿制。现在我想，她能从那个学校里走出来，而且心理还这么健康，多亏了我父母的影响。她基本上算是被姥姥姥爷带大的，她的性格中有许多姥爷的影子：大脾气，再过不去的事，只一会就想开了，而且从来不计前嫌。致命的遗传就是不要强，上幼儿园时孩子们每天都为争取小红花高兴或者不高兴，她从来都一副无所谓的样子，说，要那干吗，买一张红纸可以做一大堆。上小学仍然是我行我素，粗心大意，每一次考试总要被扣分，而且总是能找到借口和退路。她说，又不是不会，下次给你们考个一百分看看！结果永远都没拿到过一百分。她参加钢琴比赛得第二名，说下一次看吧。下一次仍然与第一名无缘。我们常常为幺幺的达观欣慰，觉得孩子这样也好，将来遇事不至于太脆弱（幸亏她不脆弱，否则后果不堪设想）。但同时也不无忧虑，她这样的个性注定了她的未来，她不会成为一个好的音乐家，或者其他什么家，她缺乏走到最后一公里的毅力。

直到幺幺考上大学，才回过头来抱怨我说，妈妈，我们住的小区里有那么多孩子，我一个朋友都没有。我常常听着他们在楼群外面玩闹，你一次都没让我去和他们玩过。我无语，她怎么也不会明白，在她失去结交朋友的机会的时候，我的朋友圈子也消瘦得像一层薄膜。我承认自己是一个无比失败的妈妈，若是日子能回过头来重新走一次，我宁可她什么都不会也要给她一个快乐的童年。但是，上帝不会让任何人走回头路的，你生命中的所有一切，都是你该有的。如果没有，就是你不该有。

那一刻，我突然就接受了我父母的活命哲学。

六

我生幺幺的时候不满二十四岁，那个时期我的个性中充满着非凡的勇气和盲目的自信，好像从来没有害怕过什么。公公那时在一个乡下医院当院长，家就安置在医院前面一个空旷的院子里。院子的外面是一条河，一到夜深人静，就能听到淙淙的流水声隐隐约约地传来。那一定是一条美丽的河，听敬川多次提到过它。他的童年大部分的快乐都来自于这条河。后来散步的时候我去看过它，跟在流水声里想象出来的差距很大。河水呈棕红色，河面上漂着动物的尸体和白色塑料袋。据我公公讲，从周围的人懂得赚钱开始，它就不再清澈了。它有一个很朴素的名字，泥河。从这条河往南去，有一条河叫石河，往北去，另外一条河，叫沙河，它们都是淮河的重要支流。这些普通河流的名字，就像庄稼人的名字一样，总是跟自然紧贴在一起——庄稼人的孩子，如果生在春天，就叫春生；生在秋天，就叫秋生。

医院的院子里有许多只能长在乡下而且叫不出名字来的老树，树干和乡下人的身材差不多，坚硬并佝偻着。乡下这静美的日子，使我回到了童年时期，我也是在这样的环境中出生成长的。一时心血来潮，我立马决定在那个我还非常陌生的地方把幺幺生下来。我不知道当时幺幺若是有知，她会不会恨我这个对待生命如此不负责任的妈妈。

妇产科的文医生已经五十多岁了，我们都喊她文姨。文姨性情温和，说话没个大言语，看着像个送子观音，目光中却透着医生的果断和笃定。我觉得她天生就是一个妇产科医生，我问她，生孩子是不是很可怕？文姨呵呵地笑起来，反问我，生孩子可怕吗？然后又自问自答地说，生孩子是女人最大的福分哩！不生孩子才可怕——等幺幺结婚生子的时候，我才知道这句话是多么伟大。她婚后半年没有怀孕，双方父母和他们小两口急得恨不得跳楼。

文姨和我说话的时候还在不停地忙碌，整理着产包，要拿去消毒。文姨面目清丽，看起来像年轻人，可她的身材已经变形了，尤其是腿，走起路来有些罗圈，那是长年累月站在产床前累的。她已经在那个小小的位置上站了三十多年。她在用自己的生命传递着别人的生命。

听我婆婆讲，文姨是 20 世纪 60 年代省城下放的知青。她年轻的时候是个绝色美女，那时候当地人造了一个词，叫"高大利落白"，就是专指文姨的。婆婆说，后来她被当地村支书的儿子看上了，她坚拒不从。村支书的儿子拿了把砍刀堵住她的门口说，你要不愿意我就把自己砍了——破坏工农关系也是要株连九族的。她回省城与自己的父母抱头痛哭了一场，真的嫁给了这个农民的儿子。

不过，文姨有一次和我说起她的婚姻，好像并没有什么遗憾。那时候，下放知青的生活太苦了，她嫁到支书家，倒是过上了安逸的日子。特别是她婚后，接连生了两个虎势势的儿子，婆婆一家几乎把她供起来养着。文姨说她连灶台都没下过，她后来能去上卫校，都是公公托关系走后门磕头作揖才办成的。毕业后，她是有机会回到城里去的，但是，她不能对不起这一家人，于是就"毫不犹豫地回来了"——这句话不管是说者还是听者，都有一种咯噔一下的感觉。

文姨的两个儿子都考上了大学，后来一个下海开公司，一个在印度大使馆工作。她的丈夫在乡政府当门卫，我和先生散步的时候碰见过一次，倒是很温良的一个人，丝毫看不出当年威逼使横的痕迹。看见我们走过来，很远他就打开了笑容。不过，那笑容就那么一点，似乎他不知道该笑多大才合适——我想起爷爷第一次看见我们时的笑，好像乡下人的笑都有尺寸——如此看来，文姨他们算是一桩好婚姻。不过，婚姻这个东西合不合适，双方般不般配，只有当事人自己清楚。婆婆讲的那一段毕竟是传说，没准一开始就是文姨主动的。

我们常常夸奖幺幺是比较省心省事的孩子，其实每一个做父母的都必须有足够的宽容，才能在养一个孩子的过程中间笑得出来，哪一个孩子的成长经历都会有一火车的惊险故事。幺幺在我的肚子里就充分施展了她自由随意的性情，正常孩子的胎位应该是头朝下，一直到出生都是头先见天日。她却不肯随常，我每一次去体检她都是头朝上，安闲打坐的神态。到了九个月上，文姨让我依照他们规定的动作趴一趴，我为此吃了许多苦。辛辛苦苦趴一个晚上，第二天终于把她给弄顺了，第三天再去查，她已经全面复辟，端坐在娘肚子里，一副事不关己的样子。她这无赖的模样一直延续到今天。有时候我想跟她别扭，先生就会说，她娘胎里就这德性，你能扭得过来？我想想也是，那时候天天扭也没扭过来。我妈妈笑着说，什么样的妈就有什么样的孩子，你还不知道，我生你时就是先出脚，迷信的说法说是生相好，脚踩莲花，站生娘娘呢。但是，我妈说完后，自己的神情也突然严肃起来。她生我的时候上边已生过两个哥哥，而且我极瘦小，还不到四斤。么么与我比起来，显然是个庞然大物。

敬川那时候还做着律师，我让他请假陪我。我担心么么不愿意准时出来，耽误假期，所以我始终坚持运动，每天都要走差不多十公里的路，做大体力活动。么么比预产期推算的时间提前十四天出生，再次违抗自然规律。在此之前，文姨仍然让我坚持做胎儿复位运动，等她处于正常位置时，立即用绷带夹两块木板固定住她，终结了她自由转体一百八十度的来回翻腾。

那年的阴历五月十四日早晨，我跟先生出去散步，回来后突然有小便失禁的感觉，还没走到家裤子已经湿了一片。我很害羞，觉得可能是走累了，致使小便失禁。我把衣服换了，洗了澡，再坚持把衣服洗了。我去文姨那里咨询已经是几个小时以后的事情了。文姨听了以后并没表示吃惊，什么都没说，只是立刻让我回家躺下，五分钟后她提了输液瓶过来。我问这是干什么？她说没事，给你补充点体力。她安排我婆婆给我弄点有营养的东西吃。婆婆炖了一只鸡，我觉得那只鸡在门口的炉子上煮了很久，长得好像都没有尽头似的。那时一阵一阵的疼痛感已经非常剧烈了，等鸡汤喝到嘴里，我已经感觉不出来什么味道了。喝了鸡汤，好像还被他们逼着吃了几个荷包鸡蛋。

下午的5点40分，么么出生了，顺产，重达八斤三两。她摇摇晃晃地探出头来，头发有两寸多长，就像刚刚洗了个澡从浴池里溜达出来似的。脸上身上竟然没有一点老人纹，让大家大为惊奇。她长达半个多小时拒绝睁开眼睛，也不哭。文姨和特意赶来帮忙的婆姐用了所有手段，她仍然不哭。这时的文姨妇产科大夫的本性就显露了出来，她一只手像托一条狗崽那样托起么么，另外一只手噼噼啪啪地朝孩子的屁股打了起来。我和先生的眼泪立马流了出来。但是孩子慢慢地开始哭了，起初像个猫仔般呻吟，顷刻间就声如洪钟，余音绕梁了。她几乎是突然间睁开了眼睛。我先生叙述说，两个眼睛很大，几乎全是黑眼珠。年轻的父亲把手伸过去逗弄他渴望中的女儿，心里被满满的感动充塞着，泪水在他眼眶里打转，终于还是忍不住喜极而泣。后来先生跟我转述说，刚刚睁开眼睛的女儿，眼珠会跟着他的手指转动。我先生附在我的耳边说了一句悄悄话，我那时笑得很艰难，但我还是笑了。

文姨说得没错，生孩子的确没有什么可怕的，但也绝不似她表现得那般寻常。文姨几乎从来没有安慰过我,但从我接触她的第一天起,她都在无声地安抚着我紧张的情绪。到打吊瓶的时候,那已经是非常危险的关口了。我早晨的症状是羊水提前破了,这是生孩子的大忌。我是上午九点钟破的羊水,傍晚才把她生出来。幺幺不哭,是极度缺氧,她已经没有哭的力气了。她能活着生下来,一方面是文姨采取的措施得当,一方面是她的命大。

生命是一桩由上帝主持的盛大的欢聚。

在我们家,上帝把这件事情委托给了文姨。

七

大学一年级,幺幺开始着手写她的小说《文臣和他的女人》。

文臣出生的时候,中国已经跨入民国的门槛了。文臣的爷爷是个秀才,虽然没有中举,但在当地也算是个响当当的大户人家。他的三个儿子生在锦衣玉食之家,但走的道路却有天壤之别。老大老二继承了父亲诗书传家的薪火,小家庭经营得都很不错。作为老儿子的文臣父亲,自小被父母溺爱,读书没有耐心,耕作没有耐力,又有点小聪明。他自以为比两个哥哥强,过日子的本事没学会,混日子却相当有水平。根据父亲的安排,他跟着一个从皇帝身边告老还乡的老中医学习望闻问切。那个老中医是一杆老烟枪,文臣父亲中医知识没学多少,却把吸大烟的技术研修得炉火纯青。因为爱这一口儿,他与当地官宦乡绅土匪恶霸的关系都非同寻常,一直到了民国中期,在当地的势力还是很大。

文臣父亲的香火不旺,一水儿生了六个闺女后,好不容易才求神拜佛得了两个儿子。渴望人丁兴旺的他,又收了两个外甥跟着他们一起生活。文臣的哥当上了保长,那是德高望重的人才能承当的角色。文臣的大表哥从黄埔军校五期毕业后,在国民党云南飞行团任少校参谋。二表哥跟着当地一个半红半黑的人物上了山——这个家庭算总账,是个比上不足比下有余的人家。

文臣父亲上面靠着爹,下面靠着儿子和外甥支撑着门面,穷奢极欲,天天带着姨太太抽大烟。母亲在文臣很小的时候就病死了,实则是被丈夫压制着,抑郁而死。到文臣父亲死的时候,家里的田地已经基本变卖干净。父亲尸骨未寒,哥哥把文臣喊过来与他分了家,一分钱都没给他,只留给他三间空落落的房子。父亲留下的债务你就别管了，哥哥大度地拍了拍身上，又拍了拍手，好像一巴掌拍下去，就可以对过去和现在有一个了结似的，你要把自己的事情管好——他把"你"字咬得重重的。

五年之后，当哥哥因为拒不交出私藏的四坛银圆而被土改工作队用两根扁担夹断双腿的时候，站在公审大会会场的文臣，真是百感交集。

文臣穿金戴银的六个姐姐，实在不忍心、也不好意思看着弟弟家徒四壁，便为他凑了一些钱财。一心一意要争口气的他，拿着这些钱跟着爹的一个朋友去武汉贩运生猪。谁知到武汉的第一天晚上，那人把文臣灌醉，带着他们所有的钱款，在这个九省通衢的城市里消失了。黄鹤一去不复返，此处空余黄鹤楼。渴望一战功成的文臣，被人生的第一次失败抛弃在举目无亲的大武汉。除了仰天长叹，他没有一点转圜的余地，独自一人默默地登上黄鹤楼——本来那是在他们计划中准备赚了大钱后举杯庆贺的地方——怀里揣着喝剩下的小半瓶白酒和一包"三步倒"鼠药，准备在黄鹤楼上杀身成仁。等他顺着台阶一步一步往上走的时候，抬头看见了一副对联：黄鹤飞去且飞去，白云可留不可留。

他心里突然涌上来一股思乡之情，那种浓烈的感情把他吓了一跳。他是无家可归者，他的家在哪里？

他想起他的几间破屋，现在他与它们之间，好像有着一生的距离。一切归零，重新回到了原点，他脑子里一片空白。后来他想，就是那种空白感救了他——那空白有时是一堆冰凉的气泡，有时是一团悲愤的雾气，不知是针对他的懦弱，还是针对他的晦气而起——他不想让他的人生空白着去见自己埋在地下的母亲，他要用自己的生命填补那空白。

文臣是靠沿路乞讨走回家的。走在路上，他想起爹娘曾经给他定下的一门亲事。那是一户殷实的人家，虽然文臣并不是非常乐意，但是父母之命不可违，只好勉强答应。现在走投无路之际才去厚着脸皮投靠人家，这让文臣觉得自己的人生又失败了一次——这种挫败感压迫了他一辈子——穷其一生，他一直都没有顺利过，在命运多舛的时候他不顺利，在时来运转的时候他感觉不顺利。

他觉得自己一辈子都在逆水行舟。他很累。

让文臣万万没想到的是，那却是一户极好的人家。他们像待自己的儿子一样接纳了他,对他的情况一句话都没问。当时文臣很感动,但是过了不多久,他心里反而觉得更难受——人家问,他认为是冒犯;人家不问,他认为是轻视。抑或是,人家对他的情况一清二楚,不问只是碍于面子吧——那样的怜悯,岂不是更残酷!

文臣生得俊朗异常,且聪慧过人,什么东西入眼就会。那家的女儿跟他比起来,非常不般配。她个子矮小,五官模糊,身材也不是太好看,更主要的是,她一个大字不识,说话还总是一斧头一锯的——过去在他们家,这样的女人连当丫鬟的资格都没有——这让文臣心里生出更多对自己的哀怜,他觉得他是被命运打入另册的。

文臣在未来的岳父家读了私塾,后来岳父又把他送到外面读洋学堂。

文臣和他的女人总共生了五个儿女,一辈子对他女人说过的话,不比做爱的次数多。不过要说起来,文臣这一辈子对他的女人确实不错,从来没有打骂过,吵她的次数都很少。文臣因为家里被爹吸得一干二净,划了个贫农成分。他因祸得福,靠着挣来的学问谋了个公职,却也因福得祸,因为家庭"极为复杂的社会关系",在公职人员队伍里,始终郁郁不得志。他们家的"贫农"是打了折扣的,谁让他们有那么多黑五类亲戚呢?

年轻的时候,文臣还有心争取,后来连争的心都没有了,只是喝喝闷酒,发发呆打发日子。他终于明白了一件事情,那就是,他什么都不明白,什么都不会明白,什么都不能明白。他曾经那么渴望生活发生变化,而一旦生活像陀螺似的转起来,他又禁不住恐慌。他对生活的控制越缺乏判断能力,因而也就越绝望。他完全像蜗牛一样退缩到自己的壳里,彻底把自己遮盖起来,任何外在的东西都不能引起他的兴趣。他不再关心任何事,包括自己的家庭和孩子,从来没有过问过他们的一切,他的工资完全被自己吃喝掉了。

如果没有文臣的女人,文臣的生活可以说贫乏得无一可言。文臣的女人是极要强的一个人。无力养家的文臣,在这个家庭里只是空担了一个家长的名义,他从来没有管过家。他也根本不知道,对于一个儿女成群的家庭来说,家长意味着什么。孩子的衣食住行是这个内外交困的家庭最大的挑战,可是不管多难,文臣的女人都是自己一担一担地挑起来,从来不把担子递给他。有一次,娘家弟弟来看她,那是一个冰天雪地的冬天,她正在塘里劳动,和一个五大三粗的男劳力搭帮,把塘底的污泥一筐一筐地抬上来。村子里每年都要清一次塘,这活本来只有年轻力壮的男劳力能干,可是为了多挣点工分,她硬是咬着牙每年都坚持干。每一次抬完塘泥,她累得几个月都不会来例假。看到这个情景,弟弟含着泪扭头回去了,卖了自己家的两头猪,给姐姐买了一台飞人牌缝纫机。这台缝纫机拯救了姐姐,也救了这个家庭。文臣的女人靠着一手精细的女红养大了五个孩子。到改革开放,她第一个开缝纫店,竟成了当时为数不多的万元户。从1977年恢复高考始,文臣的五个孩子次第考上大学。

在文臣的忽视里,儿女都已长大成人,而且成了当时最受人羡慕的大学生。对此文臣本来是该惭愧的——过去的艰难时日,他自顾自地生活,从来没过问过孩子有没有衣服穿、上不上学、在外面受不受欺负,发了工资,只记得三件事:烟、酒、肉。有一次两个女儿去看他,刚好他买了一只烧鸡半斤老酒,他问两个孩子吃不吃肉。女儿孝顺不忍心吃,便说不喜欢吃那种东西。他顺手把剩下的半只烧鸡给了看大门的,告诉人家自己的孩子不喜欢吃肉——得意的应该是她的女人。可事实上,没人说是她的功劳,她自己和文臣也没说过。丈夫就是天,哪怕他只是一个象征。天塌不下来,她就拥有完整的世界,她是一个妻子和母亲,天塌下来了,她什么都没有了,只是一个女人,而已。

文臣几乎没有笑过,脸上似乎永远只有一种表情,一副不得不活着的悲壮,或者说他能好好地活着,就是对亲人的一种恩赐。他退休后,女人也做不动活计了,儿子把他们接到城里住。文臣不像他的女人,进了城看见什么都兴高采烈,只为下雨不踏泥,吃饭闻不到大粪味,都能在夜里笑醒。而文臣觉得城永远是别人的城,包括他的儿女在这里的成就,与他也通通没有干系。他不服城里的水土,他这棵树只能栽在适应他生长的地方,那个地方不需要名字,那个地方的树也不需要名字。

文臣习惯于一个人在黑夜里散步,那时喝到微醺,有想哭的欲望,甚至渴望让自己放纵一次。他活了一辈子,本来是想填补人生的空白,可是回头看去,依然是一片空白,一切都是空白。他的脑子里空空荡荡,过往的日子像一条漏洞百出的网,什么都打捞不起来。偶尔有一条鱼泛出一点浪花,也是被动的、死气沉沉的。到后来,最给他安慰的反而是这种空白,生活对他洗劫得越彻底,他的感觉就越轻松——他既不想跟生活和解,也不想跟它对立——谁说一无所有不是一种超脱呢?他的一生就是在这种沉闷里度过,从来没有闪过光。一辈子唯一让他刻骨铭心的,就是自己的错,好像他生下来就一直在犯错——既然生活从来没有给他任何一次自由选择的机会,他又何错之有呢?

人生的悲哀不在于没有了希望,而在于对希望没有了感觉。那是对麻木的麻木,对冷漠的冷漠。仅仅是因为失望,他感觉到的空虚比实际的空虚要大得多,而且每年都像空洞一样不断扩大——其实,对于文臣来说,还有什么比渴望不死更空虚呢?

文臣活到六十六岁上,大病一场。有一段时间他一直便血,对于做了一辈子医生的他来说,当然知道这意味着什么。

在文臣手术之前,两个儿子带着父亲去澡堂洗了一次澡。小儿子为父亲搓背,大儿子为父亲剪了脚指甲。这是文臣这一辈子第一次也是最后一次让他的两个儿子这么亲近。他们谁都没有想到,死亡之网已经渐渐收拢。

手术做得还不错,刀口很快就愈合了,但是术后一直低烧,各种抗生素都试过了,没有效果。最后彻底检查了一次,才发现了致命的错误,直肠部分术后感染,肠子已经穿孔了。

他一语成谶,治得了病,治不了命。

他的身体素来健康,平生从来没有打过针,感冒药都极少吃,但在他生命的最后三个月,几乎把药都用尽了,身上被输液器扎得像筛子一样,找不到一块完整的地方。有时候他疼得受不了,就低声呻吟,后来完全靠杜冷丁止痛。有一次,他用已经枯瘦如柴的手拉住自己的大儿子,祈求他放弃治疗。他说,我再也受不了了!如果你真孝顺我,就让我现在死吧!

大儿子把父亲的手重新放进被子里,默然走出病房,站在洗手间失声痛哭。

文臣就要死了。他一辈子都是活得不耐烦的样子。等到一切治疗手段失效,真到了要死的关节点上,他却怕了。是的,他怕了。文臣每天强烈要求儿女给他用最好的药,请最好的医生。文臣告诉所有的亲人,他还想再多活几年。儿女们看着这个生命在逐渐枯萎缩水的父亲,真的是肝肠寸断,他们为他残存的欲望而恐惧——过去他想死的时候他们怕他死,现在他想活的时候他们怕他活，因为他的活只是为了让死显得更加像死。

在最后一次抢救后，他又活了过来，而且活得很好，有着明显的康复迹象。在将他从重症监护室挪回普通病房之后，一个星期没有合眼的家人把他托付给护士和护工，全部赶到宾馆洗澡睡觉，手机都关闭了。就在那时，文臣悄悄地走了，既决绝，又冷清。

文臣死了，也许只有死，只有这死后空旷得无边无际的岁月，才能让他更从容一点。他这一生，潦草而固执，匆忙而空虚。别人的日子，不管是顺风顺水，还是愤恨交加，都是现世的，有烟火味的。唯有他的日子，像一张画错了方向的草图，怎么看都让人找不到头绪——尽管有着那么多的创伤，却没有痛不欲生的悲哀，尽管从没有遇到生死攸关过不去的坎，却没有足够的幸福。如果没有死这个具体事件来做注脚，谁能说他曾经真实地活过？

文臣的一生就活在孤独之中，而且，即使在他死后好多年，也没有彻底消除这种孤独。他一个人彻夜彻夜睡不着，他托梦给他的小儿子，谁在我门口装了一个大灯泡，照得我没有一刻安静过。小儿子从两千里之外的海南赶回了老家，说起父亲所托之梦。他的堂哥告诉他，一个风水师看到他的坟刚好在一条大河的拐弯处，为了避邪气，堂哥悄悄地在他坟前埋了一面镜子。

文臣活着的时候，他的女人尽心尽力地照顾他，她要求儿女给他们的父亲用最好的药，什么起死回生的偏方都要试一试。刚刚做完手术，他的腹部还打着腹带，每天替换的腹带洗好来不及晾干，女人都是缠在自己身上暖干的。女人不想让丈夫死，她生性胆子小，大白天一个人都不敢在家里待着。丈夫要是死了，谁来陪伴她呢？但是，只能是文臣的死，才让她真正拥有自己的丈夫。只有那时，她才有机会俯身在丈夫的病床边，一遍一遍地为他擦洗泛着酸味的身体，为他那不能打弯的双腿按摩，像伺候自己的新生儿一样伺候他的大小便。哪怕他哼一声，她就会拖着酸痛的身子飞奔到他跟前，小心地察看着他的脸色——她从来没有这么近距离地睁眼看过他。

他能扛过去吗？私下里，她会悄悄地问她的儿女们，她希望能在他们大咧咧的态度里找到坚定。

她为一直伺候到他死，并且伺候了他病痛后的死亡而颇感欣慰——实际上，对于她来说，他的死比真正的死还像死——十年后，我的母亲却仅仅为了这一点而痛不欲生,每当说起我的父亲,她都要号啕大哭。开始我们还陪着落泪,时间久了就有点心生厌烦,人死了又不能复活,总得让活人好好地活吧?我们这样劝她。而她总是一遍一遍地说,哪怕让我伺候他一个月再死,我也不至于这么亏欠他啊!——到底她欠他,他们欠他什么呢?到现在我也没弄明白,但也不是真正的糊涂。

对于文臣女人这个几乎不识字的女人来说,不管怎样回首,生活都是一笔数额巨大的历史流水账。她的生活比她丈夫的生活更琐细,更具体,也更真实,剪不断理还乱的都是些芝麻蒜皮的世俗小事——孩子、人情债,还有一大堆碎布头似的记忆。

但是,文臣女人并没有让自己迷失在斤斤计较的计算里,她甚至来不及悲痛。文臣的女人有很多现实的问题需要亲自处理,她一声都没哭,积极投身于丈夫后事的处理之中,甚至连孝子贤孙们身上披的麻布尺寸她都要亲自丈量。

这些尺寸可不能错,不然人家笑话!只有在处理实际问题时,才有她的位置。也只有闲下来,她才能找到自己。她恍然明白自己已经走入了另一段人生,这段人生将由她自己来出演。她像想起来什么似的说,今后家里就剩下我自己了?

孩子们都说,怎么会呢?

她说,就是!这句"就是"不知道是指真剩下她自己了,还是孩子们不会撂下她,反正她觉得这个事情终于过去了。

这一辈子,文臣的女人什么都不信,既不信邪,也不信命。但她的心中有神,即使在"文革"对所谓封建迷信管制最严厉的时期,她也为她的神安置了应有的位置——她在里间的房梁上悬空搭建了一个神龛,让她的神安坐在那么一个狭窄而又恰如其分的空间里。每当夜深人静,她便长跪在地,把她绵密而又沉重的生活一一告诉她的神,希望他来帮助她拿拿主意。每次她的神都微笑着同意了她的想法,并且暗示她做得都对。每到初一、十五,总是孩子们最快乐的日子。不管多穷,她都会想尽办法为她的神鼓捣一些相对可口的东西。她用筷子指点着那些东西,像给一个亲戚夹菜,把诸神和先人一一让到后,就当着神的面,把这些食物分给孩子们。

后来,她的儿女们都长大了,他们曾经笑着回忆这个在他们看来十分荒唐的行为，他们说，那时我们从内心里害怕两个人，一个是生产大队的治保主任，一个就是住在房梁上的神。文臣的女人从来都不觉得可笑，而且，她根本就没有理由不信神——开始，是因为她比别人都苦，现在，是因为她比别人都甜。她生存的所有尊严和信念，只有通过这种仪式才得以完成，也正是因为有了这个可以让她亲近的神而显得格外扎实。

文臣死了几年之后，有一年春节，文臣的女人把自己的五个孩子全都喊到跟前，郑重其事地交代了一件大事：她死了之后就埋在孩子们生活的城市里，决不回老家陪他们的父亲。如果他们不答应，今天就是她的忌日！

孩子们异口同声地答应了。

孤独注定是文臣的生命徽章。这一生，他被遗弃了很多次。开始是被父母遗弃，后来被兄姊遗弃，再后来被社会遗弃，即使在他死后，依然被亲人遗弃。

看过幺幺初稿的人都说，这篇小说写得过于老到了，尤其是人物，刻画得太深刻了。幺幺心里明白，换一个人物她就写不出这等深刻了。她写文臣和他的女人的时候，觉得那两个人物是活在她脑子里的，因为她管那两个人喊爷爷奶奶。

但是，她更明白的是，只能在外面看着她的爷爷奶奶，根本无法进入他们的生活，因为他们是她的爷爷奶奶。这个理由看起来是如此牵强，但我却深有同感。我又何曾看清楚任何一个自己的亲人呢？所以当她告诉我，觉得他们看起来比陌生人更陌生时，我认真地点了点头。是的，我明白这个，这就是她的这篇小说渗透力太强而穿透力太弱的原因。

八

有时候，我觉得除了说不清楚自己，也很难说清楚别人——在中国，作家这个职位，承担得更多的是一个说书人的角色。我们只是习惯于讲故事，讲别人的故事。即使是自己的故事，也是改头换面，添加了各种小说和流行元素而生产出来的。能在多大程度上坦率地述说自己的生活，我觉得是检验一个作家是否真正成熟的标志。而我，则常常陷在两重痛苦里不能自拔。在现实的痛苦里，很多情绪化的东西不能让我对"真实"脱敏。而在虚构的痛苦里，我又找不到真实的表达——文学在物质化的世界里正在渐渐失宠，过去我们曾经用文学点燃生活，那么现在如果说生活是一只炮仗的话，我们的欲望就是一盒干燥的火柴，文学只是爆响后沉默的灰烬——可惜的是，它又不完全是"一把健康的骨灰"。

但是，我一无所长，除了写作，除了在这片灰烬里寻找更有意味的暗示和隐喻，我不知道我还能做什么。作家的道义和责任感，能用什么方式和角度显影？虽然我们可以"自由"地言说，可是并不完全具有话语权。即使在这仅有的自由里，我们要告诉读者的是什么？我们常常被自己的情绪牵着走，悲愤和不平都是一己的，和别人几乎没有关联。对于苦难，我们好像理解为就是悲哀，姿态比苦难本身还低，我们被苦难压迫着，根本无法超越它。我们靠描摹苦难的细节煽情。这不能显示我们的悲悯，充其量只是可怜，因为真正的悲悯要有足够的尊严——不管是悲悯者本人还是被关注的人。

经历了一些事情——那些痛苦的、幸福的、无以言表的事情，我渐渐平复的心灵，虽然不会再有盲目的激情，但在生活里更真实了。我在写作中努力寻找着自己。

可能在所有认识我们的人眼里，我和敬川都称得上是一对幸福的夫妻：自由恋爱，从一而终，既郎才女貌，又女才郎貌。可是，有时候我突然之间会非常困惑，我们的幸福又表现在哪里呢？

我们长达十几年不在一个城市生活。我们每天早晚都按约定时间通电话，涉及的话题总是身体、锻炼、少喝酒。其实，我们的婚姻只是相互给对方带来安慰，而并没有愉悦，只有安全而没有兴奋。我们活得太沉重了，总是想着会积攒一大堆幸福放在那里，等着我们有一天去享受，为了这个目标我们可以舍弃当下。有时候我们互相之间也表达爱情，感情丰沛，话说着说着就柔软起来。他几乎常常说他很爱我很想我，可当我一个人待在家里为一桶矿泉水放不到机器上而哭泣的时候，他在什么地方呢？有一次他晚上回来，发现我们家全部十六只灯泡就只剩下卧室里一只还会亮，愣怔了半天，说，你看这日子过的！

我也常常说我爱他，可过了这几十年，我为他洗过几次袜子呢？有一次我告诉他他有白头发了，他吃惊地瞪着我说，已经白了好几年了，你才发现？

是啊，我对他的感情，从来就是那么简单和直接，说爱的时候，我想肯定有着纯金的品质。可是一直到现在，我也没有怀念过他，即使我想他，也只是纯粹的"想"而已，而不是怀念。他不是让人用来怀念的，因为他几乎没有任何东西留给我。他在的时候，我体验着他的在——激情、大器和很多妙不可言的东西；他不在的时候，却很少能体验他的不在。只要一走，他便把一切都带走了。我拥有的只是他回来的希望和一个单身女人所应该有的生活。

敬川喜欢我的简单，他常常向朋友们夸奖我，说他的老婆好养，口袋里装一百块钱都会乐呵呵的。小夫妻那会，我的确不曾期望他有什么高官厚禄，他那时做律师，少年才俊，顺风顺水。他工作很努力，他说希望妻儿能生活得比父辈更安逸。如果顺着律师这条道走下去，这样的目标很容易达到。但是历史并没有给他自由裁量权，不到三十岁他就被选拔为处级干部，三十岁当上了局委的一把手，三十三岁就在一个地方做了行政主官，在全省都是最年轻的。在这样坐过山车一样的变化当中，有一个时期我生活得很没有自信，不愿意与人交流，越来越少地参加社交活动。而他的社会活动却越发地多起来，回到家里总是显得很疲惫。依他的敏感，完全能看出我的不开心，但他却装得什么都不知道，他有时间宁可和女儿胡扯一通，也不愿意触及更敏感的话题。

据说婚姻有一个敏感时期，叫作七年之痒。难道我们也步入这样一个平台期了吗？我觉得不像，至少与周围的家庭比起来，我们的婚姻要幸福得多。不过话又说回来，如果你在心里默默打量你的婚姻生活的时候，还有多少底气说你真的很幸福呢？

有很长一个时期，我陷入这种无休无止但又无法言说的困惑之中，总觉得生活中会有什么事情发生，但具体担忧什么，又未可知。总之，看不到未来，对日子充满着恐惧。

后来我渐渐想明白了，开始写作之后，我已经把我的作品掺进了我的生活里，或者把生活搬到了作品里。那个时候我已经分不清哪是作品、哪是自己的生活了。围绕女主角金地和男主角苏天明，我编织了许多故事。大部分时间，我就生活在这些故事里，怎么都走不出来。尽管这些故事是虚构的，谁能否认它曾经来自于真实的生活？不管是真是假，我编织的那些生活，已经成为我现实生活的一部分,即使在梦里,也把我硌得生疼。曾经有人问我,金地是不是写你自己?开始我矢口否认。可时间久了,连我自己都混淆起来,金地到底是不是我?也许金地是我内心另外一个自己吧。其实,人有时候并不是他自己。西谚说,一个人早上是天使,晚上可能是野兽。这话没错,坐在夜店里,可能是一个好色之徒,但到了募捐现场,却又成了翩翩君子。环境在时时刻刻改变着我们。金地的确不是我,但金地身上的故事,投射在我的现实之中,让我寝食不安。我对自己的爱情坚信不疑,但是在我女性特有的细腻、敏感和小小的机会主义特性中,却又常常徘徊不定,形成一种既可以这样又可以那样,然后从本质上来说既不可以这样也不可以那样的解读方式,几乎随时把现实的感受换成当下的恐惧。同时,我又为如此广泛而深入地审视和批判自己的婚姻生活而惴惴不安——尽管我深深地知道,如此这般地追问是不是还有爱情,一点意义都没有。如果从来就没有爱过,有什么可后悔的?如果曾经爱过,还有什么可遗憾的?

在金地和苏天明的故事里,我总是白日梦般地反复设想这样的细节:不知道从哪一天开始,苏天明的举止变得有些躲闪。金地做不出那些小把戏,比如翻老公的口袋、查看手机通话记录之类的,想一想都觉得耻辱。苏天明是了解妻子的,他回到家中可以放心地把手机扔在任何一处,他不动就不会有谁动他的东西。但是有一个时期,金地很久都看不到丈夫的手机,他很安全地把它装在口袋里,到了后来,连短信的声音都没有了,他关闭了声音。

事情纯属偶然,金地晚上和苏天明一起去参加一个饭局,苏天明喝醉了,金地拿着他的包。他们俩上了车,手机短信提示连续震动了几次,金地原本是想掏出来递给苏天明看。苏天明却没有给她机会,劈手来夺。这让金地非常惊讶,她这一段时间的猜疑突然被放大了,她把手机放回自己包里。苏天明刚才还醉得东颠西倒,一下子醒了大半。他严肃地耳语道,把手机给我!金地更加固执,把手机攥在手里不说话。回到家中,金地却发现手机信息是加了密的,她根本打不开。她开始哭泣,苏天明却自顾睡觉去了。金地不知道自己哭了多久,第二天醒来手机还握在自己手里。后来苏天明直接废了那张卡,换了部新手机。他也没有任何解释,神情里的一丝愠怒反而让金地自己觉得做错了什么似的。那部废掉的手机在金地的抽屉里关了很多年,她没有再探究里面的内容,但一直像病一样亘在心底。

苏天明只是在和金地温存的时候，才会轻描淡写地说起这些事：只是不想让那些乌七八糟的东西打扰你，你相信老公爱你就行了！

金地觉得苏天明说的有道理，金地强迫自己相信苏天明也相信苏天明的话，她真的不想看那些东西了。可那发信息的人是谁？到底写了什么？她与苏天明的关系仅限于手机信息吗？这个问题有时会在某一个夜晚突然闪一下，尖锐地刺疼她。但看看身边熟睡的丈夫，她又困惑起来，这个男人每天面对的烦心事够多了，她又何必为这些小事而纠缠不休！看看她的好朋友末小米过的什么日子，她把老公的谎言戳破，老公索性根本不回家睡了。

还有，金地有一年随单位去新加坡考察，晚上费好大劲往家打电话，接通后她能听到苏天明的声音，苏天明却听不到她说话。喊了好一会，只好挂了再拨去。苏天明接了，却在电话里柔声说，我知道是你，别再让我生气了，我气得胃疼你知道吗？——金地听不下去了，泣不成声，她说，我是金地！苏天明愣了一下，脱口而出，怎么会是你？

金地打了一个冷战，问，怎么，不该是我吗？

苏天明说，我——

金地说，苏天明，你是真的爱我吗？

苏天明丝毫没有犹豫，说，是！

是会吗？是不会吗？想得脑仁痛的金地口气软了下来，说，苏天明，你爱过我是吗？

苏天明说，不是爱过，是一直在爱！

这些夹在生活里的小波折，像落在床铺上的灰尘，不理它也感觉不到它的存在，真正去拍打它，却会弄得满屋子乌烟瘴气。那么，苏天明是真的不知道还是假装不知道，它们在金地的心中，是无法结痂的痕，想一想都会渗出鲜血。可她从来没有吵闹过，并不是害怕婚姻破碎，是她觉得由自己以这样的由头把婚姻拍碎，太让人看不起了。

到了四十岁上，金地突然就释然了。这种释然是她觉得应该回过头去正视自己的婚姻，在做了反复纵向和横向比较之后达到的。砍去一路走来的枝枝蔓蔓，如果只看大节，丈夫从善如流，女儿天天向上，到底有什么事情让自己不开心呢？况且，就每个人的感情而言，变是必然的，包括爱情。如果真的一成不变，那还是爱情吗？

金地想,有很多时候,我们不是被爱人出卖,而是被我们自己出卖了。我们太害怕变,我们觉得永远不变才是天经地义的。从小受的教育就是这样,我们太害怕冒险和变化,我们喜欢自己的生命一直波澜不惊。我们只喜欢天生的和被周围的人固定的自己,从来不想着有任何的改变,对自己爱着的人也是如此。其实,在婚姻和爱情生活里,相信永恒并不是自信,而是自卑,人喜欢被自己的幻想所欺骗。一见钟情的刹那并不是永恒,而所有的永恒,都只能存在于刹那——在所有的永恒之中,刹那是不可分割的,一直可以持续的,只能是刹那——正如拉罗什福科所言:爱情的坚贞不渝实际上是种不断的变化无常,它让我们的心相继扑在我们所爱的人的所有品格之上,时而爱其这个品格,时而又爱其另外一个品格,因此这种专一只不过是对同一对象的固定不变的、深藏不露的不专一。

不过,所有的这一切,与后来遭遇到的打击相比,与那些有着令人触目惊心的横断面的崭新伤痕相比,曾经发生过的那些鸡毛蒜皮,又算得了什么呢?

九

我母亲性格坚定且坚强,不管遇到任何事情你都不会在她脸上看到异常。她这一辈子几乎没发过火,处理事情总是不温不火,所以我父亲暴烈的脾气几乎很少带到家里。母亲这一辈子好像就是为了忙碌而来到这个世上的,即使到现在也不能让她闲下来。只要让她闲着,过不了两天她就会闲出病来。事实上她有一身的病,冠心病、脂肪肝、脑部供血不足,也常常会有短暂的昏厥。她治疗自己疾病的方法就是干活,伺候了我的父亲伺候我们,伺候了我们伺候我们的孩子,伺候了我们的孩子伺候我们孩子的孩子……我不知道四世同堂是个褒义词还是贬义词,对于我母亲来说,肯定不是一个享福的词汇。

在管理家庭上,我母亲确实厉害,她有一套不治的治功,我们家不管是多不听话的孩子,在她面前都是规规矩矩的,从来不敢乱跑乱动。她没有批评过任何一个孙子辈,只是用她那慈祥的目光看着他们,把他们一个个都看软了。她的目光让孩子们懂得了什么是应该,什么是规矩,孩子就是孩子,老人就是老人。她用那种博大而又无言的爱,让我们这个大家族里始终有尊卑和秩序。她在的时候，绝对感觉不到她的在；如果她不在，一定能感觉到她不在。她掌握着这个世界，但又在这个世界上占据一个非常小的位置。

　　尽管她很早就参加了革命，尽管她一辈子都是领导干部，但在为人处世这一点上，她很像我的姥姥。我姥姥养育了三儿三女，都很有出息。但她和姥爷固执地在一个偏僻的乡下生活，穿粗布衣，只吃自家树上结的和地里长的东西，肉都很少吃。有时候儿女从城里回来带些好吃的，她会送给半个村子的人。村子里几乎所有的家庭跟她借过钱。她和我姥爷头疼脑热连个小药片都不吃，抓一把生谷子，舀半碗凉水送下去，蒙头睡一觉，出一身透汗就好了。她一辈子信佛，每年的阴历二月二，她都要组织一帮子老太太，像串亲戚一样，步行到两百里之外的伏羲太昊陵烧香。路上来回要四五天，风餐露宿，吃自己带的干馍头，晚上挤在麦秸垛边睡，随便到人家讨几口水喝。她们为神准备的食物就装在柳条筐里，那是提前一个月就蒸好的枣馍馍（一个特别大的三角形状的饼，上面沾满枣，她们叫"枣山"，为了怕孩子们偷吃上面的枣，吊在屋梁下的"气死猫"篮子里），还有肥瘦各半的猪腿肉（真是匪夷所思，莫非神也爱那一口儿）、干瘪的苹果什么的。不过她们的神口味也都跟国内的 GDP 增长相联系，日子好起来后，她们也开始带麦乳精蛋黄粉什么的。

　　他们老两口不愿意跟着任何一个孩子生活。孩子们从城里开车回来看他们，必须在村头下车，走着回家来。如果谁穿的衣服出格一点，立即要换掉，头发上抹点头油什么的，也要立即洗掉（她的这个特点，也完完整整地传给了我的母亲，她一辈子连雪花膏都没用过）。

　　在任何时候，她都把自己的身段放在别人之下，从来不显山不露水。这些东西都不是别人教给她的，是与生俱来的。它们就像是寄居蟹，借助于她的壳，霸占了她的身体。当然，从更理性的角度来说，这是她的哲学，也是她的文化。从一出生起，这些东西就在她身体里住下来，从来都没有挪过窝。

　　等它们把姥姥体内的东西吃完了，转身又换了一个壳，寄居在我母亲的体内。

　　我常常见到姥姥欣赏的目光停留在妈妈身上，很久很久都不移开（后来，我奶奶也用这样的目光看我）。她看着她的女儿成长为她希望的那个样子，看见自己在生活中接受的东西又被女儿接受，她放心了。其实，在她的儿女中并不是都传承了她的美德，但是，她宁愿相信他们都接受了，而且她会把她的相信传播给整个村子。有时候，她的某个儿媳会在暗处让她忍受她不应该忍受的东西，她也会毫不声张地忍受，不让任何人知道，包括她的儿子。在她的口中，她的儿媳都是世界上最好的。

她把所有的人都想象成好人，一切不好都是她自己的原因造成的。她因此让一切都好。

活到自己并不希望的年龄，确实需要制造一个驱使她的理由。也许这样做并没什么奇怪的，中国大多数老人，都是活在两个世界里——现实的和他们自己的。不过，如果能坚持一百年都这样，那她就是圣人——确实没有人能够像我姥姥那样（其实也包括我的姥爷，虽然生活中从不缺少他，我总觉得他是姥姥的影子，是我另外一个长胡子的姥姥），使自己的生活重复了一百年，而丝毫没有厌倦。她对生活的全部热情或者说是耐心，除了仰仗土地，还仰仗着神明。她是一个不折不扣的泛神主义者（大年初一不能动刀剪，以免把回来聚餐的祖先吓跑，他们在坟地里守候了大长一年，就是为了今天赶回来团聚。正月里打碎了东西，一定要再买一个同样的，不然土地爷会生气，他不想承担过失。初一、十五到水井打水，别忘了要祷告一下，井王爷是个闲差，心眼小脾气大）。

我姥爷活到虚岁九十七，姥姥活到虚岁九十九。我们都预料和希望他们能活过一百岁，这完全是有可能的。她九十五六岁时，还骑着三轮车载着三个牛犊子似的重孙子去赶集买菜。九十七岁那一年，她自己搬了一个梯子，爬到树上给孩子们摘樱桃，因此而住了一次院——不是因为体力，而是盯着那些果子太久，造成了眼底出血。可是，生活不能一直这样延续，我的姥爷先走了。姥爷走后，姥姥就不怎么说话，也不怎么吃饭。我母亲一边在旁边偷偷地哭，一边在她面前装得没事人似的劝慰她。

姥姥心如止水，目似深潭，没有一点动静。

除了死，没有什么能够打动她了。

奇怪的是，我父亲走后，母亲也有长达两三年的时间陷在这样的状态里。后来母亲又活了过来，完全是因为她的重孙子外重孙子的陆续出生。她无法想象他们来到人间没有体面的衣服穿。她为他们每人都做七套小衣服，一针一线纳出来的。七上八下，七成八不成，她觉得七是个吉祥的数字。老了以后，一辈子不迷信的她又绕到了姥姥泛神主义的老路上。

我把她做的小衣服挂到网上，没人相信那是我母亲亲手做的。那不是衣服，简直就是艺术品。

至少是生活的艺术，她为这样的艺术忙碌了七十多年。

父亲快退下来那一段时间特别恋家，只要一有工夫他就回到家里，搬个凳子坐在母亲对面看着她做针线活。他那会看起来像我们家最大的孩子。其实他的脾气暴烈得让人难以置信，凡是跟我父亲在一起工作过的人都怕他，他批评人从来不放在背后，专拣有人的时候，把人家尅得哑口无言没一点退路。他的下属即使在背后说到他，都是满心的恐惧。他对待工作太认真，认真得没有一点缝隙。年轻的时候，他常常把工作带到家里，自己关在屋子里。每当他离开房间，我们进去打扫，整个屋子就像窑洞一样青烟缭绕。他在家很少说话，从来没笑过，正因为此，每当看见他回来，我们立即会停止喧哗，像突然被掐断了电源一样。对我们，他谁也不看，把报纸文件扔在沙发上。顷刻间，他像站在一座荒岛上，身边一个人都没有了。

即使他走到哪里就把家搬到哪里，我们也从来没有觉得他就是家。

我们的家是那个虽然沉默，但是可以让我们亲近的母亲。

十

我出席各种公开场合常常把自己打理得很出彩，漂亮、干练、精致。我一定要让别人看出来，我活得有声有色。所有第一次见我的人都觉得我很不简单，有做一番事业的气魄。可是，只要我一开口说话，大家都会会心地笑起来。我头脑的简单往往通过语言的幼稚，在极短的时间里让别人认识我。有时候，我跟着家里的小姑娘去买菜，人家看见我就会特别高兴。我煞有介事地跟人家讨价还价，最后可能比讨价前的价位都高。其实我只是觉得那是买菜的一个仪式，我必须经过那个过程。至于最后多少钱一斤买的，买了几斤，我根本没往心里去。看着电子秤的时候，可能我正在跟我小说里的一个人物对话，为他的一点小小的成功而兴奋不已。（大姐，你看这芹菜嫩得简直能掐出水来，生吃都没问题。给你捆好了哈！再来半斤香菜？）

我们拎着好几种自己根本没想到要买的菜穿过闹市，其实我只是走过我自己，我在自己的身体里旅行和穿越。更多的时间里，我脱离了一本正经的生活，让自己闲散着，一连几十分钟看着一片天空，鸽子飞过来的时候，我就想象我的女儿。她长大了，个头和我一样高挑，走在大街上，几乎会聚集所有人的目光。总会有人问，她是你的什么人呢？我女儿啊——我把啊音拉得很长，那是一个母亲无限骄傲的忍不住的呻吟。

啊——啊——啊——

我有时想，不能老是这么惯着自己，总得干点什么，比如，在纸上写下我这个时刻的心情，写下并不完整的生活的碎屑。若干年后，我已经不在人世了，女儿在舒适的屋子里带她的孩子玩耍，她的孙子或者孙女要求她讲一个故事，她朗读的或许就是我在纸上留下的文字；抑或我的女儿的女儿会根据这些纸片写一篇某某女人的小说也未可知。

我的血液流动加快了，可是思想更加盲目。我在电脑上敲下一行字：被一只蚊子咬了一口，好痛！

极短的时间内就有人跟上来，操！矫情，被蚊子咬一口也能说痛？

其实，对我之外的任何一个人来说，不管我有多大的痛，也不会让他们有比蚊子咬一口更痛的痛了。

而且，当那个"蚊子"默不作声地朝你扑来并狠狠地咬住你不松口的时候，你连喊痛的机会都没有。

我突然笑起来，收不住，眼泪淌了满脸。但是，我没有让思想在这件事情上继续停留，我的思想总是无法在一个问题上纠结太长，更何况我拒绝与谁讨论痛苦和幸福。痛苦和幸福全凭自己的感觉，说出来，就完全不是那么回事了。更何况，我认为的甜蜜，换一个人或许就会觉得苦涩。

敬川在某一天上午，非常突然地打了一个电话给我，说他要出差去。当时我正在一个会议上，我问，要多久呢？他回答，说不准，大概不会太久吧！他的声音很安详，他还说，你照顾好自己，并特意安排，幺幺可以交给小芸带着。

我只是有一点小小的疑惑，为什么特意安排幺幺的事？小芸是我的一个朋友，在幺幺那个城市里做医生。我放下电话，很璀璨地给了自己一个笑脸。我知道他很快就会回来的，他只是像往常一样放心不下我和这个家。我一直生活在他密实的爱护之下，从来没为任何事情担心过。我记得我们在一次激烈的争吵后，他拍拍我的头安抚说，别犟了，我娶你这二十多年，没有让你操过一根钉子的心。

敬川的那个电话是我人生年表上的重大事件，重大到跟我的命一样大。危机突如其来，我生命的泰坦尼克正朝着一个既定的冰山疾驰，顷刻之间就可能粉身碎骨，可我却一点都没有察觉——在中国历史上，这样的暗礁一直都是这么暗，这么硬。人们已经习惯于用最危险的方式把危险突然塞给某个人，只有这样，才能让危险的效果最大化。

从此以后他就失踪了。很久，很久很久。

当时我正在给参与一个文学奖的评委们分发参评稿件，我很笃定，把手中的活计做得一丝不苟。然后，我给大家开了一个小会安排接下来的工作，说了时间和要求。再然后，我在办公室坐下来，想想还有什么事情没有安排妥帖。

王生给我打来电话差不多是正午的光景。他说，你在哪？

我说，在办公室。

办公室？他的声音已经变调了，你怎么还在办公室？

怎么了？我凭什么不能在办公室？

王生迟疑了一下说，你回家吧！我在你家楼下。

我在楼下看到王生的脸，他的面孔从来没有这样古怪过，既不是凝重，也不是担忧，几乎可以说有点滑稽。这个男人向来快乐，我认识他十多年他都是快乐着自己和别人。现在，他的神情让我不得不中断惯常的思维，向另外一个狭小而陌生的空间迈进。

我和他一起上了电梯，春光刹那间被关在了门外。我喜气洋洋的休闲小外套在逼仄灰暗的空间里，显得那么的不合时宜。但是，我茫然的脸一定显示出惯常的无所谓。因为我知道，在我的生活里，所有的问题都不会是问题。

保姆打开了门，放了两杯水在茶几上。王生却执意让我到小书房里说话。他坐在一把椅子上，我坐了另一把，中间隔了一米远的距离。十多分钟，好像我们什么都没有说，或许说了我记不得了。

又过了十来分钟，贾生来了。再过了半个小时，弟弟和弟媳来了。陈生来了。我哥哥来了——这些鱼贯而入的人们给我带来的信息并没有让我吃惊，而是他们带来的紧张气氛，塞满了一屋子，让我压抑得受不了。

我张罗着给他们弄水，突如其来的变故让我在惯性的轨道上滑行。下午3

点多女儿打来电话，说，妈妈，我爸爸的手机为什么打不通？我平静地说，打不通就不要打了，你现在去小芸姑那里吧。

她说，为什么？

不为什么！我的回答恶狠狠的，然后我的哭泣跟在这句话之后突然展开。

我哭不出声，眼泪却汹涌澎湃地滚落，没有丝毫控制力。贾生后来说，他担心我整个人都变成水，会把自己哭没了。这中间有一个我不认识的人打来电话，说，听说敬川出事了？我坚定地告诉他，他不会出事，他是个什么样的人你们不知道吗？又过了一会，我的一个女友打来电话说，要我见她。我说就在电话里说吧！她迟疑了一下，问，电话里可以说吗？我说，有什么不可以的？

她说，听说敬川出事了，有人说是政治路线问题，他说话办事太出格了！也有人说是经济问题，你要有思想准备。

他经济上没问题，我是他老婆，我知道他有没有问题！

女友说，你真糊涂！你们两口子真是瞎打误撞进了官场！政治问题不都是拿经济问题说事？

我无语。

她也迟疑了半天，说，如果他骗了你呢？如果他在外面有女人，藏了钱在女人那里呢？

我没回答，这样的问题我不屑于回答。

女友叹了一口气，说，你别再傻了，他们说他在外面有女人，而且有个八岁的儿子。据说，那个女人已经被控制住了。

是吗？相信我的嘴角一定是讥讽的笑。

是的，他有。别再傻了，你就信一回吧！

我回头望着一屋子的亲人和朋友，心里突然释然了。如果说敬川"出事"指的就是这事，那我还有什么好担心的呢？

我关闭了电话，因为我不能再重复我的坚定，我会被一万个人的疑惑逼疯。而且事实上我的信念真的就那么坚定吗？

不期而至的危险，让我第一次陷入史无前例的困顿之中，就像在海里游泳，突然被一个巨浪卷走了，根本让你来不及思索，而且问题还远远不止于此，那个时候只有你自己孤身奋战，你既不能喊，又没有任何东西可以让你凭借——你完全失去了陆地、天空，以及历史。

我一次次地说服自己，我病了，我努力地让自己走入病中，只有在病中我才能找到坚持下去的借口，因为只有病才有医治的希望。我不知道我还能活多久，也许是一个月，也许是一年，也许是明天。我在想象里过着几乎与世隔绝的日子，那种感觉好像是与人结伴而行，忽然被遗弃在荒郊野外。我不知道我的那些朋友是怎么找到我的，反正他们一个个出现在我的眼前，几乎像在梦境中一样，分不清是真实还是幻觉。我一遍一遍地问，是你吗？真是你吗？他们说，是，是我。

我后来知道了，我没有从朋友的眼前消失，朋友们也没从我的眼前消失，我每天的一举一动大家都看着。我说我生病了，真的病了，病得很厉害。他们说，你不是好好的吗？我说，看着好好的，可是我病了，真病了。他们不知道是真的看不出我的病，还是以为我在假装。

作家 A 君把我请到他家吃了顿饭，他自己做的。吃的什么都不记得了，只是在听他不停地说话，绵密而又有力量的声音如涓涓溪流。我看着他，像面对一位久别的亲人。他说着生活的细碎和生命的坚韧，和我无关，完全是他自己的。他的家乡，他读书的经验，他的妻子和婚姻。

他的外公是一个商人，中华人民共和国成立前因为生意上的原因，曾经加入过国民党的一个什么组织，但是大多数时候他是借助这个身份为共产党传递情报。中华人民共和国成立后，外公的资产被没收，政府安排他在一个商业机构做职员，他任劳任怨。20 世纪 60 年代外公被作为国民党特务收监，20 世纪 70 年代初期死在监狱里。A 君是在探监时才认识外公的，他看上去和照片簿里那个留山羊胡子的老人不太一样，稍微胖了一点，看起来很善良。每次 A 君的母亲带他去看外公，外公总是对母亲说两句话，一句说，别打孩子；另一句说，有文化吃文化，没文化吃力气，一定要让他们好好读书。

A 君说，那个时候我就在想，在中国的监狱里，关的有多少是坏人？

A 君还说，我的母亲一生面对的都是灾难。我觉得自己生命的全部意义就是让她享受一点人世间的温暖，可是她六十多岁就去世了。那时候，我的事业刚刚才有了点起色，母亲却死了。我痛不欲生，忧郁到了极点，觉得自己的生命之岸一下子坍塌了，活着完全没有任何意义了。我每天都强迫自己再坚持一个月，一年，五年——我竟然一天天地活过来了。

你那时每天都干些什么呢？我问。

出去，在外面漫无目的地行走。读书，写文章，反正不能让自己闲着。

他给我看了日本的大片《入殓师》，泷田洋二郎的作品。一部哲理诗般的电影，透过陆离的世事，看到亲人逝去的不同世相。未亡者的伤悲，往生者的凝重。男主角把那样一个为世人所鄙夷的职业，演绎得何等尊严。

电影背景音乐响起的时候，我泪流满面。作曲家久石让细腻的铺陈，让我体验到生命是如此美好。多美啊！多好啊！

我是打车到他家去的，走的时候他一定要我坐地铁。他说，在城市生活一定要学会坐地铁。我觉得这是一句没任何意义的话。他把我送到地铁里，直到我被人群包围。挥手之后，我突然之间觉得如释重负。我坚实地站立着，与周围的人一样站着。我和他们一样，每天面对没有来由的疲惫和突然的变故，即使内心波涛汹涌外表也依然平静，看不出高兴或是难过。我的脸和他们的也一样，只是一张缺乏睡眠的、覆盖着不同牌子化妆品的地铁人的脸而已。也许，在我自己眼里我是个人，在别人眼里，我只是个"人群"。虽然我有一点小名气，但是好在我不是个名人。只要我愿意，我完全可以过自己的、不被人打扰的生活——谁都知道，做名人，无法过自己的生活；做平民，无法过别人的生活。

我这才深深地理解了 A 君安排我那句话的深意。人，有时候需要找到自己，有时候需要抹去自己。

编辑 B 君请我吃了一顿大餐，之所以说是大餐，那是我们相识以来吃得最阔气的一顿饭。他一边给我夹菜，一边谆谆教导我说，每天一定要让自己吃饱吃好，要善待自己，然后才有力量做事情。他那天给我点了两道主菜，一道炖石斑鱼，一道百合血燕。我知道，这顿饭对他意味着什么，他并不是个很有钱的人。我慢慢地、艰难地吃着，没有流泪，吃完了饭我抬头望他。他说，吃饱了吗？我点点头。他说，从今天开始，准备写小说吧，越快出作品越好！

7月，我发表了一个短篇，那是我在"真实的病中"一点一点挤出来的。12月发了一个中篇。两篇小说都被多家杂志转载，而且颇受好评。B 君打来电话，我以为他会表扬我。他却说，长篇什么时候能出来？我说，不知道！他说，这叫什么话！不能不知道！

那天，我在机场接到 C 将军的电话，他问我在哪儿。我说，首都机场，刚落地。

那我请你吃晚饭，叫上几个哥们。

你是军人，请我吃饭方便吗？

操！军人不是人啊？何况我还是你哥！

行——吧！我迟疑了一下，似乎没有不见的道理，更何况，说实在的很想看看外地的朋友们，几个月都没有见面了。

我先到女儿那里洗了洗，问她我穿什么衣服。她说，废话，拣出彩的呗！

我穿了最喜欢穿的牛仔裤和白底暗格 T 恤，好像一个刚刚才从写字楼里走出来的白领。一见面 E 大哥就吵嚷着要拥抱我。D 大哥则说，丫头还是那样漂亮。我觉得他们都是在表演，于是我很配合，我说，才过了几个月嘛，又不是几年，嫌我老得慢？

F 大哥在接一个电话，听不清对方说什么，但能听出是个女的。我听了一会，假装生气地说，抗议，有爱情也不能这样表演嘛。F 大哥关了电话说，这丫头，见面就炝我，连我跟你嫂子勾结都犯错了！她是在叮嘱我，不要让你喝多了，还安排我一定把你送回去！

我笑出了满脸泪。

那天我们五个人喝了四斤白酒，我抢着喝，可他们不给我喝。曾经有多少次，他们总是绞尽脑汁想方设法让我多喝一点。路走到了这般光景，哥才是哥的样子了——过去，我顺风顺水的时候，你们都是我的朋友；现在，我无路可走了，你们才是我的兄弟！

那晚，我拒绝了他们送我，我说，我自己走剩下的路，你们才该更放心。

因为，我最大的自信就是，把我的一切都拿去，什么都没有了，我还有个会自己走回家的我。

十一

我的生活又重新进入了轨道。

我也重新找到了写作姿态，金地和苏天明的故事，依然在我的生活里如影随形，只是经过了那么多的变故和挫折之后，我能更清楚地打量他们和我自己。没人能游离于生活之外——不是这一样，就是那一样，我们只能永远处于选择和面对之中，而不能逃离。

去四川大概是8月中旬的事。四川作协的友人打来电话，说要组织一批作家到四姑娘山采风，问我去不去。我说我病着，怎么去？友人说，这年头还生什么鬼病啊，出来走走就好了。并说，大家都盼望你来。

后面这句话他说得特别重。我心里一热。

放下电话我问幺幺，去吗？

为什么不？她斩钉截铁地说。

那时我才忽然发现，幺幺的爸爸出事之后，她像突然换了一个人——我越来越依赖这个毛丫头了。不知不觉间，我也到了向她献媚的年龄，几乎不想让她离开片刻——我几乎忘记了，从小到大我是怎样一步一步对她由希望而失望的。我常常不由自主地叹息，怎么生了这么一个偏执而又从来不考虑别人感受的孩子。她读幼儿园，跟在我们身后散步的时候，我就该看出来迟早得落入她的掌控之中。有时候我们走在路上，她会突然提一个无理要求，振振有词，她的沉着无辜的大眼睛掩盖了她内心的诡计，如果我们不答应她，她就会大哭起来，而且眼泪汹涌，让过往的人觉得我是个十足的后娘。从上初中开始，她给我们提要求，如果我们告诉她不好办，她总是会说，好办不好办我不管，反正那是你们的事！没有一次她达不到自己的目的。

——我的女儿确实是长大了，曾经，女儿在我们的搀扶下学会走路，今天，我却在女儿的鼓励中重生。夜晚她在床上紧紧地抱着我，她说，妈妈，你可不能死，特别是不能以自杀的方式死，那样我怎么对我的儿女交代？说他们的外婆是自杀的？我的孩子又该怎么对他的孩子说呢？妈妈，我希望我们家族的历史上，永远都是正常的死亡。

没有灯光，我和她都有一双猫的眼睛，在黑暗中熠熠生辉。自从她长大后，她就再也不哭给我看了。孩子，我为什么要自杀呢？我满意你，满意我自己，也满意生活给我们的一切。我们遭此劫难，能活下来，而且还能独立地审视自己和这个社会，难道不是个奇迹，不值得庆贺吗？现在我们经历的一切都是值得珍惜的，幸福也好痛苦也罢，都是生命的一种形式和过程，这世上难道还有任何东西比生命还重要吗？我们失去了很多，也毁灭了很多。如果失去了，说明它本来就不该属于我们；如果毁灭了，说明不毁灭这些东西，就会毁灭别的东西。我相信，只有在失去和毁灭中留下来的东西，才是最好的，才是最应该留下的。

卡尔维诺说过：你会愿意一切东西都如你所想象的那样变成半个，因为美好、智慧、正义只存在于被破坏之后。

虽然从女儿能听得懂话我就习惯于说，妈妈爱你。可是到了我真的要表达这种想法的时候，却不知道我该怎么让她知道我有多爱她。

我知道，面对不幸，我有多疼，我的女儿就有多疼。母女连心。

我从北京出发去成都，在机场和汉胤、秋子提前会合。汉胤是我非常好的朋友，好哥们，我们也很谈得来——我们之间的很多话，既可以说，也可以不说。秋子是那种水一样的女人，我不知道为什么会这样形容她，只觉得她是水，是潺潺细流那种。一路上，她都在浸润着我。

喝一点点酒，秋子姐就会舞起来，她那么安静的一个人，跳起舞来却犹如风中的火焰。她说她的舞蹈是突然间开始的，好像是从自己的身体里长出来的，现在她已经把这样的烈火燃烧到国外去了。她正经八百的头衔是一个编辑，私底下却是一个小有名气的现代舞者。

在成都见到枚姐。我爱上她已经很多年了，每一次一起出行她都教会我一些生活的小技巧。她出差会带一箱子衣服，每到一个地方换上一件，衣服比生活变化得还快，也许那就是她的生活态度，谁说人必须被生活牵着走呢？

我已经习惯于对枚姐诉说，因为她愿意听，而且会听。

在四川四姑娘山的山坡上，我接到敬川打来的电话。有很久没听到他的声音了，磁性，很坚定——然而也有点熟悉的陌生，就像自己家里一扇好久没有打开的门，忽然大大地敞开了。阳光倾泻而来，山风把我的声音弄得晃晃荡荡。但是，我没有哭——我有什么好哭的呢，在我们这个时代，悲哀是有相当规模的，跟我们这个世界一样大——哭能解决什么问题！我问，你好吗？他说，好。又补充说，非常好。他没有说更多的事情，只是问了问孩子和老人的情况，最后才说，你过马路一定要当心啊！

枚姐询问是谁打来的，我说我先生。

他可以打电话啊？枚姐挽住我的胳膊，歪头看着我，都说了什么呢？

过马路要当心。

为什么要说这句话？

算命的说，我今年路上有灾。

眼泪瞬间蒙住了枚姐的眼睛，她拍着我的肩膀说，你还需要什么呢，难道你还不是个幸福的女人吗？

是啊，我还需要什么呢？好像一切都从暗处摆到了前台，我的生命已经达到了某种饱和，再也不需要增减什么了。

不过，我还需要——需要我该需要的，毕竟没有时过境迁，毕竟还要强作欢颜，毕竟，我还需要紧握这突然而至且又必须慢慢放走的一小段幸福啊！

晚上，藏民们为我们组织了锅庄舞会。篝火熊熊燃烧，不远处的架子上烤着肥羊，县城的夜空飘散着浓浓的酒香，大家喝一点酒变得和藏民一样豪迈起来了。我被他们拉入舞池，开始还规矩地按着节拍走，慢慢地，我滑到舞池的中央，那疯狂的律动，来自我的心灵深处。在这样的（这样的！）夜晚，我燃烧它还是它燃烧我？

我知道，我终将被一双大手托住，他不会让我倒下。我的朋友们啊，他们都不会让我倒下。那天克敬大哥对我说了一句话，他说，你是太过于幸运的女人，上天给了你智慧，给了你美貌，你还能指望它把全部的好都给你一个人吗？

一年以后，我在写下这段文字的时候，他那双淳朴而智慧的眼睛，仍然与我咫尺之隔。那温厚的目光，让我的灵魂渐渐安静。

是的，我想对这个世界说，这个那个，我都需要。我希望自己更饱满。

一次，我在阅读林徽因书信集的时候，被她写给沈从文的一段话打动了。她在信中是这样说自己的：我所谓极端的、浪漫的或实际的都无关系，反正我的主义是要生活。没有情感的生活简直是死！生活必须体验丰富的情感，把自己变成丰富，宽大能优容，能了解、能同情种种人性，能懂得自己，不苛责自己也不苛责旁人，不难自己所不能，也不难别人所不能。更不怨命运或是上帝，看清了世界本是各种人性混合做成的纠纷，人性又就是那么一回事，脱不掉生理、心理、环境习惯先天特质的凑合！把道德放大了讲，别裁判或者裁削自己。任性到损害旁人时如果你不忍，你就根本办不到任性的事（如果你办得到，那你那种残忍，便是你自己性格里的一点特性，也用不着过分去纠正），想做的事太多，并且互相冲突时，拣最想做——想做得顾不到旁的牺牲——的事做，未做时心中发生纠纷是免不了的，做后最用不着后悔，因为你既会去做，那桩事便一定是不可免的，别尽着罪过自己。

　　林徽因是我最喜爱的中国为数不多的女作家之一，这个被胡适赞誉为中国奇女子的歌者，用自己的生命抒写了人性的光芒。她敢爱敢恨，一方面对自己的家庭和婚姻视如珍宝，另外又把对徐志摩的爱表达得淋漓尽致。那是真正的赤子之情，真正坦坦荡荡的大爱，那是她一直追求的"有情感的生活"，她是真正地懂得自己也懂得别人。是啊，生活在妇女解放的今天，可是我们要么把自己扒得赤身露体，要么把自己裹得讳莫如深，什么时候做过真实的自己？有时候，即使想在自己的作品里面对自己，可是那思想总像四面漏风怎么都糊不严的屋子，总有丝丝缕缕的寒冷从缝隙里扑过来，让你震颤，让你冷。不但是我们，在现实生活中，有多少人能看清自己呢？这种身份的焦虑，像四处蔓延的野草一样，遍布我们的心灵。

十二

　　亲人之间，有些话只能装在心底，一辈子都无法表达。想到幺幺，我的身心立刻就会被幸福疼痛着，这种骨头里的亲爱，如果用语言表达出来就不是那种完整的意思了。

　　现在我才会这样想：我的父母对我，不也是如此吗？

　　父亲去世四年后的一个夜晚，我突然在梦中哭醒。我梦见他躺在灵床上，被白色的床单罩着。灵床自己在走，似乎是一直向南。没人告诉我被单下面是我父亲，可我知道是他。父亲路过我家门时没有停留。我装作什么都没有发现，催促母亲去医院看他。母亲非常平静，慢声细语地对我解释着她不着急去的原因。然后她突然撇下我，上了一辆公交车，回头大声地对我说，你爸已经死了，我去追他！

　　父亲为何就那样凄凉地走了？他躺在一张狭窄的床上，蒙着白色的床单，一个人，去了一个我们未知的世界。父亲，你是不肯原谅我了，还要让我伤心多久呢？

　　父亲走得很干净，简直像一个梦。他退休后我们就安排他跟着小妹去了深圳，借口那里的气候适宜老人生活，不让他回老家来。他爱小女儿，也装作很喜欢那里的生活。其实，我清楚地知道他的孤独，他想回家，家里有他熟悉的一切。天气、气味、同事、水土。我躲避着他的心愿，很残忍地。我告诉哥哥和小妹,他老了,别太惯着他,并借口说老人路上折腾多了会出问题,一次都不让他回来。最后几年他在我们面前完全软塌下去了,像一只漏气的皮球,一点点地软塌下去。他从来没有跟我们提过什么具体要求,估计是不知道哪句话该怎么说才合适。他就坐在那里,像屋子里的另一堵墙,可以随便挪开的墙,看我们的目光像羔羊一样。我明白他想干什么,可我根本不给他说的机会,武断地阻止他的表达。我们父女俩在一起时常常像陌生人一样,互相看都不看一眼。父亲的最后几年,我没有为他洗过一次衣服和头发,更没有拉过他的手,一次都没有。我一直认为在他的内心深处,应该深怀着对我的歉疚,为他年轻时对我的严苛——我们的关系从我幼年时的某一天走入这个定式,再也没有改变过——现在,他弱小了我就强大起来。我像他当年对我一样,武断地,不给他任何机会。那不是恶意,是忽视。

现在,除了忽视和伤害自己的亲人,对这个世界我们还能够做什么呢?

他从家去深圳那会,身体已经非常虚弱了。提前两个月他就开始发愁,说走不动路,若是上不去飞机怎么办。我完全可以给他解释清楚,可我没有那个耐心,皱着眉头呵斥他,嘲笑他,嫌他操闲心。他不敢再絮叨了,就那样被登机的烦恼煎熬着,整整两个月,更加瘦起来。

妹妹是父亲的半条命。我有时想,若是母亲不生这个老丫头,他们的晚年该是何等的难过。妹妹伺候父亲比伺候她的儿子都有耐心,不厌其烦地为他理发、剪指甲、洗脚,哄他喝水。我在他身边坐着他视而不见,一声声呼唤着另一个女儿,五分钟的间隔都没有。我又忍不住嚷他,你喊得我心慌!他会停一会,然后再喊。他依赖我小妹,信任她,也忽视她。她说十句话他都不答应的事情,我瞪一下眼睛,他立刻噤声,表情完全像个做错了事的孩子。

马尔克斯借奥雷良诺上校之口说:一个幸福晚年的秘诀不是别的,而是与孤独签订一个体面的协议。可是,我们把父亲逼近的孤独,还有多少体面可言呢?

父亲喝了一辈子酒,一天抽三包烟。我总是吓唬他,不让他喝,也不让他抽,说抽烟喝酒会要了他的命。管了他一辈子的母亲,实在看不下去他那可怜兮兮的样子,就恳求我说,让他少沾一点吧,就一点。我丝毫不为所动。他怕我生气,真的把烟酒都戒掉了。戒了烟酒的他神情更加恍惚了,像个无所事事的游魂。而他的生命，却并没有因为戒了烟酒而延长。

去世之前三个月，父亲坚决要求回老家。我们的阻拦失效了，他决绝的态度是如此的悲壮，那是他生命中仅存勇气的最后一次回光返照。我们不得不答应他，但我附加了一个条件，不让他回县城那座空置多年的干休楼。我让妹妹陪他们住在我曾经工作过的 L 城，除了我想让他的生活环境更好一些，主要是怕他见到那些老朋友老同事，烟酒瘾会复发。他妥协了，他那时几乎再也没有辩驳我的力气了。

父亲去世后，他的那些老同事老朋友们责怪我说，最后也没让我们老哥几个见个面！我无言以对，我对父亲亏欠的岂止这些啊！

我写这么多，完全忽略了先我出生的两个哥哥。在陈述父亲与孩子们的关系时，我似乎完全有理由忽略掉他们。父亲一生都宠着女孩，对儿子几乎不闻不问。有一次我委屈地讲述小时候父亲对我划破主席像的严苛，伤心不已。我大哥说，你那能算委屈吗？我二十岁以前爸都没有正眼看过我。与他们比起来，我真是幸福得太多了。父亲坚持富养闺女穷养儿，从我有记忆起，他就供着我花零钱，即使他对我最严苛的时候也从来没有间断过。在经济不宽松的年代，他工资还算高。每天我都能在自己的口袋里找到零花钱。不知道他是什么时候、怎么装进我口袋里的，我几乎没见过他。母亲发现之后总是气急败坏，但管不住，他总会偷偷地给我。哥哥却不能够享受这种特殊待遇。当然，对儿子他同样是爱，只是藏在心中。1979 年我不满二十岁的大哥参加了对越作战，父亲不管工作有多忙，每天下午都会抽出一段时间坐在邮局里等信。收不到大哥的信会掉眼泪，收到信则哭得更凶。

父亲住在 L 城的那段时间，我每次回去看他，若是提前打电话，他会一上午心神不定，极其费力地走到楼下观望，或者干脆搬个小凳子坐在楼下等，不管天气好坏都是如此。我看见了，就呵斥他，你怎么这么会磨人啊？再回去，电话都不给他打了。母亲说，你过去回来先通知一下还好，他不那么着急，现在他觉得你该回来了，就天天守在电话机旁，连吃饭都不舍得离开。

他年轻时爱吃豆类食品，妈妈买一点新鲜的豌豆剥出来，他不让吃，坚持要等着我先生和孩子回来再吃。若是我一个人回去，他就会很失望，说，冰箱里有豆子啊，他们怎么都不回来吃呢？

都那么忙，哪能说回来就回来！我把放得发黑的豆子一股脑倒掉，吵他说，这些东西哪里买不来？

父亲去世前，把他一生积攒的钱都分了。他一分一分地从自己的零花钱里攒出来的，那该是多少他忍痛割爱的烟酒所组成的啊！他对我妈不放心，存折自己放起来，还要经常拿出来看看，害怕它们会突然消失。现在，他果断地分着他的资产，就像把他的生命一份份地分给他的亲人。分给幺幺的钱，他不交给我，坚持当面交给孩子。他一直等到幺幺参加完高考，给了她一张存折。幺幺是个只要手里有钱立马都要烧掉的主儿，姥爷去世快五年了，那张存折她却始终没动。父亲是在幺幺考完试五天头上去世的，他强撑着等她。他一边耐心地等着她，一边耐心地等着自己的死亡。

我的家人是否都是敏感的先知？

那天早上起来，父亲吃了两个鸡蛋，喝了一杯牛奶。母亲把他平时服的药配好拿过来，坐在他对面看着他吃。他把药推到一边，对母亲说，活到咱们这个年龄，才知道什么是该要的，什么是不该要的。母亲大为骇异，他们在一起过了一辈子，他从来没有用这么哲学的话语同她说过话——他们之间从来不说没有实际意义的词语（比如：我好想你；这里的风景真美啊！）。他们的交流都是非常形而下的，是筛子般细密的生活应对——说完那句话，父亲站了起来，表情凝重地要求我母亲立即给儿子打电话，他要回自己的家里去。母亲说，现在吗？他说，现在，一刻也不能等！他已经很久没有为自己做决定了。母亲只迟疑了几秒钟，立即从他的脸上看出了非同寻常。她拿起电话找到我大哥，让他带着医生和一辆救护车来接父亲。

父亲是自己从三楼上走下去的，上车后他一路上都在说话。据后来大哥告诉我说，父亲好像一辈子都没说过那么多的话。他劝父亲说，爸，你休息一会吧，现在先别说了。父亲说，还有一件事我要交代你，我死了之后，一定要把我埋在你爷爷奶奶的脚头，记住啊！大哥没有回答他。父亲再次说，记住，记住啊！大哥把脸扭向车窗外，泪流满面。后来大哥给我打电话说，爸病了，你赶紧回来。我说，他又是撒娇，是不是想闹点动静让我们都回去？大哥说，别说了！马上赶回来！

载父亲的车10点钟驶回了他工作了一辈子的小城。哥哥直接把他拉进医院病房，想要给他做个检查。他连一口水都没喝，只问了一声，我到家了吗？得到肯定的答复后，他说，那我睡了。那时我还正在赶回家在路上。妹妹说，爸先别睡,我姐在路上,等她一会。他把头扭向另一侧。我的二哥双手紧紧地拉着父亲的衣角,焦急万分地看着他。人这一辈子就怕死。他柔声地对自己的小儿子说,眼睛里满是笑意和慈祥,这一生他从没有这么温情过,真正到死的时候啥都不怕了。二哥努力地想朝他笑笑,却流了满脸的泪。幸好父亲已经合上了眼睛,他没有看见。各种仪器都还在红红绿绿地闪烁着,医生把手伸进父亲的身下,摸了摸他的背,说,出汗了,然后又摇了摇头说,抓紧换衣服吧!

母亲像遭电击一样呆住了,她跌坐在椅子上站不起来,根本无法相信早上还鲜活的生命,就这么撒手走了。护士把丧衣整整齐齐地给他换上,那时他的身体还温热着。哥哥妹妹,还有我的几个表姐弟,都跪在他的病床前,等着他再说点什么,等着一个炽热的生命像一杯热水那样慢慢地变凉——只是,天命不可违,生命总要由热变凉,不管何时去死,也没有什么非说不可的——尽管屋子里泪流成河,但没有一点声音,孩子们以一贯的在他面前的态度,安静地送他上路。

我的父亲睡了,再也没有醒来。我扑到病床前,心里却在责怪他,你怎么可以不等我回来呢?他的嘴巴张开着,不回答我。我和他别扭了几十年,他怎么可以这样不声不响地走?他把我的世界一下子掏空了,空得像一片坟场。

他咽气后,医生怎么按摩都合不拢他的嘴。我把手放上去,我说爸,我回来晚了,对不起爸。爸爸!他的表情一下子松了,闭拢的嘴像是在微笑。他走得像是一个胜利者。

是的,他胜利了,他微笑着离开,把疼痛留给我们。

上天啊,快把他还回来,我要让他给我时间,让我照顾他的晚年,让我洗净他的头发,泡软他的双脚。让我表达我对他的全部的爱。爸爸,我爱你!这个世界上所有的爱加在一起,都不及我对你的万一!

父亲走了,决然地走了,不给我机会。

可是,即使不走,难道他在过吗?他常常自己一个人,拖着被这个时代掏得空空如也而又塞得满满当当的身体,像个塑料贴片似的粘在这个世界浮华的表面上,他不属于任何人,也不属于他自己。有时候我想,这个我喊作爸爸的人,他的哪一部分是真正属于他的孩子们的?他的父亲称谓更多的是个象征。如果说他只是肉体上属于我们，那也只是在他死了之后，变成一具真正意义上的肉体，才纯粹属于我们——让我们爱，让我们哭，让我们把他烧成一把灰。

除了他曾生活过并且苦恼过之外，我们对他一无所知。

我从小就胆怯，一个人不敢关灯睡觉，自从父亲走后，我再也没有害怕过。可是，过去我到底害怕什么呢？抑或是，除了害怕本身，并没有什么可害怕的？有人说，当你成为父母之后，你才可以失去父母。现在，我一个人的夜晚，父亲常常坐在我的床边，抽一支烟，或者看一份冥间的报纸。坐在他的膝上吵闹，已经是太过久远的事情了。那时他喝了酒，故意把酒气喷在我脸上，那温热的辛辣刺激出我的泪水。四十年后，我再也闻不到那个味道了，泪水却像决堤的河水，泛滥得无边无际。爸爸爸——我想让这个称呼，一直暖我到死。

我在他的守护里睡去，我和他赌的四十年的气，竟然如此温暖着我。他愤怒着我，无奈着我，骄傲着我。而我从来都知道，我是他最疼的孩子，我的反叛是一种撒娇的方式。他的不妥协，是另一种撒娇的方式。

十三

没有人能说得清在虚构和现实之间，有多大的距离。现实是别无选择的虚构，而虚构则是瞬息万变的现实——甚至在很多时候，虚构是现实的背书——在金地和苏天明身上，我更加弄明白了这种宿命和不测。对自己和别人，我们所知甚少，所惑甚多。

对于自己的初恋，金地总是恍惚得像一个别人的故事。那时，苏天明的父亲让人给他说了门亲事，那个女孩是金地的大学同学，叫芙蓉，长得也像芙蓉花一样娇艳。芙蓉对苏天明似乎有许多个不满意，她喜欢那种身长八尺、相貌端正、礼节周全的男人。从任何一个角度上说，苏天明显然都不符合她的标准。

大二的暑假，金地见到了苏天明，觉得似曾相识，有那种灵光一现的心动。苏天明也诧异这偏远的小城，还有这样灵秀的女孩。金地并不是个善于交流的人，她寂寞的外表常常把人推得很远。可那天刚好芙蓉有事，就把苏天明留给了金地。不知道从哪里开始的，后来他们谈到了诗，谈到一些作家和作品，谈俄罗斯文学对中国的影响（啊，二月。一打开墨水就痛哭！哽咽着抒写二月的诗篇，当暴风雪再次狂怒，孕育着一个黑色的春天），这是他们那个时代最时髦的话题之一。其实说是"谈到"并不很确切，主要是苏天明说，金地一直在听。她不时点一下头，以便述说者的叙述更完美。他的语调中带着兴奋、神秘、卖弄和庄重。非常有意思的是，她能懂他。其实，她不仅仅是能听得懂内容，更主要的是听懂那样一种形式。不过，在苏天明那颗不安分的心中，能有一个听得懂他而又如此忠实的听众，况且还是这样美丽的女孩，真让他喜出望外。

在心里，金地暗暗地喜欢着他，这个个头不高、语言机警、散漫却带着几分激进、幽默中总有零星刻薄的男人。他骨子里有一种不羁，这和金地身边的男孩子们非常不一样。她活在一个温良恭俭让的生活圈子里，包括她的哥哥们，也都是中规中矩的。

那天苏天明和金地聊天的时候，手中拿着一串葡萄，叉腿反坐在朋友家的自行车支架上，一边吃一边把连珠妙语像葡萄籽一样吐出来。他多么符合金地关于白马王子的想象啊！睿智，激情，落拓不羁，头发蓬松，眼睛闪闪发光。

一切都可以用来回忆，充满着爱情的张力。

返校之后，苏天明给金地写了一封很长的信，谈理想，谈人生，更多的还是谈诗，还给金地写了一首小诗。金地也回了一封很长的信，也谈理想，谈人生，并试着给苏天明回了一首小诗（这是她第一次写诗呢）：

　　这是夏天
　　我用凤仙花
　　染红了指甲
　　想把花开
　　嫁接在我的思想上
　　一朵花
　　让我留住了开的季节
　　小桃红一样的指尖
　　这藏在日子里的小妖精

让生命
有了颜色

　　苏天明再写信来，金地也写信过去。芙蓉收到苏天明的来信，常常拿给金地看。金地也只好把苏天明写给她的信给芙蓉看。苏天明写给芙蓉的信显然正规很多，有时候看起来简直是一个保健处方：吃什么，怎么注意保暖，该读哪些书（看书不能太久，四十分钟要站起来走走，往远处望）。金地在信里看到了另外一个苏天明，一个物质的、现世的苏天明。芙蓉给苏天明织了一件毛衣，咖啡色的，厚墩墩的，有居家的质感。她拿着让金地提意见，金地竟然提出了一大堆毛病，最后不得不拆掉了重来。很久之后金地想，当时的这个行为是不是暗示着他们三个之间的关系，有的要拆掉，有的再重新编织？

　　那时苏天明和金地在踏着不紧不慢的步子，按照生活固有的节拍向前进。如果不是后来……

　　如果！每当想起这个词，金地就会后怕得出一身冷汗。

　　芙蓉觉得金地欣赏苏天明，这让她非常满足，因而对苏天明的看法就有了改变。她当初把苏天明介绍给金地，其实是想让金地帮她拿主意，她对这个男人举棋不定。她在金地的态度中找到了自己的态度。

　　对与苏天明的通信，慢慢地，金地心中有了点不安。尽管她不知道这种不安意味着什么，可她再接到苏天明的信，若是芙蓉不知道就不让她看了。渐渐地，她刻意不让自己给他复信，忍了不久又推翻自己的决定，试着再写最后一封。这"最后"一直没能守住，防线向后撤了又撤，无济于事。女孩子到了这个年龄，内心总是寂寞的，哪怕和爱情无关。

　　这期间，有人给金地介绍了一个对象，是一所工科大学的高才生。金地和那男孩子见了面，人家常常来找她。他来了，她就去见他，两人看起来也不错。

　　如果不是被爱情撞个正着，谁能感受到生活在暗处的力量呢？

　　苏天明给金地写的最短的一封信只有五个字：金地，我爱你！

　　那天金地走在小城秋天的街道上，傍晚，蜜色的阳光把她涂抹得似真似幻。她有一种想流泪的冲动，然后就真的哭起来。小城的街道被她肆意的眼泪泡得面目皆非，像调色板，她觉得自己的腿脚轻飘飘的。她不是不爱，也不是不会爱，她只是觉得，不是该这个时候爱，不该爱这个人。一切都是错，错得那么无力，那么依稀仿佛，那么执拗，那么温暖……实际上，她的感情已经出发了，寻寻觅觅，深一脚浅一脚地在摸索着前进。但是，稍微有一点风吹草动，它就会缩回来，退回到原点，不着痕迹。那种敏感，那种惊险，现在想来就像一段发黄的影像，不知道该用来收藏还是该用来伤心。

金地决定不回复苏天明。苏天明再写信来，仍然是五个字：金地，我爱你！

金地仍然不回复，苏天明仍然写来，仍然是那五个字，具有侵略者的野心和霸气。

金地在那张被她摩挲了无数遍的信纸上写道：凭什么呢？你也不问问我爱不爱你？

苏天明回复：这不就是你的答案嘛！

苏天明和金地相爱了，每天都写一封长信，有时也相约打一个电话。一大早他们就坐公交车来到长途电话局，呆坐在一大片焦灼不安的眼神中，等待总机接转。有时候要等一天，好容易接通了，电话那头刺刺啦啦的电流声中忽远忽近的声音，让人觉得是如此的虚幻和吊诡。她知道，如果突然停电或者接线员换一个插孔，眼前的一切立马就会消失。金地哭起来，哭的是什么自己也说不清楚。也许是想念，也许是害怕，想念也远不如写信时真切，害怕却远远比自己想象的要大得多。

金地和苏天明的故事，是我从开始写作一直到现在都反复讲述的。他们俩陪伴我这许多年里，跟我一起成长，也跟我一起烦恼和喜悦。

以上关于金地和苏天明的爱情故事，是我讲给幺幺的版本。故事的发展也许是另外一个版本，毕竟生活远远大于故事，也比故事简约得多——极有可能的过程是，苏天明直接把金地约到某一个地方，两个人抱成一团，痛哭了一场，仿佛山穷水尽，再无出路了，他们两个都没有办法逃避——两个人相爱了。

苏天明当天就把事情告诉了芙蓉，那不是冲动，一部分来自于幸福，一部分是内疚，还有一部分是恐惧。好像他的孩童时代，点燃一只炮仗，只要把耳朵捂起来就听不到爆炸声,对接下来将要发生什么既盼望又害怕。

让苏天明远远没有想到的是,芙蓉的情绪会是那么激烈。这件事很快就惊动了双方的父母——他们都是儿女婚姻的一个组成部分。天明的父母表现得比芙蓉的父母还冲动,他们给金地的父亲写了一封信,历数这桩出格的婚变将要产生的负面影响和严重后果。那个时代,对未来婚姻的承诺,是一个人最大的信誉资产。

金地的爸爸在个人道德的领地里守护了半辈子,岂能容许这样的事情发生在自己家里。女儿一向是让他放心的,他和金地的妈妈把女儿关在家中,坐公共汽车去芙蓉家道歉。事情持续发酵,结果可想而知,他们被芙蓉的父母羞辱得无地自容。

金地的父母回来时坐在公共汽车上默默地流着泪,好像这辆车是在开往世界末日。当时他们情愿如此,他们就希望坐在这个车上,忽然之间一切都消失掉。但是,这个车还是在该停的地方停了下来,不堪还得面对。金地的父亲试图以最传统的方式了结这事,回到家里,狠狠地打了金地一个耳光。耳光清脆的响声,久久地回旋在屋子里好多天。被爱情占满了身心的金地想,她渴望的正是这一声脆响,她知道父母最后的招数也就这样了。

苏天明去看金地。他们那时都已经工作了,两个人的城市相距两百多公里,他来的时候要走一天,回去也要走一天,中间只有一个多小时的见面时间。苏天明来了,就在金地的办公室坐上一会,像个公事公办的业务员一样。如果赶上金地下班时间,他们就到田野里去溜达一圈。他们实在无地方可去,到处都是他们不希望看到的面孔和眼睛,那时候根本没有私人生活可言,整个国家还处在人盯人的政治运动后遗症末期。苏天明要走了,金地就去送他。苏天明上车,金地也跟着上去。没有座位,两个人就一直站着。车子到了中转站,两个人出了车站,忽然忘记了各自的目的,就坐在车站的台阶上叹气。夕阳在他们幸福的伤感里逐渐消失,天黑下来。苏天明去买票,然后,又把金地送回去,好像他们的爱情只能一直在路上流浪。

他们的爱情不够惊天地泣鬼神,但爱得足够疼痛。金地每天都幻想着有一个遥远的"鸦雀无闻"的地方,只能容得下他们两个,她要和天明一起去到那里,从此形影不离。她要生一个小金地出来,因为天明渴望着有一个女儿。

——在他们真正地遇到那场灾难之前,他们的故事不管怎么样说起来,都是一副儿女情长的模样。

你远远理解不了,我对幺幺说,他们的爱情故事越老套,后来发生的那些事也就越惨烈。因为那个时代的人,开始的时候无路可走,等到有路可走了,却没人敢走。

十四

一个女作家的逃逸之路,在很多年前伍尔夫就设想出来了,她在《一间自己的房间》里,为了表现出坚强不屈、始终与男性主义抗争的精神,提出双性同体论。如果仅从精神的层面来讨论这个问题,我觉得她的很多观点是对的。但如果从社会和家庭的层面来讨论,我认为它仅仅是一种姿态,而不能成为一种生活立场和原则。

敬川出事之后,我才对婚姻、家庭有了全新的认识。事实上,谁都不可能成为家庭的一半。对于一个具体的家庭来说,夫妻双方,男或者女,都意味着全部。

我"逃逸"的那个下午,大概是三四点钟的光景。天气几乎是霎时恶变,电闪雷鸣,风强烈得差不多能把一个人吹跑。站在窗口往下看,狂风把落在地上的暴雨吹得摆来摆去,像枪口下的难民一样四散奔逃。楼下的整个街道变成了波涛汹涌的汪洋大海。但是,我去意已决,不想在屋子里多待一分钟。我已经很难系统地思索了。弗里德曼说,这世界是平的。可对于此刻的我来说,这世界既不是平的,也不是圆的,它是窄的。

它漆黑一片。

事实上,我一刻也不能静下来。在这个世界上,总有我要去的地方,总有我能去的地方——它一定不是现在这个地方。

什么行李都没带,我背着一个小包就出了门。外面电闪雷鸣风雨交加,这样的天气平常在屋子里我都会害怕,但现在我什么都不管不顾了。我撑着一把伞,独自扑向风雨里。淡绿色的雨伞漂浮在狂风暴雨中,很干净,也很孤独,那是像我此刻的心情一样极其脆弱的颜色。

我撑着伞往大街上走去,风立刻就把它翻转过去,好不容易弄好,刹那间又顶不住了。试了三次才找到了风的方向,顶着风朝前走。那一会,心中的泪水比外面的暴雨还猛烈,但我脸上却挂着一抹微笑。走在风雨里,心里的信念越来越坚定:一定要找到女儿,目前我唯一能见到的亲人。不管是生是死,我要和她待在一起!我在风雨里喃喃地念着她的名字——幺儿,幺儿——亲得让我虚脱。

　　走了两条路才撞到一辆出租车,我要他载我去火车站,语气恳切小心,唯恐他看出我慌不择路的样子而拒绝拉我。司机替我打开车门说,这天真不好打车是吧?我说是啊,不全是你这样的好人啊!司机笑了起来,说,你没看老天爷打雷吗?坏人谁敢跑出来玩命!我几乎不相信还能心平气和地和他聊天,一天跑几个小时,家里有几口人,还顺便骂了几句房价。

　　当时我那么平静,或者说能装那么平静,现在想来真是一个奇迹。其实我虚弱得像纸糊的一样,一个指头就能把我捅透。

　　好多年了,这还是第一次自己买火车票。因为是傍晚,排队的人不是太多。整个售票大厅看起来很有秩序,并不像逃难的场所。我挤到一个窗口问有没有去北京的车票。卖票的女人很生硬地看了我一眼,好像我急迫的语气惊吓住了她。我意识到自己的唐突,语气缓和下来,再问有没有去北京的卧铺票,越早班的越好。她又看了我一眼,在电脑上查了一会,不客气地告诉我,明天1点50分有一张硬卧,而且是上铺,别的班次全是站票了。我的体力严重透支,到此时已经是筋疲力尽了。如果不是有柜台支撑着我,我很难想象自己能站立这么久。我恳求她帮我想想办法。她不耐烦地用眼睛斜睨着我说,没办法,待会连这一张都没有了。我不再犹豫,买下了那张票。

　　离开窗口,我就在售票大厅门口站着,渴望能看到一个传说中的票贩子。但是所有人都气定神闲熟视无睹,没有一个像票贩子的样子。就在我失望地向远处走去的时候,一个学生模样的男孩跟上了我。他不说话,只看着我微笑,沉着地观察着急切的我。我拿不准他的身份,但仍然假装老练地说,我有急事去北京,有票吗?他说,没有。然后走开了,停了两分钟,又走了回来,露着白白的尖牙齿笑着跟我说,算你运气,跟我来。男孩把我带到两栋楼之间一个狭窄的通道里,推开一扇小门。我以为是他们的窝,心里紧张得像敲鼓一样咚咚直跳,但那时我已经豁出去了,根本没再顾虑那么多,强迫自己跟着他往里走。过了转角,突然听到人声鼎沸,这才发现是进了麦当劳的后门。

麦当劳里面人很多，几乎没有一个空位子。男孩三两下就在靠边的长椅上扒拉开别人的行李，为我挤出一个位子让我坐下，然后开始打电话。很快，一个中年男子向我们走来，他诡谲的笑并没有让我警惕，反而觉得很温暖。不管是出自什么原因，那却是来自我将要逃离的城市给我的最后微笑。我也对他笑了，他附在我耳边小声说，北京只有10点多的一张中铺了，加六十。我说，钱不是问题，不用跟我讲价钱，你还能提前吗？也许是我的单纯和真诚在交易中显示出无比的力量，二人交换了一下眼色，中年说，大姐，我相信你，你等着我去给你找。中年走了之后，男孩又站了一会，说，你可千万别乱动，我也去帮你找。两个人迅速地消失了，我环顾四周，满屋子除了能看到吃东西的嘴，几乎什么都看不到。那些人在我眼前，我却视而不见听而不闻。周围的一切像莎士比亚说的，"充满了声音和狂热，里面却空无一物"。包括我，我也很空，空得就像那时的我，或者，只有如此的空，我才是我。

　　他们两个人是一起回来的，从他们那如释重负的神情里，我知道我将要得到我渴望的东西。中年人的一只手插在裤子口袋里。我目不转睛地盯着他的手，知道所有的希望都在那只手上。他走到我面前，并没有抽出那只手，只是说有张9点20分的，但是票分两段，从郑州上车时是站票，到了安阳才能上卧铺。我说，好！但是，这要加钱。他们说。我说，好！眼窝里热热的。两张折叠得皱巴巴的车票出现在我眼前，我几乎不敢相信自己的眼睛，接过车票看了又看，心里突然被一阵剧烈的幸福感袭击，我有点眩晕。

　　这是两个好人。

　　他们走了。我把票紧紧地握在手心里，反反复复地举到眼前看着它——它多像世界末日的船票啊！

　　不知道什么时候天已经放晴了，外面的风雨消失得干净彻底。我透过玻璃门望出去，傍晚的余晖温情地涂抹着广场，人群变得如牧场里的羊群一样悠然自得。我看着他们，也用另外一个自己看着我。我知道我不能变成他们中间的任何一个，我固执地把我摆在他们之外——痛苦、冷清、麻木着，我不相信自己一夕之间就成了他们。

　　五月，又是一个五月。还是一个五月！已经是夏天了，我却冷得瑟瑟发抖。

　　从进来我就死死地坐在凳子上，丝毫没有挪动半步，这时方知腿脚都麻了。我努力站起来走到服务台，买了两杯橙汁和一个鸡肉汉堡——我已经四十多个小时没合眼、水米未沾牙了。我一口气喝干了一杯，就着另一杯，开始艰难地吞咽汉堡，每一小口都要付出巨大的努力。胃是绝对的不配合，咽下一口它都试图顶回来。我不着急，翻上来我再压下去，一点一点地坚持，反正我有的是时间。我需要体力，至少我得把力量维持到见到女儿那一刻。

好像从有记忆以来，我还是第一次面对这样重大的事情，但是我既不恐惧也不伤心，甚至没有一点心酸。我知道哭没有任何用处，也不想哭，只是反复地在我脑海里植入这样一个信息：他不在我身边了！可是他去了哪里，没人告诉我。他突然就这样失踪了，失踪得没有一点踪迹。那时候我还不知道，将有很长一段时间我不知道他去了哪里，为什么失踪。那是一个国家机密。

他饿吗？他累吗？他会像我一样绝望或是愤怒？他不能伤心，伤心是女人的事情。上天啊，把伤心全都给我一个人吧！从来都是他为我们承担，现在我愿意把他的苦痛全部接受。我不怕，哪怕万箭穿心，都已经不如我现在的疼更疼。

那时候，我才明白，生命虽具有偶然性，但也并不是微不足道。我知道我的幸运就在于还能拥有现在，而我的不幸则是，除了现在，我已一无所有。

我坐在候车室里不停地看着表，墙上的、手机上的。一队一队进站的人流，他们表情木讷，好像是去赴难。大人如此，小孩也如此。他们不会玩，不会笑，也不会喧闹。队伍不断在缩小，也不断在壮大。人们像传送带上的物品被装进去。我看得眼晕心慌。

如果你不经过这个传送带，你就不能到达目的地，这就是秩序的意义。

不光是乘火车，包括很多，包括一切。

大约是11点前一点点，小喇叭终于报出了我的这个车次，进五道。进了检票口，我才发现人好像并不是很多，不知道是已经进完了还是在我的后边，我不会跑，越急越走不快，心都要跳出来了。我太紧张了，恐惧一直在追逐我。害怕是恐惧，但恐惧不仅仅是害怕。

我的票是十车厢的，可是走到六号车厢的门口，我实在走不动了。我开始央求门口的列车员，说我是十号车厢的，走不动了，请你让我从这上去吧。列车员是个男的，以为我没有票，指着前面说，你去五车厢补票。我没有时间解释，我说我走不动了，请你让我从你这里上去好吗？他说，不行！我那一刻不知从哪里来的勇气，不管他同不同意，一定要上了。我以为他会拦我，他嘴里喊着不行，却并不伸手拦我。他也是个好人。

终于！我上车了，哪怕就是站着，今夜我也一定能到北京了，一定能看到我的孩子了！

孩子啊！我的亲爱，我的！我把头靠在车窗玻璃上，忧伤地喊着她的名字。

我简直不敢回头想象，这一路我是怎么走过来的，人抵抗不幸的力量到底有多大？虽然说，没有任何人、在任何时候适宜发生任何不幸。但是，在不幸发生的时候，任何人，只要他愿意，只要他努力，都有比不幸更坚忍的力量！

过了很久我才明白过来，我并不是没有票，即便到安阳这一段我拿的是站票，他们也不能不让我上车啊，我为什么那样怕？我担心的到底是什么呢？早一个小时见到孩子和晚一个小时见到，有多大的区别？我为什么非要拼命往前赶这一个小时呢？如果今天不是世界末日，这趟火车也不是挪亚方舟，我追赶的到底是什么？

我从六号车厢穿过去，一直走到十号车厢。记得那两个卖票的人告诉我，可以在旁边的茶座上坐到安阳。可是我不敢坐，心里还是担心他们会因此把我赶下去。我去找列车员，站在他的乘务室门口等了十多分钟，他才从别的地方回来。我说对不起，我实在撑不住了，我想在旁边坐到安阳，要多少钱都可以。他盯着我看了看，说，你去坐吧，我不能要你的钱。他打开了乘务室的门，进去之后又扭头出来说，稽查来了我可做不了主。我再三向他表示感谢，诚挚地、发自肺腑地。

又是一个好人。

我终于松了一口气，在中间的一个茶座上坐下来，一颗飘忽不定的心似乎是找到了停靠的地方。

火车终于开动了，它好像也有满腹心事似的，一启动便加速猛跑起来。我看着城市在满怀灯火中远去，心里忽然升起一种莫名的凄凉。我逃离它了吗？没有，显然没有。答案就在我局促不安的眼里和手上，我拼命想抓住什么东西，可是又什么都抓不住。我被一劈两半，走的这一半，上不着天下不着地；留下的一半，更加焦虑和忧惧。

我努力使自己的思绪回到现实中来，开始在暗影里环顾四周。正对着我的位置是一个下铺，坐着一对男女。女的铺位空着，她在男的铺位上腻着。我很想恳求她让我在她的铺位上依靠片刻，但我没有勇气。我把背挺直，靠着车厢壁放松身体。这时女的站起来活动，男的也从铺位上起来朝车厢的一头走去。女人主动搭讪，她问我到什么地方去。我说，有急事去北京，没有买到卧铺。她竟然直着眼睛看着我，那眼睛里充满了同情，也许是怜悯。我心里一阵发紧——陌生人的慈悲，它能给你多少温暖，就会给你多少伤害，至少会让你看到自己流血的伤口。不过，我已经顾不得计较这些了，我只希望那些怜悯多些、再多些。而且，我从她的眼睛里又认出一个好人来。我提出到她铺位上靠一会，并保证说你们要躺我立马起来。女人说，没事，你尽管坐去吧！我在这个好心的女人的铺位上坐了下来。她一直和我聊天，后来她的男伴回来也加入我们的聊天。我一直在说啊说，我能看见自己的语言一排一排地走出来，绵延不绝。我需要用绵密的语言编织固定身下的铺位，好像话语一中断它就会失去似的。都聊了些什么，事后我一句都没记起，但是，我知道当时我很平静。她们只能看到我的疲惫，却丝毫看不出我内心巨大的伤痛。

二十分钟后稽查来了。这个皮肤稍黑，眼睛不大却非常有神的列车员，挺括的衣服显示出与众不同的威严。但是，他的稚气比他的职业更显眼。我没有等他问，便主动走上前说明了我的情况，并请求他让我再坐一会。他说，不行，你可以到硬座车厢等，也可以去补票。补票？天哪，车上有多余的票？有软卧吗？我几乎是在喊叫了。

这个年轻的稽查万分不解地盯着我，非常轻松地笑了，说，有啊，都有啊！怎么会没票？那声音分明像邻家调皮的男孩。

我突然想起《心经》上的一段话："心无挂碍。无挂碍故，无有恐怖。"毕竟心有千千结啊！

若是上天在观望着他的造物，他一定是在这一刻看见了我。

稽查让我去五号车厢等他，我半秒钟都没再停留。可是从十号车走到五号车，我走了十多分钟。那么多没有座位的人，坐着、站着、地上躺着，男人、女人、青年人、面相痛苦的老人、睡着的孩子。那一刻我深深地体味到，在我的痛苦之外，还有别人的痛苦。过去我看到并参与过这样的痛苦吗？即使看到过，我的心也不会戚戚其尔，毕竟事不关己。可是现在，我置身其中，既置身于他们之中，也置身于他们的痛苦之中。我与他们在这混乱中会合，已经成为他们中的一员。也许，他们的痛苦比我的还要大，只是他们习惯了痛苦，把痛苦看成生活的一部分，因而那种平静看起来也更服帖——那不过是他们的家常。

我想起曾经看到过的一部非洲野生动物大迁徙的片子。一群河马过河的时候，一个小河马被水中的鳄鱼拖走了。它的母亲一边站在岸上看着渐趋平静的河水，一边看着渐行渐远的河马队伍，犹豫不决。但是眼看队伍走得快看不见了，它还是抛下水里的孩子，飞奔着去追赶远去的队伍。

生活就是如此规定的：要么死，要么服从。

车快行至新乡的时候那稽查才出现，他说，你一定要补吗？我说一定。他说你还是从安阳补吧，还有一个小时就到了，我可以安排你在餐车坐下。我说，一个小时我也坚持不了，并坚持从上车的地方补。他说，你报销吗？我摇了摇头。他说，不报就尽量坚持一会吧，你可以随便找地方坐，而且多花这个钱也不值得。我说，我自己为自己花钱，什么时候都值得，现在更值得！他看着我，善意地笑了，补了。

好在，除了渺小而卑微的我们自己之外，还有神。在这最难过的一天里，神看见了我。神干预了我的生活，一天之内给我补偿了这么多的好人。

一刻钟之后，我终于得到了自己的铺位。在这里，再也不会有奇怪的目光打量我，再也不用担心我的眼泪会让别人诧异。它让我可以好好地拥抱自己，安抚自己。这是我一个人的角落，世界纵然是天塌地陷，我再也不愿意挪动半步了。如果让我活过今天，今后我将好好地活。好好地！遇见伤害我将宽容，遇见孤独我就沉思，遇见死，我就轻轻地躺下。

不知是因为光线太暗还是眼睛已经模糊不清了，我看到包间里只有一个无法分辨年龄的女人。我问她，怎么这么冷？女人说，冷？我还热呢，你是不是发烧了？我说不是。女人说，盖上被子捂一会就好了。上铺没有人，我把上铺的被子拽下来，两床被子都拉展，卸下背在身上将近十个小时的包，扔在枕头里面，仰面躺下来，我知道这一夜都不会再动一下了。

直到彻底静下来，我才听出广播里播出的是什么，那是《配乐大师》里的一支曲子，名字叫《风中的凉林》，家里常常播放——我咬着被角，无声地哭了起来。所有的一切都沿着这曲子回来了，一夕之间，天地悬隔，我一阵眩晕。

那个女人一刻不停地在咳。我一直在半睡半醒中听着她咳。后来我是被女人叫醒的，她告诉我就要到了。那一刻，我才知道上帝真好，上帝太好了，他让我睡这么久，并不在于补充了我的体力，而是让我一直昏睡在另一个世界里，并因此减少了事情的残酷性。

当我与她面对面的时候，才看清楚实际上她还很年轻，脸色淡白而和善，透着一种沉落在病中的安详。如果同病相怜用在这里，是最恰当不过了。不过她病在身上，我病在心中。

她抱歉地说，这样咳了一夜，没让你睡好。我告诉她没关系，谁能不生个病。其实我的心中对她存着一万分的感激，正是她不停歇地咳，提示着我与这个世界不间断的维系，否则我真有可能在睡梦中死去。

没有人知道我的来，所以也不会有任何人来车站接我——这么多年来，这也是第一次。我随着庞大的人流往外走，终于找到了出租车站点以及一眼看不到头的打车人。不知道挪动了多久，我终于坐到一辆车子上。我说了女儿的地址，看着车子缓缓地驶出地下停车场。

天大亮了，昨天我看着太阳一点一点落下去，今天我又看着它一点一点升起来。窗外的一切都是那么新鲜，好像世界又被重新分娩了一次，又好像上帝在每个人的脸上吹了一口气，让他们都喜洋洋地奔向自己的生活。

也许，还会有那么一天，我也能如此幸运和幸福吧！

不过，虽然太阳底下每天都有新事，在太阳底下，我依然很冷。

在太阳底下，我想，在你上路的时候没有任何人祝福，这就是流亡。

十五

幺幺常常挂在嘴边的一句话就是，妈妈，拜托你能不能长大一点？这句话从什么时候开始说的，我已经记不太清楚了。她第一次说，我还觉得很好玩，并没有怎么在意。后来说得多了，我也就慢慢习惯了。

她上大学之后，经常会把学校里发生的故事说给我听。她有小说家的天分，总是能够把零碎片段的事情说得活色生香。刚开始听，我以为她是在讲故事，后来才觉得不对味。那故事真实得太可怕了，听了让人禁不住毛骨悚然，她们还都是些孩子啊！我担心她在这样的情节中出入，会不会变成另一个人。

在我的思想深处，我觉得不管她走多远，一切都还在我的掌握之中。但是，在她的故事里，我对她是如此的陌生——她的态度，她在其中的角色。有一天，她讲完故事后，望着忧心忡忡的我说，妈妈，进了现在的大学，不可能还会是原来的你。别说兼济天下，独善其身能够吗？

我何尝不知道，现在的大学不管谁进里面走一遭，都不是原来的你了。但在我的想象里，还远远没有幺幺说的那么恐怖。记得20世纪末我在人民大学进修，中午吃饭的时候，竟然看到一个女生坐在男生的腿上吃饭，当时我就愤愤然，觉得不可思议。而现在幺幺嘴里的大学，简直就是一个被集中放大的声色场。好像进了大学学不学习是次要的，重要的是比吃比穿比玩，比各自的排场。幺幺说，他们学校有一个军区首长的儿子，每天开宝马出入，没有人敢管他。哪个老师敢说他，他就一句话，还想不想混了？还有一个女生，据说父母亲是在香港做房地产生意的，每个礼拜天都去商场狂购，然后把新买的各种名牌放在网上炫耀。同学们一边羡慕嫉妒恨，一边狂骂道，妈的！衣服和首饰加在一起，每身都值一两万，猪穿上都会变好看！

幺幺的爸爸对孩子的爱是无法用言语表达的，长大以后幺幺说，世界上最爱孩子的父亲就是她爸爸。我们只有这一个女儿，除了有她爸的溺爱，双方家庭的四个老人也视若掌上明珠。即使我想严格管束她，也无能为力，只能尽量地限制她的要求。我有时会跟她说，妈妈长这么大没背过什么名牌包，也没有戴过像样的首饰，一年没有买过一件新衣服，不也过得挺好吗？她竟然涮我说，你都多老了，我能和你一样吗？而且，您老人家应该明白，我在这个学校里是个穷人！穷人，你明白吗？我说，妈妈再老，也是打年轻时过来的。我像你这么大那才叫苦！你这能叫穷人吗？她不屑地看着我，说，你们也有过青春吗？就像她曾经嘲讽我，你和我爸爸那也叫爱情？

孩子自小就与我们没大没小，她是在单纯而自由的环境中长大的，我害怕她复杂。不管我们有没有青春，现在她正走在自己的青春里，当然可以放言无忌。我确实害怕，他们的青春如此喧嚣而空洞。其实，害怕又有什么用，她的翅膀长全了，我们唯一的选择就是放飞。无论我们怎样困惑忧心，她都得体验社会，并被社会体验。她会摔跤、疼痛、苦闷和失败，一样都不会少。但是，这都不是最重要的，重要的是，我越来越没有信心了，我不知道她会长成什么样子。

幺幺心中的爱情该是什么样子？我知道她这孩子的秉性，她不缺钱，也不缺温暖，甚至我觉得她根本不知道愁的滋味。有时候我想，她说的话与她的内心未必一致，她只是嘴涮罢了。但有时候也担心，毕竟她越来越不是我所希望的样子。她常常嬉皮笑脸地言称，她的梦想就是嫁个身家千万的老公，在家做全职太太。她身边的孩子们也全是一个腔调，在一起就论谁找的男朋友有钱，买了钻戒或是香车。看电视里的相亲节目，女孩子们个个大睁着寻宝的眼睛：男嘉宾若是没有钱，长得再帅，举止多端庄，她们会通通灭灯。可不管男人多老多丑，一亮家底，个个都想跟着走。你能说她们复杂吗？在她们极其简单的心灵里，世上的人只有两种，有钱的和没钱的。她们也许没有错，谁都想过上优裕富足的生活。"宁愿在宝马车里哭泣，不愿在自行车上欢笑"，这话听着糙，但理不糙。我和敬川恋爱那会，爱到难分难解了还不知道对方的家底，问问都怕会伤着了什么。两人的钱都装在一个口袋里，从来没有分过彼此。等到结了婚，才知道日子的稠密，连柴米油盐都是尽力拼着，甚至挣扎不过去，还要回父母那里讨要一点。我记得我们买的第一台电视机还是表姐帮衬的。每天买菜，连一块豆腐半斤肉都要记账。回头想一想，谁不想过不劳而获的好日子呢？这许多年，把自己拼得心力交瘁，到底值不值得？我也常常疑惑，不知道这个社会到底是进步了还是在倒退。中国妇女闹翻身闹了百十年，终于有了与男人平等的机会了，现在这些孩子们却又哭着喊着要跑回家去当太太，真让人越活越不明白了。

我的惊讶让幺幺不屑。她常常说，喜欢钱有什么不好吗？我告诉她，喜欢钱并没有什么不好，但是不知道把钱用在什么地方就喜欢钱，我觉得没什么好。切！她鄙夷道，你们标榜是为爱情活着，也只是为了守住一个婚姻而已。你是为了婚姻迁就自己还是为了自己迁就婚姻？你独立的个性表现在什么地方呢？真正的爱情并不是从纯粹的感情出发的，而是计算和比较得来的。为什么自由恋爱的离婚率是包办婚姻的数倍？因为那是别人帮你算过的，比你自己瞎打误撞的爱情更靠谱。亏你还是个作家，你没看看，电影也好小说也罢，里面真正打动人的爱情，根本不是地老天荒的相守，而是一地鸡毛的破碎！假如你进入一个一辈子都得耳鬓厮磨，而且事实上已经空无一物的婚姻，难道你从来就不想着逃离吗？妈！

我无语，独上阁楼。

孩子说得没错，从进入婚姻的那一天起，我就没有了自己，完全是为丈夫为女儿为这个家庭活着。我没有独立的社交，甚至没有个人的朋友。除了挣一份能称得起"独立"的工资，其他全部是专职家庭妇女的事情。我与幺幺身边的女孩子们聊过，她们理想中的全职太太，不但要有自己的社交圈子，而且要坚持自己的生活方式，还要选择自己喜爱的事情来做，比如做慈善，比如做一个志愿者，比如定期旅行。

我渐渐失去了对现代人生活方式的判断能力，其实我很羡慕她们的行为方式，她们的直接，内心赤裸的愿望既纯洁又无耻，做梦都想有个强大的人可以依傍，内心却又独立到不屈不挠。

但是，我既不能学习和模仿她们的生活，又不能使自己的生活有丝毫的改变。我的生活必须是持续的，有着内在逻辑的。秋天翻晒被褥和衣物，是为冬天御寒做准备。卧室刷上淡粉的颜色，是为将来给孩子的孩子腾出来用。可她们不是，她们的生活是即兴的、随心所欲的、与时俱进的。有一次我跟她谈到这个问题，她非常吃惊，说，妈妈，这个世界本来就是没有秩序的，你非要给它弄出个秩序来，不是画地为牢吗？她还给我打比方说，昨天齐秦在医院拔火罐烧伤了，对他个人来说是非常出人意料的灾难，可恰恰是在那个医院里，有一堆人在欢天喜地地生孩子。孩子不会因为齐秦出事了而推迟出生的时间，亲人们的庆贺也不会因为齐秦的灾难而延期。Lady gaga（蕾迪·卡卡）在演出的时候舞台塌掉了，可台下有一对年轻人正是借助这个音乐会在相亲，他们在乎的不是台上的演出，而是自己的情绪怎么发酵。这些事情之间既没关系也没逻辑，更没有秩序——总之，谁能知道下一刻发生什么呢？你何必为了莫名其妙的未来而在当下小心翼翼，好像前面都是地雷阵似的？

是的，回头仔细想想，从我父母开始的我们这三代人，真是各有各的不同。我一直试图分析我们家的三代人，可是迟迟没有动笔，但我从来没放弃过。我觉得这项工作有标本意义，因为这样的三代人，可能与很多的家庭有相似之处。作为我父母的第一代人，他们生在万恶的旧社会，活在新中国。

作为第三代人的幺幺，生在20世纪80年代末，活在全球一体化的互联网时代。第二代人就是夹在他们中间的我——我出生在"文革"期间，经历了中国历史过山车般的起起伏伏。这三代人可以说是中国现代史上最具代表性的一个群体。

我的父亲出身于富裕家庭，参加革命的动因肯定不是为生活所迫，而是有一个远大而充实的理想鼓舞着他。这种理想怎么植入他的思想和行为之中，成为他矢志不渝的信念，我们不得而知——只是看到电视上那么多的热血青年，抛弃优裕的生活奔赴延安时，我常常会心有戚戚——他从来不跟我们谈这个，如果要谈，也是以他自有的一套价值体系，来评判孩子们的所作所为。比如曾经说到的我的大哥，参军正赶上自卫反击战。我的父亲含着热泪，一封接一封地给他写信，鼓励他杀敌立功，火线入党。他曾经为儿子的生命担心过吗？我相信肯定会有，他对孩子的爱是不容怀疑的，只是当这种担心与他心中的理想发生碰撞时，他会像那个时代的大多数人一样，把自己的担心一点一点地擦掉。我的小妹夫是党校的一名法律教师，后来辞职当了律师。我父亲很久不搭理他，在他眼里，一个脱离组织的自由职业者，再怎么风光也是旁门左道。尽管他离休后一直跟着他们生活，甚至最后连洗澡、散步都得依傍着我妹夫，但他从来没有修正过对他的看法。幺幺考上大学的时候，他把自己的"遗产"分了一部分给她（按他的要求，他的"遗产"只能是晚辈们上大学或者参军时才能动用），并谆谆教诲她说，你一定要好好学习，努力成为栋梁之才，将来报效党和国家！女儿后来跟我抱怨说，我姥爷真是的，在自己家里还装，累不累啊？

女儿，他哪里是装啊？他要是真会装就好了！

历次政治运动父亲都没躲掉过。每当我们家人看着贴满整条大街、倒写着他名字并在上面打着红叉的大字报惴惴不安的时候，他总是拿着一个上面写着"为人民服务"的红皮笔记本，恭恭敬敬地去抄人家批判他的文章。每次挨斗，他既没有委屈，更没有抱怨，即使后来都平反了（平反这个词多政治啊，难道他"反"过吗），他也从来没有觉得组织上错过，更没有抱怨过谁。

《人民日报》和《新闻联播》是他的整个世界，一直到死，他每天都离不了。他这一辈子只相信"上级精神"，从来不相信小道消息——尽管后来很多小道消息都变成了大道消息，但是每当孩子们在他面前"传播小道消息"的时候，都会遭到他的怒斥。

全国都放"高产卫星"的时候，他在人民公社当领导，肯定要参与这样的行动。一直到现在，他也没觉得有什么错，因为那都来源于"上级"的决定。上级说"三天不学习，赶不上刘少奇"，说"林副统帅是毛主席的亲密战友"，他都记在笔记本上学而时习之。后来这些人一夜之间被打倒，他立即把他们当成坏蛋，既没有犹豫，也没有疑虑，也从来没有问过为什么。

他死的时候，终于赚到了由组织部门撰写的"一切皆好"的悼词和一面鲜红的党旗——他在青松翠柏和党旗的覆盖下，结束了单纯而不单调的一生。我想起《经济参考报》上的一篇文章说，一个"文革"中被迫害致死的老革命被平反（!!!）之后，家人为了争取在他的骨灰盒上覆盖党旗，整整努力了十年！一直到惊动了中央第二代领导集体某个英明的领导，"终于实现了他们的夙愿，全家人抱头痛哭，悲喜交集"——他们那一代人，不仅仅是在宣誓的时候才把一切献给党的。

幺幺出生在 20 世纪 80 年代最后一年。从她懂事的时候起，至少在形式上，政治这个词已经远离了老百姓的日常生活。等到她会识字，人们已经通过互联网认识世界了。他们这一代人，怎么说呢，占有的信息量越大，能让他们相信的东西越少——她刚好跟我父亲相左，凡是"上级"说的东西，她一句都不信；而只要是小道消息，她都觉得是真的。他们再也没有"惊喜"，在这世上没有什么东西他们是陌生的，他们都经历过或者看到过。他们不缺少任何东西，从亲人的爱到物质生活，都是人类历史上最丰富的时期。但他们从来也没有满意过，一直都牢骚满腹——这也跟我的父亲大不一样，父亲生活在精神和物质极为匮乏的时期，但他非常满足。吃饱的时候感谢党，饿肚子的时候体恤党。

女儿这一代除了信仰自己，谁都不信。他们的学习、事业和爱情都是事先规划好的（"规划"这个词从宏大的国家叙事进入我们个人的生活，难道不是一场革命吗），他们的人生之路也是如此。他们对任何事情都不会有长久而忘我的热情，从汶川地震到北京奥运会，在嘴里挂不了一个礼拜。他们是这个时代最自信的消费者，也是最无奈的被消费者。他们越自信，也就越迷茫——因此，他们用不抵制来抵制这个社会，用遵守习俗的方式来破坏习俗。

也许，只有这一代人的身上，我们才能体会到真正的革命所具有的本质意义。

处在他们的夹缝中间，我既为父亲悲哀，也为孩子遗憾，但我并不是一个清醒者，有时候我比他们还迷茫——为了不成为他们，我在自己的周围扎了很多栅栏。为了与父亲不一样，我学会了选择，而选择就要直面利害，因此而小心翼翼杯弓蛇影，谁也不敢相信。我拼命恶补"西餐"，可是后来我才明白，当政治可以随便占据你的物质生活（比如婚姻和工作）的时候，除了屈服，你是别无选择的。既然政治这条路走不通，那么生活方式可以"向西方"吧！于是科学再一次碾轧了我们——中国从空气、水到食物，处处都让我们充满了恐惧——我们从对政治的恐惧中一下子坠入到对环境的恐惧之中。怕，成了我们生活的主旋律。

为了与女儿不一样，我努力不让自己在这个瞬息万变的社会激流中沉没，又拼命恶补"中餐"，在出世与入世之间苦苦地挣扎。可是，我从来没有对自己满意过，我时时刻刻想着自己什么时候变得不是自己了，那才是真正的自己。

我们没谁能记得清自己身上打了多少道思想的补丁。即使我们想明白了，极力去寻找自己真正的信仰，但在现实中会发现，我们只是搭建了一个神龛，而没有找到神。

有时候，往深处想想，我觉得自己既是受害的一代，也是害人的一代：对父辈，因为他们是父母，我就理所当然地认为他们比我更能承受磨难；对子辈，因为她是我的孩子，我觉得她就必须承担更大的责任。

是啊，我什么时候才能长大呢？也许一个女人真正的成熟，是在陪孩子成熟之后才慢慢实现的吧！抑或是，当你不再追求成熟的时候，你才是成熟的女人吧——甚至于，当你正在行走中突然间坠落，而且那坠落的过程是如此漫长，你既不知道坠落到什么地方，也不知道什么时候见底的时候，你才会成熟吧！

然而，以我这个食人间烟火的肉眼凡胎和喜欢被痛苦与幸福牵引的性格来说，什么时候才会真正达到有悲悯无烦恼、有愉悦无欲望的成熟境界呢？

十六

在父亲的家族史上，他的父亲，也就是我的爷爷，似乎是可以忽略不计的，不管怎么述说他，都将毁坏他。他是不可言说的，既不是某一个也不是某一类人。他因为一直被忽视而黯淡无光。

一直到死。

一直到现在。

爷爷是个地道的庄稼汉子，他的一生关心过什么或者喜欢过什么，不知道，也许他自己也不知道。很难找到属于他的位置。在我祖母心中，他可有可无。在孩子们的眼里，他忽隐忽现——他就像一件东西，孩子们不需要的时候，总在那里，需要的时候，却怎么也找不到。

他埋头种地，亲近牲畜，熟悉每一块土地的性情，可儿女的事情他从来没有操过一点心。

在自己家里，不管是物理空间还是家务事，他都占据非常小的位置。对于他来说，越小越好。

我的爷爷平生去过最远的地方就是大儿子工作的县城，距他生活的村庄不足二百公里。

这一辈子，他的名字从来也没有被铅印过。

我五岁那年，两个哥哥领着我和一帮孩子在街头玩耍时，走来一个穿着土布棉衣棉裤的老头。他操着浓重的乡音，念出了我父亲的名字，问我们识不识得？二哥果断地告诉他说不知道，然后带着我们一哄而散。我追着问哥哥，不是找爸爸吗？二哥一脸神秘地说，谁知道是哪里来的疯老头子，还直呼爸爸的名字，千万不能告诉他。我心里纠结了一会，便把那老头忘记了。等我们疯够了，倦鸟归巢，却陡然发现那个老头正坐在我们家的客厅里，抽着爸爸的香烟。可能是他抽得太急，抖落了一身的烟灰。母亲说，快过来喊爷爷。还没等我们开口，他就慌忙站起来，脸红着，换上那种有尺寸的笑，高大的身板一抖一抖的，肩膀一边高一边低。我们嗫嚅着喊了声爷爷，然后远远地撤离，把手放在身后斜着眼睛打量他。他看着我母亲的脸说，开始我问的就是这几个孩子，他们……都不认识我吧？母亲说，不认识，他们不认识你。从母亲的口气里，我们虽然知道自己错了，但也知道没必要认错，因而谁也没低头。

爷爷从他身后的大布口袋里掏出焦炒的花生给我们吃。我从来没见过那么大的手，像蒲扇一样。若是被他打一巴掌，不知道该有多疼。父亲说，爷爷一辈子别说打人了，连说话都没大声过。

父亲兄弟三个的手都没长过他们父亲的，尤其是我父亲的手，跟女人的手差不多，细瘦，柔软。即使是他死后，那双手依然温热而生动，好像在做着最后的努力，不愿意撒开似的。

我知道他是留给我，让我握的——我四十年都没碰过它们。

不知道是谁先发现的，爷爷洗了脸，像极了我们的父亲，连那种说话的语气，大咧咧的走路的姿势，笑起来没有一点心事的爽朗——换过来说，我的父亲更像他父亲：他不能改变世界，就一心一意地改变自己，正在县里干着纪检委书记，上级把他发配到公社当书记，二话没说就卷铺盖走人了。公社没干够一年，上级又把他调到知青办当主任。上午通知发给他，下午他就开起了干部职工大会。爷爷邋遢并不猥琐，简单而不轻飘。此时我想，我的爷爷更加接近天然，他是用家乡的泥土塑成的一块土坯，而我的父亲只不过是被外面的世界烧成了砖，仍然是一样的质地。

母亲忙着为爷爷做饭，都是小鱼小虾，烙一筐子油饼什么的，没有大鱼大肉。爷爷倒是不挑食，我母亲递给他什么他就吃什么，也不推让。父亲拿出一瓶酒，那是尊贵的客人来才拿出的，平时父亲都是喝散酒。他给爷爷倒一杯爷爷就喝一杯，他不馋酒。爷爷去休息后，母亲笑着对父亲说，你们家的少爷毛病都隔辈传给了孙子，爹怎么一点都没继承？父亲就笑，说，爹也没受过什么罪。我告诉哥哥，爷爷真的不像个老地主，地主不该这样和善。大哥像经常的那个样子，只是听我们议论，并不插言。二哥说，你知道什么，敌特们都是会假装的。我们观察了好几天，最后二哥也气馁了，爷爷确实不像个地主。

从前，爷爷在家里雇了两个长工。爷爷和他们如同父子，好吃好喝都是尽着他们。后来那两个人在村子里分了田地，仍然像儿子一样待我爷爷，家里不管有什么活计，两人不吭声就给干了。每次回乡，父亲都去看他们，还让我们称呼他们表叔。相比自己的三个儿子，爷爷更偏爱我的两个表叔。父亲和叔叔每次回去给他的钱物，他都偷偷地给表叔的孩子们——他们在他的怀抱里长大，是亲孙子。

再见爷爷，我已经十多岁了。二叔给我父亲打电话，说爷爷病了，他把他接到城里住着。父亲带着母亲、哥哥和我，去二叔那里看爷爷。

爷爷看上去并没有病态，只是那种冲淡之气没有了，也没再听见他爽朗的笑声。他坐在那里，任二叔一来二去地讲述他的病，一副事不关己的样子。二叔说爷爷是收麦子镰刀砍伤了脚，没有当事，结果感染了破伤风。爷爷那时六十多岁，并不显老，他在我的印象里，身子骨一直是硬朗朗的。母亲打开给他买的东西，饼干、蛋糕、橘饼递给他。他接过来就吃。二叔非常生气，一是责怪他没洗手，接着又吵他说，什么时候都这样子，当着人家的面吃，像是没见过东西！爷爷笑了笑，仍旧自顾自地吃，并不觉得难堪。

母亲说，什么叫人家？不都是他的儿孙哪？

二叔没再吭声，他最敬重的就是我母亲。他觉得我母亲柔柔弱弱的性情，却把一个家管理得井然有序，妻贤子孝，我二叔就觉得她了不起。

从爷爷那里出来我哭了，母亲问我怎么了，我摇摇头，什么都没说。那时我真是有点恨二叔，他太过分了，怎么可以那样待爷爷？

长大以后我跟母亲说起这件事，母亲说，他们那是亲啊！然后摸着我的头说，打断骨头连着筋，你们是根上亲。

那次和爷爷相见是最后一次，后来他就死了。

表叔来我们家报丧，哭着说爷爷不在了。父亲问起爷爷的死因，表叔说，他的伤口疼，二叔带他去医院给他开了很多止疼药。他回家后什么时候伤口疼了，也不好意思跟别人说，自己就偷偷地拿药吃。等他昏迷的时候，二叔才发现他两天就把一瓶药吃完了。大剂量的止疼药造成肝肾衰竭，没往医院送就断气了。父亲听后，呆呆地站在那里兀自落泪。母亲一边收拾东西也一边流泪。我哥哥没有哭，我也没哭。那时候我们对死亡还没有什么感受。父亲让我们跟着回去奔丧，我们几个都嘟嘟嚷嚷地不愿意去，后来还是父亲严厉地要求大哥跟着他回去了。大哥是长子长孙。

几十年后的今天，我写下这些文字的时候，泪水却一直流淌着。其实，我很想念那个我仅见过两次面的爷爷，他的眼睛里流露着一种特有的温良的光芒，那是我们这个家族的密码。

关于爷爷的记忆，即使全部说完，也就这么多。我还想说说他的死对家里的影响。表叔来报丧的时候，奶奶那时一直跟着我们生活。奶奶正梳理着她的长发，听完后她只是停顿了那么一小会，然后把头发绾起来，就去院子里收她晾着的白布衫了——眼下，没有比这更让她上心的事了——布衫被她搓洗得雪白耀眼,她的脸被映得越加纯净。他们说的那个死了的人,完全是和她没有关系的。一直到父亲随了表叔回去安葬爷爷,她都没有一句话交代。

我的奶奶单字名裳,这是她满月时抓周得来的——面对摆在她眼前的一堆东西,她的小手直奔一件花衣裳。她生得骨肉停匀,肤若凝脂,指若柔荑,三寸金莲即使穿上鞋套也不比一只芒果大。想她年轻时走起路来肯定似风摆杨柳,估计大声呵口气都会让她摇晃。父亲叔叔他们都像敬神一样敬着她。她大部分时间都在闭目养神,平时极少开口说话,更不与人交流。任谁都想象不出,是她和爷爷一起生出了五个高大的儿女。

十七

离休前的那几年,父亲好像胖过一阵子。他个子大,胖起来也不至于笨,自己觉得有些不利索,吵着要减肥。母亲试着给他做一些脂肪含量低的食物,他吃饱了也不运动,并不见效果。母亲常嘟囔他,多走走路啊,现在上班忙着,退下来你还不胖得走不动?父亲离休后,也没见他走过路,一个月竟然瘦了十多斤。他像失重一样地悬浮在家里,无所事事。饭吃了一半,就去翻报纸,报纸没看完,又嚷嚷着看新闻,好像国家大事都在后面追着他,让他必须一沐三捉发一饭三吐哺似的。孩子们都上班后,他就呆坐在某一个地方,一上午一下午地发愣,眼神空洞到让人惊心。工作就是他的生活,革命就是他的命,没有了这些,整个人就像被拆了架子的一堆广告牌,没有了支撑。

孩子们都动员他学打麻将,还专门给他买了麻将桌。他也煞有介事地学了一阵子,有一段时间还很热心,天天到老干部活动中心去打。如果输了,他不会让人知道这事,如果赢了,保管连大街上卖菜的都知道。回到家里他就跟母亲炫耀,母亲就一个劲地夸奖他脑子好使,能力不减当年。他就愈发得意起来,开始吹嘘自己年轻时的英雄业绩,游泳啦,打兔子啦,摸鱼啦,尤其是打牌、下象棋,谁都赢不了他。等他一转身,母亲就会撇着嘴对我们说,吹这么厉害,谁见过啊?

父亲的麻将很快就打不下去了,主要原因还是在他。他的麻将圈子里,全都是离退休老干部。人家心态平和,主要目的是开心而不是输赢。他却不行,一分一毫都寸步不让,输了他觉得没面子,赢了拿不到手又有上当的感觉。每次打完回家都气鼓鼓的,一整天不高兴。母亲问起来,他极认真地说,上次老刘输我三块钱，一连几天都赖着不给，一点规矩都没有啊！母亲说，那时候你们脑袋别裤腰带上，连生死都没计较过，现在为了几块钱翻脸值得吗？他说，我们是先定的规矩，不守规矩是原则问题！

妹妹那时在银行工作，为了让父亲开心，隔几天就给他换一捆一元的新钞，鼓励他放开去玩，就是寻个开心，输不了几块钱。他坚决拒绝了，说，我不是怕输，是怕赢，赢了钱他们耍赖才最要命！他太较真，把工作中的惯有作风完全带入退休后的娱乐生活，他已经丧失了娱乐能力。

有时候，他在外面听到别人议论了什么，就当是多严重的事，回来跟母亲絮叨。什么跑官卖官啦、以权谋私啦、权钱交易啦，他是认真地生气，好像这个国家是他的祖业一样。他告诉母亲说，听说谁谁家的孩子，既无才又无德，靠送礼拉票当了局长。母亲说，那又怎样？怎样？他吹胡子瞪眼地让我母亲把两个哥哥立马找回来，郑重其事地跟他俩谈话：你们就是一辈子不当官，也不能送礼，靠送礼当了官也不光彩！他用久不拍桌子的手拍在儿子面前的桌子上，你们两个要是哪个敢送，就是别人不告你们，我也得去告！

母亲有时劝他说，不在其位不谋其政，你退都退了，干吗还每天气鼓鼓的，好像跟全世界都过不去似的？社会毕竟是在进步，我们不能拿老眼光看待新问题。父亲把酒杯都摔了，说，要是毛主席他老人家还活着，怎么会出现这些歪风邪气？

父亲最大的忌讳就是谁说毛主席不好，如果让他听到，他会怒发冲冠。我们家里一直都挂着毛主席像，除此之外，任何照片图片都不能往墙上挂。他离休后去过三趟北京，除了最后一次因为做手术不能动弹，另外两次，最大的事情就是去参拜毛主席纪念堂。有一次是炎热的八月天，他硬是在天安门广场排了一个多小时的队，浑身都被汗水湿透了，也依然没有降低他参拜的热情。

因为出身，因为有一个说不清楚自己身份的祖父，在毛泽东时代父亲吃了多少苦？我始终也没有想明白，为什么父亲他们几代人都忠贞不贰地跟着毛泽东闹革命，受了一辈子折腾，但仍然痴心不渝地赞颂他？父亲1947年参加革命，运动来了把他撵下台，整得灰头土脸的，运动过去再拍拍他身上的土，让他重新上台，他都像没事人一样依然故我。他好像习惯了这样的折腾，从来既不记恨个人，也不记恨组织，对毛主席则完全是一腔热血的忠诚——

我记得有一次几个朋友说起《法门寺》里奴才贾桂说的那句特别经典的话：奴才站惯了，不敢坐。这是不是他们最典型的心态？——不知道从何时开始，好像被奴役也变成了一种权利，而且这种权利是很多人无权体验的，神圣而高贵。也许我的父亲所忠于和捍卫的并不是某个人，而是自己的这种权利吧——当时我们笑谈说，如果你没有感到钻心刺骨的痛，可能正如《肖申克的救赎》里的老布所言"已经被体制化"了，已经习惯了。

1978年邓小平复出后，平反冤假错案，才彻底擦干抹净他身上的屎，没留任何尾巴，让他过上了再也不被人折腾的好日子，几个子女也都先后上了大学。但他从来不买老邓的账。1974年，邓小平被推到前台，一年后又下台。反击邓小平"右倾翻案风"时，父亲是作为黑典型被批判的。运动曾经把他推到邓小平的阵营，但他对这一段历史羞愤交加，痛心疾首，为自己曾经脱离毛主席路线而追悔莫及，自己又逆流蹚了回去，重新成为毛泽东思想的坚定支持者。不过，历史和人心都不会逆潮流而动，他被越来越远地冲刷到政治边缘，渐渐地从一个生活的参与者变成一个生活的观望者——生活中改变得越多，他的心里就越绝望。固执的他执意往回走，越老就越崇拜毛泽东，成为一个彻彻底底的"剩人"。

父亲一辈子好烟好酒，家里最拮据的日子，母亲每天也给他弄两个小菜、二两散酒。抽烟最凶的时候一天只点一次火，从早上睁眼吸到晚上闭眼。他气管不好，天一冷就喘，有一年冬天患上肺气肿，差点要了他的老命。我们把他关在医院里，整整两个月不让他出来。自从戒了烟酒之后，他的身体不但没好起来，反而每况愈下。有一次我公公来看他，父亲问他咋办。当了一辈子医生而且也视烟酒如命的公公说，好办，该抽抽该喝喝，人的命都有定数。你看那些小偷，被人打死了，泼上一盆冷水就又活过来了。有的老干部走路都一步三看，这保养那预防，擤个鼻涕不小心都会得脑溢血。

得了这话，他又冠冕堂皇地开了戒。而且身体果真一天天好了起来。

父亲的一生，什么都得由我母亲管着，只有吃药他自己记得最清楚。每当调动工作去一个新地方，总是要带着一大包药，花花绿绿的，看着晃人眼睛。他最相信医生的话，只要是医生开的药，他一定坚持吃完，病好了也得吃完，饭菜可以剩下，药不能剩下。等到他老起来，身上的病痛也多了，不但吃医生开的药，只要是广告上的药他就吃，一顿一大把，像吃菜一样。我们家的电视新闻联播之前，永远在养生频道上。那些药他不但自己吃，还要求母亲跟着吃。母亲只要有一点不舒服，他就拿着一把药，在后面追着要她吃。他对母亲说得最煽情的一句话就是，我们得治病，我不想死，也不想让你死！

追随父亲一生的母亲，从来没有对父亲的生活方式提出过异议。她跟父亲一样干了一辈子革命，四十岁时看起来已经很老了。她生了我们兄妹四个，每天应付完繁忙的工作，还要应付我们的吃喝穿戴。我的记忆里，从来没有见母亲笑过，这样的神情一直持续到我们兄妹相继结婚生子。母亲那时退休了，她变得非常小心又细心，给孙辈们喂饭穿衣，脸上笑得花开一样。

我曾经写文章谈论过我的母亲，她是个完全彻底的革命者，她的精力百分之八十给了工作，百分之十给了我父亲，剩下的百分之十才是孩子们共同拥有的。在我的记忆中，母亲从来没有抱过我们，对孩子所有的教导，都是通过批评的方式完成的。

我的文章她看了之后未置可否，好像我写的是另外一个人。

她把我们照抚大，她这一生光做的鞋子能拉一汽车。小时候，每天半夜醒来，都能听到她纳鞋底的声音，刺啦刺啦响个不停。她跟父亲参加革命的年龄一样，十七岁。刚工作她就参加土改，是个干练的妇女干部。想一想，她在外面工作一整天，再回家照顾我们一群孩子，该有多累？我出生时奶奶便和我们生活在一起，她从来没有帮过母亲一把。奶奶什么家务事都不会做，每天只是静坐着，像我们家供奉的一尊菩萨。母亲累得招架不住的时候也想让她帮忙，可是看到婆婆打坐在那里一脸笃定，目中无物，只好作罢。有的人活在物质世界里，比如我母亲，有些人活在精神世界里，比如奶奶。母亲实在忙得没办法的时候也把我们托付给奶奶。奶奶就让我们在她身边坐着，她的安静威慑着我们，我们一整天都不敢发出大的声音，更不敢闹。

父亲与母亲的婚姻生活并不是一帆风顺的，我刚刚懂事不久，就知道了父亲曾经结婚生子，在农村还有一个女儿。他跟母亲是二婚，原来在老家是娶过媳妇的，那女人是他祖母用两斗麦子和两担玉米换的童养媳。他的祖父出去打仗，许多年都没有音信。父亲十七岁时，抱重孙子心切的祖母匆匆为他圆房。天下不太平，她怕孙子年少轻狂，再走爷爷的路，想用女人拴住他的腿脚。父亲读过师范学校，见识过剪短发留天足的女学生，他怎会愿意娶比他大七岁的小脚女人？他坚决不从。祖母把他关在家中强行举行了仪式。父亲在祖母的监视下跟这个女人过了半个月，趁着一个月黑风高的夜里越墙而过一去不返，从此走上了革命道路。父亲的祖母一直到死，也没有再见过孙子的面。

应该说，在父亲的第一次婚姻中，他并没有任何过错，他的错误在于对我母亲隐瞒了婚史。父亲比母亲大七岁，又是一个有趣的巧合。母亲那时已经是高级社社长，剪了短发，英姿飒爽。母亲说他们那时没有自由恋爱的，不兴这个。有人介绍对象，觉得合适就打结婚证。也有不少人给我母亲介绍对象，她总是能挑剔点什么，她并不知道想要找什么样的男人，心思都在革命上，结婚是多低级趣味的事情啊。有一天县委书记说，你跟某某某挺般配的。有人领她见了我父亲，二十七八岁的年纪，高大俊朗，只是看起来我父亲的面皮过于白净，连手都细腻得不像一个男人。母亲说不清楚自己的感觉，看他不像是个能下力气的人，却又有什么东西吸引着她，她在取舍之间徘徊复徘徊。县委书记说，人，你看都看了，话，我说都说了，同意不同意就是他了！她没再说什么，一辈子的婚姻就这么定了。过了几个月，县委书记说，你们结婚吧！她也不和姥姥姥爷商量，在城里买两斤糖果散了，就跟父亲搬在一起住了。父亲那时已经是县上的一个官，很会干工作，就是脾气差，和他在一起的同志都怕他。他们结婚时，就有人提醒妈妈这一点，担心她将来受气。但是母亲嫁过去，却发现完全不是那么回事。父亲对她疼爱有加，他除了不做家务，什么事都依着她。母亲二十一岁嫁给我父亲，二十二岁生了第一个儿子。大儿子还不会走路，二儿子已经在母亲肚子里扎根。后来我听人说，母亲那时好看得像朵花，越生孩子越水灵。好在县上像父亲这样的干部，上级都发五块钱给安排保姆，才让这个家像个家。就这样母亲还要一边干工作，一边手忙脚乱地伺候丈夫和孩子，从来没有半点怨言，幸福得梦里都在笑。

突然有一天，一个庄稼汉子手牵一个十多岁的小女孩，来我们家要钱。那汉子让小女孩把我父亲喊爸，他说他是孩子的舅舅。母亲惊讶地看着他俩和自己的丈夫。父亲一脸的笃定，要把他们带到机关里说话。母亲说，这是什么话？人都进家了还往外推？她给大人孩子做了面条，还格外多给孩子盛了两个荷包蛋。两碗面条的时间，把情况都问清楚了。父亲每个月给自己的母亲邮回去十块钱，这钱其实是给孩子的抚养费。最近这个孩子的妈病了，她就由自己的舅舅带着来到了我们家。

　　我的母亲哭得一塌糊涂，几个同好都劝她好好地跟父亲闹一次，要个说法，却没有一个人劝离婚的。那时不兴离婚，不要说母亲手里牵一个，肚子里还带一个，就是一个孩子没有，她也不可能离婚再找一个了。从来不会低头的父亲那次低下了他高傲的头颅。父亲说，连他自己都不觉得过去那事叫婚姻，更想不明白会有个孩子。结婚时本来想着跟母亲说清楚，又恐怕她根本接受不了。他说，你那时知道了这事，若是不嫁给我了，我怎么办呢？

　　母亲说，组织上已经决定了，难道我说不嫁给你就可以不嫁吗？

　　父亲无语，头垂得更低了。

　　母亲看着自己痛苦不堪的男人，心一下软了，说，既然你和人家生了那个孩子，就不能让她没爹！

　　从此之后，母亲再也没为这事跟父亲生过气。

　　这也就是母亲从来没回过父亲老家的原因。

　　有时候我在想，我为什么要反复地述说我的父亲和公公？其实后来我想明白了，对于他们那个时代来说，我不说这两个人，就几乎没什么可说的了。他们是那个时代的代表。他们，还有粘贴在他们身上的所谓的"社会关系"，像一张巨大的、黑色的、密不透风的网络，紧紧地箍住他们，任由他们用多大的努力也无法挣脱。其实他们的一生，只是在不断地掩埋自己的过程之中——他们一直在死去，今天死这一块，明天死另外一块。一直到没有可死的地方了，才剩下他们真正的自己——属于他们自己的、可以任意摆放的、像一间腾空的屋子。他们一直是倒着走的，小心翼翼。小心地说话，谨慎地办事，战战兢兢地与人交往，努力掩盖住自己，在所有的事情上都左顾右盼，害怕说错或者做错了什么。虽然阶级地位不同，可是却有着相似的表情——时时处处都带着赔小心的、探路似的表情。对于他们所做的一切（政治表现、工作实绩、群众评价、组织鉴定），他们总是希望有人来评判，然后盖章、铅封。一直到死，到盖棺定论，他们才会长长地出一口气，闭上从来没有真正地睁开过但也没有真正闭上过的眼睛。他们心里肯定在说，终于可以死了。"对得起良心，对得起家人"。终于可以死了——这话既不是逃离生活，也不是逃离生活的理由,然而,这话多么幸福啊!

不过,即使我努力寻找父亲和公公之间的关联性,却往往不得其门而入。从严肃的意义上讲,他们都曾经被历史熨烫得平平展展并一生服帖,但在这种相似之中,却有着本质的不相似。我的父亲一生都活在"意义"之中。而我的公公,即使最有意义的事情,在他眼里也是一片虚无。他最大的遗憾就是,虚无竟然也不是那么彻底,让他欲恨不能,欲爱又止。

我的父亲虽然一直在"台上",虽然一直没有被打倒爬不起来过,但他从来也没有当过主角,始终像一棵风中的孤树,左右摇摆,前倨后恭,永远没有站直过。我的公公虽然是一个普通的职员(他当上一个小领导的时候,已经是风烛残年了),但他在政治斗争的深耕细作之下,今天被犁一遍,明天被耙一遍,遍体鳞伤,体无完肤。

大多数人都像他俩一样,无处可逃。

所以我得说说他们,让他们为那个时代做证。

不然他们就没机会了。

不然我就没时间了。

十八

我十几岁时就在一家地方刊物上发表过小说,人称才女。我从没认可过自己,觉得自己什么地方都不好,连相貌都没长过人家。后来和敬川谈恋爱,也一直不肯告诉他我写过小说,觉得那是很羞愧的事。敬川也从不在面前夸奖我,他倒是常说起他的女同学和女同事,称赞她们的能力和智慧,弄得我越来越不自信。有一次,我和他说起这事,他吃惊地看着我说,我真没想到你会计较这个,她们怎么能跟你比?我心里更没底了,他这是在夸我吗?我们结婚后,敬川对我的确疼爱,工作之余,他把家里安排得井井有条,我们的生活在不断变化的任何年份,都过得顺顺当当令人羡慕。家务活都由小保姆做,需要决策的事情我显然缺乏主见。我只负责女儿的学习,而且尽心尽力。他从来没有管过女儿的学习,没参加过一次家长会。女儿却始终对他比对我亲得多,他们在一起谈天说地,即使我在旁边也插不上嘴,况且我习惯于不发表任何意见。我觉得在他们眼里我好像是个无用的女人,虽然并不因此觉得委屈。

女儿考上初中，念了寄宿学校，我一下子变成了一个闲人。我的生活处于失重状态，养尊处优的生活让我更没有一点底气了。

我的写作就是自那时开始的，起初纯粹是一种倾诉的需要。先是写诗，小情小调。再写散文，写丈夫，写女儿，写周围的人和事，一些细碎的感觉。慢慢地，我开始写故事，我的生活从此进入虚构状态——一直到现在，我的故事和生活之间也没有一个清晰的边界。

我的父母都是彻底的唯物主义者，不相信命运之说。我仅有的几次算命，都是婆婆私下找人看的。还好，命相不错，一辈子衣食无忧，手里存不住钱，也不会缺钱。算命的还说，什么样的灾难到我这里都能逢凶化吉。有一次婆婆让人看我的八字，得四句诗，我至今还记得：渴后笑嘻嘻，中行最为宜。所求终有望，不必皱双眉——那意思笼统地说，就是再大的灾难都能克服。仅有的一次亲历是，我们夫妇两个被朋友带着，去嵩山少林寺拜见一个声名远播的大和尚。他问了我先生几个问题后说，你命相很好，不过四十八岁之前挣的钱是国家的，四十八岁以后挣的是自己的。我疑惑地看着他想，四十八岁他还没到退休年龄，怎么能挣钱给自己？然后大和尚又说，你太太天生是吃文化饭的，会很有成就。我不禁哑然失笑，看来这大和尚也是浪得虚名，说的没一点靠谱的地方。我已经三十几岁，还能吃什么文化饭？

十几年之后，想起那个大和尚所言，我才猝然警醒。我倒是真的吃了文化饭，至于我的先生，他的命运另起一行那一年，刚好周岁四十七，虚岁四十八。浮生若梦，欲说还休——"人的一生是连续不断的考验，对于生活谁也不能有恃无恐"。我的女儿幺幺十来岁就开始读小说，从铁凝王安忆迟子建刘震云，一直读到马尔克斯。她对我的作品很不屑，作家是那样神圣，她的日常无力到只会哭泣的妈妈能写小说？有一次她学校一个同学上课时偷偷读小说，被老师收走的那本书，竟赫然印着我的名字，她觉得丢脸到家了。后来她的老师中也多有我的粉丝，但她从不愿意与老师谈我的作品。实在被问不过，她就说，哪有时间读课外书？她十岁那年读迟子建的《青草如歌的正午》，看完之后长叹一口气说，我要是迟子建的女儿该有多好！上了高中后，她渐渐接受了我写作的事实，新作发表我让她看。她说刘震云为什么能写好？那是因为他所写的就是生活，妈妈你的作品总是在生活之上。我问，生活之上怎么了？她说，不怎么，反正不是生活！

自从考上大学之后，她读书就不是很用功了，也许是打小我们管教过严的原因。她得过且过胸无大志，什么事情不是实在拖不过去了，根本就没上过心。不过在大学毕业之前，她也发表了好几篇小说。我们对写作的认识有很大差异，她的小说我都认真读过，我的小说她基本上不怎么读。后来我们在写作方面就很少交流，她也从不要我过问她的事。有一次，国内一家重点刊物编了她们学校的一期青春快线，后来我和编辑在一起开会，人家跟我夸奖她们。我带有几分得意地告诉人家说，幺幺是我女儿。她知道后大发了一通脾气，说，你是你我是我，干吗非得扯到一起？

他们生活在一个简单得只有交换的社会里，不愿意背着包袱前行。所谓现代文明，无外乎就是，你是你我是我；你的是你的，我的是我的；你们是你们，我们是我们。

敬川对我的写作开始表现得也很错愕，还跟我闹了一段时间的别扭。他气的倒不是我写作这件事，而是我从来都没跟他说起过，他是从别人口中听到的。他说，你连写小说这样的大事都不跟我说？我说，这也是大事？也许他习惯于我对他言听计从，这一次自尊心稍稍受了点伤害，从此他刻意避讳与人谈起，直到后来我在一篇散文里谈到我的婆婆，那篇文章得了地方报纸的一个奖，他很感动，才慢慢地接受这个事实。其实敬川有非常好的文字功底，1979 年高考他的作文是满分，1983 年的大学生诗歌大赛，他拿了很好的名次。说起来，他的文学情结要比我浓烈得多。我以后的每一篇稿子他都是第一个读者，也是我的专职评论家。不过令人沮丧的是，一直到今天为止，我也没有得到过这个评论家的一次好评。

自从敬川参加工作之后，他就基本上没写过诗，也不怎么读诗。每次他们同学聚会，听到大家都喊他"诗人"，我就禁不住脸红。我后来文学圈子里的朋友，也都不知道他曾经写过诗，以为他是个只会大块吃肉大碗喝酒的家伙。有一次他去北京跑项目，我刚好参加中国作协的一个活动，我们同机。还好他有一帮人跟着，否则我都不知道他怎么能登上飞机。从一坐上飞机他就鼾声如雷，周围的人对他侧目而视。我实在看不下去，补钱把他升到头等舱去了。我们这一帮作家也有喜欢喝酒的，但并不欣赏酗酒的人，而且我文学院的老师也在。下飞机的时候，老师把我拉到一边，说，你怎么找这么个酒囊饭袋？

我无语。我知道那是他的工作，该喝的酒他一杯都不能少。各种检查要靠喝酒才能被验收通过，国家的项目也是要靠喝酒争取的，而且要一级一级地喝，像过去战争年代攻克堡垒一样。有一次他趁节假日回家，洗完澡之后我发现他的整个背都是青紫的，就问他怎么回事。他这才摸了一下脑袋，说，怪不得我这几天梳头，脑袋后面一点感觉都没有，肯定是喝多仰面摔倒了也不知道。我的泪水一下出来了，如果不是命大，自己死在屋子里也没人发现。

　　他四十岁生日那天也是在飞机上度过的。我们都忘记了他的生日，晚上他给我发了一条信息，是他写的一首诗，《四十不惑》：

十五岁那年
我刚刚认识了火车
它拉着我去西南读大学
我穿着三叔捎回来的
第一双白塑料底布鞋
听着对面穿中山装的人
大谈人生感悟
血涌到了脸上
手在裤袋里攥出汗来
后来火车换成了班车
班车换成了轿车
父亲被我的出息鼓舞着
进城装了满嘴假牙
在此之前，我也曾怒马鲜衣
像刀客一样浪迹四方
现在那些陈年旧事
和一大堆诗稿
通通被扔在旧皮箱里

　　我没有读完，就发了一条信息嘲讽他：您是哪位啊？
　　他立马给我回了一条信息：打酒的！

出事之后，我去看他。他拿给我看他写的《蝴蝶之死》：

我要把一只蝴蝶做成书签
它抖动的身体
被穿在
一根大头针上

如果没有我
最终它将裹在一堆落叶里
被清除出这个城市
而经历了这次疼痛
它将活在一本诗集里
并常常让我
看它飞翔的样子

我不知道，那是蝶之痛还是人之痛。

曾经有一段时间我真是想死。不过即使我去死，也不是为了摆脱痛苦，而是为了让痛苦更完整、更彻底——谁能说痛苦不是一种激情呢？难道它不比麻木更值得我们尊重吗？而可悲的是，我之所以没死，就是陷在麻木里了。或者说，我已经死了，后来又怎么活过来了，而且活得这么扎实，连我自己都很吃惊。我整夜整夜地睡不着觉，靠大剂量的苯巴比妥才能让我稍稍休息一会。我拼命地在电脑上敲击，写那些连自己也看不懂的东西。

我也常常在夜深人静的时候回望我们的来路。遭遇的痛苦到底给予了我们什么呢？如果在这种痛苦面前我们不能意识到，并不是只有我们才能配得上这样的痛苦，即使我们没有得意扬扬，但与那些谨小慎微、孜孜矻矻、得到的怕失去、失去了怕蒙羞的人相比，也不能说是更勇敢，而是更无耻。

一生中得到什么和应该得到什么，失去什么和应该失去什么，至少不是，或者不应该是一个作家的首选。一个人在生命之中得到的，都是他应该得到的。李碧华说，他得享的，皆前因后果，并非比我更好或更坏。然而，他失去的，一定是他该失去的，也许它并不是最重要的，最多，它是最遗憾的。

那么，在这种宿命面前，我该说什么，该怎么说？

正式进入写作以后，我常常被邀请参加一些文学活动，先是省内，再是省外，再后来，我游历了许多个国家。记忆最深的是那次我随中国作协代表团去内蒙古鄂尔多斯创作基地挂牌。到了包头，几位老兄为了劝我喝酒，把他们自己也灌醉了。可是，我觉得自己没醉，一直都非常清醒。后来他们告诉我，我至少喝了半斤酒，从来没有见我喝过那么多酒。还有一个老兄说，想起来真后怕。

后怕什么呢？比酒可怕的东西并不少。况且，我的悲哀，我的伤痛，要比半斤大得多。也许，对于那时的我来说，酒就像毒品一样，是没有眼泪的宗教。

不过，那天在草甸子里，喝了酒的我还是跟他们一起开心得手舞足蹈。后来竟然是我闹着去唱歌。我生性一向放不开，自认无任何表演天分。一直到今天，摄像镜头只要对着我，立马就不会说话了。那天我们的卡拉OK真的很OK，有几个人堪称专业。我亦用我的投入打动了大家，连续受到表扬。从那天起，我突然就成了一个会唱歌的人，只要有这样的场合，总是会被点名。

唱完卡拉OK，已经差不多是夜里两点钟了，大家却没有睡意。我们走到大街上，万籁俱寂，天很蓝很蓝，稠密的星星好像都坠落了下来，低到伸手可及。忽然有人提议去看黄河，应者云集。我们立即爬上了朋友的越野车，但是没有人知道路怎么走。散文家亮程很诡异地说让他闻闻。这个对狗的生活习性摸得门儿清的家伙，黄河肯定不在话下了。果然他煞有介事地嗅了半天，然后指了一个方向。我们顺着他的指点杀过去，竟然找到了黄河。

黄河长得什么模样自然是看不清了，河岸上一片漆黑，我们都不敢朝里走。当时是春天，河非常安静，水流像一个低头默默赶路的人那样，没有一点声响。风吹过河滩，发出折纸般的沙沙声，因为是春天，并不显得凄清。几位男士扎在一堆抽烟，女士则说些零星的闲话。我顺着河岸向东走。我的思维里只剩下苍穹和大地，尽管周围是那么荒凉。那荒凉来得正好，那荒凉来得正是时候，我变成了一个完全自我的人。风略微有点凉，只在身体的表面轻轻地蹭着，并不往心里去。这种凉使我的身体常常回到我的意识里，我突然哭出来了，几乎是放纵的，我啊啊啊地发出喊声，得不到回应。这天地是我一个人的,我活得如此坚定和沉着!不管过去有多少失落和伤痕,在这天地里,它们都显得如此的可笑和微末,尽管它可能成为我愈热闹愈孤独的灵魂的识别标记,但是,我不在乎了,真的不在乎了。

我想起十年前在北京遇到的敬川的女同学,她当时已是志得意满的法学博士。她刚刚经历一次婚变,姑且不论是谁的原因造成的,不能否认她既是自己婚姻的破坏者,也不是别人婚姻的建设者。她俯视着我们的婚姻,试图用犀利的语言把它割成碎片。她快意着她的巨大的杀伤力,甚至很傲慢地问我,你爱你的先生吗?你先生爱你吗?我目瞪口呆,对这样的先锋做派我还只是在电视上看到,当她出现在生活中时,你觉得竟是如此的虚假。最后她告诉我她给我先生下的结论是,中国不缺少他这样的官员,但是缺少这样的律师(写到此时,我突然心生悔恨,也许她是对的,如果那时我们放手,或许真的是对他人生的一次救赎)。

就在黄河边的这个夜晚,我突然想再次见到那个女博士。我想对她说,她的很多话都是对的,错就错在,她浑身都是错。我还要特别地告诉她,我非常非常的感谢她那时的咄咄逼人,她让我看清楚了自己、先生和我们的婚姻。如果让我再选择一次,我依然做出现在这样的决定——尽管我曾经是我丈夫的妻子,女儿的母亲,现在的我自己。

其实,即使我现在做不了自己,我也已经看到我该做怎样的自己了。我宽容一切,包括苦难和恶毒。塞涅卡说,如果对方比你弱,你就饶了他;如果对方比你强,你就饶了自己。总之是,时间不是一切,但是时间可以决定一切。到了最后,在上帝的流水账上,时间终会把痛苦兑换成快乐。

其实,幸福也好,痛苦也罢,爱得死去活来和麻木得心如止水,都是我们这个庞大的人生布局的一部分,我们并不是被命运算计了,所有来过的一切,都是我们的人生配额,我们必须毫无理由地接受并完成它。不管过去生活曾经怎样逼仄和残酷,当你挣脱它之后,再回首用遥远的语气讨论它时,即使你痛心疾首,其实都不像是在谴责,而更像是赞美。

十九

我知道自己的叙述每往前走一步,就有可能离现实更近或者更远一点。有时候,这跟我的主观努力有关系,有时候一点关系都没有。故事会自己行走，它有自己的逻辑和方向。但是，我还是小心地在现实和虚构之间寻找对称性——现实不应该如此疼痛，虚构也不必那么曼妙。既不能入世太深，也不能逍遥太远。其实在真实的生活里，我们真实地生活过吗？我们踩着由痛苦、欢乐或者麻木做成的滑板，在生活的水面上浮掠而过，直到咔嚓一声，碎成木屑。

很多时候，我觉得山穷水尽，实在写不下去了。我陷在一大堆突兀的细节和互不粘连的空白之间——就像乡下雨后的道路，只能看到一片汪洋和星星点点地露出来的路面，根本无法看清楚整个道路——那时候，我就撇下电脑，一个人沉沉地没入这个熟悉得如此陌生的城市。从走下楼的那一刻起，我心里忽然会泛出难以描摹的厌恶。不过，说厌恶又不是十分准确，类似于出门被雨淋了一通，但又不是淋得很透的那种沮丧——虽然没有躲掉，但又不是真正的受害者。其实，没有人真正看透或者懂得一座城市，也没有人能够真正描写它。它以相同的自在方式，存在于不同人的记忆里。在我的印象里，它就像个油渍麻花、雾气腾腾的巨大车间，在不同的流水线上，永远是相同的人在同一时间收集垃圾，把一箱箱臭带鱼搬到门外斜靠在墙上，或者埋头在一堆旧锁和钥匙里。左面墙上写着：苦战一百天，扮靓我们的家园，迎接全国文明城市验收！右边墙上贴着小广告，从代人受孕到根治软下疳——这个最不文明的细长的产业链，恰恰成为现代文明内在的组成部分。

在城市人的生活程序里，只有两个按键，前进或者倒退，它没有暂停。这一点不像农村人，农村人可以在一个坟堆旁坐上半天，也不会觉得有什么不合适，或者损失了什么。

还有个致命的问题是，即使在城市里，我们也没有完全进城。我们和没心没肺的孩子们不一样，不管走到哪里，我们都拖着长长的出生地的阴影。而他们的历史就背在自己的包包里，可以随身携带。我们的历史在村子里，在某个小城市的旮旯里，如果我们走回去，稍不小心就会与它们撞个满怀。那不仅仅是伤感、温暖或者尴尬一类浅薄的观念，有时候，它就是另外一个自生自长的你，在你抽身而出的时候，它还在那里独自生长——在老师、同学和街坊的故事里，你不会死去——你被历史镜像了，即使过一百年你再回去，仍然可以看到那个活生生的自己。

而在城市里，你的存在只是一片虚无。你不是任何，只是事物的背景和衬托。也许，人与城市的关系就是这样的，这里虽非故乡，却也不是他乡。它不贴身，也不是隔河相望。它一定在你的眼前、身边，却又是不远不近、犹来不来。你想拥抱它，它若无其事地拒绝着。你想逃避，它却扑面而来，用非常强硬的态度强调它的存在——让你抑郁也难透彻，快乐也没有来由。

很多时候我不知道，我要说的是哪个自己——是留下的，还是脱身出来的。有时候，即使你努力保守着自己，怎么保证周围的一切不物是人非呢？

苏天明毕业于一所著名的法学院，并被保送到北京另一所法学院读研究生，条件是毕业后留校任教。但为了金地，他坚决要求分回了家乡。刚上班便赶上1983年第一次"严打"，他作为审判员参与其中，当时在审理一起盗窃案件时彻底改变了他的人生方向。这个盗窃案的案犯是一个还不满二十岁的农民，派出所进行拉网式清查的时候，发现他家有一台台扇，觉得情况异常。因为他家家徒四壁，他的父母在一起事故中双双身亡，剩下一个老奶奶带着他生活。

派出所的警察把他抓到所里，诱导他说，这也不算个什么事，你只要说清楚马上就可以回家了。他承认是偷的。警察说，据说你偷的可不止这个，不说完怎么能让你回家呢？这个年轻的农民继续回忆了偷过的猪、鸡、架子车底盘、村子外的泡桐……最后一合计，总算凑够了一万多元，按当时从严从重的法律：死刑。宣判那天苏天明在场，一宣布死刑，那个孩子一下子瘫倒在地，脸白得像个鬼。他跪在一群法官的脚下，大放悲声，说，不是你们告诉我说清楚了就可以回家过年了吗？主审老法官从容不迫，用穿着黑皮鞋的脚拨弄着他的头发（这是这个孩子一辈子如此近距离地靠近一双皮鞋），说，这不是这么多人送你过年去吗？过了这个年你永远都是二十岁了，多有福气啊！

一个案件从前到后不到十天，一个年轻的生命就没有了。苏天明主动退出了法官队伍，改行做了律师。律师做了没几天，省委的一个主要领导命令终止了律师辩护——他在一份关于"严打"的文件上签署这样的意见：律师作为国家的法律工作者，怎么能为坏人辩护？苏天明上书省委政法委据理力争，第一次因为"路线错误"，被贬到一个地区政法干校当老师。也是因祸得福，所谓的政法干校只是个空架子，只有校长副校长和一个办公室主任。他进去不久就被宣布为教研室主任，从此正式踏上了国家干部的阶梯。

后来根据他所在的地区行政区划，他被分到一个新的省辖市，成为这个市最年轻的科局级干部，并受命组建这个市的第一家律师事务所。他一直被命运推着走，像坐过山车，顺利得都不敢想象。其实他在哪个地市都一样，最终都会走上官场这条道路。他被金地家的官场氛围重重包围着，根本无法突围。从她爷爷开始，一直到父母兄弟，大大小小都是官场中人。他们给了他一种无形的，却是无所不在的压力，好像不走这条道就不是正道，这也成为金地后来悔恨不已的一个由头。

其实，来自苏天明家族的压力更大。他的家族曾经辉煌的历史像一艘千年沉船，虽然被埋葬在看不见的水底，但全家人打捞它让它重见天日的渴望，一天也没有终止过。这个具体而又渺茫的希望鼓舞着每一个人，而且越是渺茫越让他们兴奋不已。同时，在"文革"期间所受到的迫害和羞辱，让他们心里复兴家族的欲望也不断地生根发芽。这两种力量的共同作用，使苏天明从很小的时候起就学会了忍耐。在学校里，他是个好学生，即使全国都"停课闹革命"，他也从来没放弃过读书。他的母亲自打他出生起就开始为他看命算卦，几乎所有的预言都朝着家人预期的目标迈进。现在的孩子，远远不能理解一个家庭成分不好的人在"文革"期间所能受到的屈辱——"社会关系非常复杂"就是一种诅咒。上大学、当兵、入党、提干，这些被贫下中农的子弟承包的好事，他们想都别想。即使是婚姻他们也很难如意，任你是浓眉大眼的地主子弟，也只能在光棍队伍里独善其身，看着贫下中农缺胳膊少腿的孩子抱得美人归。

在中央的干预之下，省里又恢复了律师辩护制度。苏天明又重新回到律师队伍。他博闻强识，法律业务扎实，且口才出众，反应机敏，如果一直做下去会是一个很好的律师。但苏天明的心中分明装着向上的梦想，他想证明他自己。

苏天明从最底层的官员做起，一步一步地走过来，从乡、县、市、省，一直升到中央国家机关，一个台阶都没有漏过。他的所作所为在当下的历史背景里越来越混浊不清——他想在一潭死水之中奋力泅渡，而且努力做到风生水起，并最终壮烈地沉默。

认识他的人都说，他的出事是必然的。他们都能看得出来，除了他自己。

出事之后，虽然他工作过的每一个地方，都有人络绎不绝地去看他，从下岗职工到特困户，还有一个老上访户在网上写下了长达数千字回忆他的文章。但是，这并不是主流，现实的主流仍然是成者王侯败者寇。对大多数人来说，没有真相，他们不需要真相，他们只需要结果。

苏天明留给那个地方让大家享有和思索的东西太多了。他说一个官员不能尸位素餐，在任何地方都要留下执政痕迹。他工作过的地方，经济社会都会突飞猛进地发展。他留下了他的执政痕迹，历史和文化在他身上留下了它们的痕迹——历史有着它自己执拗而无情的规则。

是的，他还说了很多。可能他根本就没想过病从口入祸从口出这个问题。

他说，如果一个国家跟富人过不去，最后伤害的都是穷人。因为只有富人才能够给穷人提供就业机会。世界上最伟大的民主国家都是富人治国模式，如英美日。而欠发达国家，大部分都是穷人治国。两者的优劣稍微一比较就出来了。过新年的时候，美国总统肯定跟富人泡在一起，而绝不会跑到穷人家里包饺子，白宫新年招待宴会的门票是以五位数美元计算的。

他说，不应该忘记，没有房地产商就没有中国的城市化和现代化。一个网络经营者，圈十亿元的资金竟成为网络英雄，股神圈钱也天经地义。而一个房地产商，赚一亿元你就说他是大鳄。这是什么道理？看看我们漂亮的城市，大部分不都是房地产商开发出来的吗？

他说，不发展是最大的腐败，是权力的自我溃烂。

他说，领导开会整顿会场秩序是弱智行为，要想让别人好好听，你就得好好讲，说人话。

他还说……

他还说……

他几乎是一个透明的人，说话口无遮拦，做事雷厉风行。他想干好工作，造福一方百姓。他几乎从来没有弄明白过这么一个潜规则：不该作为时候的不作为，就是作为。或许他弄明白了，他觉得凭借自己的智慧和能力，可以轻而易举地穿越这个雷区。他哪里知道，干的工作越多，落的埋怨越多，工作成绩越突出，负面的评价越多。

一个台湾的企业家曾经对他说，你这么干等于是自杀，木秀于林风必摧之。但他不信邪，他将为自己的固执付出血的代价，性格决定命运的逻辑列车又一次从他单薄的身体上碾过。"命运降临到我们身上的一切，都是由我们自己来进行评价的……我们所做的恶，还远不如我们的善良品质给我们带来那么多的迫害和仇恨"。这个社会就是如此残酷——你根本无能为力，却要为此承担全部责任。你把别人的必然都化作偶然背在自己身上，却还要接受他们的嘲弄。这是这个时代的悲剧——它把所有的病菌全都毫无节制地复制在个人的身上，然后又撒手不管。

其实在苏天明出事之前，金地与他有过一次激烈的争吵。那次是金地的几个大学同学来看她。苏天明陪他们喝完酒之后，大家在一个茶馆里喝茶。苏天明借着酒劲，又在大谈他的所谓"理念"。

正在说笑的金地，一句话都没再说。

晚上回家的时候，一路上金地都没搭理他。苏天明也看出了她的情绪，快到家的时候，他把手放在她手上。

金地的眼泪流了出来，她让司机把车停下，然后拉着苏天明下来。

苏天明等司机把车开走。她把手从他手里甩开，直视着苏天明的眼睛，你到底要走多远？

行至水穷处。苏天明调侃地说。

莫非官场里都是一群白痴，就你一个英雄不成？

我不是跟你说过，要践行李东生那句话嘛：不当先驱，就当先烈。这话特男人！

这话不是特男人，是特自私！金地控制不住自己，哭出声来，在夜里，她的哭声有着愤怒的悲哀。

苏天明长叹一声，又去揽金地的腰。金地挣脱掉他的手，愤怒地喝道，苏天明，你有老婆也有孩子。你可以奋不顾身快意恩仇，你想过没有你出事了我们怎么办？难道你真的忍心让自己的老婆孩子在别人的白眼里过一生吗？她把自己的围巾拽下来揉作一团，砸向苏天明，我找一个老公不是为了让他去当烈士，而是让他在这个家里担当起男人应有的责任！你作为一个父亲也不是光挂个名，而是要给孩子一个安全和体面的环境！她突然哽咽得说不出话来，憋了半天才低声地吼出来，苏天明，对你自己，这是自杀，而对于我们，你是在谋杀！

后来，金地在苏天明的笔记本上工工整整地抄下这么一段话：

注意你的思想

它们会变成你的语言

注意你的语言

它们会变成你的行动

注意你的行动

它们会变成你的习惯

注意你的习惯

它们会变成你的性格

注意你的性格

它们会变成你的命运

　　苏天明出事后,金地翻开他的笔记本,再看着这几句话,不禁百感交集。如果苏天明把其中的一个注意放在心上,也不会有今天。

　　但是她又很庆幸,如果没有今天,她真不知道会有一个怎样的明天。一个有个性的官员可能会犯很多种错误,可是,一个没有个性的官员,本身不就是一个错误吗?

　　事后她再也没有埋怨过苏天明,她最怕的是苏天明跟她认错,而不是苏天明不认识自己的失误。后来苏天明对她说,他到中央机关工作之后,部长不知道怎么看到了他在网上的言论,把他叫过去狠狠地尅了一顿:

　　你是共产党的一个领导干部,不是个专家学者,最起码的原则性应该有,怎么能想到哪儿就说到哪儿?

　　我说的都是真话。苏天明辩解道。

　　真话?部长把从网上下载的东西拍在桌子上,是不是真话,你说了算吗?

二十

　　人从一出生就像一只空口袋,一辈子都在往里面装东西,直到装满,实在拿不动就放下了。放下了东西,放下了性命,放下了一切。而神之所以为神,在于他在途中就把最终不是属于自己的东西掏出来,毫不迟疑地清理掉。他只背负着自己前行,因此而成为神明。

　　在黑塞的小说《悉达多》里,作家试图让释迦牟尼更加世俗化——这个婆罗门的英俊儿子，这只年轻的雄鹰，在经过正规训练之后，周围的人已经在他身上看到一个伟大的圣贤和僧侣在成长。恰恰是在这个时候，他放弃了自己正经的事业，一头扎进尘世里，在历经了酒色财气之后，才突然醒悟，抛却曾经拥有的一切，重新找到自我。

莫非即使是神也逃不脱世俗的诱惑吗？

也许，神的苦恼比人更大，因为他比人看得更清楚。只是，神能够从苦恼里抽身而出。那么，是谁赋予神这样的能力：他可以有两个以上的自我，是另一个更大的神吗？如果仅仅因为他是神就可以在神与人之间自由来往，那么，他成为神并让人信服的理由是什么呢？

在黑塞的故事里，终于从俗世逃脱之后，已经不再年轻的释迦牟尼终于看透了这个世界的本质，以及抛弃它的快感。黑塞写道："他扪心自问：你这种快乐从何而来？也许它来自这次使我十分惬意的长长的酣睡？或是来自我念出的那个'唵'字？或是来自我的逃遁，我终于逃脱了，重新自由了，像一个孩子站在了蓝天下？哦，这样摆脱了羁绊、这样自由自在是多么美好！这里的空气是多么纯净，呼吸起来是多么畅快！而在我逃离的那个地方，一切都散发出油膏、香料、美酒、奢侈和懒散的气味。我是多么憎恶那个有钱人、饕餮者和赌徒的世界啊！我是多么憎恨我自己，恨自己在那个可恶的世界里待了这么久啊！但这次我确实干得漂亮，我很满意，我要赞美，我终于结束了对自己的憎恨，结束了荒唐无聊的生活！"

看吧，神也与人一样，总是会给自己的错误或者罪恶找一个扎实的借口——如果这就是宗教的本质，罪恶可以忏悔和救赎，那么和交易有什么区别？

他就这样赞美着自己，对自己很满意……"这很好，"他想，"把应当知道的一切都亲自尝尝。世俗的欢娱和财富并不是什么好东西，这我从小就学过。我早就知道，可是现在才算是亲身体会到。现在我明白了，不仅是脑子记住了，而且是亲眼所见，心知肚明。好极了，我总算明白了！"

可是，作为俗世之子，我们无法找到通往神界的阶梯。我们从来没有看明白过，这多么悲哀！即使看明白，我们也无法逃脱，这多么悲惨！

生命的前二十年，我物质生活上尽管比起女儿差了太多，回想起来，却是平静的，祥和的。父母不能给予我们细致的照抚，却给了最大的自由。天高地阔，成长一天天散漫而执着，幼小的心灵里装满了寂寞和虚无的向往。我常常去火车站看火车，不知道远方到底有多远。

而幺幺的童年却不是靠想象来打发的，为了给女儿一个自由的生长空间，敬川差不多是尽了最大力量，只要有机会我们就带着她满世界跑，她认识车辆、轮船、飞机、斑马、大象、梅花鹿，基本都是从实物开始的。幺幺出生的时候，婆婆找人给她看八字，看的人说是个贵人，还说前生后世什么的，我和先生从来没有相信过。她五岁那年，我们带她去海南，大约七八个人，天气炎热，大人们都累得七颠八倒的，只有她不知疲倦地疯着。她习惯和我们拉开一段距离，以方便她随性地与什么事物交流。一只流浪的猫狗、一朵花都可以和她相处好大一会工夫。我还能记得那是一条通往寺院的路，坑洼不平，午后阳光透过树影散碎地照下来，让人眼晕。一个老迈的僧人坐在一棵树下，不知是打坐还是打盹。我们从他面前走了过去，等我们再回去寻找幺幺的时候，一个胖和尚与一个幼小的孩子就那么面对面坐在了一起，真像一幅喜乐的图画。他们似乎聊得很投机，是幺幺在给人家讲什么，老和尚听得很认真，时不时地点一点大胖脑袋。我赶过去道歉，说，小孩子顽皮，冒犯师父了。老和尚微微地笑着问，是你的孩子？我说是的，边说边给和尚掏了一百块钱，说是捐个功德。和尚挡了我递钱的手说，她可不是个普通的孩子。顿了一下他又对着我说，女孩子要好好养，她的天地很宽。说完挥手要我们离开，疲倦似的闭上了眼睛。

这样的事情还有一次。两年后的秋天，我们带幺幺去云南，在丽江的游艇上遇到一个道士。他可能经常在这一带行走，有许多人想要与他搭讪，都被礼貌地拒绝了。他独自坐着，目中无人地看着远方。我们在甲板上转一圈，却发现幺幺走丢了。我们找她确实费了很大一会工夫，我的眼泪已经在眼眶里转动了。后来在道士的船舱里我们看到她，她离开我们的时候手里握着一个石榴，这时正拿在道士的手上。仍然是幺幺在说话，道士很认真地听。我们走过去，她就停下来，所以聊的什么我们无从得知。从小她就习惯与陌生人聊天，可她见到我们总是马上闭嘴，好像怕我们知道她胡说了些什么。道士看到我，示意我坐下，以商量的口吻要我把孩子的名字写下来。我迟疑了一下，掏出笔，把幺幺的名字写在一张纸上。他接过去看了，又让我写下我的联系电话。我只好写了办公室的电话。

事情过去有两三个月，突然有一天，一个口音古怪的人打通我的电话。他只说了云南、丽江，我就听明白了是那个道士。我的惊恐达到了极限，本能地问他，是不是有什么事？他可能听出我声音里的不安，说，你别紧张，我只是打电话提个醒，你这个孩子可不是个普通的孩子，投生到你们这里你们一定要好生养着。我唔唔啊啊地答应着，恐惧变成了吃惊。后来他又说，你这个孩子啊，二十岁之前别人看父敬子，二十岁之后，肯定是看子敬父了！而且一定注意，她二十岁时，会有一场大灾难。

这个电话来得突然，走得突兀，连一个告别的话都没有，突然就挂断了。我不太相信这些玄虚的东西，即使我有心打问点什么，那时还没有来电显示，又到什么地方去寻找他呢？

二十岁，那一年她差点丢命！那一年，她爸爸的人生被伏击。不过也是那一年，她以优异的成绩考入一个重要的军事机关，成为她们学校的一个传说。难道每个人都有自己的宿命吗？我真的非常骇然。

我突然想起裳，那个一生充满着传奇色彩、被方圆的女人们传为观音弟子的我的祖母。

裳的一生可以在任何一个故事里闪光，哪怕她只出一次面就足够了。她在历史的夹缝里完整且完美地过完了大家闺秀的一生，这在"那个时代"简直是个奇迹。

她一生恬淡而执着，虚荣而尊贵。她用不严之威对付这个世界，而且，以不变应万变。

裳的姥姥家是方圆有名的大地主。尽管她的娘生下她因为难产而死，裳并没有受过丁点罪。她的姥姥痛着女儿的死，把对女儿所有的爱全都转移到她身上。

裳的娘没有给女儿留下任何物件，她像风一样，只有不断的呼声，却永远没有形体。娘仿佛是一个传说。姥姥告诉她，娘留下一句话，说怀上她的时候，做了一个梦，她梦到自己跪在观音菩萨面前。菩萨告诉她，肚子里怀的女孩是观音的弟子，要教导她，一生吃斋修行。姥姥让裳记住娘留下的话。裳活了八十七岁，没有吃过任何荤腥，连鸡蛋牛奶都不沾——但是，她也从不烧香拜佛。

裳十八岁时嫁给了我的爷爷。丈夫高大俊秀，可这和裳有什么关系呢？

她只是顺从自己的习惯和愿望生活，看待这个和她一起吃饭一同睡觉的男人，同看到空气，看到刮风下雨，看到树木和天空飞翔的鸟没有任何区别。她和丈夫一起生养了五个高大漂亮的儿女，但在她眼里，孩子是孩子，丈夫是丈夫，互相都不搭界。即使是看孩子，也如同是田地里的麦子玉米，她的目光不曾为哪一棵改变过。

裳的姥姥为了不让外孙女受婆家的委屈，陪嫁了一百亩好田地。裳嫁过来，没有动过一根针线，更不要说厨房那些粗重活计。她生下的那些孩子都由婆婆带着。婆婆死了，自然有小姑子们带着。小姑子们嫁了，儿女们一夜之间长大成人。他们细心地照抚着母亲，从来没有谁会奇怪他们的母亲为何不做任何事情。女儿出嫁了，儿子们娶了媳妇，媳妇也不得不肩起侍奉婆婆的责任。

在我写下这段文字的时候我才想到，爷爷和奶奶他们两个只是长老了，却从来没有长大过。他们俩是公子小姐出身，爷爷因为过早地失去了父亲，从来就没长成一个父亲的样子；而奶奶从娘家到婆家，一直都生活在溺爱里，从心理上讲也从来没有走出过闺阁。他们两人的生活，随意性和随机性远远大于生活的内在逻辑。

裳这一生从没和谁有过节，她连家常都不会拉。她的目光里有万物声光，唯独没有人。每当日上三竿时分，她会坐在光影里梳理她的头发。开始是一头青丝，后来是一头银丝。她梳理得很慢，差不多是在把玩。时间一点一滴地走过她，她似乎没有知觉。她把发丝散下来把上去，观看它们在风中的姿态。暖阳抚慰着，即便活到八十七岁，她仍然是一个少女。

裳一生都喜爱穿白色的衣服，她的衣服是要自己亲自浆洗，很仔细地打理，她不容许衣服沾染上一星灰尘。她还喜爱做一件和生活无关的事情，在院子里的空地上种一种叫指甲草的植物。后来跟着我们生活，父亲也总要在院子里专门为她留下一块地种花。花从5月一直开到10月，红色的，粉色的，白色的。花开时节，她都会端着一个干净的筐子，一朵一朵地采。她采集花朵的模样，让孩子们心生嫉妒：那些花朵才是她真的儿女。她冬天的房间，挂着大大小小白色的布袋子，装满了晒干的花朵。她的指甲一年四季都是红色，很油润的棕红。

八十七岁，裳无疾而终。那是夏天的午后——一个月前她坚持回到老家小儿子那里去住。她告诉她的小儿子，让哥哥姐姐们来家吧，我要走了。她说的是走。裳的小儿子明白母亲说的要走是到哪里，他含着眼泪赶到邮电所打长途，逐个召唤他的兄姊，告诉他们母亲要走了。裳等不及他们，她就在那个下午走了。她给自己穿好了专门为"走"而做好的衣衫，雪白的长发在后面绾了一个髻。她让孙子去场院拉一车麦秸回来，搭灵铺用的。她的身边没有一个人。孙子拉了麦秸回来，发现奶奶睡了，身子挺得直直的，神态安详，双手合在胸前，状若参拜。

裳的指甲是红着，一双手细腻如玉。脸上的皱纹被死神抚平，肤若凝脂。

裳的一生，简单得不够写满一页纸，却又厚得让人琢磨不透。

幺幺出世的时候，裳已经走去很远。裳一生都没有走出过自己生长的那片土地，幺幺却在幼小的年纪走过了千万里的路程。然而，她们只是换了个不同的时代而已。那一时刻，我让时空和人物交替，从她们相似的脸上，找到的是不同时间不同环境中相同的表情。想到裳，我的心慢慢安静下来。

二十岁那年，幺幺还在北京读大学。她形体纤细，每年的春季都会因花粉过敏弄得透不过气来。这一点我问过我的姑姑们，好像我祖母也有这样的症状。幺幺就是在那一时期出现感冒症状，开始只是微烧，后来扁桃腺发炎，体温升至三十八九度。敬川打电话给北京的一个朋友，把她接到一家医院，住了三四天。发烧似乎是控制住了，她的病假也用完了。朋友把她送回学校。后来发生的这件事，几乎成为我和敬川一辈子的内疚。幺幺回到学校后，当晚又开始发烧。她同学到药店给她买了一整盒泰诺林，药店的人介绍说，这种药对感冒发烧有特效。幺幺只听从了特效，却忽略了服用此药不可超剂量。可怜的孩子，躺在学校狭窄的高低床上，昏昏沉沉地睡。她相信这药是万能的，吃了药烧就会退去，再烧起来就再吃一次。

我那时正参加中国作协组织的一个活动，在沙漠里，一整天都没有信号。敬川打通我电话的时候已经是深夜。他的口气很平静，说，孩子病了，可能要住院治疗，你得放弃活动去陪孩子。我还没迟疑一下，他立马又说，必须明天去，越快越好！

我是坐第一班飞机赶到北京的，到达解放军总医院的时间是上午9点多钟。几天工夫，我的孩子瘦弱得像个纸片，我一边责怪她不早点给我打电话，一边深信我来了她自然马上就会好了。我对医生们紧张的神情丝毫没有多虑，仅仅觉得孩子还是一般的感冒。敬川下午赶过来,他看见孩子,抱着她就哭,然后又不停地去医生的办公室沟通情况。他把孩子看得比自己的命都重,所以看着他们给孩子一遍遍地检查,一遍遍地会诊,我心里虽然烦恼却也没道理说出来。敬川也不理我,反而要求我到医院的宾馆去休息。我心存疑惑,他们的紧张让我既莫名其妙又一筹莫展。医生给孩子一天输十多个小时的点滴,还有几百毫升的血浆。我问敬川到底怎么回事。他解释说,孩子体质差,需要强化营养。

四天头上,敬川带幺幺去复查。查完把孩子送到病房,回到宾馆后,他一下子瘫倒在床上,睡了一天一夜。醒来后他给我看了一样东西,是他和医院签订的换肝协议书。他说,幸亏是在解放军总医院,幸亏是遇到一个刚从美国回来的医学博士,要是在其他医院,孩子已经没有了。原来,医院的一个朋友,打通了敬川的电话,告诉他幺幺的实际病情。幺幺被人送进医院的时候,转氨酶已经升到四千多,水米不进。正常人的转氨酶是四百多,她高出了十倍。如果降不下来,立马就会因肝坏死而导致死亡。医院的第一方案是立即进行换肝手术,否则生命危在旦夕。敬川瞒着我与医院签订协议换他的肝,后来还是从美国回来的一个年轻博士建议采用保守疗法,不行了再手术不迟。这个博士把幺幺从死神手里抢了回来。敬川怕我吓到,让我一直都蒙在鼓里。

许多时日后,我还常常在深夜里陡然清醒,我的孩子,差一点就从我的手心里滑脱出去。

二十一

敬川遭遇的这场变故,我们几乎不约而同地想到必须瞒着两边的两个老太太——我父亲和公公的去世,多少使这场灾祸减低了它悲哀的程度和杀伤力。敬川的父亲一生把面子看得比命都重,想想他如果活着,那该是多么羞愤。而我父亲那份极端革命者的清高,也会让他不堪其辱。父亲一生嗜酒,春节孝敬他两瓶好酒,他都要问清楚是从什么地方来的。我有时实在不耐烦了,就故意呛他,到什么年代了,人家送的就不能喝了?父亲愤然而起,拍着桌子吼道,我还喝得起酒,是谁送的你就还给谁!

幸亏他们都死了,幸亏!

我的婆婆没读过书，尽管她后来很努力地识字，还是跟个文盲差不多。她最怕别人说她没文化，常常拿一张报纸，翻来覆去念念有词地读给我们，半天读不了三五行，因为慢，内容连贯不起来。她根本没有弄明白过报纸上写的是什么，她只是做出一种有文化的姿态，她大概也不认识"坚忍"二字，而她活得比任何人都坚强。敬川出事那段时间有半年没跟母亲联系，她也不问。姐姐们告诉她，儿子出国培训去了，得很长一段时间才能回来。她说，哦。就不再往下问了。她七十五岁上使用手机，每天锻炼身体、逛超市买东西从不离手。那时她跟着小儿子在海口生活，有一次小儿子带她和孙女去商场购物，孙女要一个人去儿童乐园玩。场地大孩子多，怕出来再找她不好找，儿子就和妈妈商量，借她的手机让孩子拿一会。她断然拒绝，说，她会给我弄丢的。儿子说，丢了我再给你买个新的。

那可不行，有谁找我怎么办？

小儿子说，就这一会谁会找你啊？

要是你哥找我呢？

小儿子扭过头去，眼泪立马流出来了。他爱他的兄长，那是他的手足，他也爱自己的母亲，害怕母亲在风烛残年再受到任何伤害。

就是这样一个娘，她每天都无数次地翻看手机，等待儿女们的电话。她为什么从来不问过去三天两头给她打电话的大儿子的事，真是一个谜。公公死那年她七十岁，一滴眼泪都没落，把丈夫的葬礼张罗得井井有条。她的孩子们因为悲伤和忙碌都没有吃饭的胃口，她就强迫他们说，你爹死了，咱活人还得好好活，要活就必须吃饭。

对大儿子那段时间的事，婆婆是真的不知道，假装不知道，还是害怕知道？

难道对儿子事情报道的报纸，她终于读懂了？

敬川半年之后才拨通母亲的电话。他说，娘啊，我在非洲学习，这里很落后，电话不好打。你好好保重身体，等我回去。我当时在敬川旁边听着，我想以婆婆惯常在儿女面前的态度，肯定会破口大骂。但她的平静让我震惊，她告诉儿子，好好照顾身体。什么都不是你的，只有身体才是你自己的。

过去婆婆除了担心儿子的工作，很少提及他的身体，怎么会突然说到这个？

敬川给我说起过母亲。他说他们小时候，母亲不能容忍孩子们犯错，不管是逃学还是说瞎话，她都会把孩子拉到大街上跪下，拿鸡毛掸子抽，但是，如果不小心把家里的暖瓶甚至是祖传的花瓶打碎，她脸色都不会寒一下。有一次敬川问起母亲这些事，母亲说，小错你们不经意，慢慢就会养成坏习惯。犯了大错，你们自己都吓坏了，我再打你们，你们怎么活？

也许这一次，敬川犯的是大错，母亲不忍心责备他？

挂断电话，敬川号啕大哭。娘这一生太不容易，她始终在与命运抗争，从不低头。她遇到婚姻但没遇到爱情，熬到四世同堂但没熬到儿孙绕膝。人间的风刀霜剑她经历了无数，生了又死，死了再生。没人明白婆婆的内心究竟怎样想，或许她已经做好了最坏的打算。儿子是活着的，肯定这比什么都更让她振奋。

我进婆婆家二十多年了，了解她的性情。她不会拉家常，不会说句温柔的话，不会与儿孙辈们沟通。大家都像神一样敬着她，但没有人会真正喜欢她的性格。幺幺从懂事起就不喜欢奶奶，她不会疼人，更不会跟孩子套近乎。幺幺三四岁的时候，曾经纠缠奶奶给她讲故事。奶奶说，我不会讲故事。幺幺说你要不讲我就不喊你奶奶。奶奶被她逼着，颠三倒四地讲了一个故事，说有一年发大水，全村的人都被水冲走了，只有两个麻利的年轻人爬到一棵大树上。一个年轻人手里拿着一个金元宝，另一个抱着一个老南瓜。拿元宝的人就跟另一个商量，我拿我的元宝换你的南瓜行不行。抱南瓜的人看着一大团光灿灿的金子，眼睛都绿了，天底下还有这样的好事啊？他几乎没有犹豫，就换了元宝。水一直等了七七四十九天才退去，换了南瓜的人饿了就吃一口，得了金元宝的人却活活饿死在树上。

幺幺说，奶奶，这也叫故事啊？

这是我认识婆婆的三十年里，唯一听她讲过的一个老得没牙的故事。

二十二

我母亲天生朴实无华，虽然当了一辈子领导干部，儿女们也都发展得很像个样子，她却至今不肯迈进现代化的门槛。退休之后才第一次坐飞机，只要她自己在家，永远不开空调，到现在不会使用手机，家里的电灯总是关得只剩下一盏最小的。母亲退休后随妹妹一家在深圳生活，我们常常给她买点像样的衣服，在那样的大城市里穿着也让她和孩子们有面子一些。她看都不看，就把衣服锁在柜子里，日常穿的都是她自己做的，棉布鞋袜，说穿着舒服。我有时实在看不下去就责怪她说，你一个老干部，还不如一个乡下妇女讲究，知道的是你自己不愿意，不知道的还以为我们不孝顺！母亲也不争执，但是绝不会因为我们而有任何改变。母亲跟我姥姥一样，一辈子没戴过任何首饰。我有时给她一两样，她坚决不要，嫌戴着碍事。

　　她一生喜素食爱劳动，看起来身体非常健康，家里家外爽爽利利地做事，好像从来不知道疲倦。有一次老干部体检，本来她不想去，在我们的劝说下去了。检查结果出来，把我们吓了一大跳：脂肪肝、脑血管硬化、严重的心肌缺血。可能与她年轻时过度劳累和严重的营养不良有关吧，可是脂肪肝是怎么得的？她几乎很少吃肉，更不喜油腻。母亲性情温和，很少跟别人较劲，却会因为生活中的一点小事而惴惴不安，到后来常常出现瞬间休克，尤其是最近两年。我曾经有一个时期觉得活着很无聊，渴望一觉睡过去不再醒来才好。可我最担忧我的母亲，我们哪一个不好好活着，怕都会要了她的命。

　　敬川对我的父母像待他自己的父母一样亲，特别孝敬。寻常日子也都是他给老人打电话，而我则很少跟他们联系。我知道敬川的事情终究瞒不过妈妈，但我去了几次，都没能鼓起勇气把这事告诉她。当着一个风烛残年百病缠身老人的面，把最不忍看的伤口一点一点撕开，情何以堪！我与母亲的几次谈话，也往往是去大就小，只讲眼前。如果她有某些片刻想要问些什么，也被我王顾左右而言他避让了过去。我知道，那个时候躲避是痛，碰撞则是重伤。后来，实在挨不过去，我就让哥哥给她透一点风：女婿被调查，没多大的事，相信组织会给他一个公正的结论。有一天晚上，母亲11点多给我打电话。听到她的声音，我的心几乎吊到了嗓子眼上。她通常都是早睡早起，这么晚给我打电话肯定有非常重要的事情，而且不会是什么好事。果然，母亲劈面就跟我谈敬川的事。她说，我和你爸一直都担心他，他太直露，干事也太急。咱们这个官场一直就是这样，越是干事的人越容易出事，混事的人才不出事，历来如此。我默然，爸爸妈妈一辈子没有和我们谈过这些，可他们是从政治斗争的大风大浪里闯过来的，官场上的招数他们什么不懂？我问母亲，你们过去怎么从来没给我们谈过这些？母亲说，谈有什么用？那是你们的命！母亲还说，就像你爸，谁见过像他那么革命的人，可他一次运动都没躲过去。我嫁给你爸，最担心最折腾人的不是家里那些大小事，而是运动。你爸挨斗最严重的那会，我每天什么都不想，只想法给他做好吃的，把家里吃饭的钱拿出来给他买烟抽买酒喝。他挺住了，我们就有个家；他挺不住，我们什么都没了。女人活着不容易，男人活着更不容易。都说女人是为男人活着，可有几个男人不是为自己的女人孩子活着？

母亲还安慰我说，人哪，只有享不了的福，哪有受不了的罪？

想想我的父母，我既悲哀又宽慰。他们是什么时候相爱的，难道不是老了之后我们才看出来他们爱情的端倪吗？可是，对于爱情来说，这算不算太迟了？男人女人老了之后，即使他们好得像一个人，也是两个离得越来越远的个体。"男人的身体老了之后衰败很慢，渐渐失去了物质形态，最后化作灵魂存在于世；相反，女人的身体越是无用，它就越是一个身体，一个沉重的负担。"

他们是用隐藏自己的衰败，来减轻对方的负担，因此看起来才有爱情的模样吧！可是，如果他们这不是爱情，什么样的才算爱情呢？

我拿着听筒，悲哀像电流一样吱吱啦啦地在我周围弥漫，本来我想哭出来，可我忍住了，我现在遇到的这个坎，与父母这一辈子遇到的坎比起来算个什么呢？况且，在中国，敬川出事不是一个意外，也不是一个例外——每当一个官员出事的时候，就会在一个较大的范围内引起非常大的动静。观者如堵，伤者自伤。不管对谁，这事都不是一个喜剧，即使是带着观看喜剧的心情入戏，最后也会发现并没有什么可喜的事情。

不说也罢。而更大的悲哀在于，喜也好，悲也好，它已经脱离了事件本身，像一片漂浮在水中的无根之萍，被孤零零地切割出来。没人关心它的来龙去脉，好像它本来就该是那个样子。我记得蒙坦说过："我们因外在因素受到的伤害，不及自己对这件事的看法更深；对发生的这一切，我们的态度完全取决于我们自己。"是啊，是啊，事实就是这样，而不是别的样子。

我常常想，为什么敬川出事之后，我越是想拥抱这个世界，越是被这个世界推得更远，因而让我不堪其痛？而我的父母，他们即使被所有人抛弃，也仍然会一如既往地活下去。过去我总觉得他们活得没有自我，如果自我的意义仅仅是用于与这个世界对立和决裂的话，这种自我还有多大意义呢？从父母的身上我懂得了，所谓的意义只是，自己一天比一天过得要好。你恨别人的时候,说明之前你心里已经有恨;你伤害别人的时候,说明之前你心里就有了伤害。所谓宠辱不惊,就是在生死关头,心里也一无挂碍。

我想起父母的过去。1968 年,我才两三岁的年纪,可那些事情却带着很深的灼痕留在我的记忆中(也或许,是我误将他们的叙述移植进我的记忆)。有一天父亲很晚还没有回来,母亲带我和两个哥哥在小厨房吃饭。门突然被推开了,冲进来一群端红缨枪的人,男孩女孩都气势汹汹的。我听不懂他们说的什么,可她们的神情和声音都非常严厉,要母亲交出大走资派。我吓得哇哇大哭。母亲搂着我,镇静地对他们说,别吓着孩子。母亲的平静遏制了他们的激烈,她像拉家常似的说,我丈夫挨斗还没有回来,我陪孩子吃完饭就去找他,然后指着桌子上盛着饭菜的碗说,你们看,这是我给他留的饭菜,他多晚回来都得吃饭吧,要不你们明天怎么斗他?

还有一次,一条街上都站着黑压压的人,一眼望不到边。父亲被一帮人拉扯着,上衣的扣子都快掉完了。那帮人边走边推搡他,他高大的身躯被推来撞去的像一棵风中的孤树。母亲见状,把我交给一个阿姨,冲上去护着他。那帮人怎么都把母亲拉不开。父亲回来后批评了母亲,说她这样做除了让事情更复杂,解决不了任何问题。母亲说,多复杂啊,不就一条命吗?我看不见就算了,只要看见就得冲上去,就是死了也没啥遗憾!

父亲看看站在母亲身后高高低低的一群孩子,再也忍不住,他哭出声来。

二十三

每当去茶庄喝茶的时候,我常常会用另外一种方式解读金地。那是她别样的生活,疲惫里满是坚强,潇洒里透着软弱。也许她就是茶一样的女人,脆弱、通透,而且高贵。

在最灰暗的日子里,金地常常泡在茶里寻求解脱。她觉得扬州人说的"白天皮包水,晚上水包皮"很有点意思。茶只要进入肚子里,人就真的只剩下一张皮了,连思想都被溶解在茶汤里,茶能让她的心迅速地沉稳而熨帖。

在外面奔波的时候,偶尔会收到她常去的那个茶庄新茶上市的信息,突然间眼睛就湿润了。这让她觉得她迷恋着茶,茶也迷恋着她。茶不能替代食物,但却有一种比食物更安心的东西。人对食物的需要有时是带有屈辱成分的,要妥协,要讨价还价,因为它赖以活命。茶却是不屈的,它有它的尊严,它也给你尊严,任何时候茶水都蕴含着通体的尊贵。碧绿、橙红、金黄,每一种表现都圣洁无比,美丽到让饮者生出朝拜之心。

在屋子里待久了,金地会像只蝴蝶一样,翩翩舞动翅膀,随意让自己落在一个什么地方。茶庄她喜欢去,隔壁一个小小的玉器店她也常常进去晃悠。她把自己的日子嵌在茶和玉之间,就像嵌在道和儒之间一样。一边是出世的,像茶烟一样飘逸,一边是入世的,像和田玉一样温润。她愿意沉浸在这样的日子里永远不出来。可是有一天,金地觉得自己的心瘫软了,不是手和脚,不是胳膊和腿,是一种彻底的无力感。失去思想的能力,连疼痛都消失了。她躺下,感觉自己是一堆肉泥,或者像一只百节虫,正一节一节地枯萎和断裂,她能看到它们不断收缩和塌陷的过程。是该沉沉地睡去的时候了,一觉能睡到五六十岁该有多好,所有让她发愁的事情都过去了。可她每天只能睡上四五个小时——当你想绕开时间的时候,才会发现它是如此的固执和坚固,一分一秒都不会饶过你——现在是凌晨1点,明天7点钟她必须得爬起来,不能逃避。母亲在等着她,女儿也在等着她,还有丈夫。明天一天她都得为了他们而活着,一直以来她都是为了他们而活着。但是明天更具体,目的性更强。那些事情在那里瞪着眼睛瞅着她,在跟她角力。其实她根本不怕这些事情,她怕的只是在解决之前,要与它们一次次地面对。她很疲惫,也很痛苦,唯其痛苦,才让疲惫显得更加庄严。

于是,即使在梦里,她也得大睁着眼睛。

父亲头婚留下的烙印开始灼痛我,并无情地追赶着我们此后的生活。我的蒙羞之心是从"那女的"开始的。我和哥哥们不肯给她一个正当的称呼,就喊她为"那女的"。那时她也只是二十出头的年纪。我读小学了,下午放学本来是一天最快乐的光景,鸟儿归林,太阳落山,我们回家。我跑着蹦着,头上的小辫跳着,腰间的书包啪嗒啪嗒地响着。但是,快乐差不多是戛然而止。我们看到了她,一个被汗尘浸透的农村土妞坐在树下的土地上,旁边放着她的小包袱。当时我们许多人家住在一个敞开的大院子里,谁家都没有一点隐私。孩子们围过去看她,打问是谁谁家的亲戚。她一点也不畏缩,大声地说出我父亲的名字,并详细地告诉人家她是我爸头婚生的女儿。那些不怀好意的孩子就逗她,故意问你爸什么时候和你妈离婚的,你妈为什么不来找你爸爸？当时我不理解她为什么一定要这样做，总觉得她的卖弄是故意要羞辱我们，同时也是自取其辱。看着那么大的一个胖身子，在我眼里差不多是庞然大物了，恨不得地上立即裂开一条缝，拉着她一头扎进去，再也不出来了！

　　因为父亲工作经常调动，我们搬了无数次家，到任何一个地方都会重复这样的场景。她来了，他的女儿来了，就像在我们完整的生活里突然打进一根楔子，或者在我们的幸福里卡进一根刺。从她突然现身的那一天，父亲就不再回避。父亲每个月给她的二十元抚养费，现在都交由我母亲打理。母亲从来没耽误过，比父亲还要上心。她也从来没抱怨过她找上门来，毕竟她是他的孩子，是骨肉亲情。不过母亲还是很伤心，有些事情父亲总是背着她，这让母亲觉得她在父亲眼里是个不称职的后娘，肯定"那女的"也是这样想的。有一次母亲回来，正赶上她指手画脚地跟我父亲说着什么（父亲从来没有允许过我们兄妹这样跟他说话），看见母亲回来，两人都不约而同地停住了。她连站都没站起来，像个主人似的看着我的母亲。父亲的眼光在她们两人身上打着对过。出于自尊，母亲从来没有问过他们说过什么，也明明知道他们不会说什么。其实说什么并不重要，重要的是那"说"与"不说"，让母亲觉得透心的凉。有时候她来，母亲好吃好喝地伺候她，临了还要带上一大包东西，可她走了之后母亲就会独自坐在屋子里饮泣。母亲自己的爹娘和兄弟姐妹过来，她都没有这样上心过，更不要说给他们带任何东西了。可是母亲越是这样，"那女的"越是觉得欠她们的多。这让我们这几个母亲的儿女愤愤不平，尤其是我，特别恨她。我不明白，这个流着跟我们一样血液的死胖子，心里怎么会没有一丝善良？她凭什么总是做出一副讨债者的姿态？我可怜的妈妈，与她丈夫此前的婚姻没有任何干系，更不欠丈夫和前妻生的女儿任何东西。现在这个事情的结果是，母亲竟然认为自己欠了她，而且，连带着我们，也都欠着"那女的"。

　　我常常想不明白，我的母亲欠她什么呢？是钱还是情——"世界上'我的'和'你的'这两个词，使我们短暂的一生充满了痛苦和无法解释的罪恶。"

　　父亲的葬礼上，恸哭的背后，也有许多悄悄的说笑。在参加了越来越多老人的葬礼之后，我觉得这很正常，要不怎么把老人的去世叫作白喜呢？父

— 259 —

亲卒年七十七岁，照理正是享福的年纪，可是这个年纪对于死，也完全可以体面地说得过去了，他已经比他爹多活了十二岁。

尽管父亲算是无疾而终，但最后的两年，他饭吃得极少，走路都很困难。他这一辈子，除了政治轨道无力挣脱以外，其他一切完全是跟着感觉走，觉得自己不行了，便不再抗争。有很多老人活得非常积极，运动养生保健，刻意改变自己。可是他不，我的父亲一生没有做过任何体育锻炼，至少我们没有见过，就连他吹嘘年轻时游泳的本领如何高强，我们谁也没有见过。他对自己的身体不做任何努力，除了吃药。从我记事起他每天都要吃一大把药，他的这个习惯也深深地影响了我们，对任何药品我们都没有敬畏和禁忌，即使患感冒，我一次也要吃好几种药。

可是有些事情也真难说，也许一个人生命长短真的是有定数。比如拿父亲和我公公相比，我公公当了一辈子医生，治病救人不计其数，自己对药却强烈地抗拒。他常常批评我父亲滥用药，骄傲着自己一辈子感冒药都没有吃过，更不要说输液或者肌肉针什么的。我公公查出肠癌，在治疗的那三个多月里，吃了各种数不清的药物，身上被大大小小针头刺得没一个好地方。而我的父亲吃了一辈子药，走的时候连一瓶生理盐水都没用上。

我们并不知道父亲的心里到底想些什么，他最后的日子行动艰难，常常沉默不语。对他的死他自己是怎么看的呢？我相信，当他走在回家的路上给哥哥交代后事的时候，他是想到自己的死了。他看到了，死在那里等着他。但他像一生习惯做的那样，平静地、毫不声张地接受了。也许对于死，他比我们看得更远更实际。人的死不是一次性的，是一个持续的过程，是一点一点死掉的——先死掉的是梦想，然后是激情、胃口和睡眠，最后才是呼吸。

我和哥哥们忙忙叨叨地迎送前来吊唁的亲朋好友。父亲一生最值得我们学习的就是工作卖力，干什么事情都下死力气，干到最好。其实官场上的事他又能懂得多少？既不知道笼络人心，更不知道逢迎上级，往往一句话把人给撞到南墙上。他脾气异常暴躁，看工作比看人重要，从不姑息敷衍塞责的下级，但是与他相处过的同事最后都认可他。他没有孬心眼，完全凭本色和原则行事，心中有什么就吐什么。私下里他也是个热心肠，下属嫁闺女娶媳妇他都帮忙，哪家老人去世他都诚心诚意地帮助安排后事。父亲一生顺从政治波涛的冲刷，有时候姿态可以低到尘埃里。但再往下，触到生命和道德的底线，就不会再低下去了。那里是一把骨头，像石头一样硬的骨头。

父亲去世后，许多同过事的人都来看他，念叨他的好。对父亲的去世，妈妈既伤心又欣慰。她的伤心在于，父亲没有躺在病床上让他伺候一段时间，就那么说走就走了，连句后话都没留，这对于一个妻子来说，终归是一个遗憾。也许她既需要丈夫给她一个评价，也需要自己给自己一个评价。妻子不但是一个职位，还是一份使命，她认为。而她的欣慰在于，有那么多的人来看他，她觉得丈夫这一辈子过得值，给他自己，也给他的家人挣足了面子——这个来自于外部的签注，也是母亲最后所需要的生命的烙印。

多年不在一处的兄弟姊妹、堂兄弟姊妹、表兄弟姊妹，加上我们的孩子们，浩浩荡荡。夜间守灵的时候，想不热闹都难。父亲的水晶棺被我们围在中间，他最后的几年里喜欢孩子们这样围着他，我们借他的葬礼偷偷地热闹，想来他该是欢喜的。

从头哭到尾拉不起来的是"那女的"，她的伤痛是刻在心里的。她是在哭自己的父亲还是哭自己？也许这是一体双面的问题，因为没有父亲，"她"就成了一个虚数，至少在我们这里是如此。有一次，我看她的腿跪得肿胀，都不会走路了，便过去拉她，让她回去休息。让我想不到的是她的大女儿却用身子护住她，对着我们放声大哭。她大声地质问我，我妈就没有守灵的资格吗？难道她不是跟你一样是我姥爷的亲生女儿吗？

是啊，难道她不是吗？为什么她试图走近她亲生父亲的时候，我们无情地一次次推开她？

我伤心地看着她们，心中非常疼痛，锐利的疼。即使是亲骨肉，隔膜也是如此之深！

我的女儿指着这个邋里邋遢、行动机械而迟缓的女人问我，她是谁？

她是我姐姐！我心里一热，脱口而出。

姐姐？什么姐姐？她几乎是在惊叹。

是的，她是我姐姐，我的亲姐姐！我看着她，看着幺幺，看着躺在水晶棺里的父亲，动情地说。我说的时候，心里的热已经兑换成泪水，扑扑簌簌地落下来，把父亲灵前的香灰砸出一个个坑。

我们一开始就应该接受这个事实：父亲有过婚史，有过女儿。她是我们的手足，这是我们必须接受的。我厌弃过她，愤怒过她，甚至恨过她。我以为父亲死了，她与我们之间的关系就会一刀两断。现在在父亲面前我突然醒悟，我和她身上流淌着的是同一个人的血脉，永远都不可能改变！

父亲的骨灰被我们送回老家，那是一个母亲非常陌生的村庄，好像它是突然冒出来似的。妈妈嫁给父亲四十多年，安葬父亲那天，第一次去到那个生养父亲的村庄，是第一次。父亲的前妻离婚后仍然住在村子里，一生未再改嫁。父亲执意不让母亲回他的老家，好像这样他就能将妻子挡在他过去的生活之外。

我的父亲由一个活着的人变成一把灰，他将以这个残缺不全的形体去见他的父母，他们父子母子如何相认？好在这一次他将永远躺在他们的脚头，再也不会逃走了。这个事实让我们松了一口气，又揪心般地疼痛。我总觉得这不是事情本来的面目，好像他突然就会坐起来，指点我们该把什么事情做到什么样。妈妈最后一次为她的丈夫整理睡铺，她仔细地在柏木棺材里铺上了黄色的锦缎褥子，哥哥捧出匣子里的骨灰慢慢倾洒在褥子上。我仿佛一下清醒了，我的父亲没了，他不再具有一个人的形体，他被哥哥一把一把地铺进棺材里——他来到这个世界上的时候，是被神用土一点一点捏出来的。他离开这个世界的时候，却是被自己的儿子一把一把揉碎的。我用什么样的想象力才能把这些灰白色的粉末拼接成爸爸啊！我身前身后，哭声如潮水一般，淹没了锤子击打铁钉的尖利声音。棺材合拢，我的父亲今后无数的日子就这样被固定了。他抹去了留在人世间的最后一点痕迹，沉沉地坠落在一个不足三平方米的土穴里。

午饭前的哭声暂时平息之后，有不小的一会空当。母亲找来我姐姐，从手中的一个布包里取出一个信封，说，这是你家老三的学费，是你爸死前交代的。其实我们知道，爸爸那次给孙辈们分钱的时候并没有交代这件事，这纯粹是妈妈的意思，她想让丈夫更完美一点，像个体面的父亲。姐姐接了钱握在手心里，脸上写满了愕然。姐姐依然继承了我们家族的聪慧和吃苦耐劳，她一口气生了四个孩子。这几年，她的孩子都陆陆续续考上名牌大学。即使父亲活着，也都是由母亲做主，负责每个孩子的学费。

父亲去世一周年，我们阻止了妈妈从深圳回来上坟。姐姐最小的女儿又刚刚接到重点大学的录取通知书。我把为她准备的生活费和学费交给姐姐，我们在父亲坟前跪下之后，她试探着用她粗糙的手去拉我纤细的手。我再也没有躲闪，我的手窝在她木柴一般的手心里，渐次感到了温暖。我就那样任由她拉着，好让父亲看着他再也无法分开的一黑一白的两个女儿。

二十四

大学毕业时，幺幺参加了纪念改革开放三十周年的征文活动，她自己拟定的题目是《婚礼》。她写了三个婚礼，20世纪50年代末姥姥的婚礼，80年代末妈妈的婚礼，90年代末小姨的婚礼。姥姥的婚礼是一把糖，分给大家后，两个人的铺盖合在一起，窗上贴张囍字就拉倒了。妈妈的婚礼是在一个农家小院里，赶来吃席的穷亲戚，油腻的饭菜，闹房的年轻人。小姨的婚礼有轿车接送，婚纱是定制的，做工精致。客人们坐在大酒店豪华的大厅里，等待着一个又一个程序。

对将要举行的自己的婚礼，幺幺说，那将是一个秘密。

幺幺从会说话，就迷恋那种纱质的衣裙，无数次地假扮自己是一个小新娘子。在床上铺一片红床单，要爸爸牵她的手，郑重地举在额前。爸爸的角色是多重的，一会是父亲，一会是丈夫。突然有一天她厌倦了这种游戏，甩开爸爸的手泄气地说，妈妈，你为什么会嫁给我爸爸呢？那一年幺幺五岁。我正喝水，笑得差一点背气，问她，我为什么不会嫁给你爸爸呢？幺幺一脸不屑地评价，新郎官不是这样子的，不英俊，也不浪漫！

敬川是家里的长子。说真的，我怀幺幺的时候希望她是一个男孩，我觉得敬川也是这样想的，好像不生个男孩，我们就没脸见祖宗似的。但是从娘胎里知道她是一个女孩，敬川就开始认真总结女孩的优点。幺幺生出来那天，我因为出血太多不能动弹。幺幺啼哭不止，敬川就把她像一条美人鱼那样托在手掌上，他把女儿粉红的小脚丫子含在嘴里，体味着女儿的温度和脉动。孩子只要一哭，最先流泪的反而是他。后来这竟成为我的罪状，他总是告诉女儿，你生出来，妈妈嫌弃你是女儿，一夜都不抱你，是爸爸用手托了你一夜。幺幺依恋他也许是从那一夜开始的，她像只小狗，熟识了父亲的气味。很长的一段时间里，她白天睡觉，晚上精力旺盛地哭闹，敬川必须抱着她在院子里晃悠，有时抱着她走到大路上去，甚至带她去铁道边听火车。敬川的衣服上常常带着幺幺画的各种形状的地图，直接去上班。女儿像只小鼹鼠，在父亲的掌心里长大。我从没见过比敬川更爱孩子的父亲了。

幺幺的对象一米八四,比一米七二的爸爸高大许多。看着他们的爱情一天天成熟,我总是觉得似乎缺少了点什么。到底是什么,现在他们快要做父母了,我也没能想清楚。有时看着他们像过家家一样,一天翻脸几回,动不动就说分手,我觉得不可思议。我们那时候即使生气闹别扭,几天不说话,哪敢说分手啊!但他们的爱情比我们这一代内涵丰富,或许比我们更决绝。有一次他们突然告诉我已经领结婚证了,我大吃一惊,说这么大的事情怎么不给我们说一声?她说,这事情是我们的,又不是你们的,大小跟你们有什么关系呢?

能没关系吗?涉及孩子的问题,大小都跟父母有关系啊!即使是一个小如麦粒的伤口,也会在父母的心里划下一辈子抹不去的伤痕。

敬川人生最困难的那一段时间,幺幺已经临近大学毕业了。她那时像变了一个人,像个小母亲,一个人把天撑起来,处处还要操心我。她穿着平底的小船鞋,细瘦的身子不停奔忙着,脸上是不曾有过的平静和笃定。她毕业时拿到了优秀毕业生、优秀论文和多个征文大奖,连体能达标都是第一个过关。她俨然成了小明星,学院领导见了都竖大拇指。她上台领奖时,穿着挺括的军人服装,胸前别着大红花,让我激动了很长一段时间。这是那个我曾经怎么看都看不清、怎么管都管不住的孩子吗?

幺幺是真长大了,她觉得她有责任担当起这个家。她给爸爸的信中写道:爸爸,您曾经跟我说过一句最男人的话,即使这个世界都不需要你了,还有你自己需要你!最让我伤心的是这句话,最让我安慰的,也是这句话。但是,我相信上帝是公平的,他给你什么样的磨难,就会给你什么样的补偿。

幺幺还说,爸爸,你少年得志,生活只是太顺了,做官做到多大才是个头?现在上天开始眷顾你,女儿相信你会是个真正了不起的人。

幺幺给我发信息说,妈妈,你必须振奋起来。作为一个女人,你是如此的完美。更重要的是,你是我爸爸的妻子,我的妈妈,你就不能倒下。你总是说找不到自己了,那是我们在所谓的"幸福"里一点一点被磨掉了。如果不遭遇这次苦难,也许我们永远都找不到自己。妈妈,苦难使我们团结在一起成为一个人,也因此让我们把曾经支离破碎的自己,一片片找到,重新黏合成一个完整的人。

我的孩子啊，你的出生不仅仅是我们血脉的延续，你是上帝派来的天使，在我们最困难的时候与我们同在。

她真的是那个恨不能爱也不能、让我怎么都把握不住的孩子吗？

有一次，我和幺幺在雍和宫门前遇到一个算命的人，一定要为我们看相。我们加快了脚步，他追着说我的相貌多有福气——终于逃开，汗都渗出来了。我喘着气说，算命的从来都说我们一家人的命好。我们的命好吗？

好！幺幺肯定地说。

真的？那你爸呢？

我爸？幺幺吃惊地看着我。

你不在乎你爸的遭遇吗？

妈妈，幺幺悲哀地看着我，摇了摇头说，我不在乎，你也不应该在乎。

我愕然。

妈妈，如果你在乎了，那将是在乎别人的在乎。你就那么在乎别人的看法吗？如果是那样，就是让我爸第二次受辱。我觉得那太廉价了，不值得！

我的孩子，原来你真是我的孩子！你最应该是我的孩子！我的泪水笑了出来。

后来，我也拿同样的问题问我的朋友，我的命好吗？然后不待他们回答，我便说，该算是好的了。就算是最难过的日子，你们都让我和幺幺过得如此从容，我还有什么不满足的？我的好命都是你们的好命拼接起来的，你们把最好的东西都给了我，给了我们。因为有了你们，我的命真好。

也许，我们既不像想象的那样幸福，也不像想象的那样不幸，只不过是最普通的人遇到的最普通的波折，既没有什么可以值得悲哀，也没有什么值得炫耀。我们得享生活给予我们的一切，还有比这更好的命运吗？

生活中我会怕许多东西，比如虫子、蛇、噪声，甚至想象中的魂灵。但是对特别重大或者危险的事情，我好像从来没有害怕过，比如自己的死。从小到大，我乘坐飞机轮船火车汽车，从不考虑它们安全与否。幺幺上小学的时候，敬川拉着她去办什么事情，轿车在路上同一辆疾驶的卡车相撞，车头被卡车削去。因为是借朋友的车子，我见到他们立刻询问车是不是废了？敬川很生气，说孩子就在前座上，你怎么不先问问我们俩怎么样？我当然把他们看得比车子重万万倍,但只是觉得他们的安全不会有问题。2006年我随中国作家代表团去日本访问,飞行途中遭遇强气流,我能清醒地感觉到飞机几十米甚至几百米地往下掉,好多人吓得尖叫;我依然镇定地浏览着杂志,一点也不担心。

眼前这一年,我好像学会了格外珍视生命,极少出门,不愿意去旅行,拒绝参加活动,万不得已出去也是匆匆地回。其实家里并没有什么事情等着我,但我还是愿意在家待着,觉得那才是世界上最安全的地方。

6月里,北戴河有个活动被我推掉了。内蒙古也有个会议,怎么也不好再推托。提前几天我就开始惴惴不安,只是机票已经订好了,不好意思反悔。临出发的前一个晚上,我无法集中精力做任何事情,就走到楼下去洗头。我情绪紧张的时候常常去理发店洗头。老板娘熟悉我,诧异地问我,怎么这么晚来洗头?我告诉她明天要出差。为我洗头的小妹一向不怎么说话,那天话却特别多。她先是问我到哪里去,坐火车还是坐飞机,一直问到坐飞机是不是安全,会不会难受。我告诉她我不会难受,心中已是不悦。她突然再发感叹,今晚的风好大,明天若是刮风你可就倒霉了。她只是想说话而已,估计对说话的内容自己都没怎么想。吹头发过程中我一句话也不想说,吹完我就匆匆地离开了。朝家走的路上,我给女儿发了几条短信,交代了一大串子事情,包括我的小狗毛豆的安置。两分钟后么么打来电话,问我怎么突发神经病。我笑着说,学习我的二叔,每次出差都要把女儿叫过去安排后事。说着说着,我渐渐安静,给她讲了洗头的事。么么说,既然你说了,灾就破了,安心去玩吧!又补充道,不想去就不要勉强自己。跟女儿通了电话,我突然笑了起来。我干吗要为没有害怕而害怕,为没有晦气而晦气呢?也许是我太注意自己的情绪了,因为注意自己的情绪而格外注意别人的情绪。难道这很长一段时间,我不是陷在抽象的平静和具体焦虑之中吗?是啊,也许并不是我不幸福,而是我已经忘记了该怎样幸福。

这一天,我先是从郑州赶到北京,飞机正点。在北京未出机场,一个小时后转去呼和浩特,飞机仍然是正点。来之前查看呼市的天气预报,有雷雨。飞机落地时却是艳阳高照,我的心情顷刻如同阔朗的天空,一丝云彩都没挂。

会上意外地和顺子撞见,我们俩有许多回的相见,从来都是撞在一起。本来很相好,分开了却一个电话都不肯打。偶然相遇,越加喜出望外。那四天，除去她要疯着同一帮作家编辑们豪赌，我们几乎都在聊，无头无尾，没完没了地聊。我有时语出惊人，告诉她我置生死于度外。她睥睨地望着我，说，你老人家可真敢往自己身上捅好词。我说，是真的。那一会，玩笑话被我说得认真起来。我真的丢掉了与生俱来的怕，我都四十多岁了，也算是一个可以去死的年纪了。其实，长生不老并没有什么意思，"如果一个人比他的上帝活得还久，算个什么人呢？"我，一个再普通不过的小女子，靠着一点天分和努力，该见识的都见识了，该得到的也都得到了，还能对命运祈求什么呢？没有读过万卷书，万里路却是早已行过，没有惊天地泣鬼神的遭际，但也不是不声不响偷偷地品尝生命的滋味。剩下的事情也都有剩下的办法：我最为担忧的母亲，有妹妹悉心照顾，过去令我百般不如意的女儿，经历过家庭的这次劫难，竟是如此的成熟。

至于敬川，我相信他在任何情况下都会有自己独特的人生——如果我对女儿的爱无法表白，那我对他的爱现在则是脱口而出，我想让所有的人都知道我们正是因为有爱才有坚实的今天和未来。回首往事，只有经过生命中的那道窄门，才能体会到生活中的细枝末节所蕴含的意义。过去我常常责怪他，觉得我本应该丰富多彩的人生，是被他活活圈围在自己的意趣之内。其实，没有他宽厚的男人与父亲的角色担当，哪有我的优游从容？没有他从不言败的鞭策与鼓舞，哪有我一点一滴的成长？他出事之后我们第一次相见，他抱着我的第一句话竟然是：对不起！这话我多熟悉啊！我没有哭，反而开心地笑了。从我们认识一直到现在，不管我给予他多少委屈、暴戾、蛮横和伤害，最后说这句话的都是他。我终于想明白了，他一直在为我的人生垫背，哪怕自己残缺不全，也要努力让我保持一个完整而单纯的自己。

人如果想明白了，生死就不是一个问题了，就像苏格拉底说的那样：一切的未来，只不过像一个无梦的夜晚罢了。

如果还有问题，那就是，要让不死显得更加正当而体面。

在内蒙古参加了颁奖会，然后看几个景点。我有点遗憾，什么都安排到了，却没到草原去看看。田兄说他和我想的一样，来，奔的就是大草原，是草地羊群，是篝火和肥嫩的烤肉。最后一个晚上，从鄂尔多斯返回呼市，因为吃了太多的食物，大家一致决定出去散步。顺着宾馆的小水泥路出去，大约走了几里，看到了一望无垠的草原，而且寻见了羊群，有几百只，像白色的云团散落在周围。零星的蒙古包里闪出微弱的灯火,除了我们,一路上再没见着任何人。我们在酒店开了几天会,却不知道酒店就建在大草原的中央。

身处草原的人们,却四处寻找青草,这多像我们漫无头绪误打误撞的人生啊!

从内蒙古回到家中,昏天黑地地睡了两天后,竟突然感到了从未有过的轻松和喜悦。顿悟般地,我给幺幺打了一个电话,说,若是你们有了孩子,大名让你婆婆家起,但无论是男孩女孩,小名一定要由我来起。幺幺笑得收不住,说你要取个什么名呢?我说我要叫他糖果。幺幺说,还不错,就依了你。

糖果——

经见了这么多,还有什么疙瘩没解开呢?如果你觉得生命是值得珍惜的话,那你至少应该懂得,你的生命中的一切都是正好——刚刚好,享你该享的,受你该受的,不多不少。所有的执着都是为了放弃,所有的放弃都是因为曾经太执着。得到了,只是给你一个失去的机会,失去了,你才知道你的生命在什么地方有意义——就像许多事情一样,只有失去了,你才知道曾经拥有过。

我们永远不能准确地预知自己的将来,但对过去的日子总该知足吧!难道我们握在手里的生命,还不够甜吗?

我祖母那样活,是甜的。

我母亲另一种活,是甜的。

我这样活,是甜的。

我女儿以她的方式活,也是甜的。

这甜的生活,如果不把它叫作糖果,怎么配得上它?

二十五

糖果从孕育到出生,几乎跟我的这个作品同步。这个幼小的生命,从呱呱坠地的那一刻就没有停止过踢腾。他那欢欣鼓舞的样子,我希望能够放大到他全部的人生里——那将是一幅国家与个人一般大的景象:风调雨顺,四季平安。

我俯身在浴缸边,看他套着游泳圈在水中漂流。他怒目圆睁头发纷披,好像有满腹的话语要告诉这个他刚刚呱呱坠地的世界。我把指头在他眼前晃动着,他黑黑的眼珠跟着我的指头转。显然,他接收到了来自我们家族的信息密码。

果儿……我禁不住热泪盈眶。这个才出生半个小时毛茸茸的孩子,显然对这个称呼还没有足够的心理准备,他哇的一声哭了起来——他的哭声声震屋瓦响遏行云,纯粹得没一点节制,也没有任何顾忌。

发表于《作家》2012 年第 8 期
转载于《小说选刊》《小说月报》

北地爱情

一

走出校门那年我二十八岁,刚刚拿到清华大学经管学院的博士学位。不过这并没什么可骄傲的,怎么说呢,时也运也命也。要是前些年,这个文凭还有点含金量,现如今一年不如一年了,一来普天之下尽是"博士到处走,硕士不如狗"的坚硬现实,二来女博士不招人待见亦是当下世相,甚至连找对象这种事都成了弱势群体。

最后选择去Z城的金帝上市公司也是我反复权衡的结果。如果去外企做白领,一个月可以拿到七八千的薪水,而且我已经通过了德国西拿上海咨询公司的复试,很快就可以进入见习期。要是回四川老家当公务员,据说,有关规定能安排个副县长,月薪可以拿到三千元左右。在电话里,父亲强烈要求我回去。不言而喻,他巴望着靠我的成功扬眉吐气一回。三十年前看父敬子,三十年后看子敬父,他在电话里近乎用"我胡汉三又回来了"的口气跟我念叨,好像县政府的印把子一半在我手里,一半已经在他手里了。算命的都说咱家早晚要重见天日,要是你回来,你爷爷都会在坟里笑醒!

重见天日,这几个字从他嘴里说出来,听着有一种摩挲压在箱底的暗器才有的那种阴暗的快感。这也难怪,据我外婆说(她说起我父亲,总是一脸的不屑),我父亲"文革"的时候曾经红极一时,他那时是"双突干部"——突击提干,突击入党——这是他用斗地主、打右派、砸公社书记办公室的革命行动换来的。后来他官居公社"革委会副主任"的高位。娶我母亲用的也是不甚体面的手段，据说跟霸占差不了多少。"文革"结束后，他受到了政治清算，"跳得越高摔得越惨"的命运之手，一巴掌把他打翻在地，从此他的人生像一捆打起来的旧包裹，再也没有展开过。直到我拿了全市高考状元，他才如释重负，拉着我跪在爷爷奶奶的坟前放声痛哭了一次。都说男人的哭是一种软弱，而男人的痛哭则是一种力量。可在他的哭声里，我没有得到安慰或者鼓舞，而是脊背发冷，汗毛一根根地竖了起来。

现在，如果我回家乡去做副县长，他在村子里就可以重新背着手走路了，用冷笑就能把那些曾经打击过他或者看不起他的人一个个杀死——他给我寄来家乡招揽人才的政策，上面说，如果博士回去，可以安排当副县长，条件合适的也可以直接当县长。

正在我犹豫之际，中部六省联合来学校举办了一次大型人才招聘会。就是在这次会上，我遇到了金帝公司的董事长金玉玺。说来也巧，我之所以直奔金帝公司的展位，一来是他们在我的家乡建了一个非常大的屠宰场，我有好几个亲戚都在那里干活；二来这个在港股上市的国内企业是我们必修的成功案例，它在国内外有几十家分公司，据说如果他们兼并了意大利的一家有着数百年历史的食品公司，将会成为世界上数一数二的肉制品企业。

我在金帝公司的展位前坐下，递上个人简历。接待我的是厂办主任，胸牌上的名字是李毓秀。一个高大而且高傲的北方女人，光彩耀人，棱角分明。她边看我的简历边跟我聊着，问了一些最简单的问题。最后她问我，你为什么会选择金帝公司？我老老实实地说了上述两个原因。她看着我，非常满意地点着头。天，她把我领到展厅后面的一个小套间里，介绍给他们公司的董事长金玉玺，一个在商界被传说为神的人物。李毓秀直言不讳地对董事长说，我是她今天最满意的一个应试者！董事长头都没抬，问，怎么说？李毓秀轻声说，南方女孩，实在，大方。他抬起头来，漫不经心地打量了我一眼，然后又像猛然想起什么似的，狠狠地盯着我。他那天穿了一身白西装，面前摆着好几部手机。他盯着我看时的神情我不喜欢，非常不喜欢，但我始终用应聘者专用的微笑回应着他。他拿过我的档案看了一会，突然用四川话问我：你是四川地？

是地！四川地！我把微笑放大一点，努力假装轻松地操着川西口音回答他。他点了点头,把面前的手机像洗牌似的调换了一下位置,随后掀开了他的底牌:试用期年薪二十万,奖金另算。至于试用期满嘛——他说了一个让我晕倒的数字。

金钱无疑成为我们之间的最大公约数。我学的是钱,我也需要钱。家里东挪西借地供我读了二十年书,正是举步维艰的时候。

就这么简单,我决定三天后赴任。我甚至懒得上网查查Z城的基本情况,反正只要能够逃出北京,这个让我人不人鬼不鬼的地方就行。说起来我在这个城市里生活了九年,可是我一次都没真正走进过它,既不知道它有多大,也不知道它到底有多么繁华。在这个世界级的大都市里,我活得简直像一个拾荒者,遭遇的各种伤心事不说也罢,你懂的。

金帝的主厂区是一个工业新城,大得跟一个小城市差不多。来到厂子里的第一天,填各种表格,签正式合同,跟着一批新来的人员到厂史展览室接受入厂教育。第二天,到厂区参观,熟悉工作流程,安排食宿。第三天、第四天,我们这一批新来的人员基本都有了工作岗位,可是没人找我谈。我去找厂办主任李毓秀,连办公室的大门都没有进去。办公室秘书出来告诉我说,主任正在开会,让我把电话留给她,回去等消息。

大概会是什么时候呢?我问秘书。

她瞟了我一眼,摇了一下头,转身轻手轻脚地关上了门。

又等了两天,还是没消息。百无聊赖,度日如年。那天下午,我信步走出工业城,沿着一条大路向市区走去,想找个电影院看场电影。刚刚走到一个超市门口,手机突然响了,是一个全部显示为零的隐蔽号码。电话是毓秀打来的,她说,你等着,董事长跟你讲话。

董事长?我的心狂跳起来,以为自己是在梦游。我明白,招聘的时候是一码事,真正成为一个企业的员工之后是另一码事,在这个有着国内外几十家分公司、数十万员工的企业里,我一个刚来的黄毛丫头与董事长之间的距离太遥远了,他怎么会直接跟我说话?但是,没容我多想,董事长那中气十足的声音就响了起来,他的话把我震得目瞪口呆,是这样,他嘴里好像在咀嚼着什么,让我觉得面对的是一个正在捕食的动物,我身边还缺一个秘书,如果你不觉得委屈,就先跟着我适应一段时间!说完,我清晰地听见他喝了一口汤，咕咚一声咽下去，然后挂断了电话。我听着电话里的忙音，呆呆地立在那里，半天都没缓过神来。如果不是亲身经历，谁会想到含着零食就这样把一个女博士的命运给展开了？看来这世界本无公平这回事，有些人的公平，是需要另外一些人的施与才能得到的。

走近金玉玺之后我才知道，毓秀每天下午给他用酒精炉炖一只血燕，配六只虫草，这是他的加餐。再后来，这事就成了我的本职工作。

那天晚上我无论如何也睡不着，脑子里翻来覆去就是这件事，既思想着它的过程，也思想着它的结果。它来得太突然，也来得太特别，如果用经济学的成本效益方法分析，要得到这样的效益，得付出怎样的成本？

后来发生的那些事，让我切切实实体验到理论只是一具失血的干尸，而生活才是活生生的教材。

不过，若是开篇就说到我后来和金玉玺之间发生的那些食色故事，你肯定会认为我是个不正经的女孩。事实上我们之间的故事经历了很长一段周折。真正上班之后我才知道，董事长的秘书不止一个人，有文字秘书、文件秘书、生活秘书、企管秘书，整整是一套工作班子。毓秀是办公室主任，还兼任着生活秘书。我是文字秘书，主要负责他出席会议和有关活动用的文字准备。其实，跟他时间长了我才明白，给他起草的文字材料常常是浪费资源，他讲话几乎不看稿子，虽然不是出口成章，但是句句话都有的放矢，几乎没有虚话废话，这让我对这个看上去粗枝大叶的男人刮目相看。有一次公司领导班子开会讨论一个发展规划，他点名让我参加。我拿着速记本过去，以为只是帮助整理一下文字材料。谁知讨论的中间，他突然指着我说，博士——从我进入公司一直到我离开这里，他总是这样称呼我——说说你的意见。

什么？——我脸涨得通红，虽然站了起来，但身子佝偻着不敢直立。

先坐下吧！他的大手朝我挥了一下，在这个企业，可没有人是旁听生！

我面红耳赤地低着头，恨不得把后来会议上的每句话都吃到肚子里。

不过，从那次会议之后他再也没有点过我的名。毓秀兼任的生活秘书的职责，慢慢转移到了我这里。我离他越来越近，给他炖虫草血燕，负责打理他出席各种场合的着装。开始这些我都不怎么懂，便去问毓秀。毓秀说，也没什么忌讳，他这个人，你准备什么他穿什么。可事实上不是这样，他是个骨子里非常讲究的人，而这些讲究，却是他不声不响一点一滴地灌输给我的。

他非常有耐心,也很随意,平时和气得像个好脾气的父亲一样。好在我不笨,南方女孩的灵秀和天生打理家务的本领,让我很快就掌握了他的习惯和偏好。我能让他满意,我肯定不是个旁听生。

搬到董事长的豪宅住是他提出来的。这要回头说一说我来上班后公司为我准备的两室一厅的公寓房。一上班就有自己单独的房子,是非常令我喜出望外的,七十多平方米,要是搁北京,简直是一步登天了。但是走进房间,多少还是有点失望。房子是十几年前公司刚成立时建的职工宿舍,住过多少人已经无从考究了。卧室的墙壁和那张破旧的床垫上印满了可疑的污痕,卫生间的马桶浪费我一个下午的时间,用了一桶去污剂都无济于事。整个房间弥漫着一股只有公共厕所才有的那种气味。一间房屋,经历过多少主人就会留下多少种气味,无可消弭。

开始我怀疑这味道是我从学校的宿舍里带来的,我受够了这种气味。没有任何一所大学的宿舍里没有那种尿骚味。有人说,在大学的厕所里蹲一次,你就不是原来的自己了。为什么没有人说只要进到大学生宿舍里,就等于进到大学的厕所里呢?我曾经想过,这种味道是不是北方特有的?

若不是后来频繁进出董事长的豪宅,我也许对自己认真清扫粉刷后的小家会基本满意。尽管一切都还陌生,但我有了自己的家,它让我有了一种职场女性独立的尊贵感,让我对未来的新生活野心勃勃。

那次是因为工作需要,下班之后毓秀带着我去董事长家。他家坐落在公司总部大楼东面,是一个独立的大院子,里面有三四栋建筑,经过好几道门岗才走进大院里面的一个小院子,金玉玺住在这里。我们进去的时候他正独自面对一桌子饭菜吃饭,他一个人。看见我们进来,他点着餐桌上丰盛的食物说,你们就在这吃吧!说完他便自顾自地吃起来。从那时我才知道,他一天要吃五六顿饭,眼前的餐桌上摆满了精美的食物,有蒸得碎玉样的白米饭,有鸭汤和嫩绿的小青菜,竟然还有两道让人看见就流口水的川菜。他有从四川请来的专业厨师。

毓秀摆摆手让我坐下。她也靠着我坐下来,虽然扎着吃饭的架势,可是一口饭都没吃,只喝了两口汤,说有事要先走了。我左顾右盼看着他们两个,不知道自己该不该也跟着站起来走。董事长眼皮都没抬,用筷子指指菜,说,吃呀!我赶紧低下头继续扒自己碗里的饭。

饭后,董事长说,从明天起,你就搬到这里来住。看我有点惊讶,他又补充说,在这个院子里,还住着十来个工作人员,你先跟他们住在一起。

第二天我就搬到了金董事长的大院子里,住在管理人员宿舍楼的二层楼上,自己独占一层楼。也真是奇了怪了,三个同学挤在一间研究生宿舍里我都觉得宽绰,而自己住一层楼则觉得拥挤得厉害——可能用拥挤这个词不太贴切,算是压迫吧。每次登到二楼,站在宽大的阳台上,我都有"独上西楼,望断天涯路"那样的悒惶。我上班的时候跟毓秀说起这事,她只是淡淡地笑笑。看我还在疑惑,便跟我说,你想想,董事长哪次请人吃饭不吃掉一间屋?

小家子里走出来的我,当然还没有学会这种换算方法。

自从我搬进去之后,厂里的人对我的态度好像跟过去不太一样了,那是一种躲避还是恭敬,说不清楚。平时我跟谁都没什么交往,也没有朋友,我来这个地方大半年的时间都没有朋友。能够跟我说上话的,或者能往朋友上靠的,只有毓秀一个。我搬到金玉玺那儿以后,毓秀对我十分关心,常常以大姐的身份,提醒我一些注意事项,这让我很感激,但又让我隐约感觉到一种受到钳制的压迫。她总是说,在金帝工作,做你本分的事情,分外的事情,既听不见,也看不到,更说不出,否则——她话里有话地看着我——是不太合适的。她还说,我们对企业的忠诚,落到实处就是对董事长的忠诚。所谓跟群众打成一片,就是跟领导打成一片,领导就是最大的群众!

慢慢我了解到,毓秀是董事长夫人的闺蜜,是金夫人从小学一直到大学的伙伴,也是金夫人让老公一步步把她安排到眼前这个职位上的。我觉得他们没看错人,毓秀办事很有分寸,既能够有所作为,又知道适可而止,不卑不亢。在我心里,她是一个成熟完美的女人,我因此而信任她。

有一次,毓秀在办公室主动跟我聊起金玉玺的家事。她告诉我说,董事长挺可怜的,他的夫人和孩子去美国定居已经十多年了,大儿子娶了个美国妞,生了个洋孙子。二儿子也找了个华裔女孩,跑女方家住去了。孩子们都不愿再回到这灰突突的北方小城,妈妈又舍不下三个孩子,特别是最小的女孩,长得像天使般可爱,那可是她的命根子。他们很少回国,董事长一年半载去一次,每次回来,情绪很久都不会恢复。他觉得那边的家人对他过于冷淡,除了夫人,孩子们没人陪他,他想跟孩子们亲近一下都很难。有一次他没有敲门就进了女儿的房间,女儿惊得大叫起来,惹得夫人从中调停大半天——她们已经变成地道的美国人了。夫人知道他不可能放弃自己的事业陪他们到美国生活，企业也是他的命根子。但是让他们放弃美国优渥的生活环境回到国内来也不现实了。因此，他与孩子们的关系也变得相对简单起来，简单得只有汇款账号上的数字和他的签名。

毓秀那天把这事说得活色生香的，生怕我听不明白。我不知道她为什么跟我说这些，她不是告诉我分外的事情既听不见，也看不到，更说不出吗？

我在照片上很多次看到过董事长夫人，瘦弱白净的面庞像一只瓠瓜，眼睛和鼻子好像是用凿子刻出来的，缺少情绪。但是那张嘴很有个性，嘴唇薄而白，嘴角微微下撇，与上翘的眼角形成呼应，在那个三角区里潜伏着一种不怒自威的淡定。

可是，如果我单独跟董事长在一起久了，毓秀又会提醒我说，他们夫妻感情很好，董事长从来没有招惹过任何女人，任何。她看着我的眼睛别有深意地说。

我不知道她是提醒还是告诫，反正这让我很逆反，而且我应该告诉她，我是因为逆反才有今天的——一个堂堂正正的博士，一个鸡窝里飞出的凤凰。也许我想强调这一点的目的是，我可以借机把后来发生的一切事情的责任全部推给她。

我本善良，但不软弱，也不糊涂。

说实话，我喜欢上了董事长家的食物和宽大的别墅。他一个人住六百平方米的房子，有佣人和厨子，即使在梦里，我也不敢走入这样的世界。从内心来说，我渴望过上一种体面的日子，在学校里我就不忌讳和有钱的同学谈钱。我是经济学博士，既知道有钱意味着是什么，也知道没钱意味着什么都不是。若不是为钱，我又如何愿意来到这个乏味的北方小城？

我的宿舍在工业区最西边。搬过去那天我找了门岗的自行车，回去把必需的用品带过来，其他东西都没动。我骑着自行车穿过工业城的时候，突然有了一种异样的感觉，第一次觉得这个人工新城跟我发生了某种关系。至于什么样的关系倒没有深想，有点兴奋，也有点忐忑不安。

在自己家里，董事长好像变了个人似的，对什么都听之任之。他对待下面的人宽容仁厚，也看得出来他们对他都忠心耿耿。本来我想跟其他人一起吃饭，可是他不同意，说我们吃饭的时候还要工作。这也是真的，他常常把工作带到饭桌上，面前放着四五部手机。有一次，他给我讲起新加坡分公司的一个经理，说他曾经有一年的时间，每天只睡一个小时，白天办理亚洲的业务，晚上办理美洲的，完全靠浓咖啡支撑着，一年喝掉一百多斤咖啡。就为了他们，我也不能偷懒啊！我确实没见他偷过懒，他工作的认真和刻苦，外人是无法想象的。他看材料、打电话，要到很晚才睡。早上天不亮就起来，绕着工业城的核心区步行一圈，风雨无阻。记得有一次，那已经是我们好了之后很久了，他在接见意大利圣菲特公司的董事长时，叹着气说了一句非常意味深长的话，我们两个都是病人，老病人。看着老圣菲特一脸的迷惑，他用指头点着自己的头继续说，而且是不治之症——工作病。对方听完哈哈大笑——老圣菲特已经七十多岁了，掌管着有几百年历史且在全世界也是鼎鼎有名的家族企业。他穿着看起来比他的年龄还要老的旧皮鞋和在自由市场上淘来的T恤，每顿饭只吃白面包夹生黄瓜番茄片，喝瓶装的"依云"，每天工作十几个小时。

　　除了敬业，金玉玺还吝啬得厉害，每次挤的牙膏跟黄豆粒似的，一卷卫生纸能用半个月。可是他为什么要住这么大的房子、吃这么排场的东西呢？很多我认为不该奢侈的场合他都花钱如流水，钱撒出去连响声都听不见。

　　吃东西是我的工作，不吃那么多怎么知道什么好吃？有一次我问他的时候他跟我这样说，住，也是公司的排场。公司的排场既是面子，也是里子。是吧博士？

　　我咀嚼着这句话，很久才想透里面的道理。

　　每次吃饭我都坐他对面，开始还很拘谨，时间长了也就放松了。家里的水果他几乎动也不动一下，他是个典型的北方男人，喜面食，不吃水果不喝茶。我想尽一切办法把他的胃口调动起来，我把果肉血红的柚子切开，剥成一瓣一瓣的，把山竹从壳里挑出来，把苹果去皮切成小块，放到电脑或者电视机前。有一次，他在电脑前，喊我过去帮他翻译一封英文信件。我刚刚走过去，他暗示我拿一块水果给他吃。我紧张得出了一身汗，看他若无其事的样子，只好叉起一块芒果片送到他嘴里。他的嘴唇宽大而温热，是一张动物的嘴——我突然想到他给我打电话那天我纷乱的想象。这一刻我的思想也走了很远，心里很乱，尽是乱七八糟一闪即逝的东西。我甚至想，这张嘴唇跟他夫人那张薄白的嘴唇吻在一起，会是什么滋味？

看到我狼吞虎咽地吃饭的样子,他就会会心地笑起来。我就故意吃得很香,还带出很大的响声,这常常让他忍俊不禁。他说,人啊,吃饭就得像个人样!每次到欧洲去,看他们撮着嘴吃饭,觉得简直是糟蹋了上帝给的这么好的食物。他还夸奖说,只要世界上有我这么贪吃的人,他就失不了业。

饭后他习惯喝一杯红酒。据说他过去滴酒不沾,喝红酒是夫人特意安排的,说是对心脑血管有好处,他遵嘱执行,然后就形成了习惯。我说,每天吃几枚干果和新鲜水果,红酒才能发挥作用。他听了笑呵呵的,也遵嘱执行。

有一次因为讨论一个合同,我们工作到很晚。回家吃饭的时候他让把饭菜放在他的卧室里。其实卧室比客厅还大,这是我第一次走进来,以为是进入了一个沙特王储的起居室。饭间他非要让我陪他喝一杯,其实这对我来说不算什么事。父亲最失意的时候,常常自己在家里酿酒喝,我们家里到处都是酒缸,光闻那个味就把我的酒量熏大了。我主动跟他碰杯,几杯下来,他喝得脸红红的,说起话来舌头都大了,笑起来像个孩子。我提醒他说,明天要出席一个重要活动,省市领导都要参加。他只管一杯一杯接着喝,我又提醒他一次,他说,什么领导,去他的!然后又开了一瓶。男人说"去他的"的时候,往往会放纵自己。果然,我过去夺酒瓶,他突然用另一只手紧紧地攥住我的手。我一下失去重心,猛地趴在了他的肩上。我非常紧张,挣扎着想站起来,但他用胳膊箍住了我。

我在他急切的抚摸里失去控制,说实在渴望他的怀抱不是一天半天了。那天就是那样,我们自然而然地滚到床上去了。对于我来说,那不是床,而是一艘大船,身下厚厚的拉毛床毯像是波涛汹涌的海洋,我要在这样的海洋里眩晕。去他的!去他妈的!我的心狂野地悸动着,想象着人的疯狂所能达到的极限。我猜想,这将是一次真正的生活——与过去那些偶尔疯一次,偶尔喝点酒哭一哭的生活相比的话——可是,说真的,我有点失望,他做爱时的表现和他所表达的那种热切大相径庭,有点像香港朋友送我的礼物,一个偌大的包装盒,揭开一层还有一层,到最后里面只是一只小饰品。

他一句调情的话都没有,甚至不会亲吻,他那温厚而湿润的嘴唇掠过我的头发扭到了一边,到底没有吻我一下。事情很快就结束了,潮水迅速退去,给上岸的人带来无尽的尴尬。可从他的眼睛里,我什么都看不到,既没有满意,也没有不满。我想,即使是忧伤或者失望都能让我踏实一些,可是没有,有的只是平静或者平淡,那种平静跟性怎么都不能挂起钩来。这样也好,在我们的亲密里掺入某种疏离也许是一种稳定的力量。或者是,他不是不爱,只是不会爱,他放不下架子吧!我寻找着各种合适的理由安慰自己。如果不该发生的已经发生了,那么,该发生的就没有理由不发生。

的确,这是一次有分寸的偷情,我确定。他并没有进入灵魂的欢愉,但缺憾却不仅仅局限于此。他是想试一试他的能力还是想试探一下我的意图呢?这是我最不愿意要的结果,我不想成为他待开拓的市场的一部分。

我不知道他到底有多久没有碰过女人了,他曾经和妻子就是这样小心翼翼地做爱吗?关了灯,我试图把头挤进他的怀抱,而他几乎动都不动一下,呼吸轻微而克制。我猜想他是不是后悔了,他在心中祈祷他的妻子原谅吗?

实际上,做爱之后我并没有多少思索的时间,很快我就回到自己的房间去了。虽然他并没说过什么,但我也知道,那个晚上他并不希望我在他的房间里过夜。

性爱渐渐寻常起来,我会主动淘气地纠缠他,我知道,他喜欢我的缠绵,他一次次任由我在他身体上的放纵。是的,他喜欢。

常常,在我们温存之后,我会被头顶上一阵呼噜声弄出了一身冷汗,扭过头看去,发现靠背上卧着一只黑底狸花的大猫,它正举着一只爪子,瞪着一双没有眼睑的大眼盯着我。它尖利的爪尖和磨得粉红色的足掌像一种身份证明,显示着它的尊贵和霸道。

它叫花花,在我没进来之前,它和金玉玺共同拥有这间屋子。金玉玺每天都柔声地招呼它,轻轻地逗弄它几下。除此之外,它几乎用剩下的全部时间盯着屋子里的一切。那是金玉玺妻子的猫,不好带去美国,也许是她故意留下它,她把她的某一部分寄居在它的身体里。它常常在我们做爱的时候悄悄躲在屋子的某一处,用金玉玺妻子的目光盯着我们,身上的毛随着我们的节奏支棱着。

我说,那只猫——

金玉玺的表情会打断我的话,他不喜欢我讨论有关他妻子的一切,除非他主动提起她。他说起他的妻子,语气就像呼唤那只猫,不知道是逗弄、哀怨还是撒娇。

有一次我跟他提起她,他半天没说话,直到夜里我们要温存了,他才说,你老是问她干吗？这问题把我难住了，这是个问题吗？而且我也没有老是问她啊！没什么，不过是随便问问。我故作轻松地说，其实被他的态度弄得很烦。

你拥有的是今天，没有什么值得你老是挂在嘴上？他轻描淡写地说。可这句话，把我深深地感动了，那天晚上我们做爱的时候，我觉得自己是个疯子，我把他也弄疯了。

就着这股热乎劲，我把他老婆斜倚在对面墙角的一帧巨幅照片趁他不在家时挪动了一下位置，让她那扁平的脸朝向门外，再也看不到床上的我们。然后把我过塑的一张小照嵌在床头靠背的空当里。他回来看到这些小把戏，苦笑着摇了摇头，也没说什么，算是默认了。我不想把我们的做爱弄成一个公共事件，哪怕是心理上的。估计他也一样。

那时候我还不明白，生活中的滑稽或者悲哀，不是因某人某事而起，仅仅是因为它本身。它本身既滑稽，又悲哀。

二

金玉玺在Z城土生土长，祖祖辈辈都在这里生活。他曾经在四川当兵，参加过作战后被提拔为军官。但他不服那里的水土，一到夏季身上就长满湿疹，疼痒难耐，只好提前转业了。他当初转业回来，因为没有过硬的关系而被分配到国营肉联厂工作，这是一个奄奄待毙的企业。谁知福祸相依，他回来的第二年，正好赶上全国各地刮起企业承包风。那时这个中原小城还特别封闭，无人敢收拾这个烂摊子。他凭着军人的一腔热血，哈腰挑起了这副担子，用了二十年的时间，把一个濒临倒闭的肉食品加工厂变成了市值上千亿元的上市公司，一个肉制品行业的庞大帝国。

金玉玺虽然只有初中文化，但在企业经营上却独具慧眼，他的一些作为，常常让我这个经济学博士瞠目结舌。有一次，鱼水之欢之后我们躺在大床上聊天，不知怎么的就说到了企业的发展。说着说着他忽然呵呵笑了起来，笑得浑身乱颤。他难得这么活泼放任，我抬起头来，问他笑什么。

你知道一个经济学博士什么时候才算真正毕业吗？他问。

愿闻其详。我把手搁在他胸脯上，那里面有一颗强大的心脏，像一台功率强大的引擎。

我认为，他又呵呵笑起来，笑得太深了，嗓子眼里好像有个哨子在吹，让我忽然之间觉得他有点陌生，他从来没有这样放纵过，他将我揽在怀里抚弄着我的乳房说，真正的经济学博士，书上学一点，床上也得学一点！

我们之间很少开玩笑，这个玩笑开得有点过了。我很生气，把手从他身上抽回来，侧过身去，身子蜷成一团。

博士，这还真不算个玩笑，他转过来揽住我的腰，用下巴顶住我的肩膀，努力把我的身体打开，好像我是一只可以拆装的玩具，如果你刚来我就把这个企业交给你，你能玩转吗？但是，现在再给你，结果肯定就不一样了，是不是？你想想。

那这跟上床有关系吗？我是真生气了，觉得这种轻薄的话永远都不应该从他嘴里冒出来。

你想想！他的口气傲慢得不容置疑。

不得不承认，他说的是事实。

他做事的风格跟常人不一样，唯其不一样才有他今天的成就吗？比如向灾区捐款，这个企业捐的数额与它的声名相差很远。他个人捐得也不多，因此引起社会上很多质疑的声音。私下里，我问他为什么这么做。他说，我的责任不是慈善，而是办企业。捐款只是救人一时，而把企业办好了，则是救人一世。

咦？我真是感到愤怒，莫非这就是资本家的无耻？不是你救人，而是工人救你，不能忘本！

忘本？我？他坐起来靠在床头上，用手抚摸着下巴，好像有很多胡子似的，你算算看，不说世界各地我有多少企业，就说这个工业城吧，里面的工人和家属装有十五万，他们都是靠这个企业吃饭的。我今天宣布倒闭，明天市政府的门就打不开。倒成了我忘本了？

他是个地地道道的实用主义者，凡事没有对不对，只有行不行，在使用管理人员上特别狠，今天你能干，就有车子、别墅和六位数以上的年薪；明天你不能干了，就会下放到车间当工人。他管理企业的方法，在任何一本经济学著作中都找不到踪影，你有时甚至觉得他管理这么一个庞大的企业毫无道理。有一次在市政府经济工作会上他发言，硬是把ISO9001（食品安全管理体系认证）说成XO9001，我害羞得恨不得拱到地底下。

那次会后，我向他建议建一个金帝管理学院，营造自己的企业文化。他嘲笑我道，企业的文化就是赚钱，赚不到钱连屁都不是。我说，最起码我们该有自己的价值理念和道德架构。他的嘲笑更大声了，说，那些口口声声讲道德的人，他们的道德在哪里呢？你想想什么人叫企业家？就是那个比员工哭得多笑得少、比员工发愁得早享受得晚、企业倒闭员工眼睁睁看着他去跳楼的人。还有比这更大的道德吗？

我无语。

有时候我的委屈无处发泄，我总觉得他找我这个经济学博士不是用来征求意见或者提供帮助，而是专门用来嘲弄的，也许是想用这种极端的方式来验证他的成功吧。但是，恰恰是这种处理事情的方式让我深深地迷恋，也许是爱，谁知道呢！如果是爱，是他的哪一点让我这么爱他？他的不管不顾的执着？他的不惊不惧的淡定？还是他的坚定刚毅宁折不弯的气概？

在床上，爱是一个绕不开的字眼。可当我说起这个字眼的时候，他总是说，我不值得你爱，我是个杀猪的，而且仅仅是个杀猪的，什么都干不来。可是在这个调侃的背后，是他深深的自负和凛然不可侵犯。有一次在兴头上，我喊他杀猪的。他停下动作，从我身上翻下来，显得很生气。我说，我不能喊"杀猪的"？

你不懂。

我不懂什么？

他盯着看了我一会，好像是自言自语地说：我喊自己杀猪的，谁都知道什么意思。你喊，就没人知道了。他突然提高了声调，显得很激动，我就是喜欢杀猪，杀得猪看见我就害怕，动都不敢动一下；杀得连人都怕我，再没人敢杀猪了，我就成屠夫状元了！

——嗯，我懂啊，我怎么会不懂？我爱的或许就是这股子杀气，尽管这种气概从来没有延伸到床上。

我不能告诉金玉玺我不习惯这里，也想象不出来他怎么能几十年如一日地待在这个偏僻的地方。也许真的是一方水土养一方人，就像他自己说的那样，换到任何地方他都水土不服。可是，即使是祖祖辈辈生长在这块土地上的人，那一望无际没有任何特色的大平原，冬天的干燥令人浑身蜕皮，使人绝望的光秃秃的树木和灰蒙蒙的天空，会让我心灵深处发抖。尤其是一个人的时候，那种绵延不绝的孤独涌上心头，仿佛这里就是世界的尽头和末世。

只是，因为有了他，这不能忍受的一切才有了改变。毕竟我是一个健康的、有着正常需要的女孩，我想被别人温暖。是的，我需要的他都能给我，他能在极短的时间里焐热我的身子，也焐热我的感情。他高大魁梧，处变不惊。他的出现既能改变时间，也能改变空间，很多人的命运都握在他的掌心里。我像上瘾一样喜欢陪同他出席各种活动，走在他的身后，会突然生出一种君临天下的骄傲感。他是这里的王，这里所有的人都敬畏他。他在一份法律文件上轻轻签上金玉玺三个字，就有可能改变股价指数，并成为中央电视台新闻联播的内容之一。

可是，我不知道如何确定我们之间的关系，不知道为什么我们会走到一起。不记得是谁说过这样一句话：人的所有行为都跟性有关，除了性本身。

这话套在他身上特别合身，我觉得如果完全从性的角度讲，即使他需要一个女人，也是出于习惯而不是出于必要。他显然缺乏征服女人的激情，一切都是循规蹈矩的，慢吞吞的，抚摸、交媾，包括巅峰时刻，你都能感觉到他那心不在焉的仪式感。他既不是孤独，也不是忧郁，好像被某种模板给固定了。我想起他妻子那张缺乏表情而又尽是情绪的脸，他们半辈子也许就是这么过来的。可对于我呢？我们做爱仅仅是一个程式，他沉着、冷静，对我突然爆发的热情无所适从。每当我看着他在我身旁沉沉睡去，心里就禁不住哀伤。我们都是成年人了，他不是我第一个男人，我也不是他的第一个女人，互相之间因肉体碰撞而产生的震颤一次都没有发生过，也许这只能说明我们并没有走进对方的灵魂。

但显而易见的是，走向对方灵魂的路障是他设立的。这个障碍如果有一个原因的话，那就是他的妻子。我明白，不管他怎样放纵我，甚至宠爱，我都代替不了他的妻子。他的妻子是一个叫李梅的女人，我无法取代她的位置，哪怕是暂时的。我记得有一次他喝多了，高潮的时候突然紧紧地抱着我喊老婆。我兴奋异常，对他格外亲昵。可只有这一次，后来我再怎么喊他老公，他也不会用老婆回应我，最多是喊个亲爱的。所以我不得不常常提醒自己我的身份，而如果在一场爱情里你有着明明白白的身份意识，肯定比在生日蛋糕里吃到沙子更让人硌硬。

门口的小花园里生长着两棵巨大的木瓜树，是金玉玺的妻子高价从南方买回来的，有花工专门负责管理。到了秋天，两棵树会结出一片金黄的果实，院里院外都飘着木瓜特有的馨香。金玉玺告诉我说，木瓜果可以充当香料，它散发出的气味能够治疗顽固的失眠。李梅喜欢把它们摆在床头，她的失眠症很厉害。他边摇着头边对我说，有时候她打电话问起这些树，我就知道她的失眠症又犯了。老天爷，莫非他根本就没注意到我也有失眠症吗？每当他完事之后呼呼大睡，我却躺在他的旁边辗转反侧，像一个失足落水的人，在孤独的海洋里任忧伤和绝望一波波地淹没我。

那一年结了很多木瓜，但他从来没提起过要把木瓜摆在床头，更不会想到让我把木瓜带回自己的房间，而是任那些果实白白地落在地上慢慢腐烂掉。李梅不在，没有人能够享用这些木瓜。有时候，他看着树下散落的残果，眼睛里满是落寞和无奈。这是他妻子的树，我觉得他眼睛里根本不是那些果子，而是那个叫李梅的女人。

你是爱我的，对吗？虽然这是个完全私人的问题，但我问起他来，因为身份原因，还是觉得哪里不对劲——话刚一出口，怎么就变得好像是祈求。但我管不了那么多，有时候，我会一而再再而三地追问，一半出于赌气，一半心有不甘。尽管我知道，爱情是一个整体，不是切成一块一块的零嘴，这一个夜宵或者那一个午餐。但是，我从来不会把它作为一个整体来理解，我只是追问当下的感受，如此而已。

博士，他把我的手窝在他宽厚的手心里，不能说他没有怜惜，你是个好姑娘。他用对孩子那般宽容的表情看着我，他肯定也是这样凝视他的孩子的。

他的孩子，他妻子的猫、树木，房间不可改变的格局。我有些愤怒，我们同居了，我住在这里，然而我却像是一个局外人，一个别人的职责所附体的躯壳。虽然我知道自己无法取代另一个女人，但我是这一个，我的存在不是一个虚无的空洞，也不仅仅是让一种虚空代替另一种虚空。而现在，好像身处大洋彼岸的李梅一直在和我们共同生活。我想起电影《蝴蝶梦》里女主人公的噩梦，想起那个叫吕蓓卡的幽灵所制造的罪恶。

我就是这样看李梅的，她远隔千里却像幽灵一般无处不在。她靠着丈夫的钱，领着孩子们在美国过着上流社会的高尚生活，他们有自己的别墅，有大片大片的绿地和各种高贵的花草树木——尽管如此，连两棵可怜的木瓜树她也不肯放过。很多年过去了，孤独终于战胜了乡愁，现在她没有乡土观念，没有欲望，没有任何欠缺和委屈，她在大洋彼岸的那个国度俯身察看着这个猪圈般的小城。当她把金玉玺的一堆孩子圈在羽翼下时，就知道她已经把控了一切——孩子们是她最保险的人质。

听毓秀讲，李梅生长于汇城一个贫困的家庭，父母都是食品厂的退休老工人。她是老大，所以父母死后弟弟妹妹都要由她照顾。大学毕业后，虽然她拿了工资，但却是她生活最困难的时期。后来跟金玉玺结了婚，日子一天天好起来，弟弟妹妹会想出各种理由跟她要项目要钱。这是金玉玺绝对不能容忍的，钱可以有限度地给他们，但是项目一个都别想。于是，在金玉玺的安排下，她远远地离开了。度过简短的煎熬期之后，美国的日子还是轻松愉快的。她的生活因为孤独而独立，有独立的大房子和独立的没人打扰的时间，除了定时去超市购物，不需要跟任何人搅缠。没人会注意到她，也没人能看出这个面目淡定其貌不扬的黄皮肤女人，竟是来自于大洋彼岸一个经济沙皇的夫人——尽管那个中国的小城寂寂无闻，但是她老公以猪头来计数的肉食品帝国，比中国很多城市的名气都大。

现在，她和孩子们已经成为美国的一部分。一方面，她盼望金玉玺过来看他们；另一方面，却又怕他常常过来，他会成为她的负担，成为她承担不了的一个责任。过去她认为两人之间的疏离是长期不在一起造成的，但是真正在一起的时候，她却觉得更加陌生。她受不了在美国环境下他粗枝大叶的行为，不能忍受他长途跋涉后的呼噜，两个人甚至连亲热一次都很别扭。但是她又要殚精竭虑地维护他的尊严，每次金玉玺到美国来，她都会用她所理解的美国方式包装他，害怕孩子们看不起自己的父亲。所以她总是紧张着，处处察言观色，既担心孩子们嫌弃，又担心丈夫不如意。更令人纠结的是，她感到了丈夫努力时她的尴尬和心痛——他是个军人，什么都可以自己解决。每次吃完饭后把自己面前的东西收拾得干干净净，自己擦皮鞋，把看过的华文报纸叠成面包般的小方块，放进分类垃圾袋，亲自送到很远的垃圾桶里。

孩子们对自己的父亲既客气又疏离，美国教育已经让他们忘记了中国式的亲热。他们终究像父亲担心的那样，成为彻彻底底的美国小孩。他们冷静而礼貌地招呼他，打着夸张的手势，当着他的面亲吻妈妈。金玉玺仿佛是个从天而降的客人，他爱他们，但他已经融入不了他们飞速改变的生活，常常陷于进退维谷的尴尬境地。他不想在他们的生活边缘看着他们的脸色过日子，他也知道有些东西怎么都挽留不住，甚至越是触碰就越容易破碎。但他就是不甘心，不甘心。

有时候他远远看着这几个孩子，心里恍惚得要命，仿佛觉得他们不是自己的。而当他在心里认定他们就是自己的孩子时，不是得到了安慰，而是更加纠结。他因为他们不再依赖他而忧伤，他想起他们刚会走路时磕磕绊绊让他不敢丢手时的日子，禁不住眼里热热的。给他们汇款的时候，他总是让我再给孩子们发一封电子邮件，父亲的拳拳深情溢于言表——吾儿：……父亲留给你们的最大财产仅仅是做人做事的经验和原则。做一个诚实善良的人，一个被社会需要的人——他给他们讲一些做人做事的大道理，尽管他知道这些道理根本不被他们理会。

有时候，他会跟自己的妻子数叨这些忧虑，而女人心里存不住话，又说给孩子们，这使得潜藏的东西更加表面化。孩子们抢白母亲道，他凭什么就得望子成龙，我们凭什么就得孝顺？是为了让我们还债吗？我们不是他的雇员，不能因为他拿钱养活我们，我们就得按照他喜欢的方式生活！有一次，因为当地一个官员的经济问题，有关部门调查到他。从检察院出来他就直奔机场，借故到美国去看病，在那里停留了一个多月，以躲避这件事。因为这件意外之事，他觉得有足够的时间和理由跟两个儿子长谈一次，但又不知道从何说起。他觉得他的孩子们很难理解其中的艰涩，危险大得可以吞噬一切，可他们不会懂得。孩子们小的时候他教导他们不要摸电，就是这样的心情，就是这样的情景——电就在那里潜伏着，你不被电击到就永远不知道它有多厉害。

他讲了这件事的来龙去脉，然后对两个儿子说，其实每个人都很脆弱，再强大的人，也不能保证每次都能扛住意外。看到孩子们的迷惑，他又补充道，谁也不知道将来会发生什么，包括我，也包括你们。所以你们得处处小心，多为将来考虑。

您说这是什么意思？小儿子不屑地说，爸，我们现在是美国公民了，只要不想要意外，就不会有意外——他打了个响指，我们只相信法律，不相信意外！

他被儿子呛个正着，一时间不知道怎么驳斥他。他像任何一个拥有权力的人一样，在外面越强大，在孩子们面前就越虚弱。孩子们对此的感觉正相反,他越是威力无比,他们越是喜欢挫败他,孩子们用藐视权力的方式来享受他给予的权力。

这也正是他痛苦的幸福。

大儿子看着他下不了台,竟然又附和道,爸,您不能用威胁的语气跟自己的儿子谈话,在美国,这是一种软暴力。

威胁?这是威胁?莫非我们对可能的危险可以视而不见?他有点伤感,或者愤怒,或者失落,或者悲哀,但不是绝望。看着孩子们对待他的忠告像对待他的礼物一样——漫不经心地接过去,平淡地撕开然后扔在一边——而无所适从。他想忘记他们那没心没肺的神情,他再也没跟他们交流过有关工作的一切,但这并不意味着他已经放下了。他还没到不把孩子当成自己责任的年纪,而且一直也找不到那种感觉。他因此觉得,越是成功,越无从体验自己的成功。

三

现在我的工作就是围着金玉玺转,接收每天各个公司的经营报告和经过剪裁的企业简报,夹在天蓝色文件夹里送给他。每天下午三点半准时给他炖一盅虫草燕窝。

那天我去市内做头发耽搁太久了,回来得有点晚,同事说已经有人把材料送给董事长了。看完材料他去了市里,走时也没交代什么。

我转到毓秀的办公室找她,秘书们告诉我毓秀去原料分厂了。她的工作跟具体业务无关,有什么必要去那里呢?我好像听人说起过,她的弟弟是原料分厂厂长,但我从来没见过他。也许开会的时候碰到过,但是相互不认识也不知道是哪个,据说这个人在毓秀的严管下相当低调。

我已经有半个多月没跟她好好聊过了,今天得闲,无论如何得跟她见一面。我在办公室坐下来,喝了一杯柠檬水,她还是没有回来,打电话她关机了。我想我得去分厂找找她,在我们之间,肯定滋生了某些误会,她这段时间好像故意躲着我,我能感觉得到。

去原料分厂要先经过分割、成品等好几个部门,走一趟下来跟逛一趟大街差不多。穿过生产厂区,我看到高大的架子上挂着猪胴体,洗得雪白。一眼望不到边的流水线上,工人们在忙碌地作业。他们穿着淡蓝色的工装,每个人被包裹得只露出眼睛,分不清谁是男的谁是女的,更看不清他们的表情。全封闭的车间,把现代化的流水线与天地隔开,除了面对眼前的动物尸体,看到自己所应该切割下的那一部分,几乎什么都看不见,彼此之间也不能聊天。想一想,在这样的环境下生活半辈子会是什么滋味!我禁不住想起我与金玉玺的争论,到底是谁养活了谁?我还记得金玉玺给新员工讲话时说的那句话,今天我把刀把子交给你们,也就是把咱们金帝的命运交给你们。刀子在你们手里,如果一刀下去捅错了,那就是我的心脏!

原料分厂的活是这个企业最脏最累的,充斥着一股只有常年没被清洗的浴室才有的那股怪味。在这里工作的大部分都是女工,她们不用穿防护服,三三两两地走来走去。我想,她们知道我是谁,每次我陪董事长过来,她们都低着头,看都不敢看我们一眼。现在这些女工们看到我也很安静,低头做自己的事情。我心里涌上来一种类似悲悯的情感,但也有点庆幸。她们像一群候鸟一样,结伴去一个陌生的地方打工,省吃俭用,年底把省下来的血汗钱寄给家里人。若不是我当初考上大学,一定也会夹裹在这些人中间,成为她们中间只有工号而没有名字的一个。她们也曾经像我一样努力过、拼搏过,只是在最后那几张纸上没有拼过我,因而我成为劳心者而她们成为劳力者。

我知道,在她们中间有很多人既聪慧又坚忍,她们走过很多地方,有着丰富的社会阅历,头脑里塞满了关于情欲、打胎和被包养的种种故事,关于乌鸡变凤凰的神话个个都耳熟能详。在我面前她们显得极不自信也不自然,因为我和老板的关系让她们无所适从。也许她们根本不在乎我,甚至我的名字她们都不想知道,她们在乎的是我背后的那个人,因为他掌握着她们在金帝的命运——工种、阶层和收入。不过说实话,虽然金帝的管理堪称严厉,但金玉玺对待工人是很宽厚的。企业通过工会安排可以使最基层的员工因为有意见、建议或者自己克服不了的困难,直接见到董事长。听毓秀讲,有一个女工,孩子患白血病,金玉玺包了全部的治疗费用,四十多万。在金帝的王国里,金玉玺就是货真价实的皇帝,而且,在工人眼里是一个好皇帝。

但是在她们面前我从来找不到优越感,有的只是一种如履薄冰的紧迫感。除了有一张砸着钢印的毕业证书,我和她们之间并无太大差别。我看到一张我熟悉的面孔,她曾经因为父母出车祸双双身亡找过董事长,接见是我安排的。看到我,她下意识地丢下手中的活站起来,不知道该怎样和我打招呼。

我告诉她我找毓秀。她朝一间办公室指了指，把我领到门前，羞涩地笑了笑就离开了。

我敲开门，看见毓秀正拿着一份材料，神情紧张地跟一个年轻人说着什么。看见我站在门口，毓秀下意识地把那份材料藏到身后，脸色腾的一下红到了耳根。

我站在门口，搞不清楚该走还是该留。

毓秀很快镇定下来，把我喊进去。她指着那个年轻人说是她弟弟。弟弟看了我一眼，很快把目光转向旁边。他长得比毓秀还秀气，白净的面孔，一头浓黑的头发，看起来非常健康帅气。

毓秀叹了一口气，让我坐下来。屋子里只有两把凳子，弟弟赶紧站起来让给我坐，他斜倚在桌子上，眼睛轮番瞪着我们两个。

不知道是不通风还是太紧张了，屋子里闷得透不过气来。我想站起来打开窗户，毓秀摆摆手，又长长地叹了口气。沉默让我心里有一种不祥之兆，她肯定有一件难以启齿的事情要跟我说，便说，毓秀姐，有什么事吗？

毓秀说，你知道今天材料为什么这么早送给董事长吗？

为什么？

出大事了！毓秀扭头看了看弟弟，伸手把我的手捉住，用两只手握着，要说这事不该麻烦你，我知道这对你来说非常危险，也不公平。可是我实在走投无路了，妹子！这还是毓秀第一次称呼我妹子，这是北方人亲热的表示，她是个严肃的人，在公司是不会这样随便称呼哪个的。

毓秀姐，我是个知道好歹的人。有什么需要我做的，您尽管吩咐！

是啊！我当初就是本着你的人品，才这么重用你。而且这事一出来，我首先就想到了你。你不找我，我马上也要去找你。她说着，把那份材料递我手里，没等我看，又把我的手握在她手心里。我能感觉到她的紧张不安，她的手心湿凉湿凉的，像一片沼泽。今天遇到这个事，说大也大，说小也小。这个大小主要是看下一步怎么发展——

跟企业有关吗？您让我知道这事合适吗？我问。

除了你，没有更合适的人了！她把我的手松开，两手抚摸着自己的膝盖，我们进的原料里，有一批把关不严，一部分猪喂了瘦肉精，被一家小报记者抓住把柄了。她皱着眉头，好像后怕似的摇着头。不幸中的万幸是，我们及时发现，把这个记者留下来了，不然，捅出去指不定全世界都得知道，这个企业就砸了……

她还没说完，弟弟突然间走过来，扑通一声朝我跪下来。我吓了一跳，我伸手去拉他，心里却别扭得像吞了一条虫子。

姐，我求求您了，如果您不帮我，我们全家都完了！他帅气的脸挤成一团，惨不忍睹，一点男人味都没有了。我求援似的看着毓秀。毓秀也被这一幕惊了一下，她看看我，又看看弟弟，突然低声呵斥道，起来！自家姊妹，哪有你跪的人？

我能看出她的恼羞，也许她也会看出我的尴尬。也醒悟她这话说得有点不妥，所以她又赶紧重复道，都是自家姐妹，何必这么不着调？

我理解她的心情，在我们的关系中，她并不需要求我，我也明白自己的位置。但我的心一下子乱了，理不出一点头绪来，只是暗暗鼓足勇气一定设法帮助他们，但我不知道该怎么说。她慢慢镇静下来，摆出平时那副不远不近的样子盯着我。

我问她我该怎么做？

她淡淡地望着门口交代我道，估计明天董事长会先征求一下领导核心成员的意见。因为这事跟我有关，所以我不好说话，有些话只能你来说。我们一个扮黑脸，一个扮红脸。

黑脸？红脸？

我只管说狠话，怎么狠怎么说，请求他以企业利益为重，对责任人绝不姑息迁就，该杀该剐不能手软。她的表情又温柔起来，重新握住我的手，用拇指轻轻地摩挲着，你只管说软话，怎么软怎么说，就说企业如果不保护犯错的员工，就不会有人死心塌地地干工作了。你也知道我是跟着他一路闯过来的，他不会不留一点情面，相信我们两个能够把他拿下！

"拿下"这个词让我不寒而栗，真想不到企业里也有政治。

但我更多的是想起毓秀的好，虽然不是她让我拥有今天，但她起了很重要的作用，而且她在金玉玺跟前的分量不是一般人可以比量的。生产经营中的一些重大决策，我都参与不了，但是毓秀可以。我明显能够感觉出来，即使我与金玉玺有床笫之欢，也远远没超越他与毓秀的关系。

到这个企业这么久，我对毓秀的感情很复杂。我觉得她一眼就能把我看透,可我从来没有真正了解过她。这个相貌端正、长着大额头高颧骨的女人,声音温柔而坚定,做什么事都是有板有眼不疾不徐。虽然我住进金玉玺的家中以后,我们之间的接触越来越少,我们之间的很多事估计她也很清楚。但非常奇怪的是,她在我面前说起金玉玺的太太,好像跟我无关似的。也许她是用这种方式卸下我心里的负担吧!

女人的坚强都是装出来的,她不止一次跟我说起李梅,她说每一次打电话,我都不忍心放下,李梅的话总是说不完,我也知道很多东西她也不能跟我说。有时候说着说着除了哭,就找不到话了。我劝她回来吧,她又舍不得孩子那边。我只能告诉她,董事长在这里一切皆好,请她放心。

毓秀这样说的时候,我能体会到她的善良和良苦用心。跟我说这些,她并不是为了李梅,而是为了我。她说是让李梅放心,其实不就是让我放心吗?金玉玺从不跟我说这些事,毓秀和李梅之间的关系,都是她一点一滴告诉我的。她们是真正的闺蜜,她们一起在Z城长大,从少女时期就在一起玩耍,坦荡无遗地面对。青春相伴成长,乳房鼓胀出花蕾一样的花苞,不敢让母亲知道,悄悄躲在家里,在拉严窗帘的黑房子里相互抚摸。那种让汗毛竖起的感觉震撼着身体和心灵,也让她们的友谊更加巩固和决绝。

后来,李梅嫁给了金玉玺。刚开始李梅并不中意,虽然那时候金玉玺已经是一厂之长了,但他没文凭,企业也不景气,论身份连个普通的公务员都赶不上。毓秀规劝她说,你是个缺少心机的女人,你缺的不是饭碗,而是一个不需要争取、是专一为你量身定制的舞台。李梅说,他能给我什么舞台,你怎么不嫁给他?毓秀说,我知道金玉玺要的是什么样的女人,我也清楚自己的心有多大,可以装多少东西。

那时的毓秀,是心高气傲的。

其实那时的李梅,已经二十八岁了,虽然心有不甘,但再等下去未必有更好的结果。相处一段时间之后,她才发现金玉玺既是一块真金,也是一块纯玉,有气度,有眼界,也有办法。他对女人温和体贴,对建立家庭有强烈的渴望。于是,李梅就嫁了。金玉玺让李梅意外地拥有了女人期待的一切,而且是越过越满足。而毓秀的婚姻则一拖再拖,曾经看好的一个男人临到结婚时变了卦,撇下她只身去了南方,让临危不惧的她一时乱了手脚。婚姻走入艰难,高不成低不就。

当然没有人知道，她私底下几乎拿每一个男人和金玉玺比，竟然越比较越觉得不合心意。

末了，毓秀嫁了一个比她大十岁的小城官人。她那时并不明白，他娶她并非爱惜她的智慧和才学，他只是需要另一个老婆来照顾他们父女的生活。他的前妻是患肠癌死的，娶毓秀的时候他的女儿已经是豆蔻年华，可劲地花枝招展，把个毓秀比得更像一个后娘了。毓秀的容貌气质都还是出众的，三十几岁也算不上老，是她自己的心气提得太高，反而显得刻薄了。无论如何，这个千挑万选得来的男人，职业和长相都是体面的，酒席那天，他和金玉玺坐在一起很是旗鼓相当。毓秀喝了许多酒，醉了，她觉得单论容貌气度，丈夫甚至比金玉玺都要更好。

做了后娘，才懂得日子的绝望。那继女长得冰清玉洁，性格却是刁蛮无度，把毓秀折磨得死去活来。毓秀咬着牙，从来不跟外人说，只有默默地忍着。后来还是李梅看出端倪来，让金玉玺帮忙把继女送到国外，毓秀才松了一口气。

但这口气没松多久，心又给提起来了。丈夫想要毓秀给他生一个儿子。其实生个一儿半女也是毓秀的心思，她明白，不生孩子，自己在丈夫心中永远都是一个外人。可事与愿违，两个人不管怎样努力，总是怀不上。这事明摆着，丈夫没毛病，他已经当了十几年爹了。这是毓秀的问题，检查做了无数次，也没查出个子丑寅卯，于是只好去找中医。吃中药吃得肚皮都是绿的，却始终怀不上。丈夫喝了酒，不是在床上撒欢，就是在床下撒野，弄得她挨住他就发抖。他的身体越发地好，她的身体越发地差。再后来，除了给国外的女儿寄钱的时候回来找她说几句亲热话，几乎很少进家了。

毓秀，这等精明尊贵的女人，Z城一等一的人物，她的婚姻生活是彻底失败了的，想想也是自己理亏，她已经五十多岁，今生今世只能做一棵只开花不结果的哑树了。她羡慕李梅，甚至有点恨她。

跟毓秀分手时已经到了下班时间。我直接回去，却发现金玉玺在家里坐着。他看起来相当疲惫，而且脸上现出少有的严肃。吃饭的时候他开了一瓶红酒，也没让我，自己一杯接一杯地喝。我低着头默默地吃着，既不看他也不跟他说话。饭吃到一半，他突然拿着酒瓶和杯子回了卧室。又过了好大一会，我觉得不对劲，起身跟了过去。

他把李梅的照片挪回了原来的位置，朝向屋子正中间，露出她那扁平的、缺乏生气的脸。金玉玺站在夫人像前，手里轻轻转动着酒杯，我走过去靠着他，他动都没动一下。

出什么事了？

没事。他的话听起来像截一块木头。

不能跟我分享吗？

他把杯子放在窗台上，扭头看着我，脸红得像得了过敏症，眼睛更红，露出吓人的凶光，平日的淡定了无踪影，今天厂里发生一起事故，不是发现得早，我已经跳楼了！

什么事这么严重呢？像我们这么大的企业，活下来不容易，死掉也难啊。我故作轻松地说，既是安慰他，也是为下一步的计划埋下伏笔，小船可能碰一下就碎，像泰坦尼克号，即使撞上冰山，也能坚持两三个小时呢！

哪是你说的那么简单？他一只手压在我肩膀上，我的身子倾斜了。他朝我笑了一下，可那笑比哭还可怕，咱们这是食品企业，做的是人吃的东西，只有一次活的机会。否则的话，消费者不把你踹死是不会罢休的！

我正思忖着怎么接他的话茬，他突然走到窗前，望着窗外那两棵木瓜树，长叹一口气说，如果仅仅是这个企业垮了，我也不至于这么伤心，大不了我们从头再来。可是，你知道是谁出卖了这个企业吗？

谁啊？我显得还是很平淡，想稀释一下紧张气氛。我感觉他的情绪在慢慢起爆。

毓秀！李毓秀！他一拳砸在窗台上。那只猫叫了一声，跳下窗台，虎视眈眈地盯着我们。

出卖还不至于吧？即使毓秀姐做错了什么，也可能是出于疏忽而不会是故意，我了解她的人品。

你了解？你才来几天？什么叫疏忽？自从我让她弟弟当了分厂厂长，他们一直在干这个，只是没被人发现！

可是，毓秀姐对你，对你的……夫人，都是忠心耿耿。她也不容易，我相信你会有妥善的处理办法，总不至于为了这点子事跟她太过不去吧？

哦！他扭过头吃惊地看着我，好像不认识我似的，盯了有一分钟的时间，原来我就告诉过你，口口声声喊道德的人，看看他们的道德在哪里？现在这话我要拿来问你了，你的道德呢？他突然像一只要扑过来把我啄食掉的秃鹫，拿手点着我的脑门，下午你去哪里了？

我跟你请假去做头发了。

回来之后呢，又去了哪里？

……

你跟李毓秀在一起，是不是？

我下意识地摇了摇头。

说谎！说谎啊！他突然掐住我的脖子，另一只手里的红酒泼了我一脸一身。

我用力甩开他，愤怒使我再也控制不住自己了，气得浑身发抖，是怎么样？不是又如何？莫非你还盯我的梢吗？难道人人都得跟你一样，成为一个冷血动物？你不要老婆，不要孩子，不要朋友，也不要爱情。你不相信任何人，你眼里除了你的企业、你的钱，还有什么？

他一下愣住了，吃惊地看着我。刚才发那一通脾气，把他累得满头大汗，脸上豆大的汗珠往下滴。我觉得那一刻他是如此虚弱，好像是纸糊的，一根指头就可以把他捅破。我看着他退后几步，无力地靠着床头坐下去，像一尊被水浸泡过的泥菩萨。本来我想去拿条毛巾给他，可是我故意赌气，倔强地站在那里一动不动。

快拿速效救心丸，快！他一只手无力地捂着胸口，一只手胡乱地指着。我赶紧把床头柜上的药拿过来，倒出一粒送他嘴里，端了一杯水给他。喝完水之后，我试图让他躺下，他没动。

博士，今后你还有很长的路要走，我感觉到他在努力平复自己的呼吸，深深地吸着气，有两句话你要记住。第一，凡是绊倒人的都不是大物件，而是碎砖头瓦渣。咱们这么大的企业，几十亿的亏损都不在话下，而一个小小的质量问题就会要命。第二，朋友不是用来出卖的。他重重地看着我，但眼神好像在很远的地方。1979年，我去过越南战场，是侦察兵。我的战友大部分都是四川人，这也是我特别喜欢四川的原因。我们那个班，是全军侦察兵从越南活着回来最多的。如果我们队伍里有人耍奸使猾，有个李毓秀，或者有个你，你想想能有活着回来的吗？

他还没说完，我就已经泪流满面了。流泪的原因很复杂，不仅仅是愧悔——我觉得对于我刚刚开始的人生有些非常重要但又容易失去的东西正在迅速流失。看着他虚弱痛苦的样子,我心如刀绞,很想把与毓秀商量的一切和盘托出,但是我不能说,否则,又将是一场出卖。

收拾一下你的东西,还搬回你原来住的地方去吧!他用商量的口气跟我说,但一点商量的意思都没有。说罢他仰身倒下,连鞋都没脱。他的这个决定虽然出乎我的意料之外,但也尽在情理之中,毕竟他是金玉玺。我没有伤感,更没有愤怒,我知道这一天早晚会来的。

我走过去,扒掉他的鞋子,把他的腿放平。

走就走,等他的火气下去,他会召唤我回来的。

我的东西本来就不多,一只小箱子就装完了。我常常把新添置的穿不着的衣物都放回小屋子里去,是潜意识给自己留了后路吗?掂着箱子下楼的时候,心里还是窝着一堆东西,堵得慌,但我尽量不去搭理它。我找到院里管事的老张,告诉他抓紧时间通知医生过来。他也没问我什么,看着我拖着箱子走出了院子。

第二天,我没去上班,倒在床上像条软体的腔肠动物一样,什么也不想,饭都懒得吃。那时我觉得,人生没有最糟,只有更糟——只是一堆你想要的永远得不到,你拒绝的反而会络绎不绝出现的麻烦的集合体。

第三天,他仍然没有让人找我回去,下班前厂办通知我,如果超过三天不请假,将作为自动离职处理。那是我第一次以陌生的方式,强迫自己听从了别人的命令。

到了单位我才听说毓秀被解职了,她的弟弟已经被移交给司法部门等待处理。公安局大张旗鼓地来车间抓人。办公室的人问我,电视报纸上炒得沸沸扬扬,都在说金帝集团主动清除内鬼这件事,你一点都不知道?不知道,一点都不知道!而且,现在知道了一点也不奇怪,这才是金玉玺的风格。面对这些消息,我觉得自己比想象的要坚强得多。虽然有想哭的感觉,但是我没有哭。

没人会相信眼泪。

我还是原来那份工作,给他送材料,煮羹。但是,这样的日子很快就要结束了,真想不到还有那么多的变故在前方等着我。生活就像一辆你随便挤上的夜行快车,你不知道把你带到了什么地方,也不知道下一站在哪里。你既不能让它停下来，也不能中途下车。

四

再见到毓秀，已经是半个月之后了。那天我去厂区后面的超市买东西出来，听到有人喊我的名字，扭头一看，原来是她。她穿着精致的品牌服饰，亮闪闪地坐在一个熟食摊位后面。我以为她在吃饭，便走过去问她，毓秀姐，你怎么在这种地方吃东西？

哼！有口饭吃就不错了，还拣啥地方？她迎着我，一副嘲弄的腔调，我听着心里特别不舒服。这是我弟媳新租赁的摊位，我呢，好歹在这儿奉献了几十年了，脸熟，帮她拉拉顾客。你们厂里的规矩你又不是不知道，只要出点事，连房子都要收走。

她咬了咬牙，想要收我的房子，那我就在这扎根。

听她这样说，我心里不禁一阵痛。她在公司一直拿高薪，在这个小城市里她应该算是个贵族了，完全没必要这样做。她感到我的疑惑，又说道，我就天天坐在这里，让董事长看看，你们走着瞧吧！她两次故意把"咱们"说成"你们"，更让我觉得疼痛都在明处，但也不知道怎么安慰她，只好说，毓秀姐，你是有能力重新拼出新天地的人，我相信这种处理对你来说算不了什么。有需要我帮忙的地方，您尽管吩咐！

我能有什么？只要你好就行了，只是——她扭头看看周围没人，脸子突然变得刻毒，你不该给他说那些！

给谁？说哪些？我惊得简直如五雷轰顶。

说哪些你心里会不清楚！她撇下我，扭头又回到了摊位后面。我呆呆地站在那里，走也不是，留也不是。她却再也不抬头看我。我走过去，喊一声，毓秀姐——

赶紧走你的吧！她眼皮都没抬，一脸的厌恶，谁的好日子都会有尽头！

这话让我如坠五里云雾，那时候我还不知道李梅就要回来了。

今年的春天短得很，好像才从冬天钻出来，突然就是夏天了。大路两侧的桃花都败了，树上长满了青嫩的小毛桃，一团一团的绒毛从天空吹下来，朝你的眼睛鼻子里乱钻，让人心烦意乱。

更让人焦虑的是李梅要回来这个消息。这事也没人告诉我，好像是从地下长出来的，一下子全厂区都知道了。唉，这个漫天飞絮的北方小城，到处是破败和浮尘。想想现在的美国，那是什么景象！满眼没有不洁之物，满心没有不洁之事，她为什么要回来？

每次我走到金玉玺跟前，想着关于李梅的事他会告诉我点什么。可他相当平静，也相当平淡，我的进进出出之于他不过是每天必需的一道工序而已。

我看着他，满心的委屈和悲凉，但没有怨怼。这个高大的北方男人，也许不够帅，但因气势而增添的风度，让他有着说不尽的魅力。他禁烟限酒，不赌不嫖，身上也没有怪味，几乎是个没有缺点的男人。我知道他的好，深信他还会让我回来，回到我与他无数次恩爱的床上，重叙旧情。每次在他身边，我都渴望他过来揽住我，告诉我说我们两个都是好人，好人与好人应该相爱。让好人都相爱吧！我在心里祈祷着。

他患了感冒，在家里休息。按照规定，我必须按时把材料送过去。我走进去的时候，看他坐在电脑前一副无所事事的样子，便直接问他，李梅要回来了吗？他的头没动，只是眼睛转过来看着我，嘴唇固执地闭着，没有回答。他的这种冷漠也让我爱，我爱上他有多久了？为什么越是离开他，我越是感受到爱得如许深？他已经五十多岁，快赶上我父亲的年龄了。可我的父亲是一个失败者，他早在生活结束之前就先击败了自己。他弯腰驼背，眼神飘忽不定，头发像一堆枯萎的野草。在他身上我从未感受到关于男人的一切。从我记事起他就往我身上压担子，他需要这个柔弱的女儿来完成他作为一个男人的野心和梦想。我的父亲，他是多么卑微和下作啊！从我上大学起，他就开始计算将来我做什么工作，能赚多少钱，用我的未来可以给他换回多少面子。可这个男人不是，他是我人生真正的导师，从里到外改造了我。他说的没错，因为与他上床，我使自己迅速升级和扩容。委屈的时候，我觉得我只是他妻子的替代品。可是我错了，我觉得他也爱我，他浸润我包容我，使我成为他生活的一部分。现在，他对我的冷漠，不是因为恨，而是因为爱，是对我的拯救，我应该看清楚这一点。

即使让我永远离开你，你也应该告诉我，你爱过我吗？我开始哭泣，泪如雨下。你爱过我吗，你是不是一直盼着你妻子回来，而我只是你拿来要挟她回来的一个砝码？

他的眼睛盯在我送来的材料上，一句话都不说。我知道他想回避我的问题。于是，我又执拗地问了一句，你爱过我吗？

博士，他终于开口了，这些，不过是一句话而已。

谢谢您，竟然没说"这些东西"，但我心里的委屈更甚了。对于我来说，这是无用之用。我只希望听到你一句话！难道连这个我都不能得到吗？

博士，他把看过的材料递给我，你马上把这个材料给所有厂领导班子成员复印一份。另外，我们与意大利公司的合作已经快签字了，我希望到时把你派过去。

我心里且惊且惧，一阵冰凉刺透我。肯定他做任何事都事先准备好了退路。他在战场上全身而退，在商场上所向披靡，怎么会在情场上折戟沉沙？对待我这样一个外强中干的弱女子，他可以不费吹灰之力，解决得干净利索，完全不留痕迹，如果他想这么做的话。我的存在必须因他妻子回来而抹去，也许这个开始即错的方向和结局，只是我没看到或者不愿意承认。

我不去！她不回来你为什么不送我出去？她回来了我就得消失，这就是你的道德？

抓紧把材料传出去吧！

我没动，屋子里静得像一座空坟。听见屋子外面的鸟叫，我走到窗前想推开窗户，刚刚把手伸过去，听见窗台后面呜地叫了一声。原来是那只花猫独自卧在窗台上。我们互相对视着，好像都明白对方想些什么，我举起手做出要打它的样子。它站起来，跟我对峙了一会，懒洋洋地抖了抖身子，跳下窗台转身而去。在这儿生活这么久，我们从来没有走近过，也从来没有试图和解过。我往窗外张望着，看见一群麻雀在木瓜树上飞飞落落。两棵巨大的木瓜树已经结满了果子，每只果子都被人细心地用棉纱纸袋包起来。他妻子果真要回来了！这里所有的一切都是他妻子的。

我应该明白，这个普通的北方小城，这个他一砖一瓦创建起的王国，这里是他的家、他的根，无论他喜欢不喜欢他都得待下去，直到最后把自己葬在这里。我只是一次漂泊，一个可以随手丢开的俄罗斯方块游戏，我连她的一棵树都赶不上。

我的悲哀在想象里变成了愤怒，我看见自己抄起一根棍子朝院子里冲过去。我挥舞长杆，对着那两棵木瓜树狂挥乱舞。那两棵可怜的树，被我的疯狂弄得枝叶纷披，尸横遍地。可是，这只能是我的想象，我站在那里，根本就动不了。我知道，即使我把那些树连根拔起，也不能清除它们，因为树就在他们心里种着，我越伤害，它的根扎得就越深。

最终，我还是得回到我那间充满厕所味的小屋里去。破败、肮脏的小屋，到处都是浮尘，一天擦一百遍都没用，连床单上都是土腥味。我回想当初拿到钥匙的兴奋，恍若隔世。现在看着冰冷的墙壁和简陋的几件家具，觉得再也不能忍受它了。

我无论如何也想象不出来，他会这样毫不犹豫地将我从他的生活中彻底清除。但我又不断安慰自己，对于这个从不按常理出牌的人来说，有什么事是不可能发生的呢？看看他是怎么对待李毓秀的吧！也许他的没有成规就是他的成规，说不出来的原则就是他的原则。他自己制定法律，自己裁决和执行，他掌管着开关这个世界的钥匙。开，关，开，关——是把玩，也是事业。

五

在最近一次的人事调整中，我的工作从文字秘书调整到企管秘书，办公室也从三楼搬到了二楼——造化弄人，我的办公室恰恰与卫生间对门。那种无孔不入的怪味让我从某种形式上回归过去的生活了。

这份新工作虽然比过去忙，但也比过去轻松，除非是企业发展的重大问题需要整个秘书班子参加，否则我根本没有跟金玉玺见面的机会。我负责收集世界各地企业管理的成功经验和发展信息，结合我们企业的实际，整理成一个综合材料报给文字秘书，再由他审定后决定是不是交给董事长。这活原来是我干的，所以知道他需要什么，因此干起来得心应手。

接替毓秀办公室主任之职的是一个从市政府退下来的副秘书长，据说跟董事长是发小。他对我还算客气。他是个老实人，但是心中有数，把政府那一套搬到企业里来，使办公室的工作很有层次感，但也更沉闷了。过来后不久，他就跟我们几个秘书分别谈话，只让对他的工作提意见和建议，不能恭维他。我斟酌半天，提的意见是，像这样按部就班，可能会消磨年轻人的锐气。他笑着说，你要是这里的董事长，是要平稳发展呢，还是要天天面对下面的锐气？这话问的，怎么这么熟悉？我想起金玉玺关于床上床下的理论，禁不住在心里苦笑。他说的没错，难道我不是压迫着把自己的锐气磨掉，才能一点一滴地面对现实并在这里生存下去吗?

我从早到晚坐在那里,仅仅是不让我的位子空着。窗外的景色越来越好了,树木花草茂密地长起来。厂区的外面有一条河,两岸被政府花大价钱做了硬化绿化,形成一个滨河公园。上班时间也能看到不停地有老人孩子在公园里进进出出。我对着那些景物发呆,若是当初我也按部就班,干上几年就可以在河边的小区买一套房子,把父母接过来住,让他们像本地人一样在公园里晃悠。不过,我的父亲可能受不了冬天的寒冷,他有老寒腿病,尤其是冬天很容易犯。在他们眼里,估计这里的冬天跟北大荒有一比。我的心中充满着忧伤,笃信他们跟我一样不喜欢这里。

是的,谁会喜欢这个令人诅咒的破败之地,它让我从眼睛到心灵都是灰暗一片。

尤其是此情此境。

我的工作是由李梅接手的,她负责打理金玉玺的活动安排。但她处事相当低调,虽然我搬到了楼下办公,但是相距并不远,我从来没见过她。据别人说,她也很少离开丈夫的办公室。在这个王国里,只要她自己愿意,哪个地方她不能耍耍威风呢?她是王后,完全可以颐指气使,为所欲为。可是她不,这就是她之所以成为李梅的原因吧!

我隔着办公室的窗户看到过她一次。那次是董事长不在家,厂办主任带着她去市里参加一个活动,她从二楼走廊走过。她脸上带着微笑,那微笑是美国式的,既有分寸又有质地的那种,看起来甚至有点谦卑。她不断地跟遇到的人微笑着点头打招呼,那些人估计她一个都不认识。她被棉质裙装严严实实地包裹着,领口和袖口都扣得一丝不苟。她皮肤白皙、瘦弱,但身材匀称,比我想象的要高一些,也比照片上好看多了。

有一次我去卫生间,出来的时候看她站在我办公室门口,还没想好该怎么和她打招呼,她却转身进了卫生间。她对我的态度到底是疏忽还是故意呢?她知道我多少?那一会我也不知道哪里来的勇气,决定等她出来。该来的终究会来,躲也躲不掉。我站在卫生间外面的走道里,等了很久她也没出来,莫非她看到我挑衅的姿态了?不管怎么样,我不会走开。过了好长一会,她终于出来了,走到我面前稍微迟疑了一下,既没微笑也没点头。我正在犹豫要不要喊住她,谁知她走了几步停住了,又转了回来。我挑衅地看着她,腰杆笔直，尽量让自己挺拔起来，这样就会比她高一些，居高临下。她的背已经微微佝偻了，脸上的细小皱纹里渗着微汗，身上一股淡淡的香水味。她镇定地和我对视，微笑像汗水一样渗出来。她终于开口说话了，她说，博士，你的照片不该这样处理，照这么好，怎么能把自己用塑料皮给套起来？她从口袋里掏出一个皮夹子，把我那张照片用两根指头夹出来，翻来覆去。塑料皮这样一套，看起来就是低档货，把照片里的人给糟蹋了！

我浑身的血液好像都凝固了。博士？照片？她究竟知道多少？是怎么知道的？我觉得金玉玺不至于像个饶舌的男人出卖我，绝对不会！我伸手去拿照片。她用三根指头一捏，照片打了个对折。她的指头翻转一下，又打了个对折，随手把它丢进卫生间门口的垃圾桶里，对我微笑一下，步步沉稳地走了。

我好像被拦腰打了一棍，腰一下折了，再也挺拔不起来。此事过了很久，我还在心里嘲笑自己，跟美国人玩我还太嫩，那不是找死吗？凭什么呢，我？香港人喜欢把搞笑的事情说成是无厘头，我这不是真真的无厘头嘛！

时间漫长得无以复加，天明盼天黑，天黑盼天明。我安定得每天都恨不得给自己打一针镇静剂。我开始理解为什么会有富豪住在豪华别墅里放弃山珍美味而选择吸毒，他们因期待别有洞天而异想天开。穷人恨富人做的许多事情，他们有理由愤怒，都是吃饱了撑的！

某一天，厂办主任带着一个大男孩过来，说是他的亲戚，在市工业局工作。这个男孩想参加处级干部公开选拔考试，让我帮助辅导一下丢了几年的功课。为此主任还请我吃了一顿大餐。这是我离开金玉玺之后，吃得最丰盛的一顿饭。

男孩长得很秀气，不像北方人。言谈中间问清楚了，他祖上是扬州的，做生意来到北方并在此地扎根。怪不得呢！我们都是南方人嘛！我说，那时候也计较不了这话有多轻佻了，喝了那么多酒，我好像挣脱了自己的躯壳，感觉到一身轻松，因此话也有点发飘。

男孩看着我笑，算是对我这话的认可。他看我时眼神很亮，带着一股南方的水气。北方男人不是这样，他们看人的眼光像烙铁，热，也毒，没有文化含量。慢慢地我跟男孩聊了起来，真正开启了话头，他很健谈。他跟你谈话的时候，就是在交谈，不像那些敷衍了事的人，所谓的交谈仅仅只是说话。

吃着喝着，大家都松弛了，男孩开始拿筷子给我布菜，那动作很像我久别的弟弟。我有一点酒醉的感动，好像是背井离乡多年之后，在一个热气腾腾的饭桌上突然遇到了自己的亲人。但是感动归感动，我始终用挑剔的目光掂量着他。跟我一样，他带着那种出身于卑微家庭、似乎对不幸早有准备，时时处处都谨小慎微的神情。与金玉玺的霸气比起来，他显得过于柔弱和稚嫩。

那天晚上我们都喝高了。主任安排男孩送我回宿舍，我们俩仄仄歪歪地走回去，在楼下不约而同地停下了。那晚有月亮，也有风，是一个好日子。我的目光有点歪斜，心情也是。反正是反正了！我在心里重复着这句莫名其妙的话，为自己还有这种邪恶的力量而暗暗兴奋。他不解地看着我，但也知道再往前走意味着什么。我没有让他继续试探，告诉他我一个人住，一直是，总是。他过来揽住我的腰，夜色和酒精很快就把我们两个人的感觉勾兑在一起。那晚他在我那里过夜，一直到第二天中午才离开。

回头再看我们的第一次，总有一种游戏的感觉。说是游戏不是因为不庄重，可能是太庄重了，太过火，太刻意，甚至到后来，一直到我们分手我也没有再找到那种煞有介事的感觉。他像只凶猛的小动物，这有点出乎我的意料。他告诉我他是第一次，我破了他的处子之身。这话说得，怎么听着都有点此地无银。但不管怎么说，也许他给我的感情是假的，但性却是真的。我迎合着他，在心里想象着金玉玺。金玉玺动作缓慢，从容不迫，一切尽在把握，虽然不过瘾但也不欠缺。这孩子虽然勇猛但也潦草，好像稍有不慎就会失去，他看我的眼神发亮，似乎他敬畏做爱这件事。

金玉玺，我狠狠地在心里喊着他的名字，我有这样火热的激情，我有紧绷而娇嫩的肌肤啊！

我有了男友，年轻的政府后备干部。我让他陪我住到厂子里。我特意给他买了一辆进口的摩托车让他每天从厂区穿过。出去吃饭的时候我就花枝招展地坐在后座上，有时候也坐前面。我们整箱购买红酒，我让他陪我喝。有时单位不加班，我会早早回来做一桌子川菜给他吃。我替他洗衣服、擦皮鞋，像一个真正的四川女孩那样死心塌地地伺候人。他好像受宠若惊，越来越依赖我。这个没有见过世面的孩子，难以抗拒我的诱惑，他很快向我求婚，似乎是真的动了心。我一直不肯答应他，甚至想都没想过这事。那时候，我只是想要有个人陪伴，一来是需要让认识我的人知道，二来是害怕一个人熬过漫长贫乏的日子。

这个叫李庆余的男孩生活处境和我差不多，大学毕业后考上了公务员。他已经工作七年了，从股级干部升至科级。跟我求婚的时候他告诉我，他和我一样是穷人家的孩子，他的工资只是我的十分之一。我告诉他，做公务员我不喜欢，没意思。我想让他调到我们企业来。他却认真地对我说，这是他出人头地的唯一出路。

出人头地这话从他嘴里说出来，我觉得甚是悲壮。我有点可怜他。可他野心勃勃，内心的力量要挣脱软弱的外表。迟早有一天我会成为一方主宰。他喝大了会这样对我说。他还说，他能给我带来好日子，老婆你等着吧，未来是属于我们的。他大着舌头说。我要求他称呼我亲爱的，并强调，这样洋气。我醉眼迷离地看着他，心中一百种的哀怜，未来是什么样子？主宰又是什么意思？

主宰？像金玉玺这样的暴发户，也应该算是吧！

老天爷！他竟然看不起金玉玺到这种程度，我只当是醉话听了。可是那天，他在我们完事后愤愤地说，金玉玺除了能挣钱，他还能干什么？如果我也是这种庸俗的追求，不会比他干得差！当时我被他的豪言壮语弄出一身冷汗，翻身坐起来看着他。这话他是怎么说出口的？难道他丝毫未察觉我和金玉玺的关系吗？所以对他这话，我真不知道是该庆幸还是悲哀。我又想，凭他与主任的关系，他不可能不知道。那么，他是真的爱上我还是拿我的资历和阅历来平衡他的人生？在Z城，我已经不敢信任任何人了。

其实我慢慢看出来，他跟我刚开始时一样，仅仅站在生活边上，被某种外力稍一推动，就找到了好风凭借力送我上青云的那种豪气，一切都是那么轻而易举。他还没被真正地磨砺，他不知道生活这种东西有多古怪：有些人的生活不管怎么开始或者在哪里开始，都顺风顺水；而有些人的生活则别扭得像走错了房间，越是着急越找不到出口，那是一种根本无法生活的生活。

从一开始我就打定主意，要在厂区渲染我和一个小帅哥的绯闻。我们常常结伴而行，在市里纵情玩闹夜半而归。我们开着窗子做爱，我要把男欢女爱的声音传出去，传到金玉玺的耳朵里、心里。我要让金玉玺寝食不安，毕竟我们在一起同床共枕那么久，我死都不相信他对我没有一点感情，一日夫妻百日恩啊！

我从来不躲避厂里人怪异的目光。我知道，当我跟金玉玺好的时候，他们会羡慕嫉妒恨，现在他们会把那种情绪转化成幸灾乐祸，私下里他们会把我骂得像婊子一样不堪。可我不怕，我豁出去了，当我和他们对视时，他们反倒羞怯地躲开了。在这个年轻的工业城里，男人和女人的故事层出不穷，自生自灭。可我和他们不一样，我是金玉玺的女人，他们会因为嫉妒我而放大我的一切作为。他们想些什么，我心如明镜。他们在等着看一出大戏，等待看金玉玺会给我一个什么样的结局，这样的兴奋已经远远地溢出了他们的生活之外。他们不会明白，我跟他们一样兴奋。

可是事情发展的过程却悄悄改变了方向。本来我希望用李庆余垫背，但是时间久了，我觉得他并不是一个不可以的选择。虽然他虚荣，但是他善良；虽然他大而无当，但是他目标坚定。如果我们比翼齐飞，相信我会把他锤炼成一个好男人。

但是，那天与金玉玺的偶遇，让我彻底打碎了对他的奢望。估计打碎希望的也有他自己。那是个星期天的早上，我们手拉手在厂区散步，没想到正好与金玉玺碰个正着。这是我暗中一直期待的相遇，我渴望能看见他恼羞成怒的神情，我盼着拆穿他，他的内心里是在乎我的。金玉玺看见我们，眼光一直都没改变，是那么笃定和谦和。啊，博士，他停下来，用非常随意但又高贵的姿态看着我们，这是你的朋友吗？

是，我的男朋友！我斩钉截铁地回答。

不！不不不！不是男朋友！李庆余赶紧反驳我，脸红得像一面国旗，看起来好像大了一圈。

哦，想起来了，你舅舅是我们的办公室主任！金玉玺用中指意味深长地轻轻点着脑袋。

是、是、是的。不知怎么的，李庆余结巴起来，我觉得他的腿都在打战。

嗯，好好好！金玉玺打开有尺寸的微笑，他跟我提到过你，年轻人，听说你很有上进心。好！欢迎方便的时候到我们企业指导工作。

不敢！不、不敢！李庆余喏嚅着，低着头没敢再抬起来看金玉玺。我觉得有一点可能，他就会拔腿逃掉。

金玉玺迈着坚定的步子走了。李庆余如梦方醒地站在那里，半天都没有反应过来。那天晚上做爱的时候,他怎么都兴奋不起来,几次三番后,他出着长气放弃了。

妈的,不就是一个杀猪的!他的身子绷得像一张弓,呼呼地出着粗气。

就是,就是一个杀猪的!我没安抚他,仰脸看着天花板,身上像通了电一般亢奋起来,你怎么还没放下呢?一个杀猪的!

后来我在似睡非睡之间,感觉到他在流泪。我想好好地安慰他,可是我太困了,我得睡觉,反正他也不是我的男朋友,这是他自己说的。

六

那天我刚到宿舍楼下,看见毓秀在大门旁等我。这一阵子我故意躲她,连厂子里的超市都不去了。她最近的面色越来越不好了,身体像山体滑坡般垮下来。办公室的人说,她丈夫好几个月都不见踪影了,可她还装得没事人一样,故意把他的内衣挂在阳台上晾晒,做戏给谁看呢?

她想让我晚上带李庆余到她家吃饭。我一口回绝了,说,晚上我们都有事。

吃完饭你们再去办事吧!她用乞求的口气说。我心一软,差点答应她。这是那个无所不能、叱咤风云的毓秀吗?那时我跟在她身后,连步子都学着她的样子,想象着哪天也能成为像她这样自信自强的人。

但我忍住了自己的软弱,早晚都得拒绝的事情不如一开始就拒绝,我帮不了她。我说,小李晚上有事,回头再说吧!仿佛真的有事,我急急忙忙地上了楼。我们之间已经彻底完结,什么都不会再发生了。

看着她孤独地离去,我又在住室里待了半天,然后下楼。出了门,我漫无目的地朝河边走去。尽管我努力克制着,脑子里还是不断出现李毓秀的影子。她现在的家四处漏风摇摇欲坠,弟弟是她唯一的依靠。她没有朋友,平时她就看不起那些比她身份低下的人。我想象不出她年轻时的模样,刚滑入人生的轨道时,也许她也和我一样自信满满,不相信暗处命运的力量。当然,如果她嫁的不是现在的老公,如果她能生出几个孩子,会是什么样子呢?

我突然也讨厌起自己来,既然已经把她删除,何必还计较这些呢?我猜测她之所以找我和李庆余吃饭,要么是想通过我们找厂办主任为他弟弟求情,现在这个案件的处理由主任负责协调;要么是知道了我并没有在金玉玺面前说她任何事情，因而对我歉疚。可是这两件事对我都没有任何意义了，对于前者我无能为力，对于后者，我无所谓。

那天我在河岸上走了很久。过去一直认为是这条河让我忍受了这片平原的乏味。因为它，我强迫自己熬过一个接一个冬天，无处发泄的时刻，我一个人在河岸上疾走。可是今天这种感觉怪怪的，也许我能忍受下来并不是因为这条河，是因为等待。可是我等待什么呢？等待着直到失去某个人，等待着让等待一点一点腐朽？

河岸风光让我有已经从现实生活中逃离的感觉。有时候，看着一对中年夫妻走过，我会想到是金玉玺和李梅，然后又想到金玉玺和我。我记得有一次很晚很晚，河边已经没人了，我们俩手拉手漫步在这里，月亮又大又圆，我的心中满满都是感动。无论动机和手段是多么不纯粹，目的都是一样，期盼生命的圆满。至少那一刻，灵魂是洁净的。每当这个回忆涌上来，就会有一股温热的恼羞涌上心头。有一次我真的看见了他和李梅，我迅捷地躲到树丛后面，死死地盯着他们。她看上去比刚回来时胖了一些，步态缓慢，仔细看能看出老态。而他却仍然健康壮硕，他需要的不是这样一个日渐衰老的女人，而应该是我这样的，年轻的、活泼泼地环绕在他的身前身后。

我曾在许多个夜晚徘徊在他们的房前屋后。金玉玺大卧室里的灯关了，二楼的房子里还亮着灯。据说他们已经不住在一起了，李梅一定在自己的房间里和孩子们打电话、视频聊天，她附身一根电线上，逃离了这个现实世界。我等待着她真的逃离，到时候会有大堆行李从屋子里运出来，她就要出发，滚回美国去。可是我一天天看见她安闲地走到办公区里，好像时光被冻结了。她回来了，这个事情看起来波澜不惊，但是对我来说比天都大。她的心似乎安定下来了，只有在这里，等待才是真正的等待。她不再焦虑，丈夫也不再是客人。生活悄悄地变幻了容颜。

毓秀死了，我是和她最后说过话的人。听到这个消息，我差不多要傻掉了。

我沿着河堤走了好几个小时，回到宿舍没吃晚饭就睡下了，一觉醒来天已经黑透。放在静音的手机上有十几个未接电话，我期待着是金玉玺打来的，他应该知道我在这件事情里受到惊吓的程度，哪怕是一个官方式的问候对我来说也是很大的安慰。即使他没爱过，即使是只有怜惜，我不相信这么一次有惊无险的经验就可以让他对我反目成仇。然而，终究奇迹没有发生，电话全是那个叫李庆余的男孩打来的。他仅仅是个男孩。我关闭了手机，打开电视，把音量调到最大。

那天我给自己炒了四个最爱吃的川菜，做了麻辣小面。吃完饭，我又开始认真地打扫卫生，把房间里所有的地方都弄干净，像我第一次进来时那样。做完这一切，我又洗了个澡。我把热水开得很大，水蒸气弥漫得满屋子都是，借着从窗口射进来的灯光，看起来云蒸霞蔚，我满意自己创造的新世界。我又在面盆里放满热水，把整个脸都埋进去。我出了一身透汗，出其不意地觉得轻松——第一次，我这么自信，这么自由，这么自我。雾霭浓重的镜子里，我一遍遍地检视自己。我是一个健康的女孩，皮肤白皙，五官精致，说不上有多漂亮，可骨肉停匀，肤若凝脂。我今年三十一岁了，和三年前来小城时比起来，如果不去计算心情的话没什么大的变化。

我找出和李庆余喝剩下的红酒，站在镜子前，也没用杯子，一口口跟自己干杯。我把全部的委屈一点一滴都咽进肚子里。

从那次跟金玉玺见面后，李庆余就很少来找我了。他有我宿舍的钥匙，可以随时过来。到了后来，他一次也不来了。我不知道我希望他来还是不来，如果我需要他来，只是因为我的空虚需要有一个人来填满。而我不需要他来，则是怕看到他像被火烫伤般的可怜兮兮的样子。

两个月后，李庆余给我发来一条短信，他要结婚了，对象是一个副市长的女儿。我想起他曾经跟我说起过这档子事。据他说，女孩长相还说得过去，只是神经多少有点不正常，很难跟她讲通道理。我忘记了当时我是怎么取笑他的，好像是说，她讲不讲道理得副市长说了算。后来他喝了酒总是说到这件事，苦大仇深的样子。那时候我就看他放不下。男人就是这样，总是把希望得到的东西埋在怨气冲天的牢骚里。

我没有给他回信息，说什么都没意思，也许这也是他希望的。从他给我的这条信息里，我弄不清楚自己得到的是安慰还是解脱——从内心来说，我不需要用别人的苦难或者陷落安慰自己。每个人都不容易，生活似乎就是这样，它的左面是一堵墙，右面也是，只有前后一条逼仄的通道，要么前进，要么后退，还得偏着身子过去。但有时候也是这样子：仅仅因为往前走了一步，就能让你欣喜若狂。

那天晚上，自己在家里喝了半瓶红酒，我又鬼使神差地向金玉玺家的别墅走去。陪金玉玺一起住过的那段时光，好像是很久以前的事情了，因为遥远，我觉得自己已经非常苍老，而且沧桑。过去我们总是说，时间能够解决一切，可是时间对于我的意义是什么呢？过去的时间是把我打倒还是重塑了？今后的时间我将怎么消费？难道我将以剩余的日子与一个几乎没有希望的未来进行一次豪赌吗？我想起了父亲，他起起落落的一生看起来似乎是一出悲剧，可在彼时彼景里，他的伺机而动和韬光养晦，谁说不是一种智慧呢？其实李庆余也是这样的，他也没有错。为什么，我就一定要与他们不一样，才能证明我活得比他们正确、高明和有价值呢？

不知是因为风吹还是我想得太深，头痛欲裂。无论如何我说服不了自己。

站在镂空的花墙外，能看到金玉玺坐落在院子之中的院子，它像一个孤岛一般，高傲得尽显孤独，只有二楼还亮着一盏孤灯。金玉玺又出差去了，这次是去香港，大约一周。过去，我在那所房子里孤身独处的时候，外面的人是不是也这样看我？我想象不出李梅正在大房子里干什么，她都那么老了。这个时候，她远在美国东海岸的孩子肯定刚刚醒来，不耐烦地听着母亲的絮叨。也许他们话说得越不耐烦，李梅心里就越笃定，那是他们互相撒娇的一种方式。但归根结底孩子们有他们自己的生活，最终他们会以对金玉玺的方式，礼貌地把母亲打发了。我就是这样应付父亲的。

跟孩子通话之后，她还会惦记着丈夫的行程，她均匀而又有秩序地分配着自己的时间和生命，并因此显得富贵和安详。这意味着，她仍然是这里的主人。

尽管她已经这么老了。

我怎么都想不明白，当我置身其中，成为事实上的另一个她的时候，怎么找不到这种笃定感觉呢？当我躺在那宽大得航船一般的大床上，当我一次次地征服和占有金玉玺的时候，怎么都像是在为她垫背和背书。当我失眠的那一个又一个夜晚，灯光散落在我瀑布般的头发上，我分明看见另一个她在对我微笑。对，是微笑而不是嘲笑，我确定。唯其是微笑，嘲弄的意思才更大，因为我微末得不值得她嘲弄。她重新回到这里后，怎么需要张扬呢？她不张扬才是最大的张扬，她装作什么都没发生、她什么都不知道，才是真正

— 308 —

的洞彻和把握。这里是她的王国，她可以主宰一切，本来就是，而且，一直都是。

我的脑袋里砰的一声开了一朵花。是的，别人的生活我都能看得清清楚楚，而我的生活别人也看得清清楚楚。对于我，金玉玺也像李梅一样手心里握着答案，只是不屑于回答我。对于一个注定孤独的人来说，想用爱情取暖，真是既可笑又可怜。固然，爱情只属于那些你虽然喜欢但不能真正在一起生活的人，但我不能永远属于爱情，我得要自己的生活。为什么我不从头来过，成为一个没有任何绑缚的自由人，而不是一个天天小心翼翼地躲在这个像被遗弃的荒岛内、整天靠不着边际的想象，而且拥有的欢乐越多就越悲伤的人？

我必须从现在开始，从这个点上——如果不抓住现在，我将永远没有未来。我脚下的这个台阶不管是谁给的，可它是唯一的、别无选择的，我必须借助它往上走，而不是一直沉下去。如果我从此逃避，那么今后我永远不会面对自己和这个世界，血就会慢慢变凉，青春将成为一堆泥灰——青春如果不拿来挥霍，怎么还配得上说自己年轻过呢？这话不知道是听说的，还是我自己想出来的，反正都一样，反正也差不多。尤其是你当真拥有自己的青春之时，一定可以拿它来做点事情，要么用来怀念，要么用来后悔。

我觉得自己又积蓄起了满满的力量，我与它抱个满怀。

七

毓秀死了，突然而决绝，不管是多么令人难以置信。

那天我正在办公室整理材料，接到了毓秀弟媳的电话。我吃惊地问，是她让你给我打的？他说，是毓秀姐，她想见你。可能感觉出了我的迟疑，她哀哀地说，她病了，病得很重，你来看看她吧！

毓秀怎么这么快就不行了呢？难道她这是在提醒我终将败落的结局，我如电击一般呆住了。她那样骄傲的一个人，怎么可能会突然就被击垮了呢？放下电话，我就往毓秀家里跑。看到她像一根枯木般躺在床上，心里竟然针锥一般地疼痛。看见我进来，她用骨瘦如柴的手拉着我，告诉我这些年她为了生个孩子，拼命吃药，一日三餐当饭吃，恨不得把药渣子都吞下去，结果却弄成个这样子。命里无儿难求子啊！她给了我一个笑脸，那是一种凄惨得我一辈子都忘不了的笑。

那一天，我跟毓秀待了大半个下午，她说了很多话，说她自己，说李梅，说她的不甘心。嘱咐我一定不要像她一样，要早早生个孩子。那才是女人最大的资本，你不知道啊，女人做母亲比做什么都重要！

毓秀是那天夜里死的，显然是死于药物中毒，她的神态倒是安详，只是浑身紫黑，嘴唇乌得如同黑炭。警察找我问讯了一个多小时。我一口断定她不是自杀。我反复回忆了我们待在一起的场景，写在不同的纸上。他们要求我待在厂区，而且得有一个保证人。我写下了金玉玺的名字，除了他，在这片寂寞的北方土地上，谁还能作为我的保证人呢？如今连毓秀也死了，她乌黑着脸，躺在殡仪馆的大冰柜里，浑身泛着死鱼般的清光，让我想起冻在公司冷库里的动物胴体。我实在忍不住，一次次跑到洗手间里去吐。

毓秀的死，我或许没有难过，反而觉得松了口气，于她，这未必不是一种解脱。

毓秀的丈夫一直在现场忙碌，尽心尽力，这可能是他对毓秀最殷切的一次照顾，可惜她连这也看不到了。毓秀的母亲在哭喊，呼天抢地，她被儿子搀扶着。那个相貌俊秀、让人睥睨的男人。母亲的哭号仿佛是被儿子绑架着，心怀叵测。

法医的解剖结果毓秀的肠胃里有安定，死于中药附子中毒。她的亲人们都想起来，她长期睡眠不好，每天都要靠两粒安定睡觉。至于附子，在她的药方上自然能查出每剂有十克的用量。问题出在煎药的方法，药师的要求是先煎熬附子一个小时，再加入其余的药物，熬二十分钟后服用。可怜的毓秀的那个保姆，程序完全颠倒了，她把别的药物煎熬一个小时，加入附子再煮二十分钟，使毒性得以最大的挥发。即使这样也不至于致人死，若是她感觉自己不舒服，及时送医院是无大碍的。毓秀吃了安定，很有可能她根本没有感觉到不适，她被自己睡死了。

对她的死，我自然不负有任何责任，可是当事情水落石出，我心里却不轻松。她那天找我和李庆余，是不是走投无路之际，想让我施以援手呢？虽然我帮不了她，至少可以给她点温暖，给她点安慰吧！可是，我没有。愧疚和自责不期而至，但是毓秀的主治医生透露了一个更为惊天的消息，她患的是宫颈癌，晚期了，已经扩散到淋巴，无论如何她也熬不了多少时日了。这个虚荣的女人，她死在自己的刚强之上。连患癌症这等大事，她都瞒得滴水不漏。

毓秀的丈夫为她举办了一个盛大的葬礼，如同他们的婚礼一样体面，几十辆车几百号人。金玉玺偕夫人参加了追悼仪式，我远远地望着他和他臂弯里衰弱不堪的妻子，猜不透，他们希望她死还是活着？

我心如死灰。我决定要离开这里。这个灰暗的城市，不管它生长着多么茂盛的经济力量，它仍然是一片荒漠。

一个星期后，我径直去了金玉玺的办公室，像第一次谈判一样，我说我答应他给我开出的条件，去意大利工作。金玉玺微笑着，好像这一切都在意料之中。他慢悠悠地说道，我们与意大利的合作将改写中国，不，将改写世界肉制品行业的历史，而你也将成为这个历史的一部分。

我吗？我也微笑着看着他，跟他一样笃定。我终于明白了微笑所拥有的力量，相信您跟我一样，并不会把历史当回事。我们都看重未来，不是吗？

哈！他摇了摇头，年轻人，我真羡慕你！

羡慕？我？

他朝我点了点头，表情严肃起来。我心里一阵迷乱，其实仔细想想，他出身寒微，又是在这样一个小地方开创事业，其中的委屈和苦楚别人是无法理解的。他落魄的时候也未必比我们普通人坚强，所以他对得来的成功必须时时处处小心地捧着，不能在砖头瓦渣上摔碎。而且，在某些方面，他确实不如我，他连回头的机会都没有。

博士，他像忽然想起来什么，从老板桌下的夹层里拿出一张银行卡递给我，看来是早有准备。我让四川方面打听过你的家庭，知道你上学家里付出的代价。这是我对你、也是对老人的一点心意。

我愣住了，看着他，脸涨得通红，想说的话一句都想不起来了。

拿着吧！他把卡放在桌子上，用一根指头推到桌子边上，我知道你需要，也会要。

谁让我是你的秘书呢！我回过神来，把卡拿过来看都没看就扔到包里。钱货两讫，如此一刀两断未必不是比虚无的爱情更实用的结果。我觉得我们两个都找到了相互之间的某种平衡。

他站起来。我知道我们的谈话该结束了，一切都该结束了。不能说没有遗憾，我也不能装作什么都没失去，但我心里一点抱怨都没有。如果在这个点上结束，我觉得刚刚好。

但我想起了毓秀的母亲，有一件事，我不能不管。

李毓秀死了，算是老天对她的惩罚，她还有老母亲，她弟弟的事情，可以网开一面了吧？我盯着金玉玺的眼睛。

他的脸色忽然寒了，瞪着我的眼睛里既有不屑，也有肃杀，你想说什么？

李毓秀，她的老人你不会不管吧？

我管不管，不是你该问的事！似乎是恼羞成怒，但他很快就抑制住了自己的情绪，可能觉得这话太伤人。博士，即使到了意大利，你也要记住今天我说的话，只管你该管的、能管的！他停顿了一下，懊恼地捶了一下桌子，你知道吗？李梅就是李毓秀弄回来的！如果不是从她回来的第一天我就警告她，我唯一的条件就是不能伤害你，你想想现在会是什么结果？

会是什么结果？我觉得心里有些东西像短路一样噼噼啪啪在爆炸，难道你觉得还有比现在更糟糕的结果吗？

你——他摊开两手，我都这么做了，你还不理解吗？

我心里涌出一种巨大的厌恶和悲哀，他这副讨饶的样子，跟李庆余的软弱有什么两样呢？我转身走了出去。我不知道他怎么会对我说出这样的话来。他不该跟我说这些，这不是他应该说的话。他是害怕我继续待在这儿闹他的心，还是因为对我歉疚？都这个时候了，没有必要再出卖一个惨死的女人来安抚我，他软弱了。

出卖。我想着这个词，一阵比一阵大的悲哀把我淹没。我想起他曾经怎样在我面前回避谈他的夫人，想起我的照片听之任之地落在李梅手里，脑子里突然一片空白。我迅速地逃到电梯间，把头抵在电梯壁上，泪水夺眶而出。真是奇了怪了，一个人对幸福的感觉，总是比幸福本身的规模要小，而对悲伤的感觉，则比悲伤的规模要大得多。

但我发誓，这将是我这一生最后一次，为了自己而哭！

出了办公大楼，我头也不回地往前走，心里轻松了很多。我知道他正站在十九楼宽大的窗口前看着我，相信他也很轻松。实际上，我没有输掉什么，他也赢了。这是我们两个都想要的结果。

走在回家的路上，我深深地呼了一口气，又深深地吸了一口。

这金帝的空气！尽管混浊，却也营养啊！

拿到去意大利的签证，我直接回住处收拾东西。可是，临走我才感受到，这个小屋子竟然这么温馨，连门口地板上总是绊我脚的那一块凹陷都让我中意和亲切——每次擦地板的时候，我对它格外用心，终于把它磨成了一个月牙形的、有点像砚台似的缺口。我在大号马克杯里冲泡一杯挂耳蓝山，急不可耐地打开电脑，通过谷歌地图寻找到意大利，那在地中海蔚蓝色的波涛中的意大利。意大利，意大利，我轻轻念着它的名字，用手指轻轻摩挲着它——我抚摸着那在世界地图上像高跟靴子一样的国度，禁不住轻松地笑了起来。我的手指沿着西海岸一路北上，巴勒莫、那不勒斯、罗马、热那亚、都灵……这些曾经让我耳熟能详的名字，今天与我隔着荧屏劈面相逢。过不了多久，我的双脚就会实实在在地踏在这只靴子上，这情景是如此的激动人心——是的，也许这个世界就像一双靴子，它有自己的尺度，也有足够的空间，它既给我们限制，也给我们保护。

心情在咖啡里也像在酒中一样眩晕起来。短短的时间里，我的心好像镀了一层膜，对一切都能免疫了。但这有什么呢？至少我学会了爱自己，珍惜自己。这是自私，也是自重啊！

我找到金玉玺孩子们的邮件地址，开始给他们写信，这是我离开这里之前必须完成的工作。"孩子们，我必须告诉你们，你们的父亲既不是一个怪物，也不是一台只会挣钱的机器，只要能得到你们的爱和理解，让他像一个普通人那样，享受拥有一个温暖的家庭的权利，他真的会成为一个好男人——吾儿：……父亲留给你们的最大财产仅仅是做人做事的经验和原则。做一个诚实善良的人，一个被社会需要的人——这是我用身体、青春和信仰给你们换来的最好的礼物！"

发表于《人民文学》2016 年第 1 期
转载于《小说选刊》《小说月报》

世风世相、女性与家国

——评邵丽的小说创作

孟繁华

  邵丽的文学创作，如果从1999年发表第一篇作品算起，至今只有十余年。十余年的时间不算短，但作为作家来说，用十余年的时间和百余万字的作品将自己打造成有广泛影响的著名作家，并不是一件容易的事情。特别是当下文学生产、传播和接受都遭遇了巨大挑战的环境里，一个作家能够并敢于坚持下来，如果不是一场人生赌博的话，那么就可以理解为内心对自己有一种强烈的召唤或期待。几年间，她先后出版了《纸裙子》《碎花地毯》《腾空的屋子》等小说集。这些作品，与许多刚出道的女性作家多有相似之处——更多地源于个人经验，基本是在情感或婚姻领域展开。虽然讲述了不同的女性经验或情感体验，但其视野的封闭性和内循环性质，还没有产生广泛的影响。真正产生广泛影响的创作，是2004年人民文学出版社出版的长篇小说《我的生活质量》。这部小说让她获得了人民文学出版社年度中华文学人物最具潜质的青年作家称号，入围了第七届茅盾文学奖。此后的邵丽一发不可收，不仅佳作迭出，而且因《明惠的圣诞》获得了第四届鲁迅文学奖。邵丽的小说从此面貌大变：她对世风世相的生动描绘，对女性命运、情感和心理的深切同情，对当下生活的积极介入表达出的家国情怀，使她成为一个值得关注的重要作家。

一、文化记忆与人的宿命

长篇小说《我的生活质量》于邵丽说来重要无比，它不仅让更多的读者认识了作家邵丽，而且重要的是，这部作品奠定了邵丽作为作家的地位，并在某种意义上为她带来了信心和鼓舞。可以说，在读过了许多官场小说之后，再读邵丽的《我的生活质量》，我相信有过官场经历和官员身份的人，既可能心情舒畅，也可能忧心忡忡。原因是，在过去的官场小说中，官场几乎就是人性的墓场：尔虞我诈、欺上瞒下、鱼肉百姓、贪污腐败，最后，或者亡命天涯或者苦海余生。这些小说在反腐败的主流话语或生活的浅表层面，确实获得了不证自明的依据。但它的文学性始终受到怀疑，总让人感到文学力量的欠缺。这与这些小说对官场生活追问的不彻底、对人性深处缺乏把握的能力是大有关系的。我们在这些小说中看到的还只是官场奇观，或者是夸大了的畸形黑暗的生活。邵丽的小说《我的生活质量》，也描摹或抒写了官场人生，但这不是一部仅仅展示腐败和黑暗的小说，不是对官场异化人性的仇恨抒写。在某种意义上，这是一部充满了同情和悲悯的小说，是一部对人的文化记忆、文化遗忘以及自我救赎绝望的写真和证词。

小说的主角王祈隆是一个传统的农家子弟，他在奶奶的教导下艰难地成长，终于读完大学，并在偶然的机遇中走上仕途。他并不刻意为官之道，却一路顺风地当上了市长。这个为世俗社会羡慕角色的背后，却有许多不足为外人道的人生苦衷和内心煎熬。他恶劣的生活质量不是物质的，而是精神和心灵的。一个人的生活质量幸福与否，不是来自外在世界的评价，外在的评价只能部分地满足一个人的虚荣心和成就感。特别是一个人的虚荣心和成就感已经获得满足的时候，其他方面的欠缺就会强烈地凸现出来。王祈隆的生活质量之所以成为问题，就在于他已经实现的社会地位、社会身份和未能忘记的文化记忆的巨大反差。王祈隆先后遇到了几个青年女性：旧情人黄小凤、妓女戴小桃、大学生李青苹和名门之后安妮。如果小说只写了王祈隆与前三个女人的关系，也就是并无惊人之处的平平之作。王祈隆的欲望和对欲望的克制，与常见的文学人物的心理活动并没有本质区别。邵丽的过人之处恰恰是她处理了王祈隆与安妮的情感过程。

王祈隆与安妮都是当下的成功人士、社会精英，按照一般理解，他们的结合是皆大欢喜情理之中。但面对安妮的时候，王祈隆有难以克服的心理障碍：他脚上的"拐"——那个"小王庄出身"的标记，是他深入骨髓的自传性记忆。这个来自底层的卑微的徽记，即便他当上市长之后仍然难以遗忘，难以从心理上实现他的自我救赎。他见到安妮就丧失了男性功能，而面对相同出身的许彩霞他就勇猛无比。文化记忆的支配性在王祈隆这里根深蒂固并不是他个人的原因，哈布瓦奇在《论集体记忆》中区别了历史记忆和自传记忆两个不同的范畴。他说：历史记忆是社会文化成员通过文字或其他记载来获得的，历史记忆必须通过公众活动，如庆典、节假日纪念等等才能得以保持新鲜；自传记忆则是个人对于自己经历过的往事的回忆。公众场所的个人记忆也有助于维系人与人的关系，如亲朋、婚姻、同学会、俱乐部关系等。无论是历史记忆还是自传记忆，记忆都必须依赖某种集体处所和公众论坛，通过人与人的相互接触才能得以保存。记忆的公众处所大至社会、宗教活动，小至家庭相处、朋友聚会，共同的活动使得记忆成为一种具有社会意义的行为。记忆所涉及的不只是回忆的能力，而且更是回忆的公众权利和社会作用。不与他人相关的记忆是经不起时间销蚀的。而且，它无法被社会所保存，更无法表现为一种有社会文化意义的集体行为。哈布瓦奇的集体记忆理论强调记忆的当下性。在他看来，人们头脑中的过去，并不是客观实在的，而是一种社会性的建构。回忆永远是在回忆的对象成为过去之后。不同的时代、时期的人们不可能对同一段过去形成同样的想法。人们如何建构和叙述过去，在极大程度上取决于他们当下的理念、利益和期待。回忆是为现实的需要服务的。

　　回忆当然也是一种社会资源和争夺的对象。在过去的历史叙事中，农民因在革命历史中的巨大作用，这个身份就具有了神圣和崇高的意味。但在当下的语境中，在革命终结的时代，农民可能意味着贫困、打工、不体面和没有尊严、失去土地或流离失所。它过去拥有的意义正在向负面转化。这样，农民——尤其是带有"小王庄"标记的农民，在王祈隆这里就成为一种卑微和耻辱的象征，面对安妮，这个具有优越的文化历史和资本的欲望对象的时候，王祈隆就彻底地崩溃了，他不能遗忘自己小王庄的出身和历史。这是王市长的失败，也是传统的乡村文化在当下语境中的危机和失败。因此王祈隆/安妮就成为传统/现代冲突的表意符号，他们的两败俱伤是意味深长的。

《我的生活质量》是目前邵丽出版的唯一一部长篇小说,此后她的主要精力集中在中、短篇小说创作。这既可以看作是她的兴趣所在,亦可以看作是她的集聚能量卧薪尝胆,为日后以求一逞的文学雄心积累准备。

二、女性的情感、心理和命运

女性主义曾一度成为这个时代最强悍的文学之音,女性文学也因此成为这个时代重要的文学现象。但是,当风头正健已成往事、女性主义业已尘埃落定之后,我们发现,女性性别遭遇的问题,与两性共同面临的问题并不具有解决的优先地位。甚至可以说,女性的问题在这些作品中以夸张的方式放大了。邵丽不是女性主义者,她没有咄咄逼人的女性立场。但是,在纷乱复杂的社会环境中、在日常生活的两性关系中,她的小说无可避免地有女性视角,这个视角也无可避免地有个人经验和体悟隐含其间。在我看来,邵丽对女性的关注,更多的是在女性情感、心理和命运的范畴中展开,她对女性更多的是同情、悲悯和束手无策的关爱。但是,当她一旦将女性的这一切展现在我们面前的时候,我们在深感震撼的同时,也为她细微的体察和尖锐的发现所打动。

《明惠的圣诞》是获鲁迅文学奖的作品。小说讲述的是明惠不甘屈辱最终诀别人世的惨烈故事。曾经骄傲的明惠因高考落榜,被迫更名圆圆做了按摩女,这是这个时代没有着落女孩常见的谋生手段。在这样的环境里讨生活,圆圆有过怎样的经历是可以想象的。但是,圆圆似乎驾轻就熟处乱不惊,无论客人有怎样轻薄的举动,甚至被"表哥"带走付出了第一次,也没有痛不欲生寻死觅活。让明惠放不下过不去的是她遇到了一个名叫李羊群的人:

圆圆第一眼看到李羊群就觉得他不是一个好色的男人,她就是这样感觉的。李羊群那天显然是喝过酒,他洗完裹着一条浴巾进按摩间的时候,透过屋顶玻璃射进来的阳光突然间逆着打在他干净的身体上,圆圆的感觉有些模糊起来。这个生得很体面的人的脸上是透着丝丝缕缕悲伤的,当然,这悲伤别人是看不出的。圆圆那一刻觉得那悲是从她自己的心底涌出,却写在了这个男人的脸上。圆圆的心动了一下,又动了一下。但不是那种被打动的动,是被震动的动。

这个细节是圆圆与李羊群有交往愿望的开始。而"那次按摩结束后，李羊群是第一次在按摩间里打量一个女孩。他觉得这个年轻的女孩子脸上有一种成熟镇定得让他惊心动魄的东西"。"他遇到了一个和他一样怀有委屈的人"。这是心和心的对接，或者说是"心有灵犀"。于是，圆圆开始了和李羊群的交往。李羊群确实不是一个坏人。他的前史是：一个国家公务员，有漂亮的、青梅竹马的夫人。因一次艳遇，丢了夫人也丢了儿子。他主动辞了公职办起了文化传播公司。李羊群对圆圆出手大方，久而久之，圆圆觉得自己应该付给李羊群应该付出的东西。事情的转折发生在另一个圣诞夜里。圆圆和李羊群遇到了李羊群的一群朋友。这些人在圆圆面前的优越毫不掩饰——

圆圆是有自知之明的，坐一会就说要先走。圆圆说完走就拿眼睛去看李羊群的反应，李羊群这只羊好像回到自己的羊群就把圆圆给忘记了，刚才还精神头十足地盯她的那双眼睛，现在一下子散了。他这样的神态与这帮人在一起才是合辙押韵的。圆圆以为，李羊群不陪她一起走，至少会挽留她。李羊群那时候正忘情地和他们追忆起一桩往事，他仿佛忘记了自己先前的角色，他本是为了她出来玩的。可他现在陷在另外一个角色里，他不想让任何无关的人在这个时候穿插到他们的往事里。他头都没扭就挥了挥手说，那好吧，你先回吧！

第二天，圆圆逛过商场、喝过鸡汤后，穿上盛装，躺在床上再也没有醒来。在这个圣诞之夜，圆圆不仅是感觉受到了羞辱，不仅是曾有过的幻觉在瞬间幻灭。更重要的是，这个羞辱轰毁了她的整个世界，剥夺了她所有的尊严。她只能以死维护自己最后的尊严。在此之前，她一心一意渴望成为一个城里人。她在成为城里人的过程中，可以不惜一切，甚至卖身。但是一旦身份变了，感觉到自己是城里人了，别人的一句玩笑，或者是冷落，她就受不了，甚至不惜牺牲生命来维护——想想看，一个人的身份哪怕稍稍变化一点点，都会有截然不同的结局——这种东西过去是没多少人关注的。对"城市化"，人们只是习惯于用数字说话，城市化率达到多少多少，新农村建设如何如何。从来没人会想到，在这个数字后面，是活生生的生命和尊严的丧失，更不要说文明的衰落和历史的失重了。怎样重拾人文关怀与城乡和谐，这是自一九四九年以来我们所面临的重大问题,只是过去没人正视过,在谎言里把它遮蔽了——但是,即使是死,明惠也没有找到自己的真实身份,对于城市给他们的语言和表情,他们根本消化不了。中国的农民有着对城市的深度"乳糖不耐"。

这就是小说撼动人心的地方。小说没有用道德化的方式谴责批判李羊群或肖明惠。而是撕开了这个司空见惯的生活方式和场景的背后,将这致命的隐形之手暴露给世人。明惠的死不仅李羊群不明白,更多的人可能不屑一顾。因此,明惠的悲剧很可能是在明惠之死的后面。当邵丽将明惠的悲剧呈现出来的时候,表达的是对人的顾惜、不平和关爱。她曾说:"生活中充满了爱。尽管我并不认为人仅仅是为爱而活着,但我觉得没有爱的生活不能算是有意义的生活,至少我不会为没有爱的生活而写作。"她践行的是承诺。

《寂寞的汤丹》是一篇深入探究女性心理的小说。汤丹偶然遭遇了宣传部长李逸飞。在汤丹看来,李逸飞的迷人是因他的"风采"。第一次见面:"汤丹无端想起'小乔初嫁了,羽扇纶巾'这样的词句来,后来的思想跑得就更远。再后来,她就不知道讲的是什么了,只顾着揣测这个男人的方方面面。"于是两人开始了心照不宣的交往。

青年男女即便是已婚,对异性偶发幻想也不是什么值得大惊小怪的事情。但是,当汤丹因工作的事情需要李逸飞帮忙,带着丈夫小袁到李逸飞家之后,李逸飞对汤丹的态度陡然发生了变化。告别时"李逸飞和小袁握手道别,看都没看汤丹一眼就关了门。出来院子坐在车子里,小袁说,事情办得太好了。他一副开开心心的样子,汤丹也觉得从头到尾都没什么不妥,神情却是恍惚得要命"。汤丹和丈夫一起去李逸飞家的举动,使汤丹与李逸飞两人还没开始的关系注定无疾而终。这里,丈夫小袁的用心是尤其值得注意的。他对男女之间关系的敏感以及处理得了无痕迹,足以证明他的城府和老练。此后,无论是小袁还是汤丹,各自经历了不同的情感遭遇,但"汤丹还得沉没在生活里"。小说没有大起大落疾风暴雨式的情节,它写的是日常生活中汤丹的落寞和无助。汤丹的寂寞貌似死水微澜,但小说却写出了她内在的波涛汹涌。它有欧洲浪漫主义时期小说的遗风流韵。

《城外的小秋》,是一篇有鲜明当下性的小说。城镇化是当下生活的基本趋势,它的历史合理性已经有过无数的阐释。但是,历史的逻辑不能置换生活的逻辑。历史逻辑的合理性发生在讲述中,生活的逻辑却是在感受里。小秋不喜欢城里生活,奶奶带她回到了乡下。乡下的小秋——

养了一条叫大黄的狗,上学放学都跟她形影不离。小秋后来不上学了,大黄就跟着她和奶奶下地。家里还有两亩多地,爸爸早就不让她们种了,奶奶坚持种,主要是因为小秋坚决要种。收了麦子,叔叔们帮着把地整理出来,她们就一粒一粒地点上玉米。地头还会种一小片花生、几棵甜瓜,还有长豆角,几根棍搭个架子,爬得枝枝蔓蔓的,结的豆角比小孩子都高。小秋在她的玉米地里,快乐得像个公主,大黄就是她的仆从。

这是小秋的乡下生活,也是她后来挥之不去的乡村记忆。但是,离开了城市并不意味着小秋就走进了不变的世外桃源。老村子还是要拆了,村子已经划为市区范围。就在开发商的推土机开进玉米田的时候,小秋滑进了埂下的水沟里,小秋瘫痪了。小秋失去了玉米田,也永远失去了和玉米田有关的生活。当然,失去这一切的还有奶奶、郝强和郝晴天。小说提出了一个悖论性的问题:城市化是现代化的表征。现实生活里,进了城的农民无论遇到怎样的困难,他们都很难再回到乡下。因此,现代性是一条不归路。但在小秋这里,她对乡下的眷恋几乎无可替代。无论是安居房、推土机还是城市规划,在小秋这里不啻为洪水猛兽。每个人对生活的理解不同,他们本来有选择的权利。但在小秋的时代,现代化将一切都格式化、统一化。"现代"成为另一种冠冕堂皇不由分说地具有权力关系的另一种说法。这既是现实当然也是隐喻。小秋未来的生活是可以想象的,她没有能力改变这一切,她只能接受这样的现实。承受这样的现实当然不止小秋一个人,它可能是我们这个时代所有矛盾的一部分。如果是这样的话,失去玉米田的显然还有无数个小秋和他们的家人。

邵丽写了许多与女性生活有关的小说。上述三篇作品远不是全部。重要的也许不在于邵丽身为女性写了女性,重要的是她写出了女性在现实生活中不同的纠结、矛盾和无奈。一个作家如果没有这些心理感受和对女性的认知,这样的小说是断然难以完成的。

三、家国情怀与新的创作实践

十余年的时间,邵丽尝试着各种题材和写法。近年来她连续发表了《村北的王庭柱》《老革命周春江》《挂职笔记》《刘万福案件》等一批写基层干部生活的作品。这些作品与邵丽的挂职经历有关。她在一篇小说的开头说:

> 作为一个小说家,当我被派往一个一百多万人的大县挂职副县长体验生活时,内心是非常纠结的。我常常融不进这种"生活"之中,但又觉得忽然之间失去了自己的生活。那时候我显然以为,挂职的意义不在于职,而在于挂。我是确确实实被挂在生活之外了。

这是一份难得的清醒。正是有了这份清醒,邵丽才将王庭柱、县委副书记周春江、祁副县长、刘县长等写得跃然纸上。那里的生活气息弥漫四方让人如临其境。读这些小说很容易联想到"山药蛋派"作家笔下的生活和人物。这些小说为邵丽赢得了新的声誉。《刘万福案件》,也是以一个挂职作家视角讲述的故事。故事的主体是刘万福的今生今世,是一个普通农民的生存状况和不幸遭遇;另一条线索是县委书记、经济学家对当下中国、特别是中国基层发展的言论和看法。小说内部结构极其复杂,犹如当下中国的社会生活,剪不断理还乱。

小说在刘万福糟糕的命运上展开。矿难情节写得一波三折惊心动魄,矿工的坚忍和危难中的真情催人泪下。班长阎涛过人的胆识和处变不惊的风范,与矿工的生死与共的情义,给人留下了深刻的印象。但是,一条"瞒报重大矿难偷运尸体"的信息,以及"美国总统奥巴马就西弗吉尼亚州矿难发表声明"的对比,使小说在不经意处起了波澜:"人与人之间的不平等体现在生上,既无可否认又无法改变。如果还体现在死上,那就只有令人扼腕可惜了。同样是煤矿工人,有人死得那么有尊严,他们的名字像英雄一样被惦记和怀念。有人只是死成小数点后面的一个数字,只是活在统计年鉴里。"当然,小说不只是表达了作家批判的姿态,重要的是,她还在人性的复杂性上下足了功夫。刘七是一个乡间无赖,与刘万福家有"世仇"。刘万福与刘七的仇怨缘于刘七对刘万福妻女的欺辱,在忍无可忍的情况下,刘万福手刃刘七和一个同伙。"刘万福相信党和政府的有关政策，立即去派出所投案自首了。法庭根据他犯罪的性质和投案自首的情节，判了他死缓"。后来又改为"无期徒刑"。"刘万福案件"只是一个个案，或者说只是这个故事的"外壳"。作家真正要表达的，是一个经济学家和县委书记如何面对复杂多变的基层中国的现实，如何讲真话、敢担当的问题。但是，对这些问题的处理，比处理"刘万福们"遇到的问题还要复杂得多。

邵丽写完这篇小说之后说："刘万福在他那个阶层里，靠勤劳节俭能在多大意义上改善生存环境？杨子龙如果不坚持以退为守的活命哲学会不会全身而退？周启生如果不是木秀于林怎么会砰然倒下？其实，如果我们仔细观察，会发现这些现象根本不是'这一个'，它甚至是普遍的、先验的、宿命的，这才是它的悲剧意义之所在。所以我觉得这应该是作家、社会学家以及更多的人需要共同关注的问题。"我惊异于邵丽对生活的熟悉和理解。刘万福们生存在极其艰难的环境中，这个艰难不只是大环境的问题，同时也有邻里乡亲间的问题，有这个阶层自身存在的问题。它的复杂性只用同情或悲悯无济于事。另一方面，"底层"有底层的生活方式，即便在矿难最危急的时刻，他们也没有忘记开最"荤"的玩笑以缓解惊险和紧张。因此，底层书写只用眼泪和无边的苦难来表达显然是太简单了。在这个意义上，邵丽有了很大程度的超越。

如果说上述小说表达了邵丽对外部世界、抑或是国家民族关怀的话，那么《糖果》则从外部世界转向了自己的内心生活，这是一篇温润如玉苍茫如海的小说。小说以"我"与女儿幺幺的情感关系为主线，旁溢出"我"与敬川，苏天明与金地以及幺幺、姥爷姥姥、父亲母亲等爱情和婚姻生活。这个时代的爱情和婚姻大概都乏善可陈。因此，当"我"回忆起与敬川的婚姻生活时竟是如此的失落："我们长达十几年不在一个城市生活，我们每天早晚都按约定时间通电话，所涉及的话题总是身体、锻炼、少喝酒。有时候我们也表达爱情，感情丰沛，话说着说着就柔软起来。他几乎常常说他很爱我我很想我，可当我一个人待在家里为一桶矿泉水放不到机器上而哭泣的时候，他在什么地方呢？有一次他晚上回来，发现我们家的十六只灯泡只剩下一只亮的了，癔症了半天，说，这日子过的！我也常常说我爱他，可过了这几十年，我为他洗过几次袜子呢？有一次我告诉他，他有白头发了，他吃惊地瞪着我说，已经白了好几年了，你才发现？"其实大多婚姻大抵如此，英雄救美的时

— 323 —

代过去了。这是一个莫名忙碌的时代,居家过日子的夫妻谁都难以做到恋爱时代的恩爱或体贴。小说毕竟还是讲述了一种圣洁的情感的存在,这就是"我"与女儿幺幺的没有条件的爱,或许只有这种爱才称得上大爱无疆刻骨铭心。比照了这些情感生活后,"我"终于释然:当女儿的孩子要出生时,"我"坚持要给孩子取一个小名——糖果。

邵丽曾自白说:"我更倾向于在苦难里发现美好,在荆棘里发现花朵,在阴霾里学会看到阳光。文学的神圣在于,它始终使我们的精神挣脱沉重的肉体,以独立和自由的姿态,存活在另一个可以抵达永恒的世界里。"《糖果》不是这一观念的诠释,但没有这样的观念就不会有《糖果》这样的小说。

邵丽还有一篇受到普遍好评的短篇——《北去的河》。这篇小说从另一个角度回应了《城外的小秋》。"进城去"当年也许是一个口号,今天却早已风起云涌。但是,城市真的是天堂吗?《北去的河》从大别山乡下写到北京城,这既是小说展开的空间场景,也会是前现代与现代的隐喻。哥哥刘春生把女儿雪雁送到北京弟弟家里,希望女儿从此离开乡下生活在北京,弟弟秋生也说了,"跟他们三五年,给她在北京安排个工作,再找个婆家,等他们老了也去北京。"父亲刘春生对女儿可谓用心良苦,弟弟秋生也绝无虚情假意。但是雪雁很快就打电话给家里,和娘哭闹说想家,要回家。父亲刘春生为此专门跑了一趟北京见到了秋生和雪雁。但是,北京是刘春生想象的北京吗?秋生的苦衷和雪雁的感受是刘春生能体会的吗?刘春生在北京虽然喝了窖藏十五年的茅台酒,吃了不曾吃过的酒店大餐,喝了不曾喝过的咖啡,但他回到大别山家里的时候,他想的却是,"'家'并不是光指房子、床铺和锅灶,它是土地,是树木,是水,是气味"。因此,想象的"现代"并不适于所有的人。要超越自己熟悉的事物是多么艰难。在短篇小说中,邵丽写出了转型时代的心理难题。

多年来,邵丽通过对世风世相的描绘,对女性心理、情感和命运的状写,通过对国家民族的关注与忧思,建构了属于她自己的独特的文学世界。她的勤奋和抱负已经结出了丰硕的果实,对她的文学未来,我们完全有理由怀有更高的期待。

邵丽创作年表

1999 年

《碎花地毯》　　　　　　　　《莽原》1999 年第 12 期

2000 年

《起风的日子》　　　　　　　《热风》2000 年第 3 期
《迷失的家园：外一篇》　　　《中国西部文学》2000 年第 3 期
《你能走多远》　　　　　　　《莽原》2000 年第 5 期
《故园中的现代女人》　　　　《中国作家》2000 年第 7 期
《礼拜六的快行列车》　　　　《雨花》2000 年第 11 期
《新时期的头疼》　　　　　　《小说选刊》2000 年第 12 期
《你能走多远》　　　　　　　中国文联出版社 2000 年

2001 年

《国家干部陈同》　　　　　　《小说林》2001 年第 2 期
《安子的拳头》　　　　　　　《莽原》2001 年第 3 期
《玉株》　　　　　　　　　　《青年文学》2001 年第 12 期

2002 年

《寂寞的汤丹》　　　　　　　《中国作家》2002 年第 3 期
《迷离》　　　　　　　　　　《青年文学》2002 年第 10 期
《王跃进的生活质量问题》　　《当代·中篇小说专号》（2002 年增刊）

2003 年

《人在江湖》　　　　　　　　《清明》2003 年第 5 期

《生活痕迹》　　　　　　　　　《中国作家》2003年第6期
《袜子里装满错误》　　　　　　《小说月报》2003年第6期
《碎花地毯：邵丽中短篇小说自选集》
　　　　　　　　　　　　　　大众文艺出版社2003年

2004年

《戏台》　　　　　　　　　　　《青年文学》2004年第3期
《明惠的圣诞》　　　　　　　　《十月》2004年第6期
《我的生活质量》　　　　　　　人民文学出版社2004年
《腾空的屋子》　　　　　　　　中国文联出版社2004年

2006年

《水星与凰》　　　　　　　　　《花城》2006年第4期

2007年

《马兰花的等待》　　　　　　　《人民文学》2007年第2期
《人民政府爱人民》　　　　　　《当代》2007年第5期

2008年

《来信五篇》　　　　　　　　　《小说选刊》2008年第1期
《短篇三章》（短篇小说）　　　《文学界（专辑版）》2008年第3期
《自己说》　　　　　　　　　　《文学界（专辑版）》2008年第3期
姜广平、邵丽：《"当作家真是太难了"》
　　　　　　　　　　　　　　《文学界（专辑版）》2008年第3期
《逛庙会记》　　　　　　　　　《人民文学》2008年第12期
《我看淅川》　　　　　　　　　《散文选刊》2008年第12期
《燃情岁月：漯河》　　　　　　中国青年出版社2008年

2009年

《我与楚国的不解之缘》　　　　《长江文艺》2009年第2期
《无语淅川》（散文）　　　　　《朔方》2009年第3期
《四月去安阳》　　　　　　　　《人民文学》2009年第6期

2010年

《在远方》　　　　　　　　　　《中华读书报》2010年9月15日

《细软》　　　　　　　　　　　河南文艺出版社 2010 年 10 月

2011 年

《河边的钟子》　　　　　　　　《作家》2011 年第 1 期
《水一直在流》　　　　　　　　《河南日报》2011 年 1 月 11 日
《诗歌》　　　　　　　　　　　《诗刊》2011 年 1 月 18 日
《心愿》（组诗）　　　　　　　《北京文学》2011 年第 2 期
《请别让我哭泣》（诗歌）　　　《解放军文艺》2011 年第 5 期
《城外的小秋》　　　　　　　　《十月》2011 年第 5 期
《挂职笔记》　　　　　　　　　《人民文学》2011 年第 8 期
《我与扬州的那些事》　　　　　《人民文学》2011 年第 11 期
《老革命周春江》　　　　　　　《山花》2011 年第 11 期
《刘万福案件》　　　　　　　　《人民文学》2011 年第 12 期

2012 年

《"茅台"是一种酒》　　　　　　《人民文学》2012 年第 1 期
《倾斜的姿态》　　　　　　　　《小说选刊》2012 年第 1 期
《父亲节的结》　　　　　　　　《齐鲁石化报》2012 年 6 月 18 日
《看茶》　　　　　　　　　　　《河南日报》2012 年 6 月 19 日
《离现实近一点还是远一点》　　《文艺报》2012 年 7 月 25 日
《糖果》　　　　　　　　　　　《作家》2012 年第 8 期
《亲爱的，好大的雪（外一篇）》《山花》2012 年第 17 期
《三代人》　　　　　　　　　　《羊城晚报》2012 年 9 月 25 日
《阴阳虚》　　　　　　　　　　《人民文学》2012 年第 10 期
《寂寞的汤丹》（小说集）　　　春风文艺出版社 2012 年
《北去的河》　　　　　　　　　《光明日报》2012 年 8 月 17 日

2013 年

《我们的汽车》　　　　　　　　《作家》2013 年第 1 期
《关于蛇年的记忆及其他》　　　《天津日报》2013 年 2 月 21 日
《三月的蔡琴》　　　　　　　　《河南日报》2013 年 3 月 15 日
《阅读一个不动声色的城市》　　《语文教学与研究》2013 年第 12 期

《我的生存质量》	人民文学出版社 2013 年
《有时候需要抹去自己》	《羊城晚报》2013 年 6 月 9 日
《饥饿的童年》	《羊城晚报》2013 年 6 月 10 日
《不能平和看待敬川的遭际——繁华过后的人生追问》	
	《羊城晚报》2013 年 6 月 14 日
《谈话无果而终》	《羊城晚报》2013 年 6 月 16 日
《玉碎：邵丽散文随笔集》	河南文艺出版社 2013 年
《迷离：邵丽中短篇小说集》	河南文艺出版社 2013 年
《她说》	河南文艺出版社 2013 年
《小舅舅死了》	《北京文学》2013 年第 11 期
《短章（节选）》	《诗刊》2013 年第 21 期
《失落的岂止是文明》	《光明日报》2013 年 11 月 29 日

2014 年

《生气的成本》	《新一代》2014 年第 2 期
《第四十圈》	《人民文学》2014 年第 2 期
《赤足踏在田埂上》	《芒种》2014 年第 3 期
《老茶》	《芒种》2014 年第 9 期
《无言以对》	《文艺报》2014 年 3 月 12 日
《诗歌里的母亲——写在母亲节之际》	
	《光明日报》2014 年 5 月 9 日
《回归泥土》	《滨海时报》2014 年 5 月 26 日
《继承与颠覆》	《决策》2014 年第 6 期
《你的母亲还剩多少》	《河南日报》2014 年 7 月 30 日
《定制幸福》	《重庆日报》2014 年 4 月 17 日

2016 年

《北地爱情》	《人民文学》2016 年第 1 期
《归去来》	《河南日报》2016 年 1 月 6 日
《非常鱼禾与私人传说》	《文艺报》2016 年 3 月 7 日
《生命的疼痛不息，就是成长》	《小说月报》微信公众号 2016 年 3 月 19 日

《我所理解的写作及其他》	《文艺报》2016 年 6 月 29 日
《巾帼》	《人民日报》2016 年 10 月 3 日
《物质女人》	《作家》2016 年第 7 期
《闲话盛泽》	《人民文学》2016 年第 10 期
《姥爷的渔网》	《大河报》2016 年 10 月 18 日
《姥姥和姥姥留下的菜谱》	《河南日报》2016 年 10 月 20 日
《女作家更辛苦,我真正的职业是母亲和妻子》	
	《上海青年报》2016 年 10 月 30 日
《我所理解的悲剧美和其他》	《上海青年报》2016 年 11 月 1 日
《陈年旧事》	《莽原》2016 年第 6 期
《刺桐港的繁华及其他》	《文艺报》2016 年 11 月 21 日
《我的老邻居》	《河南日报》2016 年 11 月 24 日
《"乡愁"的另一种叙事》	《青海日报》2016 年 11 月 25 日
《只把他乡做故乡》	《解放军文艺》2016 年第 12 期

2017 年

《花间事》	《河南日报》2017 年 1 月 11 日
《花间事二》	《人民日报海外版》2017 年 2 月 4 日
《年之下》	《河南日报》2017 年 2 月 8 日